醉美在古老的歌谣里

诗经

【许文艳 编译】

中国商业出版社

图书在版编目（CIP）数据

醉美在古老的歌谣里：诗经／许文艳编译. —北京：中国商业出版社，2019.4
ISBN 978-7-5208-0680-0

Ⅰ.①醉… Ⅱ.①许… Ⅲ.①古体诗—诗集—中国—春秋时代 ②《诗经》—注释 ③《诗经》—译文 Ⅳ.①I222.2

中国版本图书馆 CIP 数据核字（2019）第 028504 号

责任编辑：武维胜

中国商业出版社出版发行
010-63180647　www.c-cbook.com
（100053　北京广安门内报国寺1号）
新华书店经销
天津中印联印务有限公司印刷
*
710 毫米×1000 毫米　16 开　26 印张　254 千字
2019 年 5 月第 1 版　2019 年 5 月第 1 次印刷
定价：65.00 元
* * * *

（如有印装质量问题可更换）

前言

《诗经》是我国第一部具有现实主义风格的诗歌总集,创作于西周初年至春秋中叶,时间跨度有五百年,距今约两千五百年,其中绝大多数作者已经无法考证。

《诗经》描写的地方主要是黄河流域,是当时的诸侯国协助周王的史官采集而成,再由史官整理,乐师配乐成为诗歌。一代圣人孔子对这部诗歌集进一步进行整理,用来启发教育他的学生,对《诗经》的流传起到重要的作用。

《诗经》的内容丰富,反映当时社会的爱情与婚姻、战争与徭役、风俗与制度等,还有天象、地貌、祭祀、生物等各方面,就像一面镜子,详细演绎那个时代人们的喜怒哀乐和现实生活。

《诗经》共三百零五篇,后人取整数称它为"诗三百",按内容分为"风""雅""颂"三部分。"风"是地方民歌,原意是"风俗",是当时周朝直辖区也就是各诸侯国的民歌,分为十五个地区,被称为"十五国风",共一百六十篇。

"雅"大多数是朝廷的乐歌,分为"大雅"和"小雅",大雅有三十一篇,小雅有七十四篇,共一百零五篇。古时候的"雅"有"正"的意思,人们把朝廷的乐曲看成正统,带有尊崇的意味。

"颂"是古时候宗庙祭祀的乐歌和史诗,大多数是歌颂祖先的丰功伟绩。"颂"分为"周颂""鲁颂"和"商颂",其中"周颂"时代最早,产生于西周初年,由贵族们创作出来,以宗庙乐歌为主,也有些描写农业生产。周颂有三十一篇，鲁颂有四篇，商颂有五篇，共四十篇。

《诗经》的主要表现手法有赋、兴、比，其中"赋"和"比"是诗歌的基本表现手法，"赋"是铺陈叙事，直接抒发诗人的感情。"比"是比喻的意思，有明喻和暗喻。

"兴"是种独特的表现手法，先说其他事物再引起咏叹的诗句，有的"兴"与下文有直接关系，有的"兴"与下文没有直接联系。诗人要抒发情感，驰骋想象，描写纯美的爱情，揭露封建贵族的生活，控诉统治阶级对劳动人民的压迫等，都会用到"兴"。它对于渲染诗歌的气氛、创造意境有很大作用。

时至今日，人们对于《诗经》的解释也是众说纷纭，各有道理，没有达成共识，这也是《诗经》的绝妙之处。本书博采众家所长，做了比较精确的翻译和赏析。人们在阅读的过程中，恍若跨越千年，回到古老的年代，细细品味统治阶级和劳动人民美好又痛苦的生活。

这本译注可以让人们了解两千多年前政治、经济、文化等方面的内容，起到论古思今、陶冶现代人道德情操的作用。人们在咏唱的同时，汲取古诗里蕴含的智慧和力量，对于中国文化的传承，有着不可或缺的重要作用。

目录

国风

周南

关雎 / 002
葛覃 / 003
卷耳 / 004
樛木 / 006
螽斯 / 007
桃夭 / 008
兔罝 / 009
芣苢 / 010
汉广 / 011
汝坟 / 012
麟之趾 / 013

召南

鹊巢 / 015
采蘩 / 016
草虫 / 017
采蘋 / 018
甘棠 / 019
行露 / 020

羔羊 / 021
殷其靁 / 022
摽有梅 / 023
小星 / 024
江有汜 / 025
野有死麕 / 026
何彼襛矣 / 027
驺虞 / 028

邶风

柏舟 / 030
绿衣 / 031
燕燕 / 032
日月 / 034
终风 / 035
击鼓 / 036
凯风 / 037
雄雉 / 038
匏有苦叶 / 040
谷风 / 041
式微 / 043
旄丘 / 044
简兮 / 045
泉水 / 046

北门 / 047
北风 / 048
静女 / 049
新台 / 050
二子乘舟 / 051

鄘风

柏舟 / 053
墙有茨 / 054
君子偕老 / 055
桑中 / 056
鹑之奔奔 / 058
定之方中 / 059
蝃蝀 / 060
相鼠 / 061
干旄 / 062
载驰 / 063

卫风

淇奥 / 065
考槃 / 066
硕人 / 067
氓 / 069
竹竿 / 071
芄兰 / 072
河广 / 073
伯兮 / 074
有狐 / 075
木瓜 / 076

王风

黍离 / 077
君子于役 / 078

君子阳阳 / 079
扬之水 / 080
中谷有蓷 / 081
兔爰 / 082
葛藟 / 083
采葛 / 084
大车 / 085
丘中有麻 / 086

郑风

缁衣 / 088
将仲子 / 089
叔于田 / 090
大叔于田 / 091
清人 / 092
羔裘 / 093
遵大路 / 094
女曰鸡鸣 / 095
有女同车 / 096
山有扶苏 / 097
萚兮 / 098
狡童 / 099
褰裳 / 100
丰 / 101
东门之墠 / 102
风雨 / 103
子衿 / 104
扬之水 / 105
出其东门 / 106
野有蔓草 / 107
溱洧 / 108

齐风

鸡鸣 / 110
还 / 111
著 / 112
东方之日 / 113
东方未明 / 114
南山 / 115
甫田 / 116
卢令 / 117
敝笱 / 118
载驱 / 119
猗嗟 / 120

魏风

葛屦 / 122
汾沮洳 / 123
园有桃 / 124
陟岵 / 125
十亩之间 / 127
伐檀 / 127
硕鼠 / 129

唐风

蟋蟀 / 131
山有枢 / 132
扬之水 / 133
椒聊 / 134
绸缪 / 135
杕杜 / 136
羔裘 / 137
鸨羽 / 138
无衣 / 139
有杕之杜 / 140

葛生 / 141
采苓 / 142

秦风

车邻 / 145
驷驖 / 146
小戎 / 147
蒹葭 / 149
终南 / 150
黄鸟 / 151
晨风 / 152
无衣 / 153
渭阳 / 154
权舆 / 155

陈风

宛丘 / 157
东门之枌 / 158
衡门 / 159
东门之池 / 160
东门之杨 / 161
墓门 / 162
防有鹊巢 / 163
月出 / 164
株林 / 165
泽陂 / 166

桧风

羔裘 / 168
素冠 / 169
隰有苌楚 / 170
匪风 / 171

曹风

蜉蝣 / 173

候人 / 174

鸤鸠 / 175

下泉 / 176

豳风

七月 / 178

鸱鸮 / 180

东山 / 182

破斧 / 183

伐柯 / 184

九罭 / 185

狼跋 / 186

雅篇

小雅

鹿鸣 / 190

四牡 / 191

皇皇者华 / 193

常棣 / 194

伐木 / 196

天保 / 197

采薇 / 199

出车 / 200

杕杜 / 202

鱼丽 / 204

南有嘉鱼 / 205

南山有台 / 206

蓼萧 / 207

湛露 / 209

彤弓 / 210

菁菁者莪 / 211

六月 / 212

采芑 / 214

车攻 / 215

吉日 / 217

鸿雁 / 218

庭燎 / 219

沔水 / 221

鹤鸣 / 222

祈父 / 223

白驹 / 224

黄鸟 / 225

我行其野 / 226

斯干 / 227

无羊 / 229

节南山 / 231

正月 / 233

十月之交 / 236

雨无正 / 238

小旻 / 240

小宛 / 242

小弁 / 243

巧言 / 246

何人斯 / 247

巷伯 / 250

谷风 / 251

蓼莪 / 252

大东 / 254

四月 / 256

北山 / 257

无将大车 / 259

小明 / 260

鼓钟 / 261
楚茨 / 263
信南山 / 265
甫田 / 266
大田 / 268
瞻彼洛矣 / 270
裳裳者华 / 271
桑扈 / 272
鸳鸯 / 273
頍弁 / 274
车舝 / 276
青蝇 / 277
宾之初筵 / 278
鱼藻 / 280
采菽 / 281
角弓 / 283
菀柳 / 284
都人士 / 285
采绿 / 287
黍苗 / 288
隰桑 / 289
白华 / 290
绵蛮 / 292
瓠叶 / 293
渐渐之石 / 294
苕之华 / 295
何草不黄 / 296

大雅

文王 / 298
大明 / 300
绵 / 302
棫朴 / 304

旱麓 / 305
思齐 / 306
皇矣 / 307
灵台 / 310
下武 / 311
文王有声 / 312
生民 / 314
行苇 / 316
既醉 / 318
凫鹥 / 319
假乐 / 321
公刘 / 322
泂酌 / 324
卷阿 / 325
民劳 / 327
板 / 328
荡 / 330
抑 / 332
桑柔 / 335
云汉 / 338
崧高 / 340
烝民 / 342
韩奕 / 344
江汉 / 346
常武 / 348
瞻卬 / 350
召旻 / 352

颂篇

周颂

清庙 / 356

维天之命 / 357
维清 / 358
烈文 / 359
天作 / 360
昊天有成命 / 360
我将 / 361
时迈 / 362
执竞 / 363
思文 / 364
臣工 / 365
噫嘻 / 366
振鹭 / 367
丰年 / 368
有瞽 / 369
潜 / 370
雝 / 371
载见 / 372
有客 / 373
武 / 374
闵予小子 / 375
访落 / 376
敬之 / 377

小毖 / 378
载芟 / 379
良耜 / 380
丝衣 / 381
酌 / 382
桓 / 383
赉 / 384
般 / 385

鲁颂

駉 / 387
有駜 / 389
泮水 / 390
閟宫 / 392

商颂

那 / 396
烈祖 / 397
玄鸟 / 398
长发 / 399
殷武 / 401

国风

《国风》是中国文学史上第一部诗歌总集《诗经》的重要组成部分。《国风》中的「国」指诸侯国,「风」是民俗诗歌,包括西周初年到春秋中叶约十五个诸侯国的民间诗歌,共计一百六十篇。《国风》反映了华夏劳动人民真实的生活,表达了他们对受剥削、受压迫的处境的不平和争取美好生活的信念,是中国现实主义诗歌的源头。

周南

西周初期,周公姬旦居东都洛邑,统治东方诸侯,曾分封许多小国,位于今长江中下游至汝水、汉水之间。《周南》是周公统治下南方地区的诗歌,共有十一篇,旧说作品成于商末周初,从内容上看,应作于西周末到东周初。

关 雎

【原文】

关关①雎鸠②,在河之洲。窈窕③淑女,君子好逑。
参差荇菜④,左右流之。窈窕淑女,寤寐⑤求之。
求之不得,寤寐思服。悠哉悠哉,辗转反侧。
参差荇菜,左右采之。窈窕淑女,琴瑟友之。
参差荇菜,左右芼之。窈窕淑女,钟鼓乐之。

【注释】

①关关:鸟鸣叫的声音。
②雎鸠:一种水鸟,形状像野鸭,后来被人们注释为鱼鹰。
③窈窕:窈是善良的心,窕是美丽的姿态。
④荇菜:一种多年生的水草,叶子可以食用。
⑤寤寐:醒和睡,也可以用来指日夜。

【译文】

鸣叫的水鸟,站在河中间的沙洲上。美丽善良的姑娘,是君子梦寐以求的配偶。

参差不齐的荇菜,顺着水流在左右摇晃。美丽善良的姑娘,君子白天黑夜都想追求她。

追求不到好姑娘，君子白天黑夜思念她。思念姑娘的情怀，让他翻来覆去难以入睡。

参差不齐的荇菜，姑娘从左到右采摘它。美丽善良的姑娘，君子弹奏琴瑟想亲近她。

参差不齐的荇菜，姑娘从左到右摘取它。美丽善良的姑娘，君子敲击钟鼓让她愉悦。

【赏析】

这是一首情诗，描写男子爱慕姑娘、追求姑娘的情景，诗中形象地描绘了年轻男子追求心上人时焦虑、急迫的心情。这种日思夜想、难以入眠的相思场景，表现出周代的审美情趣和道德意识。

古代君王用这首诗歌教化臣民，赞美后妃品德，让人们在乡间或者贵族的宴会上传唱，用它的乐曲打动人们，端正夫妇的伦理关系。古时候，"君子"是对贵族男子的称呼，这位拥有琴瑟钟鼓的君子，在当时有相当的地位。后来这首诗歌流传到民间，被称为"民间情歌"。

《关雎》体现了中国古代人的一种伦理思想，认为夫妇是人伦的开始，夫妇的品德行为是完善社会道德的基础。男欢女爱是人类的本能，要加以克制，才符合社会的道德规范。古人把这首诗作为《诗经》第一篇，目的是引起世人的重视。

这首诗歌有情有景，说出男大当婚、女大当嫁的自然规律，男子看到心仪的姑娘会怦然心动，倾慕不已，想办法与姑娘相知、相恋、相守。诗歌中，妙龄少女婀娜多姿，引得翩翩少年钟情，写出了人间爱的真谛。

葛覃

【原文】

葛①之覃兮，施于中谷，维叶萋萋②。黄鸟于飞，集于灌木，其鸣喈喈。

葛之覃兮，施于中谷，维叶莫莫。是刈是濩③，为絺为绤④，服之无斁⑤。

言告师氏⑥，言告言归。薄污我私，薄澣我衣。害澣害否，归宁父母。

【注释】

①葛：一种多年生的草本植物，开着紫红色的花，茎长二三丈，可以做绳子，纤维可以用来织布。

②维叶萋萋：绿色的枝叶茂盛的样子。

③刈、濩：刈是镰刀，这里作动词"割"；濩是动词"煮"，用水煮"葛"取得里面的纤维用来织布。

④绤、绤：绤是细葛布；绤是粗葛布。

⑤无斁：心里没有厌恶、憎恨的情绪。

⑥师氏：管事的师母，管家的保姆。

【译文】

　　葛草枝叶长又长，蔓延在山谷中央，藤叶茂密又繁盛。黄鹂鸟上下翻飞，聚集在灌木丛中，叽叽喳喳叫不停。

　　葛草枝叶长又长，蔓延在山谷中央，藤叶茂密又繁盛。割葛煮纤织葛布，不管粗布或细布，穿在身上很舒服。

　　把心里话告诉管家，想回娘家探双亲。先把内衣洗干净，再把外衣洗干净。洗和不洗分清楚，洗完回家看父母。

【赏析】

　　这首诗歌写一位想回娘家的女子勤于织作的情景。

　　全诗分三章，展开三幅画境，第一章好像没有人，眼前只看到青碧色的葛藤，蔓延在幽静的山谷里。这片幽静被一阵"喈喈"的叫声打破，循声望过去是一只美丽的黄雀，栖在灌木丛中鸣叫，这无人的画境后面有一位女子在观看。

　　第二章描写女子走进画境，"刈"了葛草，转眼间回到家里"濩"葛，开始辛勤地织作。那些"萋萋"的葛藤，通过加工可以成为制衣的葛布。她试穿着葛布制成的衣服，感觉很舒服。"服之无斁"写出她辛勤劳作后的欣慰和自豪。

　　第三章里多出一位慈祥的"师氏"，情急的女子带着羞涩和抑制不住的喜悦，向师氏说出自己的希望："害澣害否，归宁父母"。

　　山中美好的景象和割藤、织作的忙碌劳作，表现主人公是位勤劳能干的女子，无论嫁到夫家还是返回娘家，都是让夫家爱怜，能够带给父母安慰的女子。

　　中国的传统对女子的要求很严苛，除了"妇德、妇言、妇功、妇容"，还规定女子要勤于丝麻织作。

卷　耳

【原文】

　　采采卷耳①，不盈顷筐②。嗟我怀人，置彼周行。

　　陟彼崔嵬③，我马虺隤④。我姑酌彼金罍，维以不永怀。

陟彼高冈，我马玄黄。我姑⑤酌彼兕觥⑥，维以不永伤。

陟彼砠矣，我马瘏矣，我仆痡矣，云何吁矣。

【注释】

①卷耳：一种菊科类的草本植物，又被称为"苍耳"或"枲耳"，可以药用，嫩苗能食用。

②顷筐：斜口的筐子，后面深前面浅，很容易装满，方便倾倒。

③崔嵬：山势高低不平的样子。

④虺隤：形容马疲惫到极限，累出病来，走路腿打软。

⑤姑：暂且，表示暂时这个样子，带有某种让步的意思。

⑥兕觥：一说为犀牛角制作的酒杯，一说为青铜制作的牛角形酒杯。

【译文】

不停采呀采呀采卷耳，采来采去也装不满筐。一声叹息想起心上人，我把竹筐放在大路旁。

想象他骑马登上石山，马儿累得两腿直发软。想象他斟满铜质酒杯，以免长久地思念家乡。

想象他骑马爬上山冈，马儿累得双眼看不清。想象他斟满牛角酒杯，缓解内心长久的忧伤。

想象他骑马登上石岭，马儿累得已精疲力竭，仆人疲惫得难以行走，这种忧愁何时才结束。

【赏析】

这首诗写妻子怀念出远门的丈夫，表现出她对丈夫魂牵梦萦的思念之情。她想象的情节丰富，情景逼真，表达的感情真切，让人感动。

全诗分四章。第一章写她在家乡采摘野菜。劳作之余，把筐放在路边，思念丈夫，不停地长吁短叹。

后三章是妻子从丈夫的角度想象着艰难的归家之旅。他骑马爬过高山，踏过山冈，走过石岭。他的马累倒了，仆人累病了，心里非常忧愁，只能借酒消愁，更加思念遥远的家乡和妻子。

古代诗歌注重男女有别，男女的社会分工也不相同。男人做事情立功名，才能对得起祖先和子孙后代。而长期在外征战的男人被称为"征夫"，战场上的他们刚强勇猛、无所畏惧，私下里也会儿女情长、英雄气短。

古代女人嫁鸡随鸡、嫁狗随狗，全部的感情和希望都依托在丈夫身上。丈夫出征在外，妻子在家孝敬公婆、养育子女、操持家务，承担起丈夫的责任。她的内心充满怨气、痛苦和思念等情怀，被人们称为"怨妇"。

樛　木

【原文】

南有樛木①，葛藟②累之。乐只君子，福履③绥④之。

南有樛木，葛藟荒之。乐只君子，福履将之。

南有樛木，葛藟萦⑤之。乐只君子，福履成之。

【注释】

①樛木：长得弯曲又很高的树。

②葛藟：多年生草本植物，花紫红色，茎可做绳，又被人们称为"千岁藟"，黑色的果实，可以入药。

③福履：福禄，幸福和爵禄。

④绥：降临。

⑤萦：回旋缠绕。

【译文】

南方生长着很多茂盛的树木，树木有下垂的树枝，葛藟爬上树枝，缠绕着樛木，快乐地生长和蔓延。快乐的君子，他用善良安抚人们，使人们感觉到安定，幸福和爵禄会降临到他的身上。

南方生长着很多茂盛的树木，树木有下垂的树枝，葛藟爬上树枝，覆盖了整个樛木，快乐地生长和蔓延。快乐的君子，用善良的心和善良的行为帮助别人，幸福和爵禄会降临到他的身上。

南方生长着很多茂盛的树木，树木有下垂的树枝，葛藟爬上树枝，回旋着缠绕整个樛木，快乐地生长和蔓延。快乐的君子，用善良的心和善良的行为成就别人，幸福和爵禄会降临到他的身上。

【赏析】

这是一首祝新婚的"君子"安享福禄的祝福诗，描写丈夫和妻子像樛木与葛藟那样相依相偎。葛藟缠绕着下垂又弯曲的樛木，快乐地生长和蔓延，比喻丈夫获得幸福的生活和高官厚禄。

全诗分三章，首章的"南有樛木，葛藟累之"是这首诗比兴的"兴体"，用"樛木"和"葛藟"比喻成丈夫和妻子。后两章每章只改动两个字，意思与第一章相近，形象地说出幸福的丈夫经常得到福禄。

这首诗歌是叠章的形式，重复咏唱体现出夫妻之间深厚的感情。用"葛藟累之""葛藟荒之""葛藟萦之"来形容新婚夫妇喜悦的心情和当时的热闹场景。数次的叠唱渲染出宾客的祝福之情,表现淳朴的民风,古老的婚礼祝福习俗。

整首诗句子整齐,条理清楚,重复章节,逐层推进,在往复中生成浓浓的情意。文字只有少量变动,却营造出一唱三叹的意境。

螽 斯

【原文】

螽斯①羽,诜诜②兮。宜尔子孙,振振兮。
螽斯羽,薨薨③兮。宜尔子孙,绳绳④兮。
螽斯羽,揖揖兮。宜尔子孙,蛰蛰⑤兮。

【注释】

①螽斯:一种体形较大,会鸣叫的昆虫。
②诜诜:多而且成群地聚集在一起。
③薨薨:成群昆虫同时飞起来发出的声音。
④绳绳:多而且成群地聚集到一起,绵绵不绝的样子。
⑤蛰蛰:多而且成群地聚集在一起,温和柔顺的样子。

【译文】

螽斯扇动着翅膀,成群结队地在空中飞翔。你的子孙多满堂,家族一定很兴旺。

螽斯扇动着翅膀,成群地在空中薨薨作响。你的子孙多满堂,世代绵延万年长。

螽斯扇动着翅膀,密密麻麻地聚集在一起。你的子孙多满堂,团结和睦心欢畅。

【赏析】

这是一首祝福诗,祝福人们多子多福。多子多福是人们最朴素的愿望,在尧舜时代就已经深入民心。古时候生产力低下,要强大家族,就需要充足的劳动力。子孙多还能够继承家业,扩大家族的影响力。

全诗分三章,每章四句,每章的前两句话描写螽斯,后两句借螽斯颂祝人们多子多孙。诗歌巧妙地运用六组叠词,反复吟唱,表达出人们心中强烈的愿望,希望拥有众多子孙,慰藉人们的生活,让家族永远延续下去。

诗歌借螽斯寄托人们的感情,把昆虫的习性与人们的理想浑然一体。螽斯一年生两代或者三代幼虫,是一种容易繁衍的生物。诗歌以螽斯作比,把希望寄托于事物，即物寓情，细细品味诗歌的意象，能够感觉到人们希望多子多孙的诗意。

六组叠词隔句联合使用，排列整齐，音韵协调，有很强的审美效果，使整首诗读起来韵味无穷。

桃 夭

【原文】
　　桃之夭夭①，灼灼②其华。之子于归，宜其室家。
　　桃之夭夭，有蕡③其实。之子④于归，宜其家室。
　　桃之夭夭，其叶蓁蓁⑤。之子于归，宜其家人。

【注释】
　　①夭夭：形容茂盛、生机勃勃的样子。
　　②灼灼：鲜艳、明亮的样子。
　　③蕡：桃子成熟长大的样子。
　　④之子：女子出嫁，指这个出嫁的姑娘。
　　⑤蓁蓁：草木茂盛的样子，形容桃叶稠密。

【译文】
　　桃花怒放，千朵万朵挂在枝头，色彩艳丽正在开花。这位姑娘就要出嫁，喜气洋洋地来到丈夫家。
　　桃花怒放，千朵万朵挂在枝头，结出的果实大又多。这位姑娘就要出嫁，可以组成欢乐甜蜜的家。
　　桃花怒放，千朵万朵挂在枝头，桃树的叶子稠又密。这位姑娘就要出嫁，与丈夫齐心协力多吉庆。

【赏析】
　　这是一首祝福诗，祝贺姑娘出嫁，祝愿她在夫家能够和睦相处，生活美满幸福。用茂密的枝叶、美丽的花朵、硕大的果实衬托新娘耀眼的美丽、健康的身体和幸福美满的新生活。

　　全诗分三章，看似每章节只变换了几个字，却蕴含了很深的道理。第一章写"花"，第二章写"果实"，第三章写"叶"，利用桃树的三个方面，表达出诗人三层不同的意思。写"花"是形容新娘子的美丽，写密密麻麻的果实和稠密的叶子，让人们想得更远，表现出一派兴旺的景象。

　　其中，"桃之夭夭，灼灼其华"，这句诗读过之后，眼前会浮现出一位像小桃树般年轻，像桃花般娇嫩艳丽的女子，继而得到人们衷心的祝福，祝她"之子于归，宜其家人"。

这首诗采用了复唱的形式，用叠句表现诗歌轻快的旋律。人们的眼前仿佛显现一幅有情、有景、有人、有色，情景交融的美好画面。诗歌一而再，再而三地强调新嫁娘要让家庭和睦，反映出人们对婚姻的真实想法，对美好生活的向往。

兔罝

【原文】

　　肃肃①兔罝②，椓之丁丁。赳赳武夫，公侯干城③。
　　肃肃兔罝，施于中逵④。赳赳武夫，公侯⑤好仇⑥。
　　肃肃兔罝，施于中林。赳赳武夫，公侯腹心。

【注释】

①肃肃：细密整齐的样子。
②兔罝：捕捉兔子的网子。兔：指兔子或者老虎，南方称虎为菟。
③干城：盾牌和城墙，用来防卫。
④逵：纵横交错的路口。
⑤公侯：公、侯、伯、子、男，泛指有爵位的贵族和官高位显的人。
⑥仇：助手、伙计、朋友，同"述"。

【译文】

　　捕捉老虎的网织得细密整齐，叮叮当当使劲打下地桩。健壮威武的武士，保卫公侯是屏障。
　　捕捉老虎的网织得细密整齐，放在纵横交错的岔路口。健壮威武的武士，是公侯的好帮手。
　　捕捉老虎的网织得细密整齐，放置在树木茂密的地方。健壮威武的武士，是公侯的心腹将。

【赏析】

　　这首诗赞美狩猎的武士，他们为了公侯的利益鞠躬尽瘁。先秦时代，狩猎是武士们行军布阵的练兵活动之一，打桩埋设捕猎网的狩猎者也是捍卫公侯利益的武士。
　　古代江汉之间，称老虎为"菟"，狩猎者狩猎的对象是凶猛的野兽，所以他们把捕兽的网结扎得非常紧密，用力敲打木桩，使埋下的木桩更加牢固。

诗里狩猎的活动还没有展开，就开始赞美保家卫国的"赳赳武夫"，被跳过的狩猎场景用人们丰富的想象来补充。从猎手跳到武士，从"兔罝"跳到"干城"，人们仿佛看到在狩猎中与猛兽顽强搏击的武士，出现在保卫国家的战场上，击退来犯的敌人，像坚固的盾牌般，守护着公侯的城池。

这首诗写得非常豪迈，这种豪迈用"干城""好仇""腹心"层层推进，增加神采飞扬的神态，带着夸耀的意思。

那个时代，很多人将自己一身的武艺，出卖给公侯人家，觉得是一件幸运的事，以当公侯的"心腹"为荣。《国风》中有很多诗篇夸耀这种荣耀，可是夸耀的背后是人们背井离乡，长期在外征战，经常发生丧身异地的事情。

芣苢

【原文】

采采芣苢①，薄言②采之。采采芣苢，薄言有之。
采采芣苢，薄言掇③之。采采芣苢，薄言捋④之。
采采芣苢，薄言袺⑤之。采采芣苢，薄言襭⑥之。

【注释】

①芣苢：野生植物，又称"车前子"，可以食用。
②薄言：语助词，包含劝勉的意思。
③掇：拾取，把落在地上的捡起来。
④捋：成把地摘取东西。
⑤袺：用手提着衣襟把东西兜起来。
⑥襭：把衣襟掖在腰间兜东西，可以放得多些。

【译文】

采呀采起来，采摘车前子，快点把它们采下来。采呀采起来，采摘车前子，快点把它摘下来。

采呀采起来，采摘车前子，快点把它捡拾起来。采呀采起来，采摘车前子，快点把它捋下来。

采呀采起来，采摘车前子，快点用衣襟揣起来。采呀采起来，采摘车前子，快用衣襟兜回来。

【赏析】

这是首明快、优美的劳动之歌，语言简单有节奏感，讲述女人们采集车前子的场景。她们一棵棵地采集，一点点地拾起，一把把地捋，再想办法用衣襟兜起更多的车前子。

古时候，人们的生活比较困苦，车前子容易采摘还能充饥，深受老百姓们喜爱。到了采摘车前子的季节，风和日丽的日子里，会有成群的女人们到旷野上采摘它的嫩叶，一边采，一边唱着欢快的歌谣，热闹的情景让人心旷神怡。

全诗四十八个字，只变换六个字，该六个字是动词，文字发生变化，在变化中突破单调和沉闷，在韵律中保持统一的节奏，让人们感受到她们采摘车前子时的愉悦心情。

这首诗看起来是单调的重叠，却读出特殊的效果，在不断的重叠中，产生轻快的乐感。描绘出女人们呼朋唤友到旷野上采摘车前子，然后满载而归的快乐场景。

汉 广

【原文】

南有乔木①，不可休息。汉有游女②，不可求思。汉之广矣，不可泳思。江之永矣，不可方③思。

翘翘④错薪⑤，言刈其楚。之子于归，言秣⑥其马。汉之广矣，不可泳思。江之永矣，不可方思。

翘翘错薪，言刈其蒌。之子于归，言秣其驹。汉之广矣，不可泳思。江之永矣，不可方思。

【注释】

①乔木：高大的树木。
②游女：指在汉水边游玩的女子。一说指汉水的女神。
③方：乘坐用木或者竹子做成的渡筏渡江。
④翘翘：高大的样子。
⑤错薪：杂乱丛生的柴草。
⑥秣：喂养，喂牲口。

【译文】

南山有棵高大的树木，却不能在树下休息。汉水边游玩的美丽女子，我却不能追求她。

汉水波涛汹涌，宽又广，我想要游过去是不可能的事。汉江的水悠悠，长又长，我想乘坐木筏渡过是不可能的事。

地里长着高大丛生的杂草，用刀割取荆条。美丽的姑娘要出嫁，赶快喂饱她的马。

汉水波涛汹涌，宽又广，我想要游过去是不可能的事。汉江的水悠悠，长又长，我想乘坐木筏渡过是不可能的事。

地里长着高大丛生的杂草，打柴的时候还得割蒌蒿。美丽的姑娘要出嫁，赶快喂饱她的小马驹。

汉水波涛汹涌，宽又广，我想要游过去是不可能的事。汉江的水悠悠，长又长，我想乘坐木筏渡过是不可能的事。

【赏析】

樵夫看到在汉江边游玩的美丽姑娘，非常爱慕她，想要追求她，却因为种种原因无法靠近她，因为单相思或失恋写出这首诗歌。

这首诗的意境为"可见而不可求"，与西方的浪漫主义"企慕情境"相似，他想追求的对象在远方或者对岸，眼睛可以看到，身体却无法靠近，更不能用手去触摸，让人向往又不能得到。

诗里有具体的人物、事件和场景。全诗分三章，叙述了年轻的樵夫辛苦伐木割薪的劳动过程。从结构上来看，第一章与第二章、第三章有区别，体现出樵夫曲折复杂的情感历程。

看到美丽的姑娘，樵夫燃起追求的希望，有了希望就会有失望。第一章八句话有四个"不可"，把樵夫的失望情绪，表达得淋漓尽致。第二章、第三章描绘了樵夫在艰辛的劳作中，想象着爱慕的姑娘要出嫁，他要赶快为她做些事情，是个痴情而执着的男人。

三章的后半段重复唱三遍，从首句的希望，到失望，再到希望破灭后的悲痛，叠章重句增强诗意，仿佛听到男子悲痛的哭泣声。年轻的樵夫钟情美丽的姑娘，最终却难遂心愿，面对宽广的汉江水，满怀惆怅，唱出这首动人的诗歌。

汝 坟

【原文】

遵彼汝①坟②，伐其条枚。未见君子，惄③如调饥④。
遵彼汝坟，伐其条肄⑤。既见君子，不我遐弃。
鲂鱼⑥赪尾，王室如燬。虽则如燬，父母孔⑦迩。

【注释】

①汝：汝水，源出河南，淮河的支流。
②坟：高处，指河堤、堤岸。

③惄：忧愁到了极限，心情难受的样子。
④调饥：又饥又饿。
⑤肄：砍伐了再次生长的小树枝。
⑥鲂鱼：鱼名，指鳊鱼。
⑦孔：很，非常。

【译文】

　　沿着汝水的河岸行走，砍伐了树枝与小树干。却没有看到我的夫君，又饥又饿，忧愁地行走。

　　沿着汝水的河岸行走，砍伐了才生长出来的新枝条。终于看到我的夫君归来，从此不会离我而去，不会把我抛弃。

　　鳊鱼因为劳累尾巴变红，君王的国土正被摧毁。虽然国土被摧毁，可是我的父母需要供奉。

【赏析】

　　这是最早展现汝州风土人情的一首诗歌。用简洁的语言说出妻子对丈夫深深的思念，口气中充满着幽怨和疲惫，当看到丈夫时又兴奋快乐起来，全诗真挚感人。

　　这首诗大致写于西周末期，频繁的战乱让人们的生活痛苦不堪。男人被征入伍，女人成为家里的顶梁柱，承担着原本属于男人的繁重劳动。借女人的辛苦劳作和悲痛心情控诉国家政治，讲述人们极度艰难的生活。

　　全诗分三章，第一章写在高高的汝河大堤上，一位凄苦的女人执着斧子砍伐树枝。采樵伐木应该是男人承担的劳作，却由忍饥挨饿的女人来承担。人们不禁要问：她的丈夫去哪里了？

　　第二章的诗情发生转折，新长出来的枝条不是简单的重复，而是告诉人们，女人等待了一年，新的枝条都长出来了。当她从期望变成绝望时，意外发现丈夫归来的身影，心中涌起欣慰和喜悦，难免有疑虑和猜思，以"不我遐弃"表现她复杂的感情。

　　第三章前两句是丈夫的口气，告诉妻子国家危难，他要弃小家保国家。可怜的妻子再次陷入绝望，她没有放弃挣扎，质问丈夫："濒临绝境的父母，每天受着饥饿的煎熬，他们的死活就不管了吗？"丈夫只能保持沉默。

麟之趾

【原文】

　　麟①之趾，振振②公子，于嗟③麟兮。

麟之定④，振振公姓⑤，于嗟麟兮。

麟之角，振振公族⑥，于嗟麟兮。

【注释】

①麟：麒麟，传说中一种仁义的神兽，它的出现预示着将给国家带来祥瑞。
②振振：诚信、仁厚、振奋有为的样子。
③于嗟：感叹词，赞美情感。
④定：通"顶"，指额、额头。
⑤公姓：与公侯同姓氏的人，就是公侯的子孙。
⑥公族：与公侯同家族的人，就是公侯的子孙后代。

【译文】

麒麟的足蹄不踢人，诚信仁厚的公侯好公子，哎呀，你们个个像麒麟。

麒麟的额头不撞人，诚信仁厚的公侯好子孙，哎呀，你们个个像麒麟。

麒麟的尖角不伤人，诚信仁厚的公侯好后代，哎呀，你们个个像麒麟。

【赏析】

这是一首赞美公侯家族诚信仁厚的诗歌。写在周国从弱小到强大的过渡期，把周王室的公侯子孙比作仁义的神兽麒麟，暗喻公侯家族得民心必得天下。

传说中的麒麟是一种仁义的神兽，被古人尊崇，它出现在哪里，哪里就会天下太平。这首诗用仁兽麒麟比作诚信仁厚的公侯子孙，交相辉映，引起人们赞叹。

全诗分三章，每章改动两个字，对麒麟的趾、定、角进行重复式赞美，对公侯家公子、公姓、公族的变化回旋往复，麒麟和公子形象反复交替。赞美的声音回荡在字里行间，视觉和听觉融合在一起，描绘出一幅美好的画面，体现出优美的诗意。

这首诗满足公侯家族的虚荣和自尊。古代的公侯家族，总是夸耀自己的身世不同凡响，称自己的儿子是"龙的传人""麒麟之子"。后来充当隶役的平民陈胜、吴广揭竿而起，喊出"王侯将相宁有种乎"的口号，普通人家也有了生育"麒麟之子"的希望。历史证明，公侯家族有很多王冠落地的不肖子孙，普通人家也会有叱咤风云的"麒麟之子"。

召南

西周初年,周武王得天下,封姬奭于召地,统治西方诸侯。《召南》是召公统治时期南方的民歌,地域包括今天河南西南部、陕西南部及四川一带。现存十四篇,多为婚姻嫁娶、思妇征夫、劳动打猎等内容。

鹊 巢

【原文】

维鹊①有巢,维鸠②居之。之子于归,百两御③之。
维鹊有巢,维鸠方④之。之子于归,百两将之。
维鹊有巢,维鸠盈之。之子于归,百两成⑤之。

【注释】

①鹊:喜鹊,善于筑巢。
②鸠:斑鸠,一说布谷鸟,不会筑巢。
③御:迎娶,指迎亲的车辆。
④方:依傍,占有。
⑤成:完成,完成迎送嫁娶的礼仪。

【译文】

喜鹊筑巢在树桠,斑鸠居住乐开花。这位姑娘要出嫁,百辆车子迎娶她。
喜鹊筑巢在树桠,斑鸠占有喜洋洋。这位姑娘要出嫁,百辆车子护送她。
喜鹊筑巢在树桠,斑鸠居住心欢喜。这位姑娘要出嫁,车队迎来成婚礼。

【赏析】

这是一首描写婚礼的诗歌,从迎亲的车有百辆,看出这是贵族举行的婚礼。

诗中用"鹊"比喻成新郎,"鸠"比喻成新娘。喜鹊搭好了窝,斑鸠来住比作新郎盖好了房子，新娘来居住，是新娘家人唱的赞美之歌，表达对新女婿的礼赞。

全诗分三章，每章以"维鹊有巢"开始，鸠占据鹊巢是两种鸟类的天性，同时点明这是成婚的季节。鸠居鹊巢用了"居""方""盈"三个字，"居"是开始住，"方"是住着不走了，"盈"是住满了鹊巢。有数量上的递进关系，不是简单的重复叠唱。

诗中"百两"是结婚的一个环节，形容新郎迎亲的车辆众多，说明他很富有，衬托出新娘的高贵。用"御""将""成"三个字概述整个婚礼的过程。

第一章写婚礼开始，新郎接到新娘。第二章是婚礼进行中，迎亲的队伍在返回路上。第三章写完成婚礼仪式，把婚礼的喜庆气氛推到高潮，仅用"百两"就渲染出婚礼的隆重。

这首诗写古时候贵族的婚礼流程，新娘在诗中出现，而新郎却隐在幕后，留出空白让人们去想象。往返的迎亲队伍，众多的车辆，热闹的场景，产生较强的画面感，令人回味悠长。

采 蘩

【原文】

于以①采蘩②？于沼于沚③。于以用之？公侯之事。

于以采蘩？于涧之中。于以用之？公侯之宫④。

被之僮僮⑤，夙夜⑥在公。被之祁祁，薄言还归。

【注释】

①于以：在什么地方。

②蘩：白蒿，嫩茎可以食用，有药用价值。

③沚：水塘，小沙洲。

④宫：宗庙。

⑤僮僮：光洁、高耸的样子。

⑥夙夜：早晚，意思是非常辛苦。

【译文】

去什么地方采白蒿？沼泽沙洲上可以采到。白蒿采来做什么用？公侯家里祭祖先。

去什么地方采白蒿？去山涧里面可以采到。白蒿采来做什么用？公侯家里祭宗庙。

戴上头饰穿上盛装，早出晚归为公忙采蒿。佩戴的发饰松散开，赶快回家天晚了。

【赏析】

这首诗歌描写尽职的女仆采摘白蒿和祭祀的情景。

全诗分三章。第一章写女仆辛苦地采摘白蒿，用短促的提问和简洁的回答显示出女仆繁忙的劳作。她们非常忙碌，只能忙里偷闲，匆忙又简单地回答询问者。

第二章重复第一章的内容，我们仿佛看到女仆从沼泽、山涧疾步走出，穿梭在公侯家，不停忙碌的身影。

第三章的场景从野外跳到宗庙祭祀，做祭祀事情的女仆，必须打扮得整洁漂亮，还要戴上光洁黑亮的发饰。诗中用"僮僮""祁祁"描绘女仆的发饰，从整洁到松散，写出女仆已经非常疲惫，无暇顾及自己的仪容。祭祀结束后，戴着松散的发髻走在回家的路上。

这首诗采用叠咏的手法，前两章一问一答，第三章写采白蒿人的仪容，虽然言语简洁，却把人物的仪态描写得活灵活现，一问一答的模式充分表现出原始民歌的特色。

草　虫

【原文】

喓喓草虫①，趯趯阜螽②。未见君子，忧心忡忡。亦既见止，亦既觏③止，我心则降。

陟④彼南山，言采其蕨。未见君子，忧心惙惙。亦既见止，亦既觏止，我心则说⑤。

陟彼南山，言采其薇。未见君子，我心伤悲。亦既见止，亦既觏止，我心则夷。

【注释】

①草虫：会叫的昆虫，也称蝈蝈，这里泛指草中有翅类可以鸣叫的昆虫。

②阜螽：蚱蜢，蝗虫的一种，大小体色不同。

③觏：遇见。

④陟：升，登高。

⑤说：通"悦"，高兴的意思。

【译文】

秋天草虫喓喓叫,野地蚂蚱乱蹦跳。好久不见君子面,日思夜想多心焦。一旦已经相见了,一旦已经团聚了,放下心来无烦躁。

登上高高南山坡,手采蕨菜把夫盼。好久不见君子面,日思夜想心不安。一旦已经相见了,一旦已经团聚了,我的心里真喜欢。

登在高高南山上,手采薇菜把夫想。好久不见君子面,日思夜想心悲伤。一旦已经相见了,一旦已经团聚了,我的心里真欢畅。

【赏析】

这是一首写妻子思念丈夫的诗歌,用想象为痛苦的心灵寻找慰藉。

全诗分三章,每章七句。第一章写思念丈夫的妇人在秋天的场景下,头两句以她耳闻目睹草虫的鸣叫和蹦跳起兴,让她感到秋天的萧瑟,仿佛看到枯黄的落叶,激起心中无限的愁思:"未见君子,忧心忡忡"。

第二、三章虽是重叠,与第一章相比,不仅转换了时空,拓宽了内容,情感也有发展。登高才能望远,诗人"陟彼南山",为的是眺望"丈夫"。然而从山巅望去,所见最显眼的就是蕨和薇的嫩苗,诗人无聊至极,随手无心采着。采蕨、采薇暗示经秋冬而今已是来年的春夏之交,换句话说,诗人"未见丈夫"不觉又多了一年,其相思之情自然也是与时俱增,"惙惙"表明心情凝重,几至气促;"伤悲"更是悲痛无语,无以复加。与此相应的,则是与丈夫"见""觏"的渴求也更为迫切,她的整个精神依托、全部生活欲望、唯一欢乐所在,几乎全系于此:"我心则说(悦)""我心则夷",多么大胆而率真的感情,感人至深。

这首诗的奇妙之处在于没有循着"忧心忡忡"继续写,而是运用想象,假设丈夫突然出现在她面前的情景。她的精神得到安慰,一切的忧愁困苦都消失殆尽。

采 蘋

【原文】

于以采蘋①?南涧之滨。于以采藻?于彼行潦②。

于以盛之?维筐及筥③。于以湘之?维锜④及釜。

于以奠之?宗室牖⑤下。谁其尸之?有齐⑥季女。

【注释】

①蘋:生于水里的蕨类植物,可以食用,又称四叶菜、田字草。

②行潦：沟里的积水。行：水沟。潦：路上的积水。
③筥：圆形的筐，方形称筐。
④錡：三足锅，用来烧饭的器皿。
⑤牖：窗户。
⑥齐：美好而恭敬。

【译文】

　　什么地方可以采蘋？去南山涧中的小溪旁。什么地方可以采藻？在沟里的积水里慢慢找。

　　什么东西可以装野菜？方形的筐和圆形的筥。什么东西可以烹煮食物？用三只脚的錡或没有脚的釜。

　　什么地方可以摆放祭品？可以放在祠堂窗户下面。什么人来主持祭祀典礼？恭敬虔诚的少女。

【赏析】

　　这首诗写女子出嫁前准备祭品，主持祭祀的情景。诗歌里详细记载了祭品、祭器、祭地和祭人，反映了当时的风尚习俗。

　　古代的贵族少女出嫁前要到宗庙里祭祀祖先，还要学习婚后的礼节。她采办祭品、清理祭器、设置祭坛，一切祭祀的物品准备就绪后，由她主持祭拜。

　　全诗分三章，每章四句。第一章两问两答，写出采蘋、采藻的地点。第二章两问两答，写出盛放、烹煮祭品的容器。最后一章用两问两答，写出祭祀的地点和主祭人。

　　古时候，祭祀的繁琐礼仪，寄托着人们对美好事物的希望和祝福，围绕着祭祀的一切活动都显得无比虔诚。诗人不厌其烦地叙述与祭祀有关的事物，将繁重又枯燥的劳作和圣洁的祭祀联系在一起。

　　这首诗的魅力是问答体的章法，灵活运用五个"于以"，带起全诗的节奏感，气势雄伟。五个"于以"的含义不完全相同，连绵起伏，有问有答。最后一句"谁其尸之？有齐季女"，烘云托月般把待嫁少女的美好形象展现在人们面前。

甘　棠

【原文】

　　蔽芾①甘棠②，勿翦勿伐，召伯③所茇④。
　　蔽芾甘棠，勿翦勿败⑤，召伯所憩。

蔽芾甘棠，勿翦勿拜⑥，召伯所说。

【注释】

①蔽芾：树木高大茂盛的样子。
②甘棠：棠梨，落叶乔木，果实圆小，味道有点涩，可以食用。
③召伯：姬奭，西周宗室，他的封地为召，人们称他召伯或召公。
④茇：这里作动词用，居住的意思。
⑤败：折下枝条，毁坏。
⑥拜：扒、屈枝。

【译文】

棠梨树的枝叶繁荣茂盛，不要修剪也不要砍伐，召伯曾经居住在树下。
棠梨树的枝叶繁荣茂盛，不要修剪也不要毁坏，召伯曾经在树下休息。
棠梨树的枝叶繁荣茂盛，不要修剪也不要拔掉，召伯曾经在树下停留。

【赏析】

西周宗室姬奭又称召伯，在他治理陕地以北时，深受当地老百姓的爱戴。

召伯行走在乡里城邑，经常在甘棠树下停车驻马、听讼决狱、搭棚过夜，从贵族到百姓都得到妥善安置。他体恤百姓困苦，不打扰民众，不占用民房，只在甘棠树下听讼，一心为民众排忧解难。

为了怀念他的高尚品德，表达对他的衷心感激，诗人告诫人们不要砍伐、不要损坏、不要拔掉树木，再说明原因，告诉人们这里是"召伯所茇""召伯所憩""召伯所说"的地方。整首诗笔意波折，可以看出诗人措辞的巧妙。

全诗分三章，每章三句，用赋法进行叙述，物象简明却寓意深远，用真挚情感、诚恳的态度和关切的语气表达对召伯德政教化的衷心感谢，这首诗被评为"千古去思之祖"。

行 露

【原文】

厌浥①行露②，岂不夙夜？谓行多露。
谁谓雀无角？何以穿我屋？谁谓女无家③？何以速我狱④？虽速我狱，室家不足！
谁谓鼠无牙？何以穿我墉⑤？谁谓女无家？何以速我讼？虽速我讼，亦不女从！

【注释】

①厌浥：幽暗潮湿。
②行露：道路上的露水。
③家：媒聘的礼仪，把对方娶回家。
④狱：案件、官司、监狱。
⑤墉：墙壁。

【译文】

路上露水湿漉漉，难道不想赶早路？就怕露多湿衣裤。

谁说鸟雀没有嘴？凭啥穿我屋上茅？谁说你没娶老婆？为何抓我进监狱？就算把我送监狱，逼我成婚做不到。

谁说老鼠没有牙？凭啥打穿我家墙？谁说你还没有妻？为什么逼我吃官司，哪怕逼我上公堂，要我从你是妄想。

【赏析】

这是写一位女子拒绝一位有妻室男子求婚的诗歌。

男子倚仗官府的势力强迫女子嫁给他，女子表示她绝不屈服，并且痛骂男子。整首诗格调高昂，女子为了捍卫自己的人格和爱情的尊严，表现出坚韧的性格，敢与强大的邪恶势力抗争。

全诗分三章，第一章首句"厌浥行露"有种悲伤的气氛，使整首诗笼罩在一种阴郁压抑的氛围里，写出女子所处的环境非常恶劣，需要长时间抗争。当然，抗争的过程相当曲折。第二句"岂不夙夜？谓行多露"，婉转说出女子坚定的意志，再恶劣的环境，她都会走下去。

第二章和第三章，女子用鸟雀、老鼠比喻强暴者无中生有，造谣诽谤，想用诉讼胁迫女子答应他的要求。女子用比喻，委婉地告诉人们，决不屈服于男子的威胁。"虽速我狱，室家不足！""虽速我讼，亦不女从！"这两句话是女子的正面表态，用斩钉截铁的语气，表达她不屈服的决心，就算陷入诉讼，也不顺从对方。

诗中句式复沓以加重语气，进一步增强了文字的感染力和说服力。

羔 羊

【原文】

羔羊①之皮，素丝②五紽③。退食自公，委蛇④委蛇。
羔羊之革⑤，素丝五緎。委蛇委蛇，自公退食。

羔羊之缝,素丝五总。委蛇委蛇,退食自公。

【注释】

①羔羊:大羊叫羊,小羊叫羔。

②素丝:白色的丝线。

③紽:古时候计算丝缕的单位,这里是缝合的意思。

④委蛇:自得、悠闲的样子。

⑤革:去毛的兽皮。

【译文】

羔羊裘袄身上穿,衣上白丝交互连。酒醉饭饱出公门,摇摇摆摆多悠闲。

羔羊裘袄穿身上,白丝交互缝衣裳。摇摇摆摆出公门,酒醉饭饱心舒畅。

身上穿着羔裘袄,白丝密密交互绕。摇摇摆摆回家去,酒醉饭饱就下朝。

【赏析】

这首诗描写官员忙完政务后,享受锦衣玉食,最后悠闲归家的情形。

从"素丝"的服装角度,可以确定诗中的主人公是位大臣。用素丝的特性"白"与"柔",赞美大臣高洁和谦忍。

大臣入朝处理政事,在公门里食宿,就不会被外面的事影响政事。同时,可以看出诗中的人物是朝臣,不是宦官之类的人。从特征上来看,这位大臣遵守制度,依照朝廷的律法办事,按照传统方式处理事情,不标新立异,是位认真执行法律法规的人。

整首诗没有讽刺的词语,也没有斥责的话,冷静而客观地选取官员日常生活中的一个小片断。先是写官员的服饰,用视觉来暗示这个人的身份。官员们退朝后享受公家提供的膳食,吃饱喝足后,然后"退食自公"。

"委蛇委蛇"把人物写得活起来,主人公慢悠悠、摇摇摆摆地走路,显得非常逍遥惬意。他这副悠闲的神态放在"退食自公"的场合下,显得有点滑稽可笑,略带挖苦嘲弄之意。

全诗分三章,每章的三、四两句重复,上下前后颠倒重复。

殷其雷

【原文】

殷其雷①,在南山之阳②。何斯违斯,莫敢或遑③?振振④君子,归哉归哉!

殷其雷,在南山之侧。何斯违斯⑤,莫敢遑息?振振君子,归哉归哉!

殷其靁,在南山之下。何斯违斯,莫或遑处?振振君子,归哉归哉!

【注释】

①殷其靁:隐隐听到雷声,殷通"隐",靁就是雷。
②阳:南面。
③或:有。遑:空闲,闲暇。
④振振:兴奋或者笃厚有信。
⑤违斯:离开这里。

【译文】

轰隆隆的雷声,在南山的阳坡响起,为何才回又要走,不敢稍稍有闲暇?我的丈夫真勤奋,快点归来吧!

轰隆隆的雷声,在南山的侧面响起,为何才回又启程,不敢稍稍暂休整?我的丈夫真勤奋,快点归来吧!

轰隆隆的雷声,在南山的脚下响起,为何才聚又分别,不敢稍稍作停歇?我的丈夫真勤奋,快点归来吧!

【赏析】

这是一首女子与丈夫依依惜别的诗。在轰隆隆的雷声响起,大雨即将到来之时,克己奉公的丈夫却要离家外出,妻子无可奈何,只能让丈夫离去,一再嘱咐他要早点归来。

诗中以重章叠句的形式写出妻子对丈夫的思念,反复咏唱中加深情感。诗以雷声开始,雷声从"山之阳"到"山之侧",再到"山之下",声音越来越近,眼看大雨将要到来,丈夫却要外出办事。妻子舍不得却又无法阻止,只能一遍又一遍地叮嘱他早点归来,让人们看着心酸,也感觉到两人之间浓厚的情意。

全诗分三章,每章相似的几句话,却转折跌宕,写出妻子抱怨、理解、赞叹、期待的多种情绪和心理轨迹。"遑""息""处"表现出丈夫忠于职守、不敢懈怠的态度。

这首诗的巧妙之处在于,上下不一的语意转折,妻子在否定的同时又肯定丈夫的行为,用简洁朴实的语言,模拟说话的语气,一唱三叹,非常传神。

摽有梅

【原文】

摽①有梅,其实②七兮。求我庶士③,迨④其吉兮。

摽有梅，其实三兮。求我庶士，迨其今兮。

　　摽有梅，顷筐塈⑤之。求我庶士，迨其谓之⑥。

【注释】

①摽：落下。

②实：梅的果实。

③庶士：众多的小伙子。

④迨：趁着。

⑤塈：取。甲骨文中的"塈"是两手持筐倾土或取土的形象。

⑥谓之：告诉、表白。

【译文】

　　梅子纷纷落地，树上还留着七成果实。有心追求我的小伙子，不要错过良辰。

　　梅子纷纷落地，枝头还剩下三成果实。有心追求我的小伙子，趁今天好时辰。

　　梅子纷纷落地，拿着簸箕去捡拾果实。有心追求我的小伙子，快些开口表白。

【赏析】

　　这首诗写一位待嫁的女子看见梅子成熟落地，想到自己将要逝去的青春，还没有找到理想的对象。

　　女子从落地的梅子说起，大胆表达爱意，希望有小伙子赶快来求婚。女子对爱情的追求直白又大胆，可以看出周代的风俗不像后世那样礼教森严。

　　全诗分三章，三次提到"庶士"，说明这位姑娘还没有意中人，正在向外界寻觅、催促、呼唤。她看着梅子熟透，想到自己的年龄也大了，还没有找到夫婿，不禁心中着急。从果实累累到衰落，一遍遍地提醒小伙子快来求亲，告诉他时间不等人。

　　珍惜年华，渴望爱情是中国诗歌的特色，这首诗是女子思春求爱的始祖，质朴而清新，明朗而深情，构建了一个抒情的模式。用花木的盛衰比喻女人青春的流逝，感慨青春易逝，求婚要及时。

小　星

【原文】

　　嘒①彼小星，三五在东②。肃肃③宵征，夙夜在公。寔命不同。

嘒彼小星，维参与昴④。肃肃宵征，抱衾与裯⑤。寔命不犹⑥。

【注释】

①嘒：微小而明亮的星光，多为象声词，形容蝉鸟的鸣叫声或者清脆悠扬的铃声。

②三五在东：三三五五、数量不多，形容星光很少，指傍晚或晨曦。

③肃肃：急忙赶路的样子。

④参、昴：二十八星宿中的两星宿。

⑤衾、裯：被子和短衣。

⑥不犹：不如别人。

【译文】

小小星儿闪微光，三三五五在东方。急急忙忙赶夜路，早晚都为公事忙。这是命运不一样！

小小星儿闪微光，参星昴星挂天上。急急忙忙赶夜路，抛开被子与床帐。命不如人暗惆怅！

【赏析】

这是一位小官吏因为公务繁忙，疲于奔命，抱怨自己的命运不如别人而写的怨歌。

古时候，生活在社会下层的小官吏，多一个少一个都不会影响官场的机构，就像天上的小星星一样，出现、存在、消失都是悄无声息的。他们是社会中的边缘人物，不会引人注目。

小官吏意识到自己的卑微，却不愿意向命运低头，想找到自己的尊严和价值，得到别人的承认和尊重，他觉得自己并不比别人差，只是因为命运不同而已，所以不停地呼喊，显得震撼人心。

全诗分两章，只有十句，将小官吏穿着短衣抱着被褥，星夜赶路，为公事疲于奔命的场景，描绘得生动而形象。

江有汜

【原文】

江有汜①，之子归，不我以②。不我以，其后也悔。

江有渚③，之子归，不我与。不我与，其后也处。

江有沱④，之子归，不我过。不我过，其啸⑤也歌。

【注释】

①汜：由主流分出去又汇合在一起的河水。

②以：交往。
③渚：水中的小沙洲。
④沱：长江的支流。
⑤啸：唱歌没有谱，也没有调，有"狂歌当哭"的意思。

【译文】

江水分流又汇合，我的爱人要回家，从此不再和我相伴。没有我的相依相伴，终有一天你会后悔。

江水流到沙洲上，我的爱人要回家，从此不再和我交往。从此没有我的出现，你伤心日子在后面。

江水滔滔有支流，我的爱人要回家，从此不再来看望我。从此我们不再相逢，你会因悔恨而痛哭。

【赏析】

这首诗写妇人的丈夫另结新欢要抛弃她，她的心里充满怨恨却又无可奈何，只能独自坐在江边，对着江水哭喊。

全诗分三章，每一章的开头写江水流在"汜""渚""沱"附近，她的丈夫从水路来，现在又乘着小船从水路离开。

诗中的男人是一位薄情汉，弃妇用"不我以"诉说丈夫的薄情，用"不我与"诉说丈夫不带她一起走，用"不我过"诉说丈夫在感情上的吝啬，是个薄情寡义的人。

弃妇觉得自己在丈夫的生活中占有重要的地位，所以预言丈夫会为他的背叛行为付出代价，以后会受到惩罚。这只是弃妇自己的想法，隐含着她对重归于好的企盼。

诗的每一章的前三句是叙事，后两句是抒情，第三、第四句是重复一样的文字，采取反复咏叹的形式，强调弃妇的痛苦和不幸。

整首诗排列整齐，结构严谨，用字精巧，语言朴实有灵气，一唱三叹，极尽女人的缠绵之态，柔中带刚。

野有死麇

【原文】

野有死麇①，白茅包之。有女怀春，吉士②诱之。
林有朴樕③，野有死鹿。白茅纯束，有女如玉。
舒而脱脱兮！无感我帨④兮！无使尨⑤也吠！

【注释】

①麕：獐子，与鹿相似，没有角。
②吉士：古代对善良男子的美称。
③朴樕：一种小树，可以当柴烧。
④帨：女子的佩巾。
⑤尨：长毛狗，毛多。

【译文】

荒野上有头死獐子，用白茅草儿来扎起。有位少女春心荡漾，小伙挑逗追求她。

树林中生长着小树，荒野上有只死鹿。用白茅草儿捆着它，送给如玉好姑娘。

舒缓悠闲地慢慢来！不要碰我的佩巾！不要让狗儿汪汪乱叫！

【赏析】

这首诗描写贵族男子把猎来的小动物，用白茅包裹起来作为礼物向女子求爱，并称女子像白茅一样纯洁美丽，可以感受到他对女子的爱意。

这首诗写在奴隶社会向封建社会过渡的时期，礼教尚未形成，社会风气比较开放，男女表达爱情的方式很大胆、很直接，不受礼教禁锢，爱情生活比较自由。

全诗分三章，前两章用旁观者的口气描绘男女之情，显得朴实又率真。用叙述的手法把年轻男女恋爱的过程真实自然地表现出来。他们的爱情大胆又热烈，气氛十分活泼。獐和鹿是古人求亲时必备的聘礼，诗中引用这两种小动物切合主题。

第三章转变叙事角度，用女子的口气描写她收到礼物后的惊喜。两人亲热时，女子让男子不要太粗鲁，以免引起别人的注意。他们对待爱情的方式自然、直接、主动，对待爱情的态度真诚大方。从正面与侧面互相掩映，含蓄诱人，情景交融，赞美男女之间自然、纯真的爱情。

何彼襛矣

【原文】

何彼襛①矣，唐棣②之华？曷不肃雝③？王姬④之车。
何彼襛矣，华如桃李？平王之孙，齐侯之子。
其钓维何？维丝伊缗⑤。齐侯之子，平王之孙。

【注释】

①祋：花木繁盛茂密的样子。
②唐棣：棠棣。
③肃雝：庄严和睦。
④王姬：周王的女儿。
⑤缗：多条丝线拧成的绳。

【译文】

多么美丽又绚烂？像棠棣花般动人娇艳。为何严肃又华美？王姬出嫁乘车辆。

多么美丽又绚烂？像桃李花般华丽芬芳。平王孙女容貌好，齐侯之子风度翩。

钓鱼用的什么线？用多条丝线拧成的绳。齐侯之子风度翩，平王孙女容貌好。

【赏析】

这首诗写周王女儿出嫁时，豪华气派的场面。从新娘的容貌、车驾、地位多方面描写出嫁时盛大华丽的场面。全诗在车马的行进中逐渐变化，正面描写新娘的美貌，用热闹的现场烘托婚礼的高贵。

全诗分三章，每章四句，前两句是设问，后两句作答。有问有答，具有浓郁的民间特色。

第一章写新娘出嫁时豪华奢侈的场面。首章以棠棣花起兴，铺陈出嫁车辆的骄横奢侈。"曷不肃雝"写旁观的路人交相赞叹，显得非常喧闹，不肃静。

第二章以桃李作比，描绘出新郎和新娘光彩照人的容颜，用"平王之孙，齐侯之子"衬托出两位新人的高贵身份。

最后一章用钓鱼的器具起兴，如果想钓到鱼，用蚕丝搓成的鱼线是最好钓鱼线。蚕丝搓成鱼线说明男女之间是以礼相求。蚕丝本来只有一条线，从"丝"到"缗"，由几根蚕丝合成一根，就像单独的两个人合在一起，组成一个家庭。

从艺术方面，全诗所极力铺写的排场气派在诗人的视野中逐渐推移变化，时而正面描绘，时而侧面衬托，起到相得益彰的效果。

驺虞

【原文】

彼茁者葭①，壹发五豝②，于嗟乎驺虞③！

彼茁者蓬④，壹发五豵⑤，于嗟乎驺虞！

【注释】

①葭：初生的芦苇。
②豝：幼小的母野猪。
③驺虞：古代为天子管理鸟兽的官吏。
④蓬：蓬草，又称蓬蒿。
⑤豵：小野猪或小野兽。

【译文】

芦苇茁壮又茂盛，箭箭射中母野猪，哎呀，这是为天子管鸟兽的好官吏。

蓬蒿茁壮又茂盛，箭箭射中小野猪，哎呀，这是为天子管鸟兽的好官吏。

【赏析】

这首诗赞扬为天子管鸟兽的官吏有高超的射箭技艺。

全诗分两章，每章三句。首章的"彼茁者葭"中的"葭"是指初生的芦苇长势很好，所以用"茁"来形容茂盛的芦苇，散发着蓬勃向上的气息。在春和日丽的时候，母猪躲在茂盛的芦苇丛中，很隐秘，但狩猎的猎人"壹发五豝"，收获很大。

第二章的首句"彼茁者蓬"中的"蓬"指蓬蒿。这里说的芦苇和蓬蒿都不是主角，只是用来点缀环境，指出猎人狩猎的地点是原野。背景改变，但猎人的收获同样丰厚，从"壹发五豵"中可以看出他有高超的射箭技艺。

诗人截取了行猎过程中的两个场景，简笔淡墨，勾勒出猎人弯弓搭箭、射中猎物的生动画面，可谓以少少许胜多多许。关于"壹发"有很多解释，有人说只是泛指射箭的动作，有人说"壹"是一打，"壹发"就是十二支箭。

邶风

邶是周代诸侯国的国名,即邶国。周武王克商后,以朝歌为中心一分为三,朝歌之北是邶,在今天河南省淇县以北至汤阴县。周武王封商纣王之子武庚管理,后来武庚叛乱被杀,邶并入卫国。《邶风》是邶地民歌,多数是东周作品,现存十九篇。

柏 舟

【原文】

泛①彼柏舟②,亦泛其流。耿耿不寐,如有隐忧③。微我无酒,以敖以游。

我心匪鉴④,不可以茹。亦有兄弟,不可以据。薄言往愬,逢彼之怒。

我心匪石,不可转也。我心匪席,不可卷也。威仪棣棣,不可选也。

忧心悄悄,愠⑤于群小。觏闵⑥既多,受侮不少。静言思之,寤辟有摽⑦。

日居月诸,胡迭⑧而微?心之忧矣,如匪浣衣。静言思之,不能奋飞。

【注释】

①泛:漂流,随水浮动。

②柏舟:柏树制造的舟。

③隐忧:藏在内心的忧愁。

④匪鉴:不是镜子。

⑤愠:怨恨,怒。

⑥觏闵:遭遇痛苦。

⑦摽:捶打的样子,拍胸的动作。

⑧胡迭:为何轮番。

【译文】

　　河中浮有柏木船，随水漂流漫无边。睁着眼儿难入眠，几多烦恼积心间。不是浇愁无美酒，也非无处可游玩。

　　我心不是照物镜，不可什么都容纳。也有哥哥有弟弟，可是不能依靠他。赶回娘家去诉苦，他们发怒把我骂。

　　我心不是小石块，不可任意打转转。我心不是草席片，哪能随便把它卷。仪容端正品行好，岂能任人乱挑拣。

　　心事重重多烦闷，群小怨我把我恨。横遭忧患苦已多，累受欺凌怨更深。静下心来细思量，梦醒捶胸愁难申！

　　太阳月亮挂天边，为啥轮流都昏暗？我的心里多忧烦，好比脏衣没洗换。静下心来细思量，不能展翅翔云汉。

【赏析】

　　这首诗写贤人讨厌别人的谗言、畏惧别人的讥笑，却无法摆脱困境的状态。

　　全诗分五章三十句。第一章的前两句以柏舟作比，说柏木做的舟坚固牢靠，却随波逐流，无所依傍，比喻人心飘摇不定，没有依靠。饮酒遨游可以解除人的忧愁，可是却解不了他的忧愁，他无法摆脱这种痛苦。

　　第二章表示贤人的忧愁到了忍无可忍的地步，希望有人来帮他分担。他首先想到的是家人兄弟，却被"逢彼之怒"，旧愁未去，又添新恨。

　　第三章写贤人开始反躬自省，前面四句写他坚定立场，不屈服于别人。告诉人们，虽然他跟别人的想法不一样，但别人也不能改变他的志向，他要保持自己的尊严，决不退让，坚定的意志让人同情和佩服。

　　第四章对贤人的忧愁做了解答，他受制于别人，又无力抗争，满腹辛酸。到了夜晚，他静静地思考后，只能拍胸叹息，自悲自怜。

　　最后一章贤人把目标转向光明的使者"日月"，因为他的忧愁太深，以至于感觉日月无光，他的内心极度渴望自由，却无力高飞，只能一声叹息。

　　全诗紧扣一个"忧"字，忧愁的痛苦，无处诉说，无法解开，环环相扣，一气呵成。语言委婉而凝重，感情真挚而浓烈。使用多种修辞手法，生动形象。

绿　衣

【原文】

　　绿兮衣兮，绿衣黄里①。心之忧矣，曷②维其已！

绿兮衣兮，绿衣黄裳③。心之忧矣，曷维其亡！
绿兮丝兮，女所治兮。我思古人④，俾无訧⑤兮。
絺兮绤兮，凄其以风。我思古人，实获我心。

【注释】

①里：衣服的衬里。
②曷：何，何时。
③裳：下衣，如同现在的裙子。
④古人：故人，这里指亡故的妻子。
⑤訧：同"尤"，过错。

【译文】

身上穿着绿上衣，绿色衣面黄色里。心里忧伤多烦闷，哪年哪月能停止！
绿色上衣穿身上，绿衣连着黄色裳。心里烦闷多忧伤，哪年哪月才能忘！
绿色丝线绿色衣，绿衣是你亲手制。想起过世好妻子，使我小心无过失。
粗细葛布做衣裳，穿着透风增清凉。想起过世娇妻美，称心如意永难忘。

【赏析】

这是一首思念亡故妻子的诗歌。诗人看到妻子亲手缝制的衣裳，想到妻子对自己无微不至的照顾，如今物是人非，因此心里充满悲伤，不知道什么时候才能解脱。

全诗分四章，采用了重章叠句的手法，每章只换几个字，反复咏唱，一唱三叹，将诗人的思念之情不断推进，表达诗人深深的思念之情。

第一章写诗人把衣裳翻来翻去，从里到外仔细地看，思念着做衣裳的人。

第二章写诗人把衣裳从上到下看，仍然摆脱不了思念带给他的忧伤。

第三章写诗人仔细看衣裳上的一针一线，感受着妻子对他深切的关心和爱护，想起妻子总是劝他远离是非，不要犯错误。

第四章写天气寒冷，他还穿着夏季的衣裳，想起妻子在的时候都不用他操心，季节变换时，妻子总会让他穿上合适的衣服。

"絺兮绤兮"是夏天穿的衣服，"绿衣黄里"是秋天穿的衣服。妻子已经逝去，她缝制的衣服还在，合身的衣服、细密的针线，让他感到妻子的温暖。诗人发自内心的思念之情，深沉又含蓄，读起来让人动容，是首怀念亡人的佳作。

燕 燕

【原文】

燕燕①于飞，差池②其羽。之子于归，远送于野。瞻望弗及，泣涕如雨。

　　燕燕于飞，颉之颃之③。之子于归，远于将之。瞻望弗及，伫立以泣。

　　燕燕于飞，下上其音。之子于归，远送于南。瞻望弗及，实劳我心。

　　仲氏任只，其心塞渊④。终温且惠，淑慎其身。先君之思，以勖⑤寡人。

【注释】

①燕燕：鸟名，即燕子。
②差池：参差不齐的样子。
③颉、颃：上飞、下飞。
④塞渊：填满内心深处，形容心胸开阔。
⑤勖：勉励。

【译文】

　　双双燕子翩翩飞，参差不齐展双翅。这个姑娘要出嫁，远远送到田野里。抬头远望望不见，热泪如雨下不已。

　　双双燕子翩翩翔，忽而下来忽而上。这个姑娘要出嫁，远远送她离家乡。抬头远望望不见，久久站立泪满眶。

　　双双燕子飞翩翩，上上下下叫声连。这个姑娘要出嫁，远远送到城南边。抬头远望望不见，实使我心添忧烦。

　　二妹为人可信任，心地诚实见识深。性格温和又贤惠，小心谨慎善修身。要把先君常思念，劝勉寡人记在心。

【赏析】

　　这首诗写一位国君送他的二妹远嫁他乡，被称为"千古送别之祖"。

　　全诗分四章，前三章重复渲染惜别的情景，末章讲述被送的人贤良温顺，文字深沉而语意沉重，离别的愁绪跃然文中，让人顿生敬意。

　　前三章开篇以"燕燕于飞"起兴，看着燕子自由欢快地双飞，反衬出同胞别离的悲伤。父亲已去世，温柔的妹妹又要远嫁，从此亲人分别，很难再相见，这种情景让人难过。

　　"远送于野""远于将之""远送于南"，表达出"寡人"兄妹情长，送了一程又一程，离别的情绪更加沉重。千里相送，终有一别，远嫁的妹妹终将离去，留下哥哥"瞻望弗及，伫立以泣"。

　　前三章重章复唱，循序渐进，把送别的情境和惜别的气氛推上高潮，表现出诗人深婉沉痛的心情，令人不忍卒读。

　　末章从虚转实，写被送走的姑娘，写出一个性情温和而恭顺，贤惠又善良的女子。她思虑切实而深长，与家人临别时还不忘勉励"寡人"，不要忘记先君的嘱托，要做一位好国君，体现出女性的美德。

整首诗采用倒装的手法，前三章渲染离别的气氛，最后一章叙述送别的对象。在写法上先概括叙述事情，再写人物的语言，静中有动，形象鲜活。

"瞻望弗及"反复出现在历代送别的诗中，表现亲人分别时的情境和痛苦的心情。

日 月

【原文】

日居月诸①，照临下土。乃如之人兮，逝不古处。胡能有定？宁不我顾。

日居月诸，下土是冒②。乃如之人兮，逝不相好。胡能有定？宁不我报③。

日居月诸，出自东方。乃如之人兮，德音④无良。胡能有定？俾也可忘。

日居月诸，东方自出。父兮母兮，畜⑤我不卒。胡能有定？报我不述。

【注释】

①日居月诸：太阳啊，月亮啊。古人常用日月比喻丈夫。
②冒：覆盖，指阳光普照。
③报：报答。
④德音：美好的声誉、德性。
⑤畜：养育或者喜爱。

【译文】

太阳啊月亮啊放光芒，光明照彻大地上。竟然有这样的人，忘记过去感情变心肠。什么时候生活才能变得正常？竟不顾及我的悲伤。

太阳啊月亮啊放光芒，光辉普照大地上。竟然有这样的人，背弃曾经相好的情义。什么时候生活才能变得正常？竟然不回答我的话。

太阳啊月亮啊放光芒，每天升起在东方。竟然有这样的人，说得很好听却做不到。什么时候生活才能变得正常？让我忘记这份感情。

太阳啊月亮啊放光芒，日夜运行自东方。叫声爹爹叫声娘，丈夫根本不爱我。什么时候生活才能变得正常？对我蛮横又不讲理。

【赏析】

这首诗写一位妇女被丈夫抛弃后悲伤难过的心情,是首幽怨的诗歌。

全诗分四章,每章的第一句用"日居月诸"起兴,把人们带入一个太阳或月亮照耀下的场景,一位妇人对着明亮的日月大声控诉。告诉人们,妇人的丈夫变心,不能像以往一样顾念她。

前三章反复咏叹"乃如之人兮",写她一而再,再而三地控诉丈夫带给她的伤痛。第四章写她悲痛至极,只能抱怨父母不应该生养她,虽然很无理,却至情至性。

每章的第一句"日居月诸"还有陪衬的作用。日月照临大地,是有固定的归处,反复呼喊日月,是为了陪衬每章的第五句"胡能有定",妇人希望丈夫能够回来,生活回归正常。

这首诗着重刻画弃妇的心理,没有具体描写弃妇的内心痛苦。女人的心情很复杂,有被抛弃后的怨恨,指责丈夫的不负责,同时又思念丈夫,希望他回心转意,回到她的身边。她清醒地认识到丈夫"德音无良",情感上却放不下,希望丈夫能够回来"胡能有定"。

这首诗流露出弃妇的真实感情,在被弃和希望的矛盾中徘徊。

终 风

【原文】

终风且暴①,顾我则笑。谑浪②笑敖,中心是悼。
终风且霾,惠然③肯来。莫往莫来,悠悠我思。
终风且曀④,不日有曀。寤言不寐,愿言则嚏。
曀曀其阴,虺虺⑤其雷。寤言不寐,愿言则怀⑥。

【注释】

①终、且:"终……且……",就是"既……又……"。
②谑浪:戏谑,放荡。
③惠然:和顺,然是语气助词。
④曀:通"翳",阴天有风。
⑤虺虺:震雷的声音。
⑥怀:怀念,思念。

【译文】

风既狂来雨又暴,看见我来嘻嘻笑。调戏放荡瞎胡闹,心里悲伤多烦恼。

大风既起尘土扬,有时心顺来我旁。如今不来又不往,思绪绵绵怎能忘。
风既刮来云又起,太阳刚露乌云蔽。躺在床上睡不着,愿他思念打喷嚏。
满天乌云日色暗,虺虺雷声震天边。躺在床上睡不着,愿他悔悟把我念。

【赏析】

这首诗写女子被男子调戏,却又思念他。借助自然界的狂风暴雨、电闪雷鸣表达女子对男子又恨又爱的复杂心理。

全诗分四章,第一章用"谑浪笑敖"四个动词描写在两人相处的欢娱时光里,男子纵情粗暴,妇女担心会被抛弃,感到恐慌。

第二章承接上章的"悼"写女子被抛弃后的心情,疑惑的语气带着期盼,自问自答表现出她的绝望,用"悠悠我思"转出下面两章。

第三章、第四章主要表现女子"思"的程度,用"寤言不寐,愿言则嚏"写出女子对男子深深的思念,想得睡不着觉,用"愿言则怀"设想男子也在想她。

整首诗结构自然有法度,用"比"的表现手法,把男子的行为比作"终风且暴",把他的脸色比作"终风且霾",阴暗无色,发起火来"虺虺其靁",犹如突然响起的雷声,带给女子恐慌。这些让人心悸的画面,衬托出女子复杂的心情和悲惨的命运,有强烈的艺术震撼力。

击 鼓

【原文】

击鼓其镗①,踊跃用兵。土国②城漕,我独南行。
从孙子仲③,平陈与宋。不我以归,忧心有忡。
爰④居爰处?爰丧⑤其马?于以求之?于林之下。
死生契阔⑥,与子成说。执子之手,与子偕老。
于嗟阔兮,不我活兮。于嗟洵⑦兮,不我信兮。

【注释】

①镗:击鼓的声音。

②土国:建筑城墙的劳役。当时国家有两种徭役,一种是土工建筑类的劳役,一种是兵役。

③孙子仲:卫国将领。

④爰:为何,何时,何处。

⑤丧:丢失。

⑥契阔：聚散离合。

⑦洵：很久。

【译文】

战鼓擂得震天响，士兵踊跃练武忙。有的修路筑城墙，我独从军到南方。
跟随统领孙子仲，联合盟国陈与宋。不能让我回卫国，致使我心忧忡忡。
何处可歇何处停？跑了战马何处寻？一路追踪何处找？不料它已入森林。
一同生死不分离，我们早已立誓言。让我握住你的手，同生共死上战场。
可叹相距太遥远，没有缘分重相见。可叹分别太长久，无法坚定守誓言。

【赏析】

这首诗写远征在南方的卫国兵士思念妻子，用铺陈直叙的手法，写士兵长期征战、背井离乡，夫妻不能团聚的痛苦，表达真切感人。

全诗分五章，前三章是兵士自己讲述出征的情景，已经充满怨气想要控诉。后两章转到夫妻离别时的誓言，兵士难以看到归期，无法信守诺言，心里悲痛难忍，只能用四个叹词"兮"，表达心中的愤懑之情，欲哭无泪。

这首诗总体的格调与思想是"怨"，从正面看，诗人怨恨战争，抱怨远征没有归期，怨气冲天，怀念与自身息息相关的点滴生活。从反面看，是个人思想与集体要求的不断背离，个体存在与国家战事的不断抗衡，幸福的自我在残酷的战争中不断颠覆，流露出发自内心的厌战情绪。他希望回到妻子身边，拉着妻子的手过着平淡的生活，白头到老。

"执子之手，与子偕老。"表达人们珍惜爱情，希望白头到老，共度一生的美好愿望。平凡的文字，让人刻骨铭心，这样的誓言，冲淡了死亡带来的惨烈与悲凉。

士兵用曾经的誓言，控诉着残酷的战争却又无可奈何，表现出远征在外的士兵心里的痛苦，感触万千，深深打动人们的心。

凯　风

【原文】

凯风①自南，吹彼棘②心。棘心夭夭③，母氏劬劳④。
凯风自南，吹彼棘薪。母氏圣善，我无令人。
爰有寒泉⑤，在浚之下。有子七人，母氏劳苦。
睍睆⑥黄鸟，载好其音。有子七人，莫慰母心。

【注释】

①凯风：和煦的风，这里指母爱。
②棘：丛生的小枣树。
③夭夭：树木嫩壮的样子。
④劬劳：指母亲养育子女的劳苦。
⑤寒泉：古代泉名，在春秋卫国。
⑥睍睆：黄鸟的颜色美丽或鸟鸣声清和圆转。

【译文】

和风吹来自南郊，吹得枣树发嫩苗。枣树嫩苗渐美茂，母亲实在太辛劳。
和风吹来自南郊，枣树长成当柴烧。母亲通达明事理，可惜儿女都不肖。
什么地方有寒泉？就在浚邑城下边。虽然儿子有七个，母亲仍然苦难言。
羽毛美丽小黄鹂，歌喉婉转好声音。虽然儿子有七个，无人安慰慈母心。

【赏析】

这是一首儿子歌颂母亲的诗歌。

全诗分四章，写子女们认为自己德才不备，辜负母亲的养育之恩和辛苦栽培，以平直的语言传达孝子们的心意。

前两章的开篇写"凯风自南，吹彼棘心"，把母亲的抚养和哺育比作和煦的南风，把自己和兄弟们比作成长中的枣树嫩芽。枣树的嫩芽可以长成材，全是母亲辛勤哺育的结果。

第三章诗人把母爱比作一口寒泉，泉水长期在地下流淌，供人们饮用。母亲养育七个儿子，依然在操劳，让儿子们无法安心。

第四章诗人把自己和兄弟们比作黄鸟，黄鸟的鸣叫声清丽婉转、悦耳动听，可是七个儿子却无法宽慰母亲孤苦的心。凯风、棘心、寒泉、黄鸟构成一幅有声有色的图画，后两句反复叠唱表达出儿子们对母亲的深情。

母爱亲情是人类感情中永恒的主题。诗歌没有解说母亲如何辛苦地养育孩子，而是采用比喻，把母亲的光辉形象生动地展现在人们面前，感情真挚。

雄 雉

【原文】

雄雉①于飞，泄泄②其羽。我之怀矣，自诒③伊阻。
雄雉于飞，下上其音。展④矣君子，实劳我心。
瞻彼日月，悠悠我思。道之云远，曷云能来？

百尔君子，不知德行。不忮不求⑤，何用不臧⑥？

【注释】

①雄雉：雉，野鸡，雄野鸡。比喻丈夫。
②泄泄：慢慢飞翔的样子。
③诒：通"贻"，遗留。
④展：通"亶"，确实、的确。
⑤忮：害人。求：贪婪。
⑥臧：结果。

【译文】

雄性野鸡飞山中，双翅拍动颇从容。心中想念我夫君，自寻苦恼心悲痛。
雄性野鸡翩翩飞，叫声忽高又忽低。夫君真诚可信任，冥思苦想心里急。
遥望日月在天边，我心无限长思念。夫君离去路途遥，啥时能够回家园？
天下君子有通病，不懂道德和品行。不害人来不贪求，还有啥事做不成？

【赏析】

这首诗写妇人思念丈夫。

全诗分四章，前两章以雄雉起兴，妇人看到雄雉想到丈夫。雄雉在眼前，丈夫却在远方。独守空房的妇人看着雄雉舒展翅膀，听着它欢快的叫声，心里很难受。丈夫外出服役很久，看不见人也听不到他的声音。女人的情感层层迭起，先是"我之怀矣"怀想，后有"实劳我心"的苦思。

第三章以日夜交替、时间飞逝比作丈夫长久在外服役没有回家。妇人以"瞻彼日月"来比拟她长久的相思，用日月构成意象的空间，虚拟出她遥望丈夫的情景。"道之云远"与第一章的"自诒伊阻"分别从空间的距离"远"，和空间的隔断"阻"来说明丈夫无法回来，妇人怅惘地询问丈夫的归期。

前三章的主题是妻子"思念"丈夫，第四章语气一转，带着批判的和担心的意思，批判那些造成战争的"百尔君子"。是他们的贪欲造成夫妻分离，突破个人的感情，提高诗歌的境界。同时，妇人告诫乱世里的丈夫，希望他能护得周全，可见她对丈夫深深的思念和挚爱之情。

古代的婚姻是女方依赖男方，丈夫是妻子的精神寄托和全部希望，没有丈夫的妇人寸步难行。征夫怨女用诗歌的方式表达彼此的思念，是那个时代特殊的情诗。

匏有苦叶

【原文】

匏①有苦叶②,济有深涉。深则厉,浅则揭。
有瀰济盈,有鷕③雉鸣。济盈不濡轨,雉鸣求其牡。
雝雝④鸣雁,旭日始旦。士如归妻,迨⑤冰未泮。
招招舟子,人涉卬⑥否。人涉卬否,卬须我友。

【注释】

①匏:葫芦,成熟后挖空绑在人身上可以漂浮渡河。
②苦叶:枯叶。指葫芦熟透了。
③鷕:雌山鸡的叫声。
④雝雝:大雁一起鸣叫的声音。
⑤迨:趁着。
⑥卬:通"姎",意思是"我",妇女的自称。

【译文】

枯叶葫芦绑在腰上,不再害怕深深的济水河。水深的地方放下葫芦浮过去,水浅的地方提起葫芦走过去。

声势浩大的济水涨起来,有只雌山鸡在那里鸣叫。涨起济水只能浸湿半个车轮,雌山鸡召唤着雄山鸡。

大雁一声声叫得欢,太阳刚从东方升起。男子如果想娶妻,可以赶在河冰没有化冻之前上门提亲。

船上的艄公在召唤,别人渡河我偏要留下。别人渡河我偏要留下,我要静静等待我朋友。

【赏析】

这首诗写一位年轻的女子,在济水河畔的渡口旁等候情人的场景。

全诗分四章,第一章首句用"匏有苦叶"起兴。古代婚嫁,用剖开的葫芦做成"合卺",做喝酒的容器。秋令时分,葫芦叶子枯了才可以做酒器,也是嫁娶的好时机。

"深则厉,浅则揭"看上去仿佛是少女告诉情人过河的办法,实际上是少女催促情人,不管河水是什么状态,都要渡过河,她等得很心急。

第二章用"有鷕雉鸣"和"雉鸣求其牡",直接写出少女焦急的心态。

第三章首句"雝雝鸣雁"写大雁欢快地在空中掠过,却没有化解少女的愁思，反而加深了她的焦虑。雁儿北飞，说明冬天快要结束，春天就要到了。按照当时的规矩，当济水上的冰融化时，就要停办嫁娶之事。所以当大雁北飞时，少女也急起来，直接说出"士如归妻，迨冰未泮"。

最后一章写少女终于等到渡船，却没有看到情人，她更加焦躁。艄公招呼她上船，少女只能窘迫地解释。因为慌张、羞涩，她说了两遍"人涉卬否"，用"卬须我友"回答艄公。少女把情人说成朋友来掩饰自己的窘态，可以感觉到她虽有怨气却还爱着对方的微妙心理。

谷　风

【原文】

习习谷风，以阴以雨。黾勉①同心，不宜有怒。采葑采菲，无以下体？德音莫违，及尔同死。

行道迟迟，中心有违。不远伊迩，薄送我畿②。谁谓荼③苦？其甘如荠。宴尔新昏④，如兄如弟。

泾以渭浊，湜湜⑤其沚。宴尔新昏，不我屑以。毋逝我梁⑥，毋发我笱⑦。我躬不阅，遑⑧恤我后。

就其深矣，方之舟之。就其浅矣，泳之游之。何有何亡，黾勉求之。凡民有丧，匍匐救之。

不我能慉，反以我为雠。既阻我德，贾用不售。昔育恐育鞫，及尔颠覆。既生既育，比予于毒。

我有旨蓄，亦以御冬。宴尔新昏，以我御穷。有洸有溃⑨，既诒我肄。不念昔者，伊余来墍。

【注释】

①黾勉：做事勤劳，努力不懈。
②畿：门槛。
③荼：苦菜。
④昏："昏"的异体字，也是婚。
⑤湜湜：水清的样子。
⑥梁：拦鱼的堤坝。
⑦笱：竹子制作的捕鱼器具，进口有倒刺，鱼能进不能出。
⑧遑：闲暇。
⑨洸、溃：水势激荡，比喻丈夫的暴怒。

【译文】

　　山谷里的风习习地吹着，有时阴天有时下雨。我们同心努力到如今，不应该有怒气。采摘蔓菁和萝卜，难道只要叶子不要根？不要违背高尚品德的誓言，我们应该同生共死。

　　路上行人步履缓慢，心里有幽怨难以消散。无论远近你都应该送送我，哪怕送到房门口。谁说苦菜味道苦，在我看来比荠菜还要甜。你们新婚燕尔很快乐，亲密如兄弟姐妹。

　　泾水搅得渭水浑浊，但泾河有清澈的河底。你们新婚燕尔很快乐，不知道怜惜悲伤的我。别到我的鱼坝上来，不要把我的竹鱼篓拿开。现在都不容我，谁还顾得上以后的事。

　　过河遇见水深的地方，就要用到筏和船。过河遇到水浅的地方，我就到水里游过去。家中缺少什么东西，我都尽力去解决。左邻右舍有灾难，我会全力去救助。

　　你不喜爱我就算了，反而把我当成仇人。我的种种美德你看不见，就像货物没人买。从前害怕贫穷，与你经营生活，唯恐陷入无以为生的困境，一起共渡难关。如今家境好转，为你生儿育女，你却像看到毒虫一样嫌弃我。

　　我准备好一坛坛的干菜和腌菜，贮存起来准备抵御冬天的困境。你们新婚燕尔很快乐，拿我的积蓄抵挡贫穷。你暴跳如雷地欺负我，家务中的粗活累活全让我承担。你不念昔日的情意，往日恩爱一场空。

【赏析】

　　这是一首弃妇写的怨诗，陈述她被丈夫抛弃的痛苦，诉说着丈夫的绝情绝义和自己的悲惨处境。

　　《诗经》中有很多反映丈夫因境遇变化或用情不专抛弃结发妻子的作品，这首诗里的妇人回忆往事时怨而不怒，没有谴责负心的丈夫，体现出女人温柔敦厚的传统"美德"。

　　夫妻俩原来是贫穷的人，婚后两人齐心协力，共同努力，尤其是妻子的辛苦劳作，让他们的日子慢慢好起来。生活状况的改善，反而成了丈夫抛弃她的理由。负心的男人不但不顾念与妻子患难与共的情义，反而喜新厌旧，把她当成仇人，动辄暴跳如雷，拳脚相加。再婚之日，把糟糠之妻赶出家门。弃妇在这种情况下，倾吐出心中的冤屈，读起来令人心痛。

　　诗中多处运用对比，用新人进门与旧人离家作对比，对于一个用情专一的弃妇来说，是哀怨欲绝的时刻。用"不远伊迩，薄送我畿"写出丈夫的绝情和冷淡，与"宴尔新昏，如兄如弟"的亲密场面形成鲜明的对比，更加突出弃妇的痛苦。

这首诗歌表明妇女在爱情和婚姻里,很早就处于弱者的地位,通过弃妇的诉说表现出丈夫曾经的信誓旦旦,到最终抛弃糟糠之妻移情再娶,具有深刻的警世作用。

式 微

【原文】

式微①,式微,胡不归?微君②之故,胡为乎中露!

式微,式微,胡不归?微君之躬③,胡为乎泥中!

【注释】

①式微:光线昏暗。
②微君:要不是君王。微,非。
③躬:身体。

【译文】

天色很晚了,为何还不回家?如果不是为了君王的事,哪会在露水中忙碌。

天色很晚了,为何还不回家?如果不是为了君王的事,哪会在泥水中劳作。

【赏析】

这首诗是苦于劳役的人发出的怨声。

全诗分两章,都以"式微,式微,胡不归"起调,提出问题,紧接着下一句做出回答。貌似疑问,实际上是诗人早有答案故意设问。诗人遭受统治者奴役,夜以继日地在野外劳作,苦不堪言,只有用设问的方式表达心中的不满情绪。

已有答案却故作有疑的设问形式,使整篇诗歌精致婉转,同时引人注意,让人思考,有种不说抱怨却怨气很深的感觉。

全诗句句有韵,读来节奏短促,声调急迫,表达服役者痛苦的心情和他们日益增长的决心。

最后一句"微君之躬,胡为乎泥中",写服役者为了君王的事情,不得不长年地在泥浆中劳作。写出奴役者的非人处境,表达他们对统治者的愤懑,给人们留下深刻的印象。

旄 丘

【原文】

旄丘①之葛兮，何诞②之节兮。叔兮伯兮③，何多日也？

何其处也？必有与也！何其久也？必有以也！

狐裘蒙戎④，匪车不东。叔兮伯兮，靡所与同。

琐兮尾兮⑤，流离之子。叔兮伯兮，褎⑥如充耳。

【注释】

①旄丘：前高后低的山丘。

②诞：通"延"，延长。

③叔、伯：本为兄弟间的排行，诗人称卫国的贵族为叔伯。

④蒙戎：蓬松的样子。

⑤琐、尾：细小卑微。

⑥褎：华丽繁盛的服饰。

【译文】

葛藤长在前高后低的山丘上，枝条怎么蔓延那么长。卫国诸臣叔伯，为何不来帮忙。

你们为何安心住在家里？必须等别人一起行动！为何拖延这么久？其中必然有原因。

身穿狐皮袍子毛茸茸，他们乘车不向东行。卫国诸臣叔伯，你们的心情和我不相同。

我们渺小又卑微，流离失所没有依靠。卫国诸臣叔伯，穿着华丽的服饰装作不知道。

【赏析】

这首诗写诗人流亡到卫国希望得到援助却很失望。他称呼卫国的贵族为叔伯兄弟，说明诗人也是位贵族，只是流亡异国他乡。他用诗文讽刺卫国的贵族，写出当时社会的人情冷漠、世态炎凉。

全诗分四章，脉络清晰，递进有序，第一章借物起兴，交代了地点和季节，责怪"叔兮伯兮"迟迟不来救援，心存奢望没有怨恨之意。

第二章诗人怀疑"叔兮伯兮"会不会来救援，通过自问自答的方式，设身处地为对方寻找出兵缓慢的借口。

第三章诗人有所觉悟，看出"叔兮伯兮"毫无悯恤的意思，就算诗人有拯救亡国的决心，他们却没有援助的意思。诗人的幻想破灭，出言讽刺。

第四章用对比的方法写亡国的人们流离失所，非常凄凉。可是卫国的"叔兮伯兮"不仅没有同情心，还趾高气扬地袖手旁观，让诗人愤怒。诗人看着对方的服饰、神情和心态，彻底痛悟，大声斥责他们，写得很有骨气。

简 兮

【原文】

简兮①简兮，方将万舞②。日之方中，在前上处。
硕人俣俣，公庭万舞。有力如虎，执辔③如组。
左手执龠④，右手秉翟⑤。赫如渥赭，公言锡爵。
山有榛，隰⑥有苓。云谁之思？西方美人。彼美人兮，西方之人兮。

【注释】

①简兮：鼓声，声音很大。
②万舞：大型的古乐舞，分为武舞和文舞两部分。
③辔：马的缰绳。
④龠：古时候的一种乐器，像排箫。
⑤秉翟：执着野鸡的尾羽。
⑥隰：低湿的地方。

【译文】

鼓声咚咚响不停，文武大舞将举行。时方正午日当顶，舞师前排来站定。
舞师魁伟好身材，公庭万舞跳起来。最有力气像猛虎，手执缰绳如丝带。
左手握着三孔箫，右手拿着野鸡毛。脸色红润似涂丹，公爷赐酒兴致高。
山上长有榛子树，甘草生在洼地旁。要问我在把谁想，漂亮人儿住西方。漂亮人儿真难忘，他是西方少年郎。

【赏析】

这是一首赞美万舞舞师的叙事诗。万舞是商朝的古乐舞，跳万舞的人是商朝遗民。卫国是商朝遗民贵族的聚集地，保存着商朝的古乐舞。西方人与东方人分别指新兴的周朝贵族与商朝的遗民，这里的"西方美人"是指舞师。

全诗分四章，第一章写卫国的宫廷举行大型的古乐舞，叙述跳万舞时的环境，然后舞师出场。第二章写舞师高大魁梧的身躯和威武健美的舞姿，他跳武舞时显得雄壮勇猛。第三章写舞师跳文舞时雍容优雅、风度翩翩的样子。第四章写诗人的情感达到高潮，倾诉对舞师的相思之情。

从这首诗里，可以看到商朝全盛时期，宫廷万舞的盛大场面。用舞师娴熟的表演，体现卫国公侯对万舞的重视，给人们美的享受。

泉 水

【原文】

毖①彼泉水，亦流于淇。有怀于卫，靡日②不思。娈彼诸姬，聊与之谋。

出宿于泲，饮饯于祢，女子有行，远父母兄弟。问我诸姑，遂及伯姊。

出宿于干，饮饯于言。载脂载辖③，还车言迈。遄④臻于卫，不瑕有害？

我思肥泉，兹之永叹。思须与漕，我心悠悠。驾言出游，以写⑤我忧。

【注释】

①毖：泉水涌出来的样子。
②靡日：没有一天。
③辖：同"辖"，古代固定车轮插在车轴两端的金属键子。
④遄：快速，迅速。
⑤写：通"泻"，宣泄、排解。

【译文】

泉水汩汩涌出来，流入淇水。怀念我的故乡卫国，没有一天不思念。那些嫁给姬姓的好姊妹，要和她们细细商量。

出来后住宿在泲地，在祢邑为我摆酒钱行。女子出嫁离开家，远离父母和兄弟。问候我的姑母，再找大姐们相聚。

出来后住宿在干山旁边，在言地为我摆酒钱行。车轴上加点油插紧车键子，试好车就直奔家乡跑得欢。迅速到达卫国，不会招来祸患。

思念故国的肥泉，声声叹息停不下来。思念须城与漕邑，我的忧伤无尽头。驾着马车出游，借此排解我心中的忧愁。

【赏析】

这首诗写女子远嫁别国，思念家乡却不得回归。

全诗分四章。第一章里诗人借助泉水流入淇水，委婉说出自己想回家的念头。用"彼""亦"两字起调，心情凄婉而不突兀。卫国发生变故，她思念亲人，想回去探视，但是礼仪上却不允许她回国。她深感委屈，内心焦急。这个时候，她想到自己的姐妹，找她们倾诉，希望她们能够出谋划策，即便没有办法，也能够排解心中的郁闷。

第二章写诗人无法归去，只能想象当初出嫁时与家人饯别的情景。如今却无法知道家人的近况，令她非常牵挂，笃实回家的念头。

第三章与第二章有点重复，在想象中产生幻境，设想自己走在回家的路上，用飞快的车速与诗人的迫切心情相互映照。幻想着速去速回，现实却无法成行。

第二、第三章用赋法描写虚幻的景象，这首诗因女子的想象而曲折起伏，表达她对祖国真挚殷切的怀念。

第四章写诗人明白自己是回不去的，却无法放下心中的牵挂，只能出游来排解心中的忧愁，可是她因为思念家乡而难过，更加忧愁。

这首诗通过虚无缥缈的描写，表达诗人真切的思念，半实半虚的艺术手法让人赞叹。

北 门

【原文】

出自北门，忧心殷殷①。终窭②且贫，莫知我艰。已焉哉！天实为之，谓之何哉！

王事适③我，政事一埤益④我。我入自外，室人交遍谪⑤我。已焉哉！天实为之，谓之何哉！

王事敦我，政事一埤遗我。我入自外，室人交遍摧⑥我。已焉哉！天实为之，谓之何哉！

【注释】

①殷殷：忧伤的样子。
②窭：贫穷不讲究礼仪的意思。
③适：掷，扔。
④埤益：有强加的意思。埤，堆积。益，增加。
⑤遍谪：徧，都。谪，责备，责怪。
⑥摧：讥讽。

【译文】

我迈步从北门出城，忧心忡忡烦恼多。家境贫寒又困窘，没人知道我的艰难。还是算了吧，老天这样安排，我能有什么办法！

王室的差事推给我，官府杂事全给我。我从外面回到家，家里人纷纷责备我。还是算了吧,老天这样安排,我能有什么办法!

王室的差事逼迫我,官府杂事都干好。我从外面回到家,家里人纷纷讥讽我。还是算了吧,老天这样安排,我能有什么办法!

【赏析】

这首诗写一位在职的小官吏,身份卑微,生活贫困,对于官府和家人的交相逼迫,他无力反抗,只能怨天尤人。

每天,他辛苦地忙完公事,依然改变不了贫穷的生活。他的上司分派给他很多任务,忙到很晚才回家。到家还要受到家人的责备,让他不堪重负。

卑微的俸禄让他满腹牢骚,种种的不顺让他苦不堪言,深感仕路崎岖,人情冷漠。对于现实的一切,他无力改变,只能安于现状,把责任归于老天。

他忙完公务,忧心忡忡地低着头回家,因为地位卑微、无职无权只能受穷,内心黯然。但别人不理解他的艰难,包括那个一直给他任务的上司,还有靠他薪水养活的家人。他知道自己没有本事,也没有能力改变现状,只能愁眉苦脸、唉声叹气。

每章末尾的三句重复使用,增强了语气,有着一唱三叹的特效。小官吏的无奈,不是无病呻吟,体现了《诗经》里饥饿的人用诗歌写食物,劳动者用诗歌写事情的现实主义精神。

北 风

【原文】

北风①其凉,雨雪其雱②。惠而③好我,携手同行。其虚其邪?既亟④只且!

北风其喈⑤,雨雪其霏⑥。惠而好我,携手同归。其虚其邪?既亟只且!

莫赤匪狐,莫黑匪乌。惠而好我,携手同车。其虚其邪?既亟只且!

【注释】

①北风:寒冷的风。

②雱:形容雪下得很大。

③惠而:顺从,爱对方的意思。

④亟:紧急。

⑤喈:通"湝",迅猛。形容水寒冷的感觉。

⑥霏:形容雪很大的样子。

【译文】

　　北风吹来阵阵凉，大雪纷纷满天扬。你是我的好朋友，携起手来一起走。岂能再慢慢地走？形势紧急祸将降。

　　北风吹来透骨凉，纷纷扬扬雪满天，你是我的好朋友，携起手来去他乡。岂能再慢慢地走？形势紧急快逃亡。

　　没有狐狸色不红，乌鸦都是黑颜色。你是我的好朋友，携起手乘车离去。岂能再慢慢地走？形势紧急快出逃。

【赏析】

　　这是首贵族逃亡时的诗歌。诗中反复写北风与雨雪，不是简单地描写逃亡时的恶劣环境，还用来比喻当时暴虐的政治，描述国家危乱的现象。人们为了逃难携手同行，展现出一幅仓皇出逃的悲惨景象。

　　全诗分三章。前两章内容基本上相同，只改动了三个字，反复强调北风的寒冷。用"雱""霏"渲染雪势盛大密集。把"同行"变为"同归"，强调人们一起逃离的意向。运用复沓的手法产生强烈的艺术效果。

　　每章的最后两句"其虚其邪？既亟只且"中，"虚""邪"为叠韵词，加上两个"其"，使语气舒缓，表现同行者徘徊不前的状态。"既亟只且"中的"只且"是语助词，连说三遍，语气越来越急促，加强局势的紧迫感。

　　最后一章的前两句写"莫赤匪狐，莫黑匪乌"，用赤狐和黑乌比喻执政者的残暴，劝朋友不要心存幻想，快点乘车离去。

　　全诗节奏明快，气氛紧张，气象愁惨，意义深刻，读起来耐人寻味。在风雪交加的时候，一群贵族互相招呼着共同乘车逃亡，紧迫的局势、凄凉的环境跃然纸上。

静　女

【原文】

　　静女其姝①，俟②我于城隅③。爱而不见，搔首踟蹰④。
　　静女其娈，贻我彤管。彤管有炜⑤，说怿女美。
　　自牧归荑⑥，洵美且异。匪女之为美，美人之贻。

【注释】

　　①姝：漂亮，美丽。
　　②俟：等待。
　　③城隅：城上的角楼。

④踟蹰：徘徊、犹豫。

⑤炜：红润的光泽。

⑥归荑：馈赠初生的茅草。

【译文】

娴静姑娘真漂亮，约我在城楼上等待。心里爱她看不见，手抓头皮心发慌。

娴静姑娘真可爱，送我一支红彤管。彤管红润有光泽，我爱彤管更爱你。

野外归来送荑草，荑草珍贵又漂亮。不是荑草长得美，美人相赠价值高。

【赏析】

这首诗写一位男子与心爱的女子约会的场景，是首爱情诗。

全诗分三章。第一章写一位娴雅的女子与小伙子相约城楼上。男子早早赶到约会地点，急不可耐地四处张望，却没有看到心爱的女子，只能抓耳挠腮，一筹莫展地在原地徘徊。用"爱而不见，搔首踟蹰"，描写男子的动作，刻画他的心理状态，塑造出一位恋慕至深的爱人形象。

第二章和第三章，是写这位痴情的男子站在城楼上等待的同时，回忆起他们的过去，就是说"贻我彤管"和"自牧归荑"都是倒叙，女子赠予男子彤管和荑草都是过去发生的事。男子因人及物，即使是一根草，因为是情人赠送，在他看来都是无价之宝，格外珍惜。

男子用"匪女之为美，美人之贻"做内心独白，表达对赠物的回应。是第二章诗意的递进，也是呼应第一章的"爱而不见，搔首踟蹰"，具有直率纯朴的美丽。

新 台

【原文】

新台有泚①，河水瀰瀰②。燕婉③之求，蘧篨④不鲜。

新台有洒，河水浼浼。燕婉之求，蘧篨不殄。

鱼网之设，鸿则离之。燕婉之求，得此戚施⑤。

【注释】

①泚：指玉色鲜亮，形容新台的外观鲜明的样子。

②瀰瀰：水满的样子。

③燕婉：安顺美好。

④蘧篨：癞蛤蟆，引申为丑恶之属。

⑤戚施：蟾蜍，蛤蟆，其四足据地，无须，不能仰视，喻貌丑驼背之人。

【译文】

新台明亮又辉煌，河水上涨与岸平。只想嫁个如意郎，不料丑得蛤蟆样。

新台高大又壮丽，河水平缓无波浪。只想嫁个如意郎，不料丑得不成样。

渔网架好想抓鱼，没想蛤蟆网中游。只想嫁个如意郎，遇到蛤蟆心真伤。

【赏析】

这首诗是诗人以宣姜的口气写的，讽刺卫宣公强抢儿子的媳妇宣姜为妻。卫宣公为儿子伋迎娶齐国公主宣姜，看她貌美如花，就筑新台大张旗鼓地宣告自己娶宣姜。

开篇夸耀新台高峻华丽，台下奔流的河水丰盈浩瀚，极力渲染卫宣公的威势，为他装点门面，企图让宣姜被眼前的表面现象迷惑。后面两句说出宣姜的心里话，她嫁过来只是为了追求燕婉之好，寻得如意郎君，过上幸福生活，没料到成为一个老头子的玩物。

全诗分三章。第一、第二章用叠咏的手法叙述事情，前两句是兴语，兴中有赋。卫宣公用新台做障眼法，把他抢儿媳为妻的行为合理合法。

诗人正话反说，赞誉新台的美丽，但遮不住卫宣公做的丑事，用反衬的修辞手法，使新台越来越美，而卫宣公更加丑陋。

第三章起兴作比，表达诗人心中不忿，为宣姜打抱不平。他用比喻："鱼网之设，鸿则离之"比喻打鱼打了个癞蛤蟆，是件非常倒霉却又无奈的事情。

在古代，捕鱼、钓鱼是暗喻男女求偶的民歌。宣姜对婚姻的期盼和现实相背离，用"河水瀰瀰"和"河水浼浼"，暗喻宣姜的泪水流不尽，渲染出一种悲情的氛围。

二子乘舟

【原文】

二子①乘舟，泛泛②其景。愿言思子，中心养养③！

二子乘舟，泛泛其逝。愿言思子，不瑕有害？

【注释】

①二子：两个人。

②泛泛：指船在水上漂浮的样子。

③养养：忧愁不安的样子。

【译文】

两个孩子乘船离开,越漂越远的情景。常常思念你们,心里忧愁不安。

两个孩子乘船离开,越漂越远直至看不见。常常思念你们,不会遇到危险吧?

【赏析】

这首诗写河边送别,可以是父亲或者母亲送孩子远行,或者妻子送丈夫、朋友送友人。全诗分两章,共八句三十二个字,让人们深切地感受到送别时的忧伤氛围。

每章的开头两句用叙述的笔法,说出送别的地点在河边。首句叙述两位年轻人拜别亲友登船离开,第二句把距离拉开,看着河上的小船越漂越远。画面再从远到近,后两句回到送行者这里,写送行者久久站立在河边远望,难掩心中悠长的思念之情。

"泛泛"指河流起伏的样子,也表达送行者的心情跌宕起伏,有"异质同构"的效果。古时候"养养"是思念的意思,有人解释为"痒痒",意思是搔着人心头痒的地方,有让人浑身颤抖的奇妙反应,显示出送行者强烈的不舍之情。

还有种说法说"二子"指的是卫宣公同父异母的两个儿子伋和寿,卫国人作诗,纪念伋、寿两人之间的深厚情谊。寿的母亲想杀了伋,让自己的儿子成为国君。寿知道了这件事之后,马上跑来告诉伋,并劝他不要去齐国,赶紧去别国避难。伋听了之后却说,不去是违逆父命,是为不孝,不孝之子又有哪个国家会愿意收留呢?于是伋旧准备去齐国。当伋准备乘船离开时,寿把他灌醉,代替他出行,被人杀死。伋酒醒后,坐船追去,也被杀死。

鄘风

鄘是周代诸侯国名,在商朝国都朝歌以东地区,今河南省汲县一带。周武王灭商之后,把商朝的遗民贵族,集中在邶、鄘、卫三国,由商纣王的儿子武庚管理,派武王的弟弟管叔、蔡叔和霍叔监管,历史上称"三监"。《鄘风》即鄘地民歌,现存十篇。

柏 舟

【原文】

泛彼柏舟,在彼中河①。髧②彼两髦③,实维我仪。之死矢靡④它。母也天只,不谅人只!

泛彼柏舟,在彼河侧。髧彼两髦,实维我特。之死矢靡慝⑤。母也天只,不谅人只!

【注释】

①中河:即河中。
②髧:头发下垂的样子。
③髦:古代未成年男子垂在前额的短发。
④矢靡:绝无二心。矢通"誓"。靡,无。
⑤慝:通"忒",改变、更改。

【译文】

轻轻摇荡柏木小船,漂泊荡漾河中央。头发飘垂的好少年,是我心仪的好伴侣。发誓到死不会改变心意。我的娘啊我的天,为何不能体谅我的心思?

轻轻摇荡柏木小船,漂泊荡漾河岸旁。头发飘垂的好少年,是我倾慕的好对象。发誓到死不会改变主张。我的娘啊我的天,为何不能体谅我的心思?

【赏析】

这首诗描写一位待嫁女子想嫁给一个青年男子,却不被父母认可,痛苦的她誓死不改变心意,为了争取婚恋自由而产生的反抗情绪。

这首诗有两章,每章的开篇以漂荡的柏舟起兴,写出女子为自己的爱情被家人反对而痛苦不堪,就像在水中漂荡的柏木小舟。

女子看中一位青年男子,喜欢他好看的发型,用"髧彼两髦"表现出他活泼灵动的气质。女子想嫁给他,可是母亲百般阻挠,死活不同意这门亲事。

母女俩意见相反,婚姻发生危机,女子不愿意放弃,要"之死矢靡它",用坚决的态度试图让母亲改变主意。女子一面誓死维护爱情,一面发自内心地叹息:"母也天只,不谅人只",这声叹息让整首诗显得沉重。

古代男女的婚姻是父母之命,媒妁之言,诗中女子为自己找婆家的事情,有违当时的传统习俗。疼爱女儿的父母并不是想显示权威,只是想用他们的生活经验,为女儿寻找好的婚事,确保她日后能够生活美满。两代人的择偶观念产生差异,冲突也在所难免。

墙有茨

【原文】

墙有茨①,不可扫②也。中冓③之言,不可道也。所④可道也,言之丑也。

墙有茨,不可襄⑤也。中冓之言,不可详也。所可详也,言之长也。

墙有茨,不可束也。中冓之言,不可读⑥也。所可读也,言之辱也。

【注释】

①茨:草名,即蒺藜。
②扫:扫除。
③中冓:宫廷内室,宫中龌龊的事情。
④所:如果。
⑤襄:除去,除掉。
⑥读:反复地说。

【译文】

墙上长着蒺藜,无法扫干净。宫廷中的私房话,没法说出口。如果说出来,那些话非常难听。

墙上长着蒺藜,无法除去它。宫廷中的私房话,不能详细说。如果详细说，话说起来会很长。

墙上长着蒺藜，无法约束它。宫廷中的私房话，不能反复说。如果反复说，说出来让人羞辱。

【赏析】

这是一首讽刺卫宣公之妻宣姜荒淫无耻、宫廷淫乱、道德沦丧的诗歌。

全诗分三章，每章以墙头扫不尽的蒺藜开篇，暗示根本掩盖不住宫廷淫乱的丑事。宫廷的丑事像蒺藜一样，刺痛着卫国的国体和卫国人民的脸面与心灵。

全诗一唱三叹，重复数落，加强人们对宫廷丑事的批判。整首诗叠咏递进，层层深入，增强了诗歌的讽刺效果。

每章的第二句"不可扫""不可襄""不可束"，表面上写墙头的蒺藜延伸得越来越长，到了无法控制的地步，实际上是指宫廷的丑事一步步升级，到了毫无顾忌、人尽皆知的地步。

诗人故弄玄虚地宣称宫廷的事情"不可道""不可详""不可读"，却又微露口风，欲言又止，起到欲盖弥彰的特殊效果。接着写"所可道也""所可详也""所可读也"，表明人们对宫廷丑事的议论逐渐升级，人尽皆知。最后，诗人用"言之丑也""言之长也""言之辱也"收尾，写人们对待丑事的态度从丢脸、气愤到感到耻辱。

全诗用十二个"也"，相当于叹词"呀"，读来节奏舒缓，俏皮而不油滑，调侃中显露讽刺，幽默中见辛辣。

君子偕老

【原文】

君子偕老，副①笄六珈。委委佗佗②，如山如河，象服③是宜。子之不淑，云如之何？

玼兮玼④兮，其之翟⑤也。鬒⑥发如云，不屑髢也。玉之瑱也，象之揥也，扬且之皙也。胡然而天也？胡然而帝也？

瑳兮瑳兮，其之展也。蒙彼绉絺⑦，是绁袢也。子之清扬，扬且之颜也。展如之人兮，邦之媛也！

【注释】

①副：用假发编成的发髻。
②委委佗佗：形容走路时姿态雍容。

③象服：绘有彩色图案的衣服，这里指后妃穿的衣服。
④玼：色彩鲜明。
⑤翟：野鸡的尾羽。
⑥鬒：头发又黑又密。
⑦绉絺：夏日穿的衣服。

【译文】

发誓要和夫君白头到老，发髻上插满各种珠玉制的发饰。走路的姿态雍容华贵，如山河般不可侵犯，华丽的衣服正合身。知道她没有好的品德，对她无可奈何！

锦衣彩绘美艳如花，礼服绣山鸡羽毛的纹理。黑亮的头发似云霞，不需要用假发装饰。双耳戴的是珠玉，象牙做成绾发的簪子戴头上，前额白皙又光洁。难道是仙女从天而降？仿佛是天帝的女儿到凡间。

鲜艳夺目啊，放射着光芒，她身上穿着宴客的服装。礼服罩着那薄透的夏裳，不显山不露水自敛妥当。她眉清目秀且额头宽广，面庞丰满容颜多么漂亮。这是多诚实可爱的人啊，真是倾城倾国的好姑娘！

【赏析】

这首诗表面描写卫宣姜华贵的服饰、倾国倾城的容貌、超然的地位，反衬她丑陋无耻的行为。

全诗分三章，首章七句，次章九句，末章八句，排列得错落有致。诗人反复赞叹宣姜服饰、容貌、地位，却用一句"子之不淑"体现出整首诗的意图，讽刺宣姜的品德。整首诗就写了这么一句直接讽刺，其余全是赞美之词，含而不露，赞为绝佳的笔法。

首章的第一句"君子偕老"如当头棒喝，寓意深远，褒贬自然明了。末两句"子之不淑，云如之何"与第一句遥相呼应，藏而不露，暗自契合。

次章和末章用文字反复赞叹宣姜的服饰、容貌之美。次章的后两句"胡然而天也？胡然而帝也？"写诗人仿佛看到天仙或者帝女降临人间，让人惊心动魄，无法用言语描绘当时的美景。最后两句"展如之人兮，邦之媛也！"造句齐整，措辞精巧，蕴含深意，意味无穷。

全诗反复地赞叹宣姜服饰和容貌的美丽，是为了反衬她内心的丑恶和行为的污秽。叙述越详细，反衬的意味越明显，辛辣幽默，有强烈的讽刺效果。

桑 中

【原文】

爰①采唐矣？沬②之乡矣。云谁之思？美孟姜③矣。期我乎桑中，要我乎上宫，送我乎淇之上矣。

爰采麦矣？沬之北④矣。云谁之思？美孟弋矣。期我乎桑中，要我乎上宫，送我乎淇之上矣。

爰采葑⑤矣？沬之东矣。云谁之思？美孟庸矣。期我乎桑中，要我乎上宫，送我乎淇之上矣。

【注释】

①爰：疑问代词，在何处。

②沬：春秋时期卫国邑，就是朝歌。

③孟姜：嫁入卫国的齐国公主。孟，排行第一。姜，姓氏。

④沬之北：朝歌的北边是邶。

⑤葑：植物名，芜菁，蔓菁。

【译文】

去何处采菟丝？就到卫国的沬乡。我的心中思念谁？漂亮的姑娘她姓姜。她约我到桑林中，邀我到城楼旁相会，送我到淇水河畔。

去何处采麦穗？就到卫国沬乡北。我的心中思念谁？漂亮的姑娘她姓弋。她约我到桑林中，邀我到城楼旁相会，送我到淇水河畔。

去何处采蔓菁？就到卫国沬乡东。我的心中思念谁？漂亮的姑娘她姓庸。她约我到桑林中，邀我到城楼旁相会，送我到淇水河畔。

【赏析】

这是首男女约会和送别时，男子唱的情歌。

男子在劳动中收到心爱姑娘约会的信息，心情欢畅地去赴约，然后姑娘依依不舍地把他送走，表现男女热恋时甜蜜、快乐的情景。诗中的姜、弋、庸是同一个人，是男子对心爱姑娘的爱称。他列举周围漂亮的姑娘，想表达在他的心里对方最美。又有人说男子是一位多情浪子，以与多位姑娘幽会为乐，这首诗歌表现他幽会后的放荡和得意。

全诗分三章，以采摘植物起兴，"采唐""采麦""采葑"，表达出彼此的深情，形象中蕴含深意。上古时期，采摘植物与性有着象征性的联系。从美学的角度来看，采摘植物与起兴爱情，在审美上有同构同形的关系，绿意葱茏的植物与炽热的恋情都能够带给人们欢悦的情愫。

这首诗用复沓的艺术手法更换个别词，诗意上有所递进和拓展。每章的前半段换三个字，采摘的植物变了，相约的地点变了，姑娘的姓氏变了。后半段一字不变，无论是等待的地点、约会的地方，还有送别的地方，都没有变化。主人公沉浸在与姑娘约会的美好回忆中。

这是一首热烈活泼的情歌，采用问答式反复咏唱，一唱三叹中表达出男子粗犷热烈的情感，音韵谐和，读起来圆美流转，朗朗上口，对后来的乐府诗产生了极大的影响。

鹑之奔奔

【原文】

鹑①之奔奔②，鹊之彊彊。人之无良③，我以为兄！

鹊之彊彊，鹑之奔奔。人之无良，我以为君④！

【注释】

①鹑：鹌鹑。

②奔奔：跳跃奔走。与"彊彊"同义，雌雄相伴着飞翔。

③无良：品行不善良。

④君：君子或君王。

【译文】

鹌鹑尚且双双飞，喜鹊也是成双对。这人的品行不善良，我何必称他为兄长！

喜鹊尚且成双对，鹌鹑也是双双飞。这人的品德不善良，我何必把他当君子！

【赏析】

这首诗是诗人斥责一位"无良"的男人。

诗人非常尊重这位男子，把他看成兄长、君子，愿与他相伴，对方却是一个肆意妄为、品行不端的人，让诗人非常痛心。

全诗分两章，每章四句，每章开头用"鹑"和"鹊"起兴，说动物都与友人相伴，而诗中的男子行为败坏堕落、禽兽不如。诗人对男子进行口诛笔伐，拈出"兄""君"两字，貌似赞美男子的温柔敦厚，却鞭辟入里地说他"无良"。

诗中的两章八句没有直接描写男子的形象，却使他的形象鲜明突出。诗歌构筑强大的感情落差，这种落差源于人与禽类对群体关系的不同态度。禽类尚且相依相伴互相扶持，诗中男子的恶劣形象令人不寒而栗，让人厌恶透顶。

每章的前两句完全一样，只是位置发生变化，给人一种回环与交错的感觉。每章的后两句只有一个字不同，避免诗歌咏唱时感觉单调。

定之方中

【原文】

定①之方中,作于楚宫。揆②之以日,作于楚室③。树之榛栗,椅桐梓漆,爰伐琴瑟。

升彼虚④矣,以望楚矣。望楚与堂,景山与京。降观于桑,卜云其吉,终焉允臧⑤。

灵雨既零,命彼倌人⑥,星言夙驾⑦,说于桑田。匪直也人,秉心塞渊,騋牝⑧三千。

【注释】

①定:营室星,是二十八星宿之一。
②揆:测量,量度。
③楚室:周人宫殿中的大室。
④虚:通"墟",丘陵。
⑤允臧:确实善良。
⑥倌人:驾车的小官。
⑦夙驾:清早驾车远行。夙,早。
⑧騋牝:騋,七尺以上的马。牝,母马,这里泛指雄壮的马。

【译文】

定星现于天正中,楚丘宗庙始动工。日影用以测方向,打好住宅地基功。种植榛树和栗树,还有梓漆椅梧桐,成材可做琴瑟用。

登临故城丘墟上,眺望楚丘方向。看到楚丘和堂邑,还有高丘和山岗。下山再观田中桑,占卜结果很吉利,前程美好有希望。

好雨徐徐刚下完,命令管车小马倌。披着星光早驾车,天黑停歇在桑田。不仅正直为百姓,心地诚善谋虑远,种马要养到三千!

【赏析】

这首诗写卫文公重建国家,中兴卫国的故事。

全诗分三章,每章七句。首章写卫文公在楚丘建造宫殿。他勘察地形,建造宫室,栽种树木。古时候,建造技术比较原始,需要依靠定星测定方位。定星每年夏历10月15日到11月初的黄昏会出现在正南天空,与北极星相对应,可以准确测定南北方位。

次章写卫文公按照卜辞筑楚丘。这句话分两个层次:"尽人事","敬天命"。前四句为尽人事，先"望"，登高远望，然后重复地"望"，说明卫文公非常慎重。他认真勘察附近的环境，而且他的知识渊博，懂得很多风水知识。后四句是敬天命，用"观"，卫文公到田地观察环境，观望是否适合国民生存。

末章写卫文公亲力亲为引导百姓农桑畜牧。这章的最后三句总结全篇，赞颂卫文公是一位深谋远虑、崇尚实际的人，能够让卫国变得强大。

最后一句"騋牝三千"与全文有着因果关系，前面诗文中的卜地、筑宫、兴农都是因，而这句就是果，养了三千多匹雄壮的马，兵强马壮，是国家富强的象征。

蝃蝀

【原文】

蝃蝀①在东，莫之敢指。女子有行②，远父母兄弟。
朝隮③于西，崇朝④其雨。女子有行，远兄弟父母。
乃如之人也，怀婚姻也。大⑤无信也，不知命也！

【注释】

①蝃蝀：虹。
②行：远行，出嫁。
③隮：通"跻"，意思是上升。
④崇朝：整个早上。
⑤大：即太。

【译文】

彩虹出现在东边，没人敢指手画脚。女子成年要出嫁，远离父母和兄弟。
彩虹出现在西边，整个早上下着雨。女子成年要出嫁，远离兄弟和父母。
可是眼前这个人，破坏婚姻的礼仪。信用贞洁全不讲，不听父母的命令！

【赏析】

这是首写女子与男子私奔的诗歌，讽刺女子自己找对象，不听父母之命，与恋人私奔。

古时候对于婚丧嫁娶有严格的礼仪规定，婚事要依父母之命、媒妁之言，当事人没有权利自主择偶。所以，诗中女子大胆的私奔行为不容于礼教，被视为淫妇进行严厉的斥责。

前两章的开端用"蝃蝀"起兴，写彩虹出现。古人缺乏自然知识，认为虹的出现是因为阴阳不和，把虹视为淫邪之气。"女子有行，远父母兄弟"这两句看不出褒贬，可是联系前面的"蝃蝀"，无疑是将淫邪的虹比作将要远行或者说出嫁的女子，显露出讽刺的意思。

第三章点明主题，开头写"乃如之人也，怀婚姻也"，用刻薄的语气斥责要远行的女子，表达诗人对私奔行为的愤愤不平。这种愤愤不平基于两点：第一是"无信"，因为男女为欲望而私奔，不懂得遵守贞洁信誉。第二是"不知命"，说私奔的人背人道、逆天理，不遵父母之命、媒妁之言。

前两章平缓中暗藏危机，想说却不愿意直说，蓄足力量。第三章语意强烈，用四个"也"，表达诗人对破坏婚姻制度的私奔行为深恶痛绝。

相 鼠

【原文】

相①鼠有皮，人而无仪！人而无仪，不死何为！
相鼠有齿，人而无止！人而无止②，不死何俟！
相鼠有体，人而无礼，人而无礼！胡③不遄④死！

【注释】

①相：看。
②止：廉耻。
③胡：为何。
④遄：快速。

【译文】

看那老鼠还有皮，做人反而没有礼仪！做人不讲礼仪，不如早早地死去！
看那老鼠有牙齿，做人反而没有廉耻！做人不讲廉耻，不去死还等什么！
看那老鼠有身体，做人反而不讲礼数，做人不懂礼数！为何不快点去死！

【赏析】

这首诗用最粗鄙的语言讽刺统治者丧尽廉耻，连老鼠都不如，是《诗经》里骂人最露骨、最直接的一首诗。

选择了丑陋、狡黠、偷盗成性的老鼠与卫国的统治者作对比，斥责统治者长着人形却寡廉鲜耻。诗人直接骂他们，希望他们早点死去。

无法确认这首诗中的统治者是谁，翻开卫国的史册，父子反目、兄弟争立、父淫子妻，都是统治者做的卑鄙龌龊、丑恶至极的事情。诗人痛骂统治者无耻到了极限，连禽兽都不如，禽兽尚且有皮、有齿、有体。

全诗分三章重叠,用鼠起兴,反复对比,句子的意思并列,各有侧重,三章合起来表达出完整的意思。第一章说外表的"仪",第二章论内心的"耻",第三章指行为的"礼"。通篇感情强烈,语言尖刻。每章四句押韵,第二、第三两句重复,末句进逼,一气贯注,增加了讽刺的力量与趣味。

干旄

【原文】

孑孑干旄①,在浚之郊。素丝纰②之,良马四之。彼姝③者子,何以畀④之?

孑孑干旟⑤,在浚之都。素丝组之,良马五之。彼姝者子,何以予之?

孑孑干旌⑥,在浚之城。素丝祝之,良马六之。彼姝者子,何以告之?

【注释】

①孑孑干旄:用牦牛尾做装饰的旗子,高扬的样子。
②纰:纹理清晰。
③姝:温顺美丽。
④畀:给予、赠送。
⑤旟:古代画有鸟隼图像的军旗。
⑥旌:用彩色羽毛做装饰的旗子。

【译文】

高高飘扬的牦牛旗,在浚城的郊外。成捆的布帛纹理细密,四匹骏马向前奔。美丽温顺的好姑娘,我拿什么送给你?

高高飘扬的鸟隼旗,在浚城的城头。成捆的布帛层层堆起,五匹骏马向前奔。美丽温顺的好姑娘,我拿什么赠予你?

高高飘扬的羽毛旗,在浚城的城里。成捆的布帛堆满车,六匹骏马向前奔。美丽温顺的好姑娘,我拿什么聘礼娶你?

【赏析】

这首诗详细地描写一位贵族男子向心爱女子求婚的过程。通过对不同地点的描述,让人们感到求婚队伍很宏大,车马的距离越来越近,排场越来越盛大,有很强的画面感。

全诗分三章,全用的赋体,结构采用的是重章叠句,只有第五句"彼姝者子"是完全重复,突出这位姑娘的重要性。

这首诗章法严谨细密。"在浚之郊""在浚之都""在浚之城"是描述求亲的队伍越来越近。"良马四之""良马五之""良马六之"写人们看到骏马越来越多，声势越来越浩大。"何以畀之""何以予之""何以告之"用疑问句代替陈述句，表达出诗人急切的心情。

这首诗还有种解释，说卫国的大夫骑马带着仪仗队去见贤者，看到贤者后提出问题，然后用礼物酬谢。当时的卫国淫乱无礼，离亡国不远，人心涣散，人人自危。有贵族希望有好的改变，所以求贤若渴，写了这首诗，不过人们对这种解释普遍存疑。

载　驰

【原文】

载驰载驱，归唁①卫侯。驱马悠悠，言至于漕。大夫跋涉，我心则忧。既不我嘉②，不能旋反③。视尔不臧④，我思不远？既不我嘉，不能旋济。视尔不臧，我思不閟⑤。

陟彼阿丘，言采其蝱。女子善怀，亦各有行。许人尤之，众稚且狂。

我行其野，芃芃⑥其麦。控于大邦，谁因谁极？大夫君子，无我有尤。百尔所思，不如我所之！

【注释】

①唁：吊唁、哀悼。

②嘉：赞同。

③旋反：回到许国。"反"通"返"。

④臧：好、善良。

⑤閟：闭，谨慎。

⑥芃芃：草木茂盛的样子。

【译文】

催马赶车奔驰急，慰问卫侯回卫地。赶着马儿远远行，我回故土到漕邑。大夫跋山涉水来，心烦意乱愁不已。

大家全不赞成我，我也不能就回返。我看你们无良策，我的计谋不深远？大家全不赞成我，也不渡河回家园。我看你们无良策，我的想法很周全。

登上那座土山冈，手采贝母不停忙。女子多愁又善感，也都各自有主张。许国大夫埋怨我，既很幼稚又猖狂。

漫步祖国田野上，片片小麦生长旺。投诉大国去求救，谁可依靠谁来帮？许国大夫众官长，不要责备我荒唐。你们计策有百条，不如我去跑一趟！

【赏析】

　　这首诗作者是许穆公夫人，卫懿公的妹妹。诗人从现实生活出发，用现实引起内心的矛盾，在强烈的矛盾冲突中体现出她深厚的爱国情怀。

　　全诗分四章。第一章写具体的事情，描述诗人策马奔驰的形象，与许国大夫的矛盾冲突。诗人听到卫国灭亡、卫侯逝世的消息后，立即快马加鞭奔赴漕邑，向家属表示慰问，可是还没到目的地，就被丈夫许穆公派遣来的许国大夫阻拦。许国大夫跋山涉水追上她，劝她停止前进，她的内心极为忧伤却又无可奈何。

　　第二章写诗人内心的矛盾，她还没有到达卫国，又不想返回许国，左右为难。不过她明确表示爱自己的国家，憎恨阻挠她回国，又不能给予帮助的许国大夫和她的丈夫。

　　第三章节奏渐渐平缓，强烈的爱憎情绪也慢慢缓和下来，没有前面那么激烈。诗人心里忧患至极，登上高山疏解心中的愁闷。"女子善怀，亦各有行"，说明她是一位多愁善感的女人。她觉得应该关心爱护生养她的卫国，她认为许国人对她的阻挠是愚昧狂妄。这段文字写得委婉深沉，让人们看到她美好又痛苦的心灵，催人泪下。

　　第四章写诗人在奔往故国的同时，想办法向大国求救，可是求救不成还被许国大夫阻挠，心情非常愤懑。不过，她是一位有自信和自己主张的女人，她的爱国、救国之心并没有因为困难而停止。她用"尔所思，不如我所之"中的"之"告诉人们，她将继续为国效力。

卫风

卫是周代的诸侯国，周武王平定三监之乱后，封弟弟康叔为卫国的君王，把原来邶、鄘两国划入卫国，卫国成为当时诸侯的大国。春秋早期卫懿公亡国，戴公渡河居漕邑，文公又迁都到楚丘，沦为小国。《卫风》是卫地的民歌，现存十篇。

淇奥

【原文】

瞻彼淇奥①，绿竹猗猗②。有匪③君子，如切④如磋，如琢如磨。瑟兮僩兮，赫兮咺⑤兮。有匪君子，终不可谖兮。

瞻彼淇奥，绿竹青青。有匪君子，充耳琇莹，会弁⑥如星。瑟兮僩兮，赫兮咺兮。有匪君子，终不可谖兮。

瞻彼淇奥，绿竹如箦。有匪君子，如金如锡，如圭如璧。宽兮绰兮，猗重较兮。善戏谑兮，不为虐兮。

【注释】

①淇奥：淇水边弯曲的地方。
②猗猗：美丽茂盛的样子。
③匪：通"斐"，华丽的样子。
④切：加工玉器的技法，形容议论政事。
⑤咺：威武的样子。
⑥弁：古代贵族男子戴的镶有玉石的帽子。

【译文】

看那淇水弯弯岸，碧绿竹林片片连。高雅先生是君子，学问切磋更精湛，品德琢磨更良善。神态庄重胸怀广，地位显赫很威严。高雅先生真君子，一见难忘记心田。

看那淇水弯弯岸，绿竹袅娜连一片。高雅先生真君子，晶莹良玉垂耳边，宝石镶帽如星闪。神态庄重胸怀广，地位显赫更威严。高雅先生真君子，一见难忘记心田。

看那淇水弯弯岸，绿竹葱茏连一片。高雅先生真君子，青铜器般见精坚，玉礼器般见庄严。宽宏大量真旷达，倚靠车耳驰向前。谈吐幽默真风趣，开个玩笑人不怨。

【赏析】

这首诗赞美一位学问和外交都很突出的良臣。时间、地点和人物都没有特定的指向，泛指周朝品德高尚的士大夫。

全诗分三章，反复咏唱歌颂君子。诗歌短小，点到为止，使听者印象深刻。

第一、第二章的最后两句"有匪君子，终不可谖兮"完全相同，直接歌颂这是位良臣。从内心世界到外貌装饰，从国家内政到对外交涉，突出君子的形象，获得人们赞颂。

通过外貌的描写塑造高雅的男子，歌颂他的高尚品德。春秋时期诸侯国很多，能够不失国体地应付诸侯国，是对每个士大夫的考验。

"如切如磋，如琢如磨"，赞美他文章学问、行政处事能力很好。"猗重较兮，善戏谑兮"，突出君子有很强的外交能力。"如金如锡，如圭如璧，宽兮绰兮"，说他意志坚定、心胸宽广，是一位名副其实的贤人。贤人从政就是良臣，再加上庄重华贵的外貌，更加让人尊敬，值得人们赞美。

考 槃

【原文】

考槃①在涧，硕人②之宽。独寐寤言，永矢③弗谖④。
考槃在阿，硕人之薖⑤。独寐寤歌，永矢弗过。
考槃在陆，硕人之轴⑥。独寐寤宿，永矢弗告。

【注释】

①考槃：敲打盘子，又说是建成木屋的意思。
②硕人：大人，指形象高大丰满的人，道德高尚的隐者。
③矢：发誓，记着。

④谖：忘记。
⑤薖："窠"的假借字，貌美，引申为心胸宽大。一说同"窝"。
⑥轴：盘桓，愉悦。

【译文】

建成木屋在山涧，贤人居住天地宽。独睡独醒独自说，永远记着不忘记。

建成木屋在山坡，贤人居住安乐窝。独睡独醒独自唱，永远记着不过问。

建成木屋在高原，贤人在此独盘桓。独睡独醒独自宿，永远记着不说出。

【赏析】

这首诗写一位隐士隐居山间，自得其乐。"考槃"指隐士避世隐居，敲着乐器独自唱歌，自娱自乐。考是筑成的意思，"槃"通"盘"，也是把木头架起来成为屋子的意思。

全诗分三章，变化不大，意思连贯，无论隐士生活在涧、阿、陆，无论他是言、歌、宿，始终显示畅快自由的样子。诗歌反复咏唱隐士的形象，用复沓的手法，增强了诗歌的艺术表现力。

从内容上看，分成两层意思。第一个内容是写"硕人"的形象，"硕人"是指身材高大与道德高尚的人，每章反复强调硕人，突出"宽、薖、轴"，体现隐士生活自由自在，心胸宽广高尚。他远离浊世，隐居山野，仍然受到人们的敬重和仰慕。

第二个内容是描写隐士居住的环境。他自愿从现实社会中自我放逐，远离人们的活动范围，住在山涧、山丘、高原这些人迹罕至的地方。采用烘托的手法，把隐居的环境：荒芜的山涧、山丘、高原，写得幽雅别致。

全诗采用每章一韵，四句一章的格式，整齐的结构中有变化。用山间小屋与隐士的心境对照，木屋虽小，却有天地之宽。一句"独寐寤言"勾勒出自我的天地，恍然忘世，鲜明生动地表现出隐者的形象。

硕　人

【原文】

硕人其颀，衣锦褧衣①。齐侯之子，卫侯之妻，东宫之妹，邢侯之姨，谭公维私。

手如柔荑②，肤如凝脂，领如蝤蛴③，齿如瓠犀④，螓首蛾眉，巧笑倩兮，美目盼兮。

硕人敖敖⑤，说于农郊。四牡有骄，朱幩⑥镳镳⑦，翟茀⑧以朝。大夫夙退，无使君劳。

河水洋洋，北流活活。施罛濊濊⑨，鳣鲔发发。葭菼揭揭，庶姜孽孽，庶士有朅。

【注释】

①襢衣：麻纱制成的罩衣。
②荑：初生的茅草。
③蝤蛴：天牛的幼虫。
④瓠犀：葫芦瓜子。
⑤敖敖：修长高大的样子。
⑥朱幩：系在马嚼子上的红色带饰。
⑦镳镳：盛大美丽的样子。
⑧翟茀：用山鸡毛装饰的车篷。
⑨罛濊濊：大渔网入水的声音。

【译文】

那个身材秀美的姑娘，锦绣衣上罩着麻纱衫。她是齐侯的女儿，卫侯的妻子，太子的妹妹，邢侯子女的小姨，谭公是她的姐夫。

手像春荑好柔嫩，肤如凝脂多白润，颈似蝤蛴真优美，齿若瓠子最齐整。额角丰满眉细长，嫣然一笑动人心，秋波一转摄人魂。

好个高挑的女郎，车歇郊野农田旁。看那四马多雄健，红绸系在马嚼上，华车徐驶往朝堂。诸位大夫早退朝，今朝莫太劳君王。

黄河之水白茫茫，北流入海浩荡荡。下水鱼网哗哗动，戏水鱼儿刷刷响。两岸芦苇长又长，陪嫁姑娘身材高，随从男士貌堂堂！

【赏析】

这首诗赞美齐庄公的女儿、卫庄公夫人庄姜。用"巧笑倩兮，美目盼兮"刻画出她的美态，定格成中国古典美人的美妙姿容，流传至今，备受推崇和青睐。

通篇使用了铺张的手法，不厌其烦地咏唱"硕人"的各个方面。

全诗分四章。第一章叙述庄姜的高贵出身，她的亲戚都是诸侯国有权有势的重要人物，她是一位门第高显的贵夫人。

第二章描写"硕人"的美丽，用七个生动形象的比喻，细致地描写她的：手、肤、颈、牙、额、眉、目，刻画出她艳丽绝伦的美貌，表现出她是位毫无缺憾的美女。

静态美远不如动态美，"神"高于"形"，"动"优于"静"。"手如柔荑"

等句是静态，而"巧笑倩兮"是动态。现实生活中，一位外貌美丽的女人会给人留下较深的印象，却不如嫣然一笑更让人难忘。

第三章和第四章写庄姜嫁到卫国时的婚礼，隆重又盛大。第四章的七句话中，连续六句用了叠字"洋洋、活活、涉涉、发发、揭揭、孽孽"。从显贵的出身到隆重的仪仗，从现实的场面到自然景观，直接或间接地衬托出庄姜的高贵和美丽。

氓

【原文】

氓①之蚩蚩②，抱布贸丝。匪来贸丝，来即我谋。送子涉淇，至于顿丘。匪我愆③期，子无良媒。将子无怒，秋以为期。

乘彼垝垣④，以望复关。不见复关，泣涕涟涟。既见复关，载笑载言。尔卜尔筮⑤，体无咎言。以尔车来，以我贿迁。

桑之未落，其叶沃若。于嗟鸠兮，无食桑葚。于嗟女兮，无与士耽。士之耽兮，犹可说也。女之耽兮，不可说也。

桑之落矣，其黄而陨。自我徂尔⑥，三岁食贫。淇水汤汤，渐车帷裳。女也不爽，士贰其行。士也罔极，二三其德。

三岁为妇，靡室劳矣⑦。夙兴夜寐，靡有朝矣。言既遂矣，至于暴矣。兄弟不知，咥⑧其笑矣。静言思之，躬自悼矣。

及尔偕老，老使我怨。淇则有岸，隰则有泮。总角之宴，言笑晏晏，信誓旦旦，不思其反。反是不思，亦已焉哉！

【注释】

①氓：外地来的百姓，指男子。
②蚩蚩：笑嘻嘻的样子，又说老实、憨厚的样子。
③愆：过失，过错，这里指拖延。
④垝垣：倒塌的墙壁。
⑤尔卜尔筮：烧灼龟甲的裂纹来判断吉凶。
⑥徂尔：嫁给你。
⑦靡室劳矣：所有的家务都承担。
⑧咥：笑的样子。

【译文】

外面的小伙子满脸嬉笑，抱着布匹来换丝。不是真的来换丝，是来跟我商议婚事的。送你蹚过淇水,送到顿丘才回来。不是我要错过佳期,是你没有带媒人来。希望你不要生气,佳期就定在秋天。

爬上倒塌的破土墙,可以遥望复关。复关很远看不见,看不到你泪水涟涟。终于等到你从复关来,有笑有说乐开怀。你去卜卦问神灵,没有凶兆全是吉祥话。你把马车赶过来,为我搬运嫁妆。

桑树的叶子没有落,缀满枝头又绿又嫩。傻乎乎的斑鸠,不要吃桑葚。痴情不改的年轻姑娘,不要与男子纠缠。如果男子恋上女子,说要丢开很容易。如果女子恋上男子,想要挣脱却十分难。

桑树叶子落下来,叶子枯黄任飘落。自从我嫁到你家来,三年挨穷受苦。淇水波涛汹涌,水溅到车帷上又湿又潮。我做媳妇没有差错,是你口是心非太奸猾。反复无常没准则,三心二意耍花招。

嫁你三年守妇道,繁重家务肩上挑。起早睡晚真辛苦,每天都这么忙。谁知你目的达到后,开始对我施凶暴。我的兄弟不知道我的处境,看见我哈哈大笑。静下心来仔细想,独自悲伤掉眼泪。

当年发誓一起白头到老,这样的到老让我忧愁,淇水虽宽终会有岸,沼泽虽长终有尽头。回想小时候,谈笑风生一派温柔,山盟海誓至今犹在耳边。不再回想违背誓言的事,已经这样只能罢休。

【赏析】

这是一首弃妇写的诗歌,叙述她错误的爱情、不幸的婚姻,详细地叙述她婚变的经历和切身的体会,描绘出一幅古时候情爱生活的画卷,为人们了解当时的风俗民情提供宝贵的资料。

全诗分六章,每章十句,依照人物命运的发展顺序进行叙述。这首诗以赋为主用以叙事,比兴抒情,增加叙事和抒情的色彩。

前两章写男子向女子求婚和两人结婚的经过,男子对女子软硬兼施,单纯的女子看不透男子的本质,还让他去请人说媒。女子朝思暮想,看不到男子就难过,看到他就快乐,直到占卜测吉凶定下婚期,急不可待地嫁过去。说出女子用情至深的"痴"。

第三、第四章以抒情为主,用桑树起兴,写女子从年轻到衰老,男子对她从喜爱到厌烦的过程。女子开始反省自己婚后生活,找寻被抛弃的原因。

第五章用赋的手法叙述女子的处境,前面六句叙述她的苦楚,后四句写她回娘家,受到兄弟们的嘲笑。

第六章有赋有比兴,抒情中叙事。她想起当初相恋时的快乐时光和誓言,表达对男子的憎恨,决心与男子决裂。可是她悲剧的性格,注定无法在感情上与男子一刀两断。

抒情的叙事诗,将一个情爱故事描述得真切自然。诗中的女子爱得情深意切,即使婚后有很多的怨气,还用心去思考,想办法挽回。表现出一个善解人意、勤劳聪慧、通情达理的古代女子形象。

婚前,她对男子有炽热的爱情,冲破礼法的束缚,坚决与男子同居,她希望婚后的生活可以和睦幸福。可是事与愿违,她被男子当牛做马,甚至打骂,成为男子的附庸。

故事的描写虽然不够完整细致,却初步具有叙事诗的特征,后来两千年的叙事诗,大多数受到这首诗的影响。

竹 竿

【原文】

籊籊①竹竿,以钓于淇。岂不尔思?远莫致②之。
泉源③在左,淇水在右。女子有行,远兄弟父母。
淇水在右,泉源在左。巧笑之瑳④,佩玉之傩⑤。
淇水滺滺,桧楫松舟。驾言出游,以写我忧。

【注释】

①籊籊:长而尖的样子。
②致:到。
③泉源:水名,百泉。
④瑳:玉色洁白,这里指露出洁白的牙齿。
⑤傩:行动有节奏的样子。

【译文】

小小竹竿尖又长,曾垂钓在淇水上。怎么能不思念你,路途遥遥难相见。
泉源流淌在左边,淇水流淌在右边。女子长大要出嫁,远离兄弟和父母。
淇水流淌在右边,泉源流淌在左边。嫣然一笑皓齿美,身佩美玉身姿柔。
淇水悠悠日夜流,桧木桨儿柏木舟。驾着小船四处游,以解心里思乡愁。

【赏析】

这首诗写一位远嫁卫国的女子思念家乡、怀念亲人的感情。全诗分四章,从回忆与想象这两个角度写她的思乡之情。

开头两章写远嫁女子的回忆,写婚前在家乡与亲人之间的事情。女子在首章回忆"籊籊竹竿,以钓于淇",写她在淇水边,与小伙伴们一起钓鱼的快乐事情。再写"岂不尔思？远莫致之"，如今她身在异乡，再也不能回到淇水边钓鱼。

第二章里，女子回忆出嫁时，泉源和淇水逐渐远去，她也逐渐远离父母兄弟。离别的场面和情怀，让她终生难忘。

后两章写女子的希望，她已经是别人家的媳妇，看不见故乡亲人，希望有一天能重归故乡。第三章与第二章的前两句一样，只是句子的位置发生变化，用复沓的手法表示她重归故里的迫切愿望。

曾经的少女"巧笑之瑳，佩玉之傩"，一副成熟少妇的样子。她幻想着回到故乡，又到淇水边，不再钓鱼，而是"桧楫松舟"。乘船重游故地，看得越真切，她的思乡之情越强烈。

芄 兰

【原文】

芄兰①之支，童子佩觿②。虽则佩觿，能不我知。容兮遂兮，垂带悸③兮。
芄兰之叶，童子佩韘④。虽则佩韘，能不我甲⑤。容兮遂兮，垂带悸兮。

【注释】

①芄兰：一种蔓生植物。
②觿：装饰品，是成人的佩饰。
③悸：摆荡。
④韘：扳指，能够射御。
⑤甲：同"狎"，嬉戏、亲昵。

【译文】

芄兰枝条弯又弯，男孩佩觿在腰间。虽然已经佩觿，但不解我情旖旎。瞧你走路慢悠悠，垂带摇摆很神气。
芄兰叶子弯又弯，男孩佩韘在指间。虽然已经佩韘，却不跟我来亲近。瞧你走路慢悠悠，垂带摇摆很神气。

【赏析】

这首诗写女诗人对"童子"的怨中有爱的绵绵情意。

全诗分两章，开篇以"芄兰"的枝叶起兴，芄兰的荚实与觿很相像，都是锥形，诗人触景生情，产生联想。描述诗人眼中的"童子"年幼无知。诗人与"童子"两小无猜，关系非常亲密。当"童子"佩戴觿，套上韘后，对诗人的态度就冷淡了。觿是解结的用具，男子佩戴觿后就表示成人了，有能力主家，侍奉父母。

"童子"觉得自己是男子汉，稳重老成了很多。可是在诗人眼里，却看了不顺眼。虽然他"容兮遂兮，垂带悸兮"，一副成熟男子的模样，她却偏要喊他"童子"，表现出她似娇还嗔的情态。

两章叠唱，只改动三个字，用复沓的手法、简单的语言，把女诗人的恼怒心理及"童子"的变化描摹出来。

河 广

【原文】

谁谓河广？一苇①杭②之。谁谓宋远？跂③予望之。

谁谓河广？曾不容刀④。谁谓宋远？曾不崇朝⑤。

【注释】

①苇：芦苇编的筏子。

②杭：通"航"，航行，渡过。

③跂：通"企"，踮起脚尖。

④刀：通"舠"，小船。

⑤崇朝：时间短。

【译文】

谁说黄河很宽广？一片芦筏就能渡过。谁说宋国很遥远？踮起脚尖就能望见。

谁说黄河很宽广？却难以容下小木船。谁说宋国很遥远？一个早晨就能到达。

【赏析】

这首诗描写客居卫国的宋人急于还乡的心情。用奇特的设问和夸张的语句，抒写诗人不可遏制的思乡情，想归却归不得的迫切心情。

全诗分两章。第一章写黄河是条万里大河，从天而落，如雷奔行，气势磅礴。诗人却用否定的语气说："谁谓河广？"听得让人觉得可笑。可是诗人非但不觉得自己忤逆，还断然回答"一苇杭之"，意思是他用一片轻飘飘的芦苇就能横渡大河，想象非常大胆，给人一种石破天惊的感觉。

诗人用一片芦苇横渡黄河的奇思妙想，有强烈的感情蕴含其中。卫国和宋国之间隔着条黄河，诗人急切地想回宋国，没有任何障碍可以挡住他的归国之路。

第二章再次用夸张的手法复叠时，给人的感觉不是可笑，而是合情合理。强烈的感情催发诗人的奇思妙想，也引领读者一起去大胆想象，认同诗人夸张荒谬的行为。

全诗用设问与夸张的语言渲染情绪,还以排比、叠章的形式咏唱,反复问答把诗人想回故乡,却回不去的苦闷倾诉出来,杜绝了矫揉造作,具有通俗易懂之妙。

伯兮

【原文】

伯兮朅①兮,邦之桀兮。伯也执殳②,为王前驱。
自伯之东,首如飞蓬。岂无膏沐③?谁适为容!
其雨其雨,杲杲④出日。愿言思伯,甘心首疾。
焉得谖草⑤?言树之背。愿言思伯,使我心痗。

【注释】

①朅:英武高大。
②殳:古代一种杖类的兵器。
③膏沐:女子润发的油。
④杲:明亮的样子。
⑤谖草:黄花菜、忘忧草。

【译文】

我的丈夫真勇武,保卫国家的英雄。我的丈夫执长殳,做了君王的前锋。
自从丈夫去东征,头发散乱如蓬草。膏脂哪样还缺少?为谁修饰我容颜!
天要下雨就下雨,每天太阳亮灿灿。心里思念着丈夫,想得头疼也甘心。
何处得到忘忧草?把它种在屋北面。心里思念着丈夫,让我伤心病恹恹。

【赏析】

这首诗写一个妇人思念远征的丈夫。

全诗分四章。第一章是女子用自豪的口气描述丈夫,她从两方面为丈夫感到自豪,第一是丈夫长得高大威武,第二是战场上的丈夫充当君王的先锋,妻子感到很自豪。

第二章写妻子在丈夫出征后,就不再打扮自己,任由头发蓬乱如草,拒绝异性的窥视,封闭自己,表明她对从军丈夫的忠贞,让他能够安心打仗。

第三、第四章描写妻子的期待、失望和痛苦。虽然她深明大义,为丈夫能够保卫国家感到骄傲。但是,对于古代女人来说,生活的全部内容就是家庭,家庭被破坏,她们的人生就被破坏了。等待丈夫的同时也有深深的忧惧,害怕丈夫牺牲，不能再归来。她希望自己能够忘记忧愁，可是"愿言思伯，使我心痗"，思念丈夫的痛苦已经让她忧思成病。

全诗采用边叙事边抒情的手法，紧扣一个"思"字，先夸丈夫再思夫，因思夫而患病，呈现一种跌宕起伏之势，诗情奇特不凡，充满辩证色彩。

有　狐

【原文】

有狐绥绥①，在彼淇梁②。心之忧矣，之子无裳。
有狐绥绥，在彼淇厉③。心之忧矣，之子无带。
有狐绥绥，在彼淇侧④。心之忧矣，之子无服。

【注释】

①绥绥：慢悠悠的样子。
②梁：河梁，河中堆起的石头，可以过人。
③厉：水深到腰处，可以涉水而过。
④侧：水边。

【译文】

狐狸慢悠悠地行走，在淇水的河梁上。心里非常忧愁，我的丈夫没有好衣裳。

狐狸慢悠悠地行走，在淇水的浅滩上。心里非常忧愁，我的丈夫没有好腰带。

狐狸慢悠悠地行走，在淇水的河岸边。心里非常忧愁，我的丈夫没有衣服穿。

【赏析】这首诗写妻子担忧在外服役的丈夫没有御寒的衣物。开篇写诗人看到行走的狐狸，用"有狐绥绥"比作长久在外乡服役的丈夫形影相吊，对丈夫的担心油然而生。

全诗分三章，每章换两个字，反复吟唱，强化妻子的担忧之情。每章的开篇都是"有狐绥绥"，随着狐狸在"梁""厉""侧"行走，让她想起丈夫应该穿戴的衣物。

首章写妻子思念丈夫，看到淇水边行走的狐狸，想到自己的丈夫，担心他没有衣裳。次章她仿佛看到他走在浅滩上没有好的腰带，心里非常忧愁。末章她仿佛看到他渡过淇水，担心他没有衣服穿，心里更加忧愁。丈夫行走的道路越来越坎坷，妻子的忧愁也一步步加深。

这三章细致地表现出年轻妻子的贤良和爱心，用事物抒发她心中的情怀，大胆吐露真情，是贤良的妻子惦念远方丈夫冷暖的佳作，洋溢着妻子的思念之情，让读者心有戚戚。

木 瓜

【原文】

投我以木瓜，报之以琼琚①。匪②报也，永以为好③也！
投我以木桃，报之以琼瑶。匪报也，永以为好也！
投我以木李④，报之以琼玖。匪报也，永以为好也！

【注释】

①琼琚：泛指佩戴的美玉。
②匪：不是。
③好：爱。
④木李：木梨。

【译文】

你将木瓜送给我，我拿琼琚来答谢。不是为了回报你，永远珍惜爱着你。
你将木桃送给我，我拿琼瑶来答谢。不是为了回报你，永远珍惜爱着你。
你将木李送给我，我拿琼玖来答谢。不是为了回报你，永远珍惜爱着你。

【赏析】

"木瓜"作为文学意象被赋予不同的象征意义，其中"臣子忠心报答君主""爱人之间的坚固爱情""友人赠礼轻却情意重"三种意象成为主流。

全诗分三章，从结构上看很有特色。首先，没有《诗经》典型的四字句式，诗人有意造成一种跌宕有致的韵味，在咏唱时收到声情并茂的效果。

虽然每章只变换两个字，木瓜、木桃、木李之间的差异并不大，而琼琚、琼瑶和琼玖的差异也不大，三章基本上是重复。格式看起来像乐歌，显示了音乐与文学的双重性。

"投我以木瓜，报之以琼琚"，回报的东西比受赠的东西价值大很多，体现人类高尚的情感，包括爱情、友情和君臣之情。这些感情是精神上的契合，回赠价值的高低只是象征意义，表现诗人重视别人的情意。

这首诗体现诗人有高尚开阔的胸怀，不去衡量礼物的轻重，重在心灵的契合。尊重、理解别人的情意才是最高尚的情意，与价值无关。

王风

王是"王畿"的简称,这里指东周王朝的统治区,包括河南的洛阳、偃师、巩义等地,"王风"就是采集这些地方的民歌,现存十篇。东周王朝征战频繁,贵族生活奢侈糜烂,加重对统治区人民的压迫剥削,"王风"里的民歌,大部分反映劳动人民的痛苦和怨恨。

黍 离

【原文】

彼黍①离离,彼稷②之苗。行迈靡靡③,中心摇摇。知我者,谓我心忧;不知我者,谓我何求。悠悠④苍天,此何人哉?

彼黍离离,彼稷之穗。行迈靡靡,中心如醉。知我者,谓我心忧;不知我者,谓我何求。悠悠苍天,此何人哉?

彼黍离离,彼稷之实。行迈靡靡,中心如噎⑤。知我者,谓我心忧;不知我者,谓我何求。悠悠苍天,此何人哉?

【注释】

①黍:形似小米,北方的一种农作物。
②稷:高粱。
③靡靡:行动缓慢的样子。
④悠悠:遥远的样子。
⑤噎:食物堵在喉咙。

【译文】

看那黍子一行行,高粱苗儿也在长。行动缓慢地走着,心中难受不安宁。知道我的人,说我心里太忧伤;不知道我的人,问我企求什么?高高在上的苍天啊,是谁让我活得这么悲惨?

看那黍子一行行,高粱穗儿也在长。行动缓慢地走着,心里好像喝醉酒。知道我的人,说我心里太忧伤;不知道我的人,问我企求什么?高高在上的苍天啊,是谁让我活得这么悲惨?

看那黍子一行行,高粱穗儿红彤彤。行动缓慢地走着,心中如噎一般痛。知道我的人,说我心里太忧伤;不知道我的人,问我企求什么?高高在上的苍天啊,是谁让我活得这么悲惨?

【赏析】

这是首写国家兴亡的诗篇,诗人用诗歌发泄心中的痛苦和忧愁。

全诗分三章,每章十句,三章的结构相同,只换了六个字。用"黍稷"在不同时间的变化来表现时间的流逝、情景转换,以及诗人压抑的情绪,在迂回反复中表现诗人的痛苦和难过。

每章的后六句完全相同,诗人用重叠的语句诉说对朝政的不满。他曾经在朝廷发表意见,却不被理解。无奈之下,他只能"悠悠苍天,此何人哉?"向苍天呼救,控诉统治者的恶劣行径。

首章写诗人重游故地,访问宗庙宫室,看不到昔日的繁华,只见到生长茂盛的黍稷。他走在荒凉的小路上,充满着惆怅。他在诗中写道,"知我者,谓我心忧;不知我者,谓我何求",有种众人皆醉他独醒的尴尬,他有高于常人的心智,却得不到别人的回应。

第二、第三章的场景不变,只是"稷苗"变成"稷穗"和"稷实",而诗人的心情从"摇"到"醉",再到"噎"逐渐深化。稷黍的成长过程象征着诗人的心情越来越沉重,在一次次反复中加深了他的忧愁,是咏唱更是痛定思痛后的长歌当哭。

君子于役

【原文】

君子于役①,不知其期。曷②至哉?鸡栖于埘③。日之夕矣,羊牛下来。君子于役,如之何勿思!

君子于役,不日不月。曷其有佸④?鸡栖于桀⑤。日之夕矣,羊牛下括。君子于役,苟无饥渴?

【注释】

①役:服劳役。

②曷：何时。
③埘：鸡舍，凿墙做成的鸡舍。
④佸：相会，到来。
⑤桀：鸡栖息时的木架。

【译文】

丈夫去远方服役，不知道归来的日期。何时才能回家乡？鸡已经进窝。太阳在西边落下，牛羊成群下山坡。丈夫在远方服役，我如何能不想他？

丈夫去远方服役，没日没月没有期限。何时才能再相聚？鸡纷纷上架。太阳在西边落下，牛羊成群回到家。丈夫在远方服役，但愿不会饿肚肠！

【赏析】

这首诗写妻子在家里怀念远方服役的丈夫。

全诗分两章，每章八句，几乎是完全重复，只有很少的变化。每章开头是妻子的独白，语言简单，思念深沉。她等待丈夫回来却又没有丈夫的归期，每天都有希望，而每天都会失望，只能叹息着问"曷至哉"。

诗中没有写妻子思念丈夫的哀愁和痛苦，只是详细地描写乡村景象。乡村美丽的景象非常感人，也让人们看到妻子孤单的身影。她看着眼前的家禽和牛羊，凝视着远处的道路，等待着丈夫归来，人们可以感受到妻子浓重的愁思。

乡下的生活是辛苦的，只有黄昏时，一切都归于平和、安谧。牛羊家禽都回到围栏里，人们从各个地方回到家，四处升起炊烟。黄昏是农耕社会最富于情趣的时刻，可是，这位妻子的丈夫却还在远方，她孤单的生活更加明显，也让她更加思念远方的丈夫。

这首诗歌以重叠单句的手法来推进妻子的期盼，在最后一句发生变化，转变为妻子对丈夫的祝福，体现出妻子的善良和真挚。用不加修饰的语言，触动人们心中最容易感动的地方。

君子阳阳

【原文】

君子阳阳①，左执簧，右招我由房②，其乐只且！
君子陶陶，左执翿③，右招我由敖④，其乐只且！

【注释】

①阳阳：得意洋洋的样子。
②房：游乐。

③翿：羽毛做的舞具。
④敖：游嬉。

【译文】

夫君得意喜洋洋，左手握着簧，右手招我奏"由房"，尽情歌舞乐又爽！

夫君得意乐陶陶，左手摇羽毛，右手招我奏"由敖"，尽情歌舞真快乐！

【赏析】

这首诗以女子的视角描写夫妻两人共同歌舞，场面热烈欢快。

《诗经》里写夫妻恩爱、歌舞升平的诗歌并不多，大多数都是征夫怨妇。拥有诗歌中这种条件的夫妻应该是家境殷实或是衰落的世家子弟。有这种情趣的夫妻不仅要夫妻恩爱，有较高的文学修养和生活情趣，还要拥有很多空闲时间。而那些普通夫妻，每天忙着生活，大字不识几个，肯定难以歌舞自娱，也不会有此雅兴。

全诗分两章，格调优美，乐曲轻快，咏唱者也自得其乐，场面欢畅淋漓。

扬之水

【原文】

扬①之水，不流束薪。彼其之子，不与我戍②申。怀哉怀哉，曷月予还归哉？

扬之水，不流束楚③。彼其之子，不与我戍甫。怀哉怀哉，曷月予还归哉？

扬之水，不流束蒲④。彼其之子，不与我戍许⑤。怀哉怀哉，曷月予还归哉？

【注释】

①扬：悠扬、缓慢的样子。
②戍：守卫。
③楚：灌木，荆条。
④蒲：蒲柳。
⑤许：国名。

【译文】

河里的水慢慢地流，冲不走成捆的木柴。那位远方的人，不能和我一起守卫申城。想念你啊想念你，何时我才能回故乡？

河里的水慢慢地流，冲不走成捆的荆条。那位远方的人，不能和我一起守卫甫城。想念你啊想念你，何时我才能回故乡？

河里的水慢慢地流，冲不走成捆的柳枝。那位远方的人，不能和我一起守卫许城。想念你啊想念你，何时我才能回故乡？

【赏析】

这是首写守卫战士思念家中妻子的诗歌。士兵长期服役在外，与妻子长久分离，非常思念却不能回去，只能独自悲伤。

周平王东迁洛邑，派兵士守卫申、甫、许几个小国，防备楚国。这些士兵远离家乡，守卫别人的土地，心中非常不满，写了这首诗歌。

全诗分三章，每章基本相同，不同的是"束薪""束楚""束蒲"，这些都是普通老百姓日常燃烧的柴草。另一个不同的是守卫"申""甫"和"许"三个小国，这三个小国的国君都姓姜，是周平王母亲的亲戚。

这首诗有三言、四言、五言和六言，不齐整的句式，带有鲜明的口语化倾向，反复吟唱相同的内容，表达远征在外的士兵思乡情怀，显得亲切又淳朴。

中谷有蓷

【原文】

中谷有蓷①，暵②其干矣。有女仳离③，嘅其叹矣。嘅其叹矣，遇人之艰难矣。

中谷有蓷，暵其脩④矣。有女仳离，条其歗⑤矣。条其歗矣，遇人之不淑矣。

中谷有蓷，暵其湿矣。有女仳离，啜其泣矣。啜其泣矣，何嗟及矣。

【注释】

①蓷：益母草。
②暵：晒干，形容干枯、枯萎的样子。
③仳离：被夫家抛弃，流离失所，也称离婚。
④脩：干枯、破坏。
⑤歗：号，呼叫。

【译文】

山谷里长着益母草，天旱无雨将干枯。有个女子被抛弃，唉声叹气心里烦。唉声叹气心里烦，嫁个好男人太艰难。

山谷里长着益母草，天旱无雨将枯槁。有个女子被抛弃，抚胸叹息大声叫。抚胸叹息大声叫，嫁人不淑多苦恼。

山谷里长着益母草，天旱无雨将枯死。有个女子被抛弃，抽噎哭泣泪不干。抽噎哭泣泪不干，懊悔不已空长叹。

【赏析】

这是一首妻子被丈夫抛弃，只能悲叹哭泣的哀怨之歌。

全诗分三章，每章的意思差不多，反复吟咏，写出女子遇人不淑，被男子抛弃后，孤苦无依，悲伤、痛苦、愤怒，却只能自怨自艾，无可奈何地等待死亡的到来。

这首诗出自春秋时代，那个时代男权主义已经是社会伦理观念的主流，可以看出两千多年前女人低微的地位。

每章的开头用山谷中的益母草起兴。益母草是一味中药，对女人有益，用它起兴有两个作用：第一，益母草与成婚的女人关系密切，是种妇女常用的中药，可以让人联想到婚姻、生育、家庭，由草想到女人，充分发挥诗歌的联想作用。第二，诗中的益母草从干枯到枯槁最后枯死，比喻女子被抛弃后，将要面临死亡，感觉她的命运太悲惨。

每章的最后一句是女子觉悟的叹息。被抛弃后，她没有一直怨天尤人，而是痛定思痛，对自己之前的生活做个小结，警醒自己，对更多的女子加以提醒和劝告。

兔 爰

【原文】

有兔爰爰①，雉离于罗。我生之初，尚无为；我生之后，逢此百罹②。尚寐无吪③！

有兔爰爰，雉离于罦④。我生之初，尚无造；我生之后，逢此百忧。尚寐无觉！

有兔爰爰，雉离于罿⑤。我生之初，尚无庸；我生之后，逢此百凶。尚寐无聪！

【注释】

①爰：逍遥自在的样子。
②罹：忧愁。
③无吪：不说话，一动不动。
④罦：一种能自动捕鸟兽的网。
⑤罿：捕鸟兽的网。

【译文】

野兔逍遥自在，山鸡落进网。在我刚生下来的时候，人们不用服兵役；在我生下来以后，遭遇各种苦难。永远睡着把嘴闭。

野兔逍遥自在，山鸡进圈套。在我刚生下来的时候，人们不用服徭役；在我生下来以后，遭遇各种忧患。永远睡着把眼合。

野兔逍遥自在，山鸡落罗网。在我刚生下来的时候，人们不用服劳役；在我生下来以后，遭遇各种灾难。永远睡着把耳塞。

【赏析】

这首诗写百姓们在劳役的重压下发出痛苦呻吟。诗人觉得他来到世上就落入统治者的罗网，灾难不断，他觉得只有死亡才能让他摆脱痛苦。

春秋后期，战乱不断，百姓被压迫，产生了不想活求死的心情。诗歌用对比的手法写"我生之初"和"我生之后"的社会，表现对过去的怀念和对现实的厌恶，反映当时社会制度的黑暗。各种兵役、徭役、劳役让人痛苦不堪。诗人希望能够长睡不醒，躲开这些灾难。

全诗分三章，每章首两句以兔和雉作比兴。兔的性格比较狡猾，比喻阴险狡诈的小人；雉的性格耿直，比喻光明磊落的君子。"罗、罦、罿"都是捕捉鸟兽的网，却只能捕到雉。兔子逍遥自在地生活，雉却落入罗网里，遭受痛苦的折磨，比喻当时黑暗的社会，善良的百姓无法生存。

每章的最后一句，诗人发出痛苦的哀叹，觉得生活太残酷，不如长睡不醒。这首诗的风格悲凉，意境凄惨、悲怆，情绪激荡，是一曲乱世亡国之音。

葛藟

【原文】

绵绵葛藟①，在河之浒②。终远兄弟，谓他人父。谓他人父，亦莫我顾！

绵绵葛藟，在河之涘。终远兄弟，谓他人母。谓他人母，亦莫我有③！

绵绵葛藟，在河之漘④。终远兄弟，谓他人昆⑤。谓他人昆，亦莫我闻⑥！

【注释】

①葛藟：藤类蔓生植物。
②浒：水边。
③有：通"友"，亲近、友爱。

④浒：河岸。

⑤昆：兄弟。

⑥闻：问，问候。

【译文】

连绵不断的葛藤，生长在河边。远离兄弟亲人，对着别人叫父亲。就算对着别人叫父亲，也没有照顾我。

连绵不断的葛藤，生长在河边。远离兄弟亲人，对着别人叫母亲。就算对着别人叫母亲，也没有亲近我。

连绵不断的葛藤，生长在河边。远离兄弟亲人，对着别人叫兄长。就算对着别人叫兄长，也没有问候我。

【赏析】

这是一首流浪者感怀身世的诗歌。诗人流落到黄河边，看到河边茂盛的葛藤，想到自己漂泊异乡，远离家人，无依无靠，只能乞求别人，却得不到别人的怜悯，触景伤情。

全诗分三章，每章六句，首章写诗人看到眼前的葛藤，茂盛的葛藤聚集在一起，而他与家人离散。他喊别人父亲、母亲、兄长，包含很多屈辱和痛楚，却没有得到对方的帮助。

第二、第三章与首章相似，只是二、四、五、六句的句尾换了一个字，丰富了诗的内涵，反复中稍有变化。

每章的六句有三层意思、两层转折，每层转折都蕴含着诗人无限的酸楚。诗人用诗歌直抒感情，语句简单质朴，写出了他孤身在外飘零的凄惨和悲苦，还有世间的冷漠。

采 葛

【原文】

彼采葛兮，一日不见，如三月兮！

彼采萧①兮，一日不见，如三秋②兮！

彼采艾③兮！一日不见，如三岁兮！

【注释】

①萧：艾蒿。

②三秋：指三个秋天。

③艾：香艾，菊科植物。

【译文】

那个采葛的姑娘，一天见不到她，就像隔了三月啊！
那个采萧的姑娘，一天见不到她，就像隔了三秋啊！
那个采艾的姑娘，一天见不到她，就像隔了三年啊！

【赏析】

这是一首热恋中的男子思念情人的诗歌。诗里没有写爱的呓语，更没有叙述爱的内容，只是表白了诗人思念的情绪，却流传千古。

有人认为这是首怀念友人的诗歌，可是在古代"采葛""采萧""采艾"是女子做的事情，"如三月""如三秋""如三岁"这些有悖常理的心理时间变化，表现出热恋中的情人们相思之苦，想念之深。诗人抓住人们普遍存在的情感，反复吟唱，只换了几个字，就把情人之间浓烈的爱情和痛苦的相思展现出来。

第二章用"秋"而不是春、夏、冬，是因为秋天草木渐枯，秋风萧瑟，容易产生离别的情绪，引发感慨，与整首诗的意境相合。"一日不见，如隔三秋"，是种心理时间，专指情人分别后的极度相思。

从现实来看，把三个月、三个季节、三年与"一日"相等同，是违背逻辑的。可诗歌为了抒情，采用了合理化的夸张。热恋中的情人对自然时间产生心理错觉，映照出他们难舍难分的恋情，这个"心理时间"唤起了不同时代读者的感情共鸣。

大 车

【原文】

大车槛槛①，毳衣②如菼③。岂不尔思？畏子不敢。
大车啍啍④，毳衣如璊⑤，岂不尔思？畏子不奔。
榖则异室，死则同穴。谓予不信，有如皦日。

【注释】

①槛槛：车行走的声音。

②毳衣：毡子，毛织的衣服。

③菼：初生的芦苇。

④啍啍：车行迟缓的样子。

⑤璊：红色的美玉。

【译文】

大车行走声槛槛,穿着青白色的毛衣像芦苇。难道我不想念你?怕你不敢有顾忌。

大车行走声啍啍,穿着红色的毛衣像美玉。难道我不想念你?怕你不敢跟我私奔。

活着不能在一室,死后要合葬在一个坑里。我说的话你不信,明亮的太阳来作证。

【赏析】

这是一首以男子口吻写的爱情诗。男子要求情人与他私奔,并指天发誓,生不同室,死要同穴,表达他对情人的爱至死不渝。

全诗分三章,共四十八个字,第一章写男子赶着一辆大车,大车发出的声音让男子的心情澎湃,非常冲动,可是姑娘还在犹豫。

第二章依然听到沉重的车轮声,男子明白是姑娘家里不同意,就让姑娘与他私奔。可是私奔有后顾之忧,没有父母之命,没有媒妁之言,一旦遇人不淑,姑娘的前途会非常悲惨。在此境况下,自然引出第三章,男子指天发誓会忠于爱情,会一生一世对姑娘好。

古人信天地敬鬼神,对天发誓是种非常慎重的行为,是崇拜自然与崇拜祖先的仪式,所以他们相信,违反诺言会遭受上天的谴责。对天发誓的男子已经圆满地消除姑娘的疑虑,诗里不再描述结局,两位恋人赶着大车,奔向幸福的生活。

这首诗将环境和气氛与人物的心情结合起来,按情节发展来安排内容诗歌,用心理推想作为结局,千年之后还能让读者感受到这个爱情盟约"榖则异室,死则同穴"带来的震撼。

丘中有麻

【原文】

丘中有麻,彼留①子嗟②。彼留子嗟,将其来施施③。

丘中有麦,彼留子国。彼留子国,将其来食。

丘中有李,彼留之子。彼留之子,贻我佩玖④。

【注释】

①留:一说停留、留住,一说姓刘。

②子嗟:指女子的恋人。

③施施：施予、帮助。

④佩玖：黑色美玉。

【译文】

山坡上有一片大麻，谁把子嗟来留下。谁把子嗟来留下，愿他相会来我家。

山坡上有一片麦田，谁人把那子国留。谁人把那子国留，快来饮食情意投。

山坡上有一片李树，谁人留下小伙子。谁人留下小伙子，赠我佩玉黑宝石。

【赏析】

这是一首用姑娘的口吻写青年男女恋爱的诗歌。全诗分三章，每章开头写姑娘与情郎幽会的地点，她在回味强烈的情爱行为时，忘不了这些神奇的地方。

前两章的"彼留子"，明确表示女子与男子相会，末句"将其来施施""将其来食"，说出他们的幽会不是一次，而是多次。可见他们的情爱真实、牢固，不是一次性的疯狂，而是持续地相爱。

第三章写到"彼留之子，贻我佩玖"，用物质美玉把非物质的情爱确定下来。古时候，男子赠送女子玉佩表示他们永恒的爱情，玉代表坚贞、纯洁、牢固的爱情。诗歌到此结束，不过可以让人想象接下来两位有情人组成新的家庭，把他们纯真热烈的爱情延续下去。

这首流传两千多年的爱情诗里，表现那对青年男女的柔情蜜意，姑娘热烈大胆，敢于把幽会地点唱出来，显示她纯朴天真，敢爱、敢唱的性格，值得人们尊敬。

郑风

春秋时期，郑国的统治区域大致在今河南郑州、荥阳、登封、新郑一带，"郑风"是采自这个区域的诗歌。郑国地处中原，文化较发达，民众们创造出一种新曲调，更加活泼，抒情细腻，大部分是情诗。"郑风"有诗歌二十一篇，大多出现于郑庄公至郑文公的一百年间。

缁 衣

【原文】

缁衣①之宜兮，敝②，予又改为兮。适子之馆兮，还，予授子之粲③兮。

缁衣之好兮，敝，予又改造兮。适子之馆兮，还，予授子之粲兮。

缁衣之席④兮，敝，予又改作兮。适子之馆兮，还，予授子之粲兮。

【注释】

①缁衣：黑色的衣服。

②敝：坏。

③粲：新衣服鲜明的样子。

④席：宽大舒适。古时候以宽大为美。

【译文】

黑色的朝服非常合适，破了我又为你新做一件像样的衣衫。你去官署办公，回来给你穿新衣服。

黑色的朝服非常美好，破了我又为你新做一件像样的罩袍。你去官署办公，回来给你穿新罩袍。

黑色的朝服非常宽大，破了我又为你新做一件像样的罩衫。你去官署办公，回来送你件新衣裳。

【赏析】

有人说这首诗写女子关心、体贴丈夫;也有人认为这首诗是统治者看到贤臣的朝服破旧,要送新衣给他,是赞美贤臣的诗作。我们仔细读诵会感受到温馨的亲情,因此说它是赞诵家庭亲情的诗歌更为贴切。

全诗分三章,采用复沓联章的形式直接叙述事情。诗中的"宜""好""席"是一个意思,表示缁衣非常好。为丈夫制作新衣服用了三个动词"改""造""作",实际上也是一个意思,表现妻子对丈夫关心备至。

缁衣是妻子亲手缝制,她一直称赞衣服的好,一而再,再而三地表示丈夫办公回来就可以试穿,唱出妻子深爱丈夫的心声。一唱三叹,把妻子对丈夫的体贴之情描写得淋漓尽致。

将仲子

【原文】

将仲子①兮,无逾②我里③,无折我树杞④。岂敢爱⑤之?畏我父母。仲可怀也,父母之言,亦可畏也。

将仲子兮,无逾我墙,无折我树桑。岂敢爱之?畏我诸兄。仲可怀也,诸兄之言,亦可畏也。

将仲子兮,无逾我园,无折我树檀。岂敢爱之?畏人之多言。仲可怀也,人之多言,亦可畏也。

【注释】

①仲子:兄弟排行老二的称"仲"。
②逾:逾越,翻越。
③里:古时候,五家为邻居,五位邻居为里,里外有墙。
④杞:杞柳。
⑤爱:吝惜,不舍。

【译文】

仲子哥啊你听我说,不要翻越我家的墙,别把杞柳树枝折断。不是舍不得这些树,是怕我的父母。我很牵挂仲子哥,可是父母的话让我害怕。

仲子哥啊你听我说,不要翻越我家的墙,别把桑树枝条折断。不是舍不得这些树,是怕我的兄弟。我很牵挂仲子哥,可是兄弟的话让我害怕。

仲子哥啊你听我说,不要翻越我家的墙,别把檀树枝条折断。不是舍不得这些树,是怕我的邻居。我很牵挂仲子哥,可是邻居毁谗让我害怕。

【赏析】

这首诗写一位天真无邪的少女对情人的轻声细语。

全诗分三章。首章开口就是少女的喊叫:"不要翻墙,不要折树!"仔细品味会发现,原来是一对情人私下见面,男子着急,要翻墙入室与女子相会,把女子吓坏了。古时候,私下授受会遭到父母和家人还有周围人的看不起和斥骂。

首章开头,少女就发出呼叫,这呼叫是温婉的,带着少女的情意,却又是坚决的,两个"无"表现出少女的坚决,没有商量余地。呼叫后又给情人温言软语的安慰"仲可怀也",话语温情,似乎是安慰,又像是求助,表现热恋中的少女痴情又担忧的心情。

第二、第三章是对首章的重复,在情意抒写上层层递进。男子不顾一切地越墙,离少女越来越近,少女的畏惧之心也随之扩展,显得越来越急切和焦灼。

这首诗让读者仿佛看到男子"仲子"的神情音容,连同少女既爱又怕的情态,体现了古代诗歌"情中见景"的高妙诗境。

叔于田

【原文】

叔①于田②,巷无居人。岂无居人?不如叔也,洵③美且仁。
叔于狩,巷无饮酒。岂无饮酒?不如叔也,洵美且好④。
叔适野,巷无服马。岂无服马?不如叔也,洵美且武。

【注释】

①叔:古代兄弟次序,年岁较小者称为叔。
②田:打猎。
③洵:确实,的确。
④好:品质好,性格和善。

【译文】

小叔出门去打猎,巷子里好像没有人居住。难道真的没有人在居住?没有人能与小叔相比,那么英俊又敦厚。

小叔出门去狩猎,巷子里好像没人在饮酒。难道真的没有人在饮酒?没有人能与小叔相比,那么英俊又清秀。

小叔出门去打猎,巷子里好像没人会骑马。难道真的没有人会骑马?没有人能与小叔相比，那么英俊又威武。

【赏析】

　　这首诗赞美一位年轻英勇的猎人，刻画了一个英俊潇洒、狩猎技艺高超的男子汉形象，诗里洋溢着浓烈的赞美之情。

　　全诗分三章，都用赋法，三章的句式结构相同，有一种回环往复的效果。每章只换几个字，既保持诗歌的韵律感，又深化了主题，加深人们的印象。

　　每章前后有逻辑关系，第二句否定，第三句反诘，第四句回答，第五句讲述，整首诗是诗人自问自答。如果把前后顺序转换，第五句变成第一句："洵美且仁，不如叔也，岂无居人……"依此类推，顿时会觉得奇峰突起，余味无穷。

　　一正一反直接陈述和自问自答，引出诗歌的结论"不如叔也"。用夸张的手法将众人的平庸和"叔"的卓越形成强烈的反差。用居住、喝酒、骑马这些细节表现"叔"的美好形象，有很强的煽情作用。最后在"不如叔也"中交代整首诗的主题，同时让前面的夸张显得有理有据，可以信赖。

大叔于田

【原文】

　　叔于田，乘乘马。执辔如组，两骖①如舞。叔在薮②，火烈③具举。袒裼暴虎，献于公所。将叔无狃④，戒其伤女。

　　叔于田，乘乘黄。两服上襄，两骖雁行。叔在薮，火烈具扬。叔善射忌，又良御忌。抑磬控⑤忌，抑纵送忌。

　　叔于田，乘乘鸨⑥。两服齐首，两骖如手。叔在薮，火烈具阜。叔马慢忌，叔发罕忌，抑释掤⑦忌，抑鬯⑧弓忌。

【注释】

　　①两骖：四匹马驾车，外边的两匹马叫骖。

　　②薮：多草木的低地。

　　③火烈：放火烧草。

　　④狃：习惯，习以为常。

　　⑤磬控：勒马缓行或停步。

　　⑥鸨：毛色混杂的马。

　　⑦掤：箭筒的盖子。

　　⑧鬯：放弓的囊。

【译文】

尊贵的大叔出门围猎来呦，乘着四匹马拉的大车奔跑，他抖动着丝缰如纵横编织，车辕两旁的马儿像在舞蹈。驻马于大泽那里草木丰茂，四周驱兽的大火熊熊燃烧。大叔赤膊上阵徒手搏猛虎，把猎物送到朝堂献给郑伯。我的大叔啊不要习以为常，防备猛兽伤害你把性命抛。

尊贵的大叔乘车来到猎场，拉车的四匹大马毛色金黄，驾辕的马儿努力向前奔跑，外侧两马紧跟随如雁排行。深入到大泽但见林深草长，四面驱兽的大火烈焰升扬。多才多艺的大叔擅长射箭，驾驭马车的本领也很高强。他时而放马驰骋时而勒缰，他时而射箭时而纵禽逃亡。

尊贵的大叔围猎到野外来，拉车的四匹马儿斑驳色彩，驾辕的俩马儿齐头并肩走，外侧的俩马儿好像把手摆。英武的大叔驻马在大泽中，四面驱兽的大火余烬未熄。那纵横奔突的马儿慢下来，大叔的射箭频率也稀下来。他已经从容地打开箭筒盖，把宝雕弓放进囊里收起来。

【赏析】

这首诗赞美猎人勇猛善猎，精于射箭，高超的驾车本领和勇气。打到虎"献于公所"，说明猎人跟随郑伯去打猎。

全诗分三章，第一章的第一句直接叙述去打猎，第二句表现打猎的气势，第三、第四句描绘他驾车的神态，马完全按叔的意志行动。一句"叔在薮，火烈具举"，仿佛看到叔在一个壮观的景象里，旁边是熊熊大火，而叔脱去上衣与老虎搏斗，最后打死虎献于君王面前，显示出一个英勇强干的形象。诗人的感情非常复杂，一边夸赞叔，为他自豪，一边又替他担心。

第二章继续写打猎的情形，叔善于射箭，又会驾车。"磬控"这个词用得最为传神，加深了人们对叔高超驾车技术的印象。第三章写打猎结束，叔从容地收起弓箭，显示出他的英雄风度。

整首诗有张有弛，高潮后来段舒缓的抒情，富有情致。

清 人

【原文】

清[①]人在彭，驷介旁旁[②]。二矛重英[③]，河上乎翱翔。

清人在消，驷介镳镳[④]。二矛重乔，河上乎逍遥。

清人在轴，驷介陶陶。左旋右抽，中军作好[⑤]。

【注释】

①清：郑国的城邑。
②旁旁：强壮有力的样子。
③重英：重叠的缨络。
④镳镳：英勇威武的样子。
⑤作好：指武艺高强。

【译文】

　　清邑的军队驻守在彭地，披甲的驷马真强壮。两支矛上装饰着重叠的缨络，河边上悠闲地来回走着。

　　清邑的军队驻守在消地，披甲的驷马多威武。两支矛上饰着重叠的野鸡毛，河边上来回走着真逍遥。

　　清邑的军队驻守在轴地，披甲的驷马任奔跑。士兵们左旋右转纷纷拔出刀，将军好像早已经准备好。

【赏析】

　　这首诗表面赞扬清邑的士兵轻松自在，实际上讽刺他们没有纪律，自由涣散。

　　黄河以北是卫国，黄河以南是郑国，狄人入侵卫国，郑文公担心狄人渡过黄河侵入郑国，就派大臣高克带领清邑的军队到河坝上驻守。时间长了，郑文公没有把军队召回，任他们在驻地无所事事，整天闲逛，最后溃散而归，高克也去了陈国。

　　全诗分三章，写清邑的军队在黄河边上的彭地、消地和轴地驻防时的表现。表面上诗人称赞他们战马强壮，战车漂亮，军中的士兵和将士都在操练，实际上写散兵在河边逍遥地闲逛。

　　每章的最后一句用"翱翔""逍遥""作好"揭示这首诗的本意，用含蓄的手法写出讽刺。从章法上看，三个章节的结构和词语的变化不大，只有第三章与前两章的不同之处比较多。

　　诗人采用反复咏叹的手法，增强诗歌的气势和表现力，达到讽刺的效果。表面上看讽刺的对象是军队里的士兵和将士，其实是诗人在斥责昏庸的郑文公。

羔裘

【原文】

　　羔裘如濡，洵①直且侯。彼其之子，舍命不渝。

羔裘豹饰，孔武有力。彼其之子，邦之司直②。

羔裘晏③兮，三英④粲兮。彼其之子，邦之彦兮。

【注释】

①洵：确实，诚然，的确。

②司直：负责检察别人过失的官吏。

③晏：鲜艳茂盛的样子。

④三英：装饰袖口的三道边。

【译文】

穿着光泽的羔皮袄，行为正直又美好。他是这样的一个人，不怕牺牲为君劳。

穿着豹饰的羔皮袄，高大勇武有力量。他是这样的一个人，国家司直做得好。

羊羔皮的袄真光鲜，三行缨饰更艳丽。他是这样的一个人，国家杰出的人才。

【赏析】

这首诗赞美一位卿大夫勇武、正直，是国家的杰出人才。古时候，羔裘是卿大夫上朝时穿的官服，用官服来刻画官员的形象。

全诗分三章，诗人在每章的第一句，具体地描写羔裘的皮毛质地有光泽，上面的豹皮花纹鲜艳漂亮，表现穿羔裘的卿大夫外在美。借以赞美穿羔裘的卿大夫有正直美好、高大勇武能主持公道的品格，用"洵直且侯""孔武有力"表现出来。

人总是要穿衣裳，诗人让人们从卿大夫的衣裳联想到他的人品、德性，用外表来比喻那些看不见却感受得到，比较抽象的品行、德性。诗人的写作手法非常高明。

人衣相配，美德尽显，外在美、气质美和品行美有机统一起来，让人们觉得这位卿大夫不愧是国家的杰出人才。

遵大路

【原文】

遵①大路兮，掺执子之袪②兮。无我恶③兮，不寁④故也！

遵大路兮，掺执子之手兮。无我魗⑤兮，不寁好也！

【注释】

①遵：沿着。
②袪：衣袖，袖口。
③恶：丑、讨厌。
④违：丢弃，忘记。
⑤魗：同"丑"，可恶。

【译文】

沿着大路向前走，双手拉住你衣袖。千万不要讨厌我，不要忘记旧情把我抛弃。

沿着大路向前走，紧紧握住你的手。千万别嫌我貌丑，不要忘记旧情把我抛弃。

【赏析】

这首诗写男子要离开，女子拉着他的衣袖，苦苦哀求他留下的情景。是夫妻暂时分别还是女子被男子抛弃，诗中都没有提，不过这首诗描写的场景活灵活现，给人留下深刻的印象。

全诗分两章八句，没有说男子离家的原因，也没有说他们之间的关系，只是描述一对男女在大路上拉扯。女子拉着男子的衣袖，纠缠不清，用悲怆的哭声呼唤着男子，不断地喊着："无我恶兮，不违故也"，哀求男子不要抛弃她。

男子要离开，女子把自己的辛酸、痛苦和挣扎还有希望都凝聚在这两句话里。希望男子能够回心转意，与她重归于好，继续相亲相爱的日子。诗戛然而止，留下一片空白，诗人没有写两人结局，留给读者广阔的想象空间，可以生发出很多不同结果的精彩故事。

这首诗每章四句，句句押韵，语言流畅，朴实无华。

女曰鸡鸣

【原文】

女曰鸡鸣，士曰昧旦①。子兴视夜，明星有烂。将翱将翔，弋凫②与雁。

弋言加之，与子宜之。宜言饮酒，与子偕老。琴瑟在御，莫不静好③。

知子之来之，杂佩以赠之。知子之顺之，杂佩④以问之。知子之好之，杂佩以报之。

【注释】

①昧旦:天将亮还没有亮的时刻。
②弋凫:用生丝做绳,系在箭上射鸟。
③静好:和睦安好,安静和乐。
④杂佩:佩饰,上面有珠、玉等,质料和形状不一样。

【译文】

女子说鸡打鸣了。男子说天还没完全亮。你快起来看天上,启明星正在闪烁。鸟儿在空中展翅飞翔,射点野鸭和大雁。

射中野鸭和大雁,给你烹调做佳肴。享受佳肴和美酒,和你携手到白头。你弹琴来我奏瑟,夫妻和睦多美好。

知道你对我的体贴和关怀,送你玉佩表达爱意。知道你对我的温柔,送你玉佩表情意。知道你对我的情意,送你玉佩表示我俩同心。

【赏析】

这首诗写一对年轻夫妻和睦幸福的生活,是种"对答体"的诗歌。通过夫妻之间简单的对话,表现出一个美满家庭应有的和谐气氛。

第一章写早晨天没完全亮,勤劳的妻子已经起床,用"鸡鸣"催促丈夫,丈夫并不高兴,直接说:"昧旦。"妻子用委婉的言辞蕴含着怜爱的情意连声催促,丈夫想睡觉,又怕妻子催促,就辩解道:"子兴视夜,明星有烂。"丈夫是家庭的顶梁柱,执拗的妻子提醒丈夫要担负起生活的职责。她话语柔顺,但语气坚决,很符合生活实情。

第二章接着上一章写丈夫听到妻子的催促后,做出积极反应让妻子满意。当他穿戴齐整,迎着晨光出门打猎时,妻子反而产生了愧疚,半是道歉半是劝慰地对丈夫许愿,表达出对丈夫深深的爱意。丈夫有这样一位体贴温情的妻子,充满了幸福感和满足感。这个琴瑟和谐的场面让人感动。

第三章写丈夫把玉佩赠送给妻子,表达他对妻子的感激之情和爱意。他深深地感到妻子对他的"来之""顺之""好之",所以他解下身上的玉佩"赠之""问之""报之"。组成三组叠句,把丈夫对妻子粗犷的爱意表现得淋漓尽致。

有女同车

【原文】

有女同车,颜如舜华①。将翱将翔,佩玉琼琚②。彼美孟姜③,洵④美且都。

有女同行,颜如舜英。将翱将翔,佩玉将将。彼美孟姜,德音⑤不忘。

【注释】

①舜华:木槿树的花。

②琼琚:玉佩。

③孟姜:姜姓的长女。

④洵:确实。

⑤德音:美好的品德声誉。

【译文】

姑娘和我同乘车,容貌就像木槿花一样美丽。体态轻盈如飞鸟,佩戴美玉闪红光。这位姜家的大姑娘,确实漂亮又优雅。

姑娘和我同乘车,容貌就像木槿花一样美丽。体态轻盈如飞鸟,佩戴美玉响叮当。这位姜家的大姑娘,高尚品德人难忘。

【赏析】

这首诗以男子的语气,称赞女子靓丽的容貌和美好的品德。

夏秋之际,木槿花开,一对男女乘车外出游览,赶着车子在乡间道路上奔驰,洋溢着快乐的情绪。"彼美孟姜"中的"孟"是老大的意思,男子赞扬姜家大姑娘"颜如舜华,将翱将翔",称赞她美不可言,体态轻盈像飞翔的鸟儿。男子从女子容貌、行动、穿戴以及内在品德等各方面赞美女子。

全诗分两章,每章六句,采用叙事或铺陈的方法进行描写。两章的字数、句数相同,意思相近,只是押韵不同。首章男子赞美姜姓姑娘容貌美丽,举止优雅,次章男子赞美女子的心灵和品德更加美。外表的美是肉眼可以看到的,而举手投足的优雅气质和高尚的品德需要用心灵去捕捉,也更加珍贵。

山有扶苏

【原文】

山有扶苏①,隰②有荷华。不见子都,乃见狂且。

山有乔松,隰有游龙③,不见子充,乃见狡童。

【注释】

①扶苏:一种不成材的灌木。

②隰:洼地。

③游龙:水荭,水草的名字。

【译文】

山上长着茂盛的扶苏,池里开着美丽的荷花。没看到美男子子都,却遇到你这个小狂徒。

山上长着挺拔的青松,池里长着丛生的水荭。没看到好男子子充,却遇见你这个小狡童。

【赏析】

这首诗写一位女子与情人约会时,怀着喜悦的心情对自己的情人打情骂俏。这是一首情歌,言语间充满着喜悦与兴奋之情,不会影响两人感情。

诗中描写女子对情人的俏骂,女子看着自己心爱的人,心里很高兴,却故意骂他:"不见子都,乃见狂且",意思是:"我等的是美男子子都,却遇到你这个小狂徒。"处于热恋中的青年男女,在约会时用各种形式,表现他们愉悦的心情。女子的这种俏骂,更能表现他们亲密无间的爱情,把他们的情态刻画得入木三分。

以"山有……隰有……"的句式,选取山上的扶苏和乔松,隰里的荷华和游龙这些美好的形象起兴,描述恋人相会的环境,烘托出诗的意境,平添了很多艺术气息。

萚 兮

【原文】

萚①兮萚兮,风其吹女②。叔兮伯兮,倡予和女。

萚兮萚兮,风其漂女。叔兮伯兮,倡③予要④女。

【注释】

①萚:草木枯落的样子。

②女:同"汝",你。

③倡:同"唱"。

④要:跟随。

【译文】

落叶落叶落满地,风儿阵阵吹动你。我的兄弟啊,我来唱歌你来和调。

落叶落叶落满地,风儿吹你飘四方。我的兄弟啊,你来唱歌我来和调。

【赏析】

这是一首古老、单纯却又常新的歌谣。诗人看见枯叶被风吹落,心中涌出伤感的情绪,想找人与他一起唱歌。"叔兮伯兮"泛指亲近的人。单纯的歌谣，有特别让人感动的地方。

全诗分两章，每章的前两句都是"萚兮萚兮"，诗人述说树叶落了的情景，"风其漂女"写诗人看着风把"你"到处吹，这里的"你"指落叶，也可以指寂寞孤独的人，随风四处飘，透着深深的无奈。让人仿佛看到岁月流逝，繁华的光景转瞬间已经憔悴，有种莫名的伤感。

每章的后两句表明人生的寂寞需要排遣，"叔兮伯兮，倡予和女"，诗人呼喊着，想找个亲近的人一起唱歌，发泄出心中的忧伤。但是诗人的旁边只有落叶没有人，呼唤只能是呼唤，寂寞中透着深深的悲凉。

狡　童

【原文】

彼狡童①兮，不与我言兮。维②子之故，使我不能餐兮。
彼狡童兮，不与我食兮。维子之故，使我不能息兮。

【注释】

①狡童：狡同"姣"，美貌少年。
②维：为，因为。

【译文】

那个英俊的小伙子，不肯和我说话。都是因为你的缘故，使我吃不下饭。
那个英俊的小伙子，不肯和我吃饭。都是因为你的缘故，使我睡不着觉。

【赏析】

这首诗写陷入爱河的少女与情人之间的感情风波。两人产生矛盾，少年的两个举动，让少女食不下咽，睡不安寝，大声痛呼，可见她用情之深。简单的诗句把少女思念少年的心情表现得淋漓尽致，形象生动，让人难以忘怀。

全诗分两章，用循序渐进的结构模式，有层次地表现恋人之间的疏远过程。从第一章的"不与我言"到第二章的"不与我食"，逐步发展。

矛盾发生后，少年对少女不理不睬，以前两人在一起吃饭、一起说话，而现在只剩下少女一个人，他们的爱情遇到困难，面临倾覆的危险。少女的痛苦逐步加深，吃不下睡不着，只能直言呼喊，痛诉心中的怨恨。

诗人描写少女的痛苦，体现一个深情款款的女子形象，怨恨，焦虑，充满渴望和深情，把少女骂中有爱、恨中带恋的矛盾心情描写得缠绵难割。

还有种说法，说这首诗是写一位热情奔放的少女爱上英俊的少年，写诗表白自己的情意，是首大胆热烈的情歌。

褰 裳

【原文】

子惠①思我，褰裳②涉溱。子不我思，岂无他人？狂童③之狂也且！

子惠思我，褰裳涉洧。子不我思，岂无他士④？狂童之狂也且！

【注释】

①惠：爱。

②褰裳：提起下面的衣裙。

③狂童：戏称"傻小子"。狂，痴傻。

④士：没有娶亲的人。

【译文】

你如果爱我想念我，就赶快提起衣裳蹚过溱河。你如果不想念我，难道没有别的少年郎想念我吗？你真是个狂妄笨拙的傻哥哥！

你如果爱我想念我，就赶快提起衣裳蹚过洧河。你如果不想念我，难道没有别的少年郎想念我吗？你真是个狂妄笨拙的傻哥哥！

【赏析】

这是首辣妹子唱的情歌。在男人为主的古代，诗中的这位少女有独立、自强的意识，表现出她泼辣的性格。

热恋中的女子在等待情人的时候，都会感到焦虑和烦躁，可是文中的少女却爽快地说："子惠思我，褰裳涉溱"，你如果爱我想我，就赶快提起衣裳过河来看我。快人快语，显得泼辣又爽朗。

可是小伙子没有觉察少女急切的心情，回应得不够热情或者没有及时赶到，惹得少女伤心，直接指着对方说："子不我思，岂无他人"，意思是："你如果不想我，难道就没有别人想我？"快人快语，言语犀利。爱情本来就是两个人的事，如果对方不爱，就不要强拉硬扯在一起，这句话显示出少女通达和坚强。

诗的最后一句"狂童之狂也且"，表明不是少女不把小伙子放在心上，而是带有假设的意味。这句诗显示出在少女的心里，非常看重这份感情，可是表面却要装作不在意，只是希望心爱的人能更加疼她、爱她。

全诗分两章，用富有个性的口语进行叙述，用少女的语言叙述一种建立在自信、自强上的爱情观，就算遇到挫折也不颓丧，警醒那些沉溺于爱情的人们。

丰

【原文】

子之丰①兮，俟我乎巷兮，悔予不送②兮。

子之昌③兮，俟我乎堂兮，悔予不将④兮。

衣锦褧衣，裳锦褧⑤裳。叔兮伯兮，驾予与行。

裳锦褧裳，衣锦褧衣。叔兮伯兮，驾予与归。

【注释】

①丰：丰满、英俊的容貌。

②送：送行，送女出嫁。

③昌：体魄健壮。

④将：一起走，出嫁时的迎送。

⑤褧：披风，用麻纱做的罩衣。

【译文】

你的容貌好丰采，曾在巷口等着我，后悔当时没有跟你走。

你的身材很魁伟，曾在堂屋等着我，后悔当时没与你相随。

身穿锦缎衣和裳，麻纱罩衫披在上。哥哥啊快快来，驾车接我把路赶。

身穿锦缎裳和衣，麻布单衫上面披。哥哥啊快快来，驾车接我回家去。

【赏析】

这首诗写女子为自己错失良缘而悔恨不已。

全诗分四章，分成两层。前两章，写女子回忆当初没能和心上人结盟，仿佛听到女子的叹息声。她回忆自己的心上人是一个容貌丰润、体格健壮的英俊男子。曾经在巷子里、堂屋上等着她，幸福的生活向她招手，可她却坐失良机，没能跟他走。如今悔恨之余想作最后的努力，用诗歌呼唤男子重申旧盟。

后两章是女子抒发自己的悔恨之情，迫切地想与心上人结合。她幻想着自己穿上漂亮的嫁衣"衣锦褧衣，裳锦褧裳"，"叔兮伯兮，驾予与行"写她迫不及待地召唤男子来迎娶她。这种由悔恨引起对幸福生活的向往，在诗中表现得淋漓尽致，但是命运无法改变，令人扼腕叹息。

东门之墠

【原文】

东门之墠①,茹藘②在阪③。其室则迩,其人甚远。

东门之栗,有践④家室。岂不尔思?子不我即⑤!

【注释】

①墠:经过清除的平整土地。
②茹藘:草名。
③阪:斜坡,小山坡。
④践:排列整齐的样子。
⑤即:走近,亲近,接触。

【译文】

东门外面有广场,茜草长在山坡上。你家房屋离我家很近,而你却像在远方。

东门外面种板栗,栋栋房屋排整齐。怎么会不去思念你呢?是你不想亲近我!

【赏析】

这是首男女对唱的民间情歌,虽然两人离得很近,却无缘面对面,只能唱歌,抒发内心渴望的情怀。

第一章写男子追求女子,前两句"东门之墠,茹藘在阪",写明地点是空阔的广场,没有遮掩,一切景色尽收眼底,男子由景色想到女子,生出无限惆怅。后两句写"其室则迩,其人甚远",表明两人的距离近在咫尺,却不能靠近,如同咫尺天涯,让男子非常痛苦。

第二章写女子盼望男子,前两句变换场地"东门之栗,有践家室"。女子看着眼前繁茂的栗子树,欣欣向荣的景象,暗示男子英俊、善良,是个理想的对象。她用"岂不尔思?子不我即"倾诉对男子的爱慕之情,埋怨对方不接近自己,表现她的失落和痛苦、委屈与彷徨。

没有谋面却互有感情的男女,一方在追求,一方在盼望,两种情景,一样的心愿。在望而不见的环境中互诉情怀,有情有景,表现出双方互相有意的真实情感。

风 雨

【原文】

　　风雨凄凄，鸡鸣喈喈①，既见君子。云胡不夷②？
　　风雨潇潇③，鸡鸣胶胶。既见君子，云胡不瘳④？
　　风雨如晦⑤，鸡鸣不已。既见君子，云胡不喜？

【注释】

　　①喈喈：鸡鸣叫的声音。
　　②夷：平，指心中平静。
　　③潇潇：风雨交加的样子。
　　④瘳：病愈，指心病难除。
　　⑤晦：昏暗，黑夜。

【译文】

　　风吹雨打很凄凉，鸡儿唧唧叫得急。终于盼到丈夫回来，心里潮水难平静。

　　风雨交加很急疾，鸡儿咯咯叫得欢。终于盼到丈夫回来，心头百病全消除。

　　风雨交加天地暗，鸡儿不停地鸣叫。终于盼到丈夫回来，喜在眉头乐在心。

【赏析】

　　这首诗写妻子与久别的丈夫在风雨中重逢的情景。

　　全诗分三章，结构简单，三章叠咏。用细腻的文字表现出妻子的感受。每章前两句用风雨、鸡鸣起兴，描绘出一幅阴暗寒冷，鸡鸣声四起的情景。这种情景容易勾起人们离别的愁思。

　　妻子在风雨交加的夜晚无法入睡，"鸡鸣喈喈"让她更加忧愁。当她盼望的人在凄风苦雨中突然归来，那种意外的喜悦之情，让人感同身受。这时，狂风骤雨中的群鸡乱鸣，也变成和风细雨时的群鸡欢唱。

　　诗人用鸡的叫声循序渐进，写出时态的变化。民间有"鸡鸣三遍天将明"的说法，"鸡鸣喈喈"是众多的鸡一起叫，刚开始的鸣声还很轻。"鸡鸣胶胶"形容鸡叫的声音越来越大，第三次鸡叫，天快要亮了。

　　诗人善于述说感情，又善于用周围的情景抒发诗中主人公的情怀，这首诗被人们称为"千秋绝调"。

子 衿

【原文】

青青子衿①，悠悠②我心。纵我不往，子宁不嗣音③？

青青子佩，悠悠我思。纵我不往，子宁不来？

挑兮达兮④，在城阙⑤兮。一日不见，如三月兮。

【注释】

①子衿：男子服装的衣襟或衣领，周代读书人的服装。

②悠悠：忧愁思念的样子。

③嗣音：通"贻"，给信息。

④挑、达：往来的样子。

⑤城阙：城门两边的观楼。

【译文】

青青的是你的衣领，悠悠的是我的思念。纵然我没有去找你，为什么你不给我传递信息？

青青的是你的佩玉，悠悠的是我的情怀。纵然我没有去找你，为什么你不能主动来找我？

走来走去多少遍啊，站在高高的望楼上。一天不见你的面，好像有三个月那么漫长。

【赏析】

这首诗写一位女子站在城楼上等她的恋人。

全诗分三章，采用倒叙的手法，写出女子等待恋人时，焦灼不安的情景。诗人用了大量的心理描写来表达女子的心情，而表现动作的只有两个字"挑"和"达"。

前两章用"我"的口气述说她对恋人的怀念之情，"青青子衿"和"青青子佩"写恋人的衣饰和佩饰，给她留下深刻的印象，让她念念不忘。她等待恋人的到来，却没有看到对方的影子。前两章的后两句，描写她浓浓的爱意转化为惆怅和幽怨。

第三章写明两人相约的地点"在城阙兮"，女子站在城楼上等候男子，望穿秋水也看不到对方的影子，心烦意乱的女子来回走个不停。用夸张的文字"一日不见，如三月兮"表达她对恋人的深情。用主观时间"一日"与客观时间"三月"的反差，表现女子矜持又渴望看到恋人的迫切心情。

女子在诗中大胆地表达自己的情感，和对恋人深深的思念，同时鲜明地体现了当时女性追求独立、自主、平等的思想观念，在后来的文学作品中很少见。

扬之水

【原文】

扬①之水，不流束楚②。终鲜兄弟，维予与女。无信人之言，人实迋女③。

扬之水，不流束薪。终鲜④兄弟，维予二人。无信人之言，人实不信。

【注释】

①扬：悠扬，缓慢无力的样子。
②楚：荆条。一种落叶小乔木。
③迋女：欺骗你。
④鲜：很少。

【译文】

悠悠的河水静静地流，漂不起成捆的荆条。我娘家的兄弟太少了，只剩你和我相依偎。你千万不要轻信别人的话，他们都在欺骗你。

悠悠的河水哗哗地流，漂不起成捆的木柴。我娘家的兄弟太少了，只剩你和我相依偎。你千万不要轻信别人的话，他们的话不可信。

【赏析】

这首诗写妻子告诫丈夫不要听信别人的谗言。妻子的言语中透露着真切的情感，表现她内心对家庭的依赖，把丈夫看作自己最亲的人，希望丈夫跟她一样，珍惜他们的婚姻生活。

《诗经》中的兴词有暗示的作用，凡是"束楚""束薪"都暗示夫妻关系，意思是：婚姻将男女二人的命运捆在一起。

这首抒情诗中的妻子是位忠贞、善良的女子，她深爱着自己的丈夫。因为娘家缺少兄弟，丈夫便是她唯一的依靠，她珍惜自己的家庭。可是别人却因为种种原因诋毁她，造出流言蜚语伤害她，使他们的生活出现波澜。丈夫听到这些流言很恼火，妻子劝慰他不要轻信别人的话，告诉他根本没有别人说的那些事。

全诗分两章，每章六句，第一句是三言，第五句是五言，与整体的四言相匹配。咏唱时的节奏感很强，有很强的感染力。

出其东门

【原文】

出其东门，有女如云。虽则如云，匪我思存。缟衣①綦巾②，聊③乐我员。

出其闉④阇⑤，有女如荼⑥。虽则如荼，匪我思且。缟衣茹藘⑦，聊可与娱。

【注释】

①缟衣：缟，没有经过染色的布，比较粗陋的衣服。

②綦巾：暗绿色的佩巾。

③聊：且。

④闉：曲城，又叫瓮城，是城门外的护门小城。

⑤阇：这里指闉的门。

⑥荼：茅草的白花，指女子众多。

⑦茹藘：茜草，可以做绛红色染料，这里指绛红色的佩巾。

【译文】

出了城东门，美女多如天上云。虽然美女多如云，却不是我思念的那个人。素衣绿头巾，才能让我快乐又亲近。

出了瓮城门，美女如云美如花。虽然美女美如花，却不是我思念的那个人。素衣红佩巾，才能让我喜欢又思念。

【赏析】

一位青年男子来到城东门外，看到很多美女，都没有动心，因为他心有所属，他钟情的是位素衣绿巾的贫贱女子。青年男子用坚定的语气表达对心上人的忠贞，面对众多美女的诱惑，仍然坚守心中的最爱，可见他用情至深。这首诗也有谴责那些见异思迁、三心二意的负心汉之意。

开篇写青年男子迈出东门，被东门外"如云""如荼"的美女们吸引了，毫不掩饰地发出赞叹。可是，爱情是微妙难猜的，诗里用转折句"虽则……匪我……"，以不可动摇的语气表现青年男子情有独钟。

青年男子喜欢的女子的穿着是"缟衣""綦巾""茹藘"，在古代，这种穿着的女子出自贫贱家庭。青年男子用断然的语气否定"如云""如荼"的美女，用喜悦和自豪的语言告诉人们，他只喜欢"缟衣茹藘"的女子，这份坚贞的爱情令人敬佩。

为了渲染和反衬男子对爱情的忠贞，将那些盛妆华服的美女与白衣素巾的女子进行对照，美女们黯然失色，投射出男子对心上人至深至真的爱情，具有超越世俗的价值观和美感。

野有蔓草

【原文】

野有蔓草①，零②露漙③兮。有美一人，清扬④婉兮。邂逅相遇，适我愿兮。

野有蔓草，零露瀼瀼⑤。有美一人，婉如清扬。邂逅相遇，与子偕臧⑥。

【注释】

①蔓草：蔓延，茂盛的草。
②零：落下，降落。
③漙：凝聚成水珠。
④清扬：眉目清秀的样子。
⑤瀼瀼：露珠很大的样子。
⑥臧：同藏，藏起来。

【译文】

野地里有蔓延的草，草上有圆圆的露珠。有个漂亮的姑娘，眉清目秀好模样。偶然相遇真正巧，正好满足我的心愿。

野地里有蔓延的草，草上有圆圆的露珠。有个漂亮的姑娘，眉清目秀很娇艳。偶然相遇真正巧，与她一起躲藏起来。

【赏析】

这首诗描写浪漫的爱情。清晨时分，蔓草茂盛的田野上，一对情人不期而遇，都感到非常高兴，男子用诗歌唱出这个美妙的时刻，唱出先民婚恋的真实写照，歌唱他们自由的爱情。

全诗分二章，重复叠咏，每章六句，两句一层，分别写景、写人、抒情。良辰美景，邂逅情人，携手共游，像一对快乐自由的小鸟，比翼双飞在田野上。

这首诗描绘出一幅春日丽人图，先写周围的景色，再写丽人，景中有人。修长的蔓草、晶莹的露珠与美丽的少女之间有着微妙的隐喻，引人联想。"清扬婉兮"如点睛之笔般，突出姑娘惊人的美丽，小伙子的爱悦之情喷涌而出。

"邂逅相遇，适我愿兮"，对不期而遇的邂逅充满着幸福感和满足感。

眼睛是心灵的窗口，人们通过眼睛看事情，也被人看见。短小篇章，以"点睛"写活人物。男女邂逅，相对而望，眉目传情，"点睛"在两千多年前人们已经娴熟运用。

溱 洧

【原文】

溱与洧，方涣涣①兮。士与女，方秉蕳②兮。女曰观乎？士曰既且。且往观乎？洧之外，洵訏③且乐。维士与女，伊其相谑，赠之以勺药。

溱与洧，浏④其清矣。士与女，殷⑤其盈矣。女曰观乎？士曰既且。且往观乎？洧之外，洵訏且乐。维士与女，伊其将谑，赠之以勺药。

【注释】

①涣涣：水流盛大的样子。

②蕳：同兰，一种香草。

③洵訏：实在宽广。

④浏：形容水很清。

⑤殷：众多。

【译文】

溱水和洧水一起流动，河水流淌向远方。男男女女们一起去游玩，手拿香草求吉祥。女子说："我们去看看？"男子说："我已经看过了，再去看看也没关系。"洧水的对岸是个好地方，宽广又热闹。男女结伴同游，互相调笑喜气洋洋，赠你芍药最芬芳。

溱水和洧水一起流动，河水洋洋真清亮。男男女女们一起去游玩，游人如织闹嚷嚷。女子说："我们去看看？"男子说："我已经看过了，再去看看也没关系。"洧水的对岸是个好地方，热闹又宽广。男女结伴同游，互相调笑喜气洋洋，赠你芍药诉情长。

【赏析】

这首诗写男女在溱洧两河的岸边欢乐聚会的盛况，节日气氛浓郁。

全诗分两章，每章十二句，每章前四句是一层，后八句为一层，仅换几个字，叠章式回环往复。

初春时分，春水涌流的时节，诗人用"殷其盈矣"表示参加聚会的年轻人很多。"维士与女，伊其将谑"写对话的男女偶然相识，相约同行，再到互相戏谑，最后互赠芍药花，忠实地记录相亲的全过程，像一个唯美的专题纪录片。

兰草与芍药支撑起这首诗的结构，凭借着两种芬芳的香草，完成从风俗到爱情的转换。"方秉蕳兮"是风俗，"赠之以勺药"是爱情，同时也从自然界的春天转换到人生命运的春天。

古代的风俗与自然节气有关，春天降临到郑国大地，"溱与洧，方涣涣兮"中的"涣涣"两字表现得很传神，让人们看到春风骀荡的美丽情景。

"溱与洧"转换为"士与女"，从自然向人转换，风景向风俗转换。"士与女"分别指游玩的大多数人和人群中的某一对青年男女。

字面相同，对象改变，层与层之间的转折，变换得毫无痕迹。镜头对准一对私语青年男女，突出芍药这个爱的信物，表达对美好生活的憧憬与信心。

齐风

齐是周代诸侯国，周武王封大臣吕望（姜太公）在此，疆土包括山东中部和北部，"齐风"就是采自这里的民歌，共十一篇，写于东周初年到春秋时期，大多数是关于婚嫁和爱情的诗歌，有几首反映人民的疾苦，或是描写打猎和射击等。

鸡　鸣

【原文】

鸡既鸣矣，朝①既盈矣。匪鸡则鸣，苍蝇之声。
东方明矣，朝既昌②矣。匪东方则明，月出之光。
虫飞薨薨③，甘与子同梦。会且归④矣，无庶予子憎⑤。

【注释】

①朝：朝堂，君臣开会的地方。
②昌：昌盛，意思是人多。
③薨薨：飞虫振翅的声音，即"苍蝇之声"。
④会且归：指参加朝会的人将要回家。
⑤憎：憎恨。

【译文】

"公鸡已经喔喔叫唤，朝里的官员都到啦。""这不是公鸡叫，那是苍蝇嗡嗡的声音。"

"东方已经亮起来，朝里的官员已满堂啦。""这不是东方亮，那是明月发出的光芒。"

"虫子飞来响嗡嗡，我很乐意和你温好梦。""可是上朝的官员将要回家，不要让人憎恨你。"

【赏析】

　　这首诗写夫妻之间的对话，构思新颖，展示了一对贵族夫妻的私生活情趣。他们的对话比较质朴，没有奇言妙语，看起来有些傻，却让人发出会心之笑，包含了"无理见趣"的微妙之美。早晨鸡叫了，丈夫却说是苍蝇的声音，有违生活常识，或许是丈夫有意逗弄妻子，生活情趣凸显。

　　丈夫早晨困乏，不愿起床，贤惠的妻子担心他误了早朝被同僚们责怪，屡次催促他起身。全诗分三章，前两章的上两句是妻子的话，下两句是丈夫反驳妻子的话。第三章采用"半联句体"写妻子说的话。

　　自汉朝到今天，对这首诗还有两种解读。

　　其一，"诗人介入式"，前两章上两句是妻子的话，下两句是诗人对妻子的话进行评判，整首诗都是妻子在说话，诗人进行解说。

　　其二，"问答联句体"，认为前两章的前两句是妻子说话，下两句是丈夫说话，第三章的上两句是丈夫说话，而下两句是妻子说话。

　　全诗以四言为主，夹杂着五言，接近散文，押韵具有特点。头两章四句都是韵，而第一句和第二句的韵脚在第三个字，末尾的语助词"矣"也可以算作韵，被称为"复韵"。

还

【原文】

　　子之还①兮，遭我乎峱②之间兮。并驱从两肩兮，揖我谓我儇③兮。

　　子之茂兮，遭我乎峱之道兮。并驱从两牡④兮，揖我谓我好兮。

　　子之昌兮，遭我乎峱之阳兮。并驱从两狼兮，揖我谓我臧⑤兮。

【注释】

　　①还：身手敏捷的样子。
　　②峱：齐国山名。
　　③儇：灵巧，敏捷。
　　④牡：雄兽。
　　⑤臧：善良，好。

【译文】

　　你的身手矫健又敏捷，和我相遇在峱山的山凹。我们齐心协力追捕两头野兽，你向我行礼夸我很灵巧。

你长得英俊又潇洒，和我相遇在猃山的山道上。我们齐心协力追捕两头雄兽，你向我行礼夸我技艺高。

你长得强壮又英勇，和我相遇在猃山的南面。我们齐心协力追捕两匹恶狼，你向我行礼夸我技艺强。

【赏析】

这首诗写两位猎人在山间相遇，共同捕猎，互相赞美的情景。

全诗分三章，全部用"赋"，以猎人的口气叙述事情。三章叠唱，意思并列，每章换四个字。每章的前一句夸赞对方，末句互相夸赞，表达敬佩之情。能够得到自己敬仰的人夸赞，会感到自豪，两位英勇强壮的猎人惺惺相惜。

两个猎人是偶然遇见，看着对方捕猎时敏捷有力的姿态，不禁赞叹他"还""茂""昌"。"子"是古时候人们对同行的敬称，"遭"说明他们是偶然遇到，可见本来陌生的两个人，敬佩对方的技能，对于这次相遇都很开心。

每章的第三句说猎人偶遇而合作，一起追捕野兽。末句用"揖"来表达对合作者的敬佩。

每章有韵，用四言、六言、七言参差并用，节奏舒缓，读来有一唱三叹的韵味，反复咏唱，强化主题。

著

【原文】

俟我于著①乎而，充耳②以素③乎而，尚之以琼华乎而。

俟我于庭乎而，充耳以青乎而，尚④之以琼莹乎而。

俟我于堂乎而，充耳以黄乎而，尚之以琼英⑤乎而。

【注释】

①著：古代人家正门内有屏风，著是指正门与屏风之间，古代婚嫁新郎在此迎亲。

②充耳：饰物，悬挂在冠冕两侧。

③素：指美玉的颜色。

④尚：加在上面。

⑤琼英：美玉的名字。

【译文】

我的新郎在屏风前等我，冠冕上洁白的丝绦垂在耳边，上面缀着闪亮的美玉。

我的新郎在庭院里等我，冠冕上青色的丝绦垂在耳边，上面缀着晶莹的美玉。

我的新郎在中堂上等我，冠冕上黄色的丝绦垂在耳边，上面缀着精美的美玉。

【赏析】

这首诗写古代男女结婚时的情景。古代结婚，新郎要到新娘家迎亲，诗中描述了新娘看到新郎的心理活动，把古老的结婚仪式写得很有情趣。

全诗都是新娘看到的内容。新进门的妻子慌乱而羞涩地抬起眼看到丈夫的背影。新郎走在前面，引导她一步步走进他们的洞房。

新娘踏进新郎家大门，对周围热闹视而不见。用"俟我于著"表现她只看到恭候在屏风前的新郎，她在诗中没有说他，是因为新嫁娘的羞涩。"俟我"可读出他们之间的绵绵情意和幸福。

每章的后两句见物不见人，新娘想看走在前面的新郎，但是众目睽睽下，她不好意思抬头仔细看，只能悄悄地用眼角瞟一下，看到新郎冠冕旁边垂下彩色的"充耳"和发光的美玉。普通的叙述放在特殊的环境和人身上，妙趣横生，给人丰富的联想和愉悦的心情。

全诗用赋体，句句有韵，六言、七言交错使用，每句的末尾"乎而"使整首诗音节轻缓，读来感觉余音袅袅。全篇只换了九个字，却表现出新娘出嫁的喜悦之情以及对新郎的赞许。

东方之日

【原文】

东方之日①兮。彼姝者子，在我室兮。在我室兮，履②我即③兮。

东方之月兮。彼姝者子，在我闼④兮。在我闼兮，履我发⑤兮。

【注释】

①东方之日：早晨升起的太阳。

②履：踩到，踏。

③即：通"膝"，表示亲近。

④闼：内门。

⑤发：脚迹，走去，相随。

【译文】

东方太阳红彤彤啊。那个美丽的姑娘，走进我家内室里。走进我家内室里，悄悄伴我情意浓啊。

东方月亮白晃晃啊。那个美丽的姑娘，走进我家内门里。走进我家内门里，悄悄随我情意长啊。

【赏析】

这首诗描写热恋中的女子去男子家约会的情景。

每章首两句的修辞手法，一种是比兴，一种是"赋"。面对早晨初升的太阳或仰望夜晚升起的明月，都有一种异常的感觉。把女子比作艳丽而热烈的朝阳，皎洁而恬静的月光，她大胆热切又充满柔情蜜意地追求自己的爱情。

诗人沉浸在浪漫的爱情里，情不自禁地写出在房中的隐私。"履我即兮"描述着两人亲热的场景，他被情人炽热的爱情撩拨得心情澎湃，可以体会到他的得意，还有难以掩饰的幸福感。

每章一、三、四、五句押韵，与后面的"兮"组成"复韵"。三、四句重复，读来音节舒缓绵延，情味浓郁。

东方未明

【原文】

东方未明，颠倒衣裳。颠之倒之，自公召之。

东方未晞①，颠倒裳衣。倒之颠之，自公令之。

折柳樊②圃，狂夫③瞿瞿④。不能辰⑤夜，不夙⑥则莫。

【注释】

①晞：明，太阳的光辉。

②樊：篱笆。

③狂夫：监工的人。

④瞿瞿：瞪视，凶巴巴的样子。

⑤辰：时，借为"晨"。

⑥夙：早。

【译文】

东方尚暗天未亮，颠三倒四穿衣裳。颠三倒四穿衣裳，公家召他心里慌。

东方未亮天尚暗，颠三倒四把衣穿。颠三倒四把衣穿，公家有令把他传。

折下柳条围菜园，狂夫疑心瞪眼看。白天黑夜分不清，不是太早就太晚。

【赏析】

这首诗反映劳动者没日没夜辛苦工作的残酷现实，是一首怨愤诗。

全诗分三章，前两章没有具体写劳动场面或者说劳动者的辛苦，而是巧妙地抓住晨起时难堪的场面。一群疲惫的人们正在酣睡，被监工催促起床，这时"东方未明"，天还没有亮。被惊醒的劳动者在黑暗中手忙脚乱地抓衣服，有人把裤管当袖筒，有人把袖筒当裤管，颠倒着穿。

最后一章开篇用"折柳樊圃，狂夫瞿瞿"描绘劳动时的细节，写出劳动者的艰辛和监工们凶恶的嘴脸。这些描写切合当时的环境和人物的身份，仿佛能看到凶恶的监工，听见他的叫骂声。

前两章以回环复沓的手法渲染环境气氛，排列工整，读起来朗朗上口，押韵有规律。第三章则跌宕起伏。这种不拘一格的表达方式，是当时劳动人民创作歌谣的特点。

南 山

【原文】

南山崔崔①，雄狐绥绥②。鲁道有荡③，齐子由归。既曰归止，曷又怀止？

葛屦五两④，冠缕双止。鲁道有荡，齐子庸止。既曰庸止，曷又从止？

蓺⑤麻如之何？衡从⑥其亩。取妻如之何？必告父母。既曰告止，曷又鞠止？

析薪⑦如之何？匪斧不克。取妻如之何？匪媒不得。既曰得止，曷又极止？

【注释】

①崔崔：山势高峻。

②绥绥：缓缓行走。

③荡：道路平坦。

④五两：并列两只鞋。

⑤蓺：种植。

⑥衡从：东西方向叫横，南北方向叫纵。

⑦析薪：砍柴。

【译文】

南山巍峨高峻，雄狐缓步独行。鲁国大道宽阔，文姜由此嫁人。既然嫁给鲁君，为何思念难禁？

葛布麻鞋成对，冠帽结带成双。鲁邦国道宽广，公主经此嫁郎。既然贵为国母，何必眷恋故乡？

种麻该当怎样？纵横耕耘田亩。娶妻该当如何？定要先告父母。既已禀告宗庙，怎容她再恣妄？

劈柴应当如何？没有利斧不行。娶妻应当怎样，少了媒人哪成。既然姻缘已结，为何由她恣纵？

【赏析】

这首诗揭露了齐襄公和妹妹文姜通奸的丑行，讽刺文姜的丈夫鲁恒公无能，不敢约束妻子的胡作非为，是首讽刺诗。

开篇写雄狐渴望着伴侣，只是被高大险峻的齐南山挡住，影射齐襄公对文姜的觊觎。文中用南山和雄狐起兴，向人们展示一幅高远深邃的画面：高大险峻的山上，急迫寻偶的雄狐叫声连连，却不敢往前一步。把齐襄公急切的状态描述得淋漓尽致，将他丑恶的嘴脸暴露无遗。第一章末尾用反问进行讽刺，看上去是问文姜，也是在问齐襄公，一箭双雕，意味深长。

第二章依然诉说着往事，表达上更进一步，影射齐襄公和文姜的无耻行为。用"葛屦五两，冠緌双止"描述鞋子、帽带必须成双搭配，意思是人们应该有明确的配偶，讽刺效果明显，加深了情感的力度。

后两章转换角度，用大麻和柴薪起兴，种植大麻要先整理土地，砍柴要准备斧头，这些是日常生活中的必需物品。进一步阐述娶妻是父母之命、媒妁之言，鲁恒公明媒正娶了文姜却又无法做主，软弱无能，放任她回娘家与兄长私通。文姜无视礼法、胡作非为也显露无遗。

这是一首群众创作的比较单纯的民歌式古诗，每章节更换少量的文字，基本的语法和句式都相同，含义也相似或相近，反复咏唱，强化主题。

甫　田

【原文】

无田甫田①，维莠②骄骄③。无思远人，劳心忉忉④。

无田甫田，维莠桀桀。无思远人，劳心怛怛⑤。

婉兮娈兮⑥。总角丱⑦兮。未几见兮，突而弁⑧兮！

【注释】

①甫田：大田。

②莠：杂草。

③骄骄：草木茂盛。

④忉忉：心有所失。

⑤怛怛：悲伤。
⑥婉、娈：年少而貌美。
⑦总角卯：古代男童将头发梳成两个髻，翘起来的样子。
⑧弁：成人的帽子。

【译文】

千万不要耕大田，杂草丛生高又密。不要思念远方人，心里忧伤愁坏人。

千万不要耕大田，杂草茂密难处理。不要思念远方人，心里悲伤太烦闷。

年少俊俏又温顺，发结两角翘起来。几年没见再相见，突然戴冠成大人。

【赏析】

这首诗写妻子思念远方的丈夫。

前两章写实，用重叠的形式换了四个字，表达的意思完全相同。前两句直接说事情，引出下两句。因为丈夫去了远方，家里没有劳动力，妻子没有办法耕种大田，田里的杂草很多，她很忧伤，思念远方的丈夫，"无思远人"说是"无思"却有更多的相思。

妻子无法摆脱相思的痛苦，眼前出现了幻觉。妻子从现实走进虚幻，突然看到丈夫归来，看到离家时还扎着总角的孩子，突然长大成人，戴着成人的冠帽。这个虚幻的情境，反映出她渴望丈夫早日平安归来的心情，充满了意境美。

人们对这首古诗的主题有很多分歧，有人认为这首诗描写一位少女对儿时伙伴的深深思念；还有人认为这是首劝慰离开的友人不要徒劳多思。不过，妻子思念远方丈夫的主题，更符合这首诗歌的本意。

卢　令

【原文】

卢令令①，其人美且仁。

卢重环②，其人美且鬈③。

卢重鋂④，其人美且偲⑤。

【注释】

①卢令令：黑毛猎犬颈项上套环发出的响声。

②重环：大环套小环。

③鬈：强壮。

④鋂：一个大环套两个小环。

⑤偲：多才又多智慧。

【译文】

猎狗颈圈响叮当，猎人英俊又善良。

猎狗颈圈套双环，猎人英俊又强壮。

猎狗颈圈环套环，猎人英俊又聪慧。

【赏析】

这是首赞美猎人的诗，诗人充满敬佩地夸赞猎人的外在英姿和内在品德。

国家的强盛离不开文治武功，那时候崇尚男人好勇善战、仁爱友善、足智多谋。人们把文武双全作为衡量一个男人是否能干的标准，文武双全的男人会获得人们的赞赏。

诗人选取狩猎这个行为，夸赞猎人英俊、善良、勇敢和聪慧。打猎是古代人经常做的事情，猎人要捕获日常生活所需要的猎物，就要有强健的体魄。

全诗分三章，每章的第一句用写实的手法写黑犬"卢"，后一句用虚写的手法写"其人"。描绘犬的相貌，描摹它的声音，从一个侧面烘托出猎人狩猎时的气氛。用"美且仁""美且鬈""美且偲"夸赞猎人英姿，同时，还夸赞他的善良、勇敢、聪慧，文武双全和才貌出众，引起旁观者的羡慕和敬仰。

敝笱

【原文】

敝①笱②在梁，其鱼鲂鳏③。齐子归④止，其从如云。

敝笱在梁，其鱼鲂鱮。齐子归止，其从如雨。

敝笱在梁，其鱼唯唯⑤。齐子归止，其从如水。

【注释】

①敝：破。

②笱：竹制的捕鱼篓。

③鲂鳏：大鱼的名字。

④归：出嫁。

⑤唯唯：形容鱼儿出入自如的样子。

【译文】

残破的捕鱼篓设在河梁上，任由鲂鱼鳏鱼游来游去。齐国的文姜回娘家，随从的人员多如云。

残破的捕鱼篓设在河梁上，任由鲂鱼鲢鱼游来游去。齐国的文姜回娘家，随从的人员多如雨。

残破的捕鱼篓设在河梁上，任由这些鱼儿游来游去。齐国的文姜回娘家，随从的人员多如水。

【赏析】

这首诗写鲁恒公妻子文姜带着大批侍从回齐国的事情。

文姜是鲁国的国母，地位显赫尊贵，可是她与自己的哥哥齐襄公私通，引起人们的憎恶和唾弃。诗中没有直接表露人们对她的厌恶，只是描写她出行时宏大的场面和众多的随从。

全诗分三章，内容基本相同，每章置换几个字，有了逐层递进的意思，是典型的一唱三叹的章法。每章以"敝笱在梁"起兴，意味深长。捕鱼需要个严密的渔具，残破的鱼篓捕不到鱼，没有任何价值；治理好国家需要严密的制度。这首诗运用这种比兴，除了讽刺鲁恒公的无能之外，也形象地揭示鲁国法纪、礼制的败坏。

《诗经》中的"鱼"经常影射两性关系，残破的鱼篓子无法阻止鱼儿游来游去，影射文姜不守礼法的行为。

载 驱

【原文】

载驱薄薄①，簟茀②朱鞹③。鲁道有荡，齐子发夕④。
四骊济济⑤，垂辔沵沵⑥。鲁道有荡，齐子岂弟。
汶水汤汤，行人彭彭。鲁道有荡，齐子翱翔。
汶水滔滔，行人儦儦⑦。鲁道有荡，齐子游敖。

【注释】

①薄薄：马蹄声及车轮转动的声音。
②簟茀：竹席。
③鞹：动物的皮。
④发夕：早晨出发，晚上住宿。
⑤骊济济：整齐的黑马。
⑥沵沵：轻柔的样子。
⑦儦儦：行人众多。

【译文】

马车疾驰声隆隆，竹帘低垂蒙红皮。鲁国道路很平坦，文姜夜归急匆匆。

四匹黑马步伐齐，缰绳下垂柔软轻。鲁国道路很平坦，文姜动身天刚亮。
汶水浩荡哗哗流，络绎行人驻足望。鲁国道路很平坦，文姜回齐去游逛。
汶水浩荡滔滔流，络绎行人驻足瞧。鲁国道路很平坦，文姜回齐真逍遥。

【赏析】

这首诗写伤风败俗的文姜坐着富丽堂皇的车子赶往齐国，肆无忌惮地招摇过市。诗人客观地描写所见所闻，暗暗讽刺她与齐襄公的丑陋行为。

全诗分四章，多用同音形容词，烘托出人物的形、神、声，加强诗歌的音乐性和节奏感。"载驱薄薄"描述在大路上疾驶的豪华马车，揭露主人公趾高气扬又无耻。"四骊济济"用四匹纯黑的骏马表示文姜急切的心情。"垂辔沵沵"描写柔软轻巧的缰绳，衬托出车厢内主人的不凡身份。

汶水的"汤汤"和"滔滔"与行人的"彭彭"和"儦儦"相呼应，借水的滔滔不绝来形容路上的行人熙熙攘攘，他们对疾驶而过的华丽马车驻足而望，显示人们都知道文姜的丑行，衬托出她胆大妄为、目中无人和不知廉耻。她旁若无人地一路前行，诗人也不说破她去哪里，只用"鲁道"和"齐子"暗中埋线，微小而显露真意。

猗嗟

【原文】

猗嗟①昌兮，颀而长兮。抑若扬兮，美目扬兮。巧趋跄②兮，射则臧兮。

猗嗟名兮，美目清兮。仪既成兮，终日射侯③。不出正兮，展我甥④兮。

猗嗟娈⑤兮，清扬婉兮。舞则选兮，射则贯兮。四矢反兮，以御乱兮。

【注释】

①猗嗟：赞叹的声音。
②跄：走路有节奏，摇曳生姿。
③侯：靶。
④甥：古代女子会称丈夫为甥。
⑤娈：美好。

【译文】

这人长得真健壮，身材高大又颀长。前额方正容颜好，双目漂亮又有神。进退奔走动作巧，射箭技艺太精良。

这人长得真精神,眼睛漂亮又清明。仪式既然已完成,每天射靶不曾停。箭无虚发中靶心,真是我的好丈夫。

　　这人长得真英俊,眉清目秀显柔美。舞姿端正节奏强,箭出穿靶不空放。四箭射中靶中央,抵御外患有力量。

【赏析】

　　这首诗以赞叹的口气,形象地描绘了一位年轻的射手,突出他强壮的体格,让人们觉得这位高大、粗壮、结实的少年能够成为一个优秀的射手,是理所当然的事。

　　诗人描写射手的形象,突出他面部特征,尤其对眼睛的描写细致入微,一双好的眼睛是优秀射手必要的条件。"扬""清""婉"都是描写明亮的眼睛,炯炯有神。赞美他"巧趋跄兮",走路很快,步履矫健;用"舞则选兮"写他动作优美,身体灵活。

　　全诗分三章。第一章用"射则臧兮"概括他的射箭技艺很好。第二章用"终日射侯"赞扬他为了有好的箭术,勤学苦练。用"不出正兮"赞美他每射必中的好技艺。第三章用"射则贯兮"夸奖他连射的技艺,而"四矢反兮"更显出他的高超箭术。

　　这首诗把射手的形象和他的箭术描写得栩栩如生,把这个人物活生生地展现在读者面前。全文用一句"以御乱兮"结束,也是对这个年轻射手最终的评价,告诉人们这个有高超箭术的少年是国家的栋梁。

魏风

魏是西周时期的诸侯国,为了与战国魏区别开,人们把它称作古魏国,在今山西芮城一带,与晋国相邻,公元前661年被晋献公所灭,把这块地封给晋大臣毕万,统治者为毕万的后代。魏风采集了古魏国的民歌,共有七篇。"魏风"讽刺魏国统治阶级,主要写人们反抗劳役和爱国人士忧国忧民的叹息。

葛屦

【原文】

纠纠①葛屦②,可以履霜?掺掺③女手,可以缝裳?要④之襋⑤之,好人服之。

好人提提⑥,宛然左辟,佩其象揥⑦。维是褊心⑧,是以为刺。

【注释】

①纠纠:纠结缠绕。
②葛屦:葛绳编制的鞋。
③掺掺:同"纤纤",形容女子的手柔弱纤细。
④要:缝制腰身。
⑤襋:缝制衣领。
⑥提提:安然舒适的样子。
⑦揥:古首饰,像簪子。
⑧褊心:心胸狭窄。

【译文】

葛麻鞋儿绳缠帮,哪可穿来踩寒霜?纤纤细细女子手,哪能辛苦缝衣裳?缝好腰带上好领,请求美人试新装。

美人不理似安详，扭转身来闪一旁，象牙簪儿戴头上。因为她的心太狭隘，所以写诗讽刺一场。

【赏析】

　　这首诗写缝衣女为主人家缝制衣服的情景，体现人与人之间贫富的差距。女主人傲慢的态度让缝衣女心生不满，所以她写这首诗讽刺女主人。

　　天气已冷，缝衣女还穿着夏天的凉鞋，因为饥饿，她的纤纤细手瘦弱无力。即使如此，她还得为女主人缝制衣裳，还要服侍女主人穿起来，凄惨的生活状况令人歔欷。

　　用"好人服之"，引出"好人"，着力描写女主人的富有与傲慢。她穿上缝衣女辛苦缝制的衣服，看都不看缝衣女一眼，自顾着梳妆打扮，目中无人的举动让缝衣女非常愤慨，觉得难以容忍女主人的态度。

　　缝衣女与女主人一穷一富、一奴一主，鲜明的对比，给人留下强烈又深刻的印象。详细叙说缝衣女缝制衣服的细节，描绘出一个饥寒交迫的缝衣女形象。女主人试衣服后的一个转身，自顾佩簪子的细节，刻画出一个自私吝啬、无情无义的女富人的形象。

汾沮洳

【原文】

　　彼汾沮洳①，言采其莫。彼其之子，美无度。美无度，殊异乎公路②。
　　彼汾一方，言采其桑。彼其之子，美如英。美如英，殊异乎公行③。
　　彼汾一曲，言采其藚④。彼其之子，美如玉。美如玉，殊异乎公族⑤。

【注释】

　　①沮洳：低洼潮湿的地方。
　　②公路：掌管王公车驾的官吏。
　　③公行：掌管王公军队的官吏。
　　④藚：泽泻草，药用植物，还可作蔬菜。
　　⑤公族：掌管王公事务的官吏。

【译文】

　　在那汾河湾里低湿的地方，有个小伙子采水面野菜忙。你看那个勤劳的小伙子啊，长得是那样英俊无法衡量。他长得那样英俊无法衡量，和王公家的官儿太不一样！

　　在那滔滔汾河水的另一方，有个小伙子采撷桑叶正忙。你看那个勤劳的小伙子啊，长得那样英俊如鲜花怒放。他是那样英俊如鲜花怒放，和王公家的官儿太不一样！

在那滔滔汾河拐弯的地方，有个小伙子采撷泽泻正忙。你看那个勤劳的小伙子啊，品行如美玉一般纯洁高尚。他品行如美玉般纯洁高尚，和王公家的官儿太不一样！

【赏析】

这首诗写女子赞美自己的情郎。

诗中分别以男子采摘"莫""桑""藚"起兴，以汾水为地点："沮洳""一方""一曲"显示不同的地点和时间。女子不管做什么，都会想起她的意中人，可见女子的痴情程度。

全诗分三章，每章节的最后一句都写到王公贵族，意思是她的意中人不仅长得英俊，而且比那些达官贵人更强，凸显出她的意中人非常好，也是对王公贵族的讽刺。"彼其之子"说明他的身份地位不如那些王公贵族，只是一位普通的劳动者，与王公贵族有着本质上的区别。

通过对比、烘托的手法，把没有在诗中出现的意中人，描写得如见其人。叠句重章，反复咏唱，字句变化不多，层层递进。"美无度"概括描写小伙子的美，"美如英"赞美小伙子的仪表，"美如玉"赞美小伙子的品行。

园有桃

【原文】

园有桃，其实之殽。心之忧矣，我歌且谣。不知我者，谓我士也骄。彼人是哉，子曰何其？心之忧矣，其谁知之？其谁知之，盖①亦勿思！

园有棘②，其实之食。心之忧矣，聊以行③国。不知我者，谓我士也罔④极。彼人是哉，子曰何其？心之忧矣，其谁知之？其谁知之，盖亦勿思！

【注释】

①盖：为何不。
②棘：酸枣树木。
③行：周游。
④罔：没有。

【译文】

园子里的树上结满了鲜桃，那些甜美的果实可吃个饱。但我内心里充满忧伤情怀，低唱着伤心曲浅吟着歌谣。那些不理解我痛苦的人啊，肯定说我书呆子清高孤傲。这些通达之人说得很对啊，但请你告诉我怎么办为好？我内心里无尽的忧伤情怀，普天下之人你们谁能知道！你们谁能真正理解我心啊，我还是不要空自伤怀的好！

园子里的小枣树枝繁叶茂，那些鲜美的果实可吃个饱。但我内心里充满忧伤情怀，姑且到广袤田里转悠一遭。那些不理解我痛苦的人啊，肯定说我书呆子是大傻冒。这些通达之人说得很对啊，但请你告诉我怎么办才好？我内心里无尽的忧伤情怀，普天下之人你们谁能知道！你们谁能真正理解我心啊，我还是不要空自伤怀的好！

【赏析】

这首诗写一位书生身处乱世，怀才不遇很难过，反映当时的生活状态和思想情况。

诗人因不被别人理解而心生感慨，作诗抒发心中的郁闷，这是古代书生常有的心态和常用的方法，表达他内心的郁闷和愤慨。语言清晰，思想明确，欲说还休，沉郁顿挫。

全诗分两章，每章前六句有八个字不同，后六句完全相同。每章的前两句以果树起兴，果实可以供人们食用，诗人觉得自己是个无用的书生，不能贡献自己的才能。

接着第三、第四两句诗人说自己无法排遣内心的忧愁，只能放声高歌，聊以自慰。第四句写诗人发现歌声也无法让他发泄心中的苦闷，只能另谋出路，离开不愉快的生活环境。

诗人的思想、行为、忧虑无人理解，反招众人嘲笑，被视为"骄"和"罔极"。他委屈却又无可奈何，只能自嘲"其谁知之，盖亦勿思"，内心无人理解的痛苦和矛盾，彰显无遗。

这首诗以四言为主，杂以三言、五言、六言，两章押韵位置相同，哀思绵绵，长歌当哭。

陟岵

【原文】

陟彼岵①兮，瞻望父兮。父曰：嗟！予子行役，夙夜无已。上②慎旃哉，犹来③！无止！

陟彼屺兮，瞻望母兮。母曰：嗟！予季④行役，夙夜无寐。上慎旃哉，犹来！无弃！

陟彼冈兮，瞻望兄兮。兄曰：嗟！予弟行役，夙夜必偕⑤。上慎旃哉，犹来！无死！

【注释】

①岵：有草木的山。
②上：希望。
③犹来：还能回到家。
④季：最小的儿子。
⑤偕：俱，在一起。

【译文】

我登上那草木繁茂的高山，远远地眺望父亲所在的故乡。好像听到父亲对我说："唉！我苦命的儿子在远方服役，日夜操劳没有休息的时间。希望他保重身体，盼望他早日归来，不要留恋他乡！"

我攀到那光秃秃的高山上，远远地眺望母亲所在的故乡。好像听到母亲对我说："唉！我苦命的小儿在远方服役，日夜操劳没有睡觉的时间。希望他保重身体，盼望他早日归来，不要抛尸他乡！"

我登上那高低起伏的山冈，远远地眺望哥哥所在的故乡。仿佛听到长兄一声叹息："唉！我苦命的兄弟在远方服役，与他的同伴一起日夜操劳。希望他保重身体，盼望他早日归来，不要死在他乡。"

【赏析】

这首诗写一个在他乡服役的征人，想象着家乡的父母兄长正在思念他，与他对话，表达了诗人浓浓的思乡情怀。

诗人登高望远，思念远方的亲人，设想亲人也在思念他，想象着来自亲人的嘱咐，包含了他的希冀、盼望、爱怜和思念。文笔以曲而愈达，情感以婉而愈深。

全诗分三章，都是赋体，重章叠唱。每章的前两句抒发诗人的思乡之情，思父思母又思兄长，把远望当成回去的样子，咏唱这首诗歌，有种想哭的感觉，痛切感人。

诗人登高思亲的时候仿佛进入一个幻境，耳边响起亲人们体贴的话语，提醒他保重身体，祝愿他能早日平安归来。这些并不是诗人主观思想，而是情到至深的自然表现。

诗人的语言个性鲜明，"父有义"，父亲让他不要永远留在他乡。"母有恩"，母亲叮咛着小儿子，表现出难以割舍的母子情。"兄有亲"，兄弟直言他早日归来，不要埋骨异乡，表现出强烈的手足之情。

创造幻境,把想象和回忆融合在一起,符合思乡人的心理规律,开创中国思乡诗的抒情模式,被后来的思乡诗不断借鉴,因此这首诗被推为"羁旅行役诗之祖"。

十亩之间

【原文】

十亩①之间兮,桑者②闲闲③兮,行④与子还兮。

十亩之外兮,桑者泄泄⑤兮,行与子逝兮。

【注释】

①十亩:古时候每个人有公田十亩。

②桑者:采桑的人。

③闲闲:悠闲的样子。

④行:将要。

⑤泄泄:和乐的样子,又说人多的样子。

【译文】

在十亩的田里是桑园,采桑的姑娘多悠闲,走吧我们一起回家。

在十亩的田外是桑园,采桑的姑娘笑盈盈,走吧我们携手回家。

【赏析】

古时候在西北地区的人家普遍种桑树,这是首采桑姑娘劳动结束后,呼朋唤友一起回家的歌谣,勾画出一派清新的田园风光,以轻松的旋律,表达采桑姑娘轻松愉快的心情,展示出一幅唯美的采桑晚归图。

夕阳西下,炊烟渐起,一片宽广、碧绿的桑园里,忙碌了一天的采桑女准备回家。顿时,桑园里响起一阵喧哗声,大家相约着离开。人渐渐地离开了,可是她们的说笑声和歌声却仿佛在桑园里回旋。

全诗分两章六句,反复咏唱,句末有语气词"兮",很自然地拖长语调,表现采桑姑娘舒缓而轻松的心情。"兮"包含紧张劳动后舒缓的喘息,也是对一天劳动成果的满意和感叹,句子与诗境、语调、心情达到完美的统一。

伐 檀

【原文】

坎坎①伐檀兮,置之河之干兮。河水清且涟猗。不稼不穑②,胡取禾三百廛③兮?不狩不猎,胡瞻尔庭有县貆④兮?彼君子兮,不素餐⑤兮!

坎坎伐辐兮,置之河之侧兮。河水清且直猗。不稼不穑,胡取禾三百亿兮?不狩不猎,胡瞻尔庭有县特兮?彼君子兮,不素食兮!

坎坎伐轮兮,置之河之漘⑥兮。河水清且沦猗。不稼不穑,胡取禾三百囷兮?不狩不猎,胡瞻尔庭有县鹑兮?彼君子兮,不素飧⑦兮!

【注释】

①坎坎:伐木的声音。

②穑:收获。

③廛:二亩半。

④貆:野兽的名字。

⑤素餐:不劳而食,吃白饭。

⑥漘:水边。

⑦飧:熟透的食物。

【译文】

坎坎声中砍伐檀树,砍下檀树堆放在河边。河水清清水面起波澜。不耕种又不收获,为什么三百捆禾往家里搬?上山打猎你不帮忙,为什么你的庭院里挂满猪獾?那些老爷君子们,不会白吃闲饭!

坎坎声中砍木头做车辐,砍下檀树堆在河埠头,河水清清直着流。不耕种又不收获,为什么三百捆禾你来收取?上山打猎你不帮忙,为什么你的庭院里挂满野兽?那些老爷君子们,不会白吃饱腹!

坎坎声中砍树做车轮,砍下檀树堆在大河旁,河水清清水面起波纹。不耕种又不收获,为什么三百捆禾要独吞?上山打猎你不帮忙,为什么你的庭院里挂满鹌鹑?那些老爷君子们,可不会白吃腥荤。

【赏析】

这首诗是劳动者工作时唱的歌,他们斥责现实社会的不公平,深刻地反映了他们对剥削者不劳而获的憎恨,讽刺剥削者的贪婪。

全诗分三章,按照情感的发展叙述事情。第一章写伐木工人辛苦地砍下檀木堆到河边,看着大自然的风景赞叹不已,也给他们带来短暂的轻松和愉悦。可是他们想到每天都要从事繁重的劳动,激起心中不满的情绪。

第二章写劳动者们耕种打猎,收获物却被剥削者占去,气愤之余,他们忍不住责问剥削者,"不稼不穑,胡取禾三百廛兮?"

第三章运用反语结句,进一步揭露剥削者不劳而获的本质,点明主题,抒发劳动者心中的怒火。

用"伐辐""伐轮",暗示劳动者的劳作没有休止。用"貆""特""鹑"说明剥削者不管猎物大小,都要据为己有,表现他们贪婪的本性。

这首诗反复咏叹,内容上相互补充,强化了劳动者的反抗情绪。直抒胸臆,反面讽刺,叙事中饱含愤怒,充分抒发诗人内心感受。四言、五言、六言、七言和八言,纵横错落,句式灵活多变,是最早的杂言诗。

硕 鼠

【原文】

硕鼠①硕鼠,无食我黍!三岁②贯③女,莫我肯顾。逝④将去女,适彼乐土。乐土乐土,爰得我所。

硕鼠硕鼠,无食我麦!三岁贯女,莫我肯德。逝将去女,适彼乐国。乐国乐国,爰得我直。

硕鼠硕鼠,无食我苗!三岁贯女,莫我肯劳⑤。逝将去女,适彼乐郊。乐郊乐郊,谁之永号⑥?

【注释】

①硕鼠:肥大的鼠,又名田鼠,北方称耗子。
②三岁:很久。
③贯:侍奉。
④逝:通"誓"。
⑤劳:慰问、慰劳。
⑥号:呼喊。

【译文】

大田鼠呀大田鼠,不许吃我种的黍!三年辛勤伺候你,你却对我不照顾。发誓定要摆脱你,去那乐土有幸福。那乐土啊那乐土,才是我的好去处!

大田鼠呀大田鼠,不许吃我种的麦!三年辛勤伺候你,你却对我不优待。发誓定要摆脱你,去那乐国有仁爱。那乐国啊那乐国,才是我的好所在!

大田鼠呀大田鼠,不许吃我种的苗!三年辛勤伺候你,你却对我不慰劳!发誓定要摆脱你,去那乐郊有欢笑。那乐郊啊那乐郊,谁还悲叹长呼号!

【赏析】

这首诗写劳动人民对统治者残酷剥削的怨恨和控诉,将统治者比喻为贪婪的大老鼠,受劳动者供养还贪得无厌。劳动者成年累月为剥削者劳动,却得不到恩惠,揭露了统治者的本质,将他们的本性表露无遗。

全诗分三章，意思相同，每章以"硕鼠"开头，怒呼剥削者是贪婪可憎的大老鼠，发出"无食我黍"的警告。老鼠的形象丑陋又狡黠，喜欢偷食，用来比喻统治者，表现出诗人强烈的愤恨之情。

每章的第三、第四两句进一步揭露剥削者的贪得无厌，揭示统治者与劳动者之间尖锐的对立关系，提出了到底是谁养活谁这个根本问题。

每章的后四句以雷霆之力喊出劳动者的心声，诗人公开宣布将要离去，不再养活"女"。一个"逝"字表现出劳动者决断的态度和坚定的决心。

虽然劳动者想找到能够让他们安居乐业、不再受剥削的人间乐土，那只能是幻想，现实社会中不存在，只能代表他们对美好生活的憧憬。在长期的生活和斗争中产生的理想，也标志着他们的觉醒，启发和鼓舞着劳动人民为了摆脱剥削者而不断斗争。

唐风

唐是周代诸侯国,周成王封他的弟弟姬叔虞在此,姬叔虞的儿子燮父看国内有晋水,就把国名改为晋,是今山西汾水流域的一带。《唐风》是晋国的民歌,共十二篇,产生于公元前八世纪到公元前六世纪春秋前期的两百年间。

蟋 蟀

【原文】

蟋蟀在堂,岁聿其莫①。今我不乐,日月其除。无已大康,职思其居。好乐无荒,良士瞿瞿②。

蟋蟀在堂,岁聿其逝。今我不乐,日月其迈。无已大康,职思其外。好乐无荒,良士蹶蹶③。

蟋蟀在堂,役车④其休。今我不乐,日月其慆。无已大康,职思其忧。好乐无荒,良士休休⑤。

【注释】

①其莫:莫,"暮"的古代写法。将尽。
②瞿瞿:警惕的意思。
③蹶蹶:动作勤勉的样子。
④役车:车名,农家收获时用来装载谷物。
⑤休休:宽容、勤劳的样子。

【译文】

天寒蟋蟀进堂屋,一年匆匆临岁暮。今不及时去寻乐,日月如梭留不住。行乐不可太过度,本职事情莫耽误。正业不废又娱乐,贤良之士多警悟。

天寒蟋蟀进堂屋,一年匆匆临岁暮。今不及时去寻乐,日月如梭停不住。

行乐不可太过度，分外之事也不误。正业不废又娱乐，贤良之士敏事务。

天寒蟋蟀进堂屋，行役车辆也休息。今不及时去寻乐，日月如梭不停留。行乐不可太过度，还有国事让人忧。正业不废又娱乐，贤良之士乐悠悠。

【赏析】

这首诗劝人做事要勤勉，不要虚度时光。从蟋蟀的鸣叫感叹时间的流逝。

诗人看到蟋蟀从野外迁至屋内，感觉到天气渐渐变凉，想到一年又到了岁暮，心里感慨万千。

开篇的"蟋蟀在堂"有两种看法，一种说是"赋"，直接陈述事情是"赋"，这里直接叙述蟋蟀进屋这件事；另一种说是"兴"，触发情感是"兴"，虽然它与下文没有直接的联系，但是在深层的感情上却是密不可分，起到感情的作用。

全诗分三章，每章的前两句感物伤怀。每章的第三、四句叙述情怀，诗人感慨时光流逝，宣称要抓紧时间享受快乐，其实是以进为退。

每章的后四句是针对第三、四句而写，反复叮嘱人们，不要只顾眼前。每章的第五、第六两句中的"思"是全诗的主眼，意思是"思索"，让人们不要过分追求享乐，认真完成自己的工作。

这首诗以重章反复抒发感情，脱口而出，语言坦率真挚，不加修饰。一章中有两韵交错，每章的第一、五、七句同韵，第二、四、六、八句同韵。

山有枢

【原文】

山有枢①，隰有榆。子有衣裳，弗曳弗娄②。子有车马，弗驰弗驱。宛③其死矣，他人是愉。

山有栲，隰有杻。子有廷内，弗洒弗扫。子有钟鼓，弗鼓弗考④。宛其死矣，他人是保⑤。

山有漆，隰有栗。子有酒食，何不日鼓瑟？且以喜乐，且以永日。宛其死矣，他人入室。

【注释】

①枢：树的名字。
②娄：牵拉。
③宛：枯萎倒下。
④考：敲打。

⑤保：占有。

【译文】

　　山坡上面有刺榆，洼地中间白榆长。你有上衣和下裳，不穿不戴箱里装。你有车子又有马，不驾不骑放一旁。一朝不幸离人世，别人享受心舒畅。

　　山上长有臭椿树，菩提树在低洼处。你有庭院和房屋，不洒水来不扫除。你家有钟又有鼓，不敲不打等于无。一朝不幸离人世，别人占有心舒服。

　　山坡上面有漆树，低洼地里生榛栗。你有美酒和佳肴，怎不日日奏乐器。且用它来寻欢喜，且用它来度时日。一朝不幸离人世，别人得意进你室。

【赏析】

　　这首诗写诗人劝勉朋友要及时行乐，诗人看到朋友拥有财富却不会享用，可能朋友是节俭成性或是生性吝啬，或者忙于事务没有时间，所以无法享受生活。诗人言语激烈，提醒朋友不要到死的那一天才后悔。

　　全诗分三章。第一章以枢树和榆树即兴式起兴，诗人写朋友有衣服不穿，有车马不用。用"宛其死矣，他人是愉"提醒朋友，等他死以后，这些东西都是别人的。这里的"子有车马，弗驰弗驱"并不是一般意义上的赶路，而是参加一些娱乐活动。

　　第二章与第一章相似，诗人把诉说对象转到朋友的房屋和钟鼓，说朋友的庭院"弗洒弗扫"，他的钟鼓"弗鼓弗考"。这里可以看出诗人的朋友不是吝啬的人，吝啬的人对自己的财物会爱惜有加，会收拾得很干净。朋友家里的钟鼓不敲不击的，庭院落满灰尘，说明朋友确实很忙，忙得没有时间和心情享受生活。

　　末章是整篇诗的重点，"且以喜乐，且以永日"中的"喜乐"表示快乐的生活，"永日"是延长时间，这是两个很有内涵的词，提升了这首诗的高度，缓和了直接说"死"的粗俗。

　　整首诗脉络和内涵清晰，诗人主张生命短暂要及时行乐，侧面描写朋友努力工作，认真创造价值，讨论什么样的生活方式更有价值。

扬之水

【原文】

　　扬①之水，白石凿凿②。素衣朱襮③，从子于沃。既见君子，云何不乐？
　　扬之水，白石皓皓。素衣朱绣，从子于鹄④。既见君子，云何其忧？
　　扬之水，白石粼粼⑤。我闻有命，不敢以告人。

【注释】

①扬：悠扬缓慢。
②凿凿：鲜明的样子。
③襮：绣有花纹的衣领。
④鹄：地名。
⑤粼粼：水清澈的样子。

【译文】

悠扬的河水缓慢地流着，光洁的石头更加鲜明。白色的衣服红色的绣领，跟随他到曲沃城。既然见到勇武的恒叔，还有什么不快乐的地方？

悠扬的河水缓慢地流着，光洁的石头白得发亮。白色的衣服红色的袖口，跟随他到了鹄城。既然见到勇武的恒叔，还有什么要担忧的地方？

悠扬的河水缓慢地流着，光洁的石头晶莹透亮。我听到政变的命令，不敢告诉别人真情。

【赏析】

公元前745年，晋昭侯封叔父于曲沃，号恒叔，晋昭侯5年，大夫潘义与恒叔在一起密谋，准备发动政变，一位追随恒叔的贵族写了这首诗，揭发政变的情况。

造反起家者都会有所图、有所为、有所得。这首诗以"扬之水"起兴，言明晋国日渐衰弱，导致反叛。平静安详的环境下，酝酿着重大的阴谋，士兵看到恒叔，准备跟随他在曲沃起事。

全诗分三章。每章开篇咏唱"扬之水"，一唱三叹。石头的白映衬着士兵的白衣红袖，旗甲鲜明，可见队伍整装待发。在恒叔的指挥下胜券在握，诗人喜上眉梢，很自然地耳语，气氛紧张又神秘。

"素衣朱襮"为诸侯的服饰，密谋反叛，就不会穿着代表身份的衣服示人，否则泄密。这两句话不可能是描写潘义，而是诗人对恒叔能够早日成为诸侯的一种殷切的希望。

全诗弥漫着紧张和担忧的格调，情节内容层层推进，铺叙中留有悬念，直到诗的结尾才说出政变事件的真相，引人入胜。诗中出现的很多颜色既是连贯又是对比，效果佳妙。

椒 聊

【原文】

椒①聊之实，蕃衍②盈升。彼其之子，硕大无朋。椒聊且，远条③且。

椒聊之实，蕃衍盈匊④。彼其之子，硕大且笃⑤。椒聊且，远条且。

【注释】

①椒：花椒，又名山椒。
②蕃衍：即繁衍。
③远条：修长，长枝条。
④匊：两手合捧。
⑤笃：厚重，忠厚老实。

【译文】

花椒树上果实累累，繁衍丰茂采来可把升装满。那边的姑娘好福气，身材高大无人比。花椒串串结果实，香气阵阵飘得远。

花椒树上果实累累，繁衍丰茂两手采来一捧满。那边的姑娘好福气，身材高大无人比。花椒串串结果实，香气阵阵飘得远。

【赏析】

这是首以物比人，托事于物的咏物诗，赞美采椒姑娘身材高大健壮，能生很多孩子。

古时候以花椒象征家中子孙繁衍旺盛，家族兴旺，用花椒香气飘得远来形容妇女能生养的美好名声远远传颂。全诗分两章，皆以花椒的繁盛起兴，"聊"指花椒的果实丛生密集。

战乱频繁，天灾不断，人口稀少，田园荒芜。国家需要休养生息，需要增加劳动力来建设家园，因而身材高大健壮，肤色红润，心地善良的女人，备受青睐。

这首诗运用复叠、夸张和比拟的修辞手法，表达对未来幸福生活的美好憧憬，具有语言的含蓄美。联想丰富，用词简单却语意双关，抒情含蓄而意味浓郁。

绸　缪

【原文】

绸缪①束薪，三星②在天。今夕何夕，见此良人？子兮子兮，如此良人何？

绸缪束刍，三星在隅③。今夕何夕，见此邂逅④？子兮子兮，如此邂逅何？

绸缪束楚，三星在户。今夕何夕，见此粲⑤者？子兮子兮，如此粲者何？

【注释】

①绸缪：紧紧捆缚的意思。
②三星：参星，由三颗星组成。
③隅：房角。
④邂逅：不期而遇，这里指不期而遇的人。
⑤粲：鲜明，美人。

【译文】

　　一把柴火扎得紧，天上三星亮晶晶。今夜究竟是啥夜晚？见这好人真欢欣。要问你啊要问你，将这好人怎样亲？

　　一捆牧草扎得多，东南三星正闪烁。今夜究竟是啥夜晚？遇这良辰真快活。要问你啊要问你，拿这良辰怎么过？

　　一束荆条紧紧捆，天边三星照在门。今夜究竟是啥夜晚？见这美人真兴奋。要问你啊要问你，将这美人怎样疼？

【赏析】

　　这首诗写人们闹新房的情景，用戏谑的口气抒发喜悦的感情，语言活泼风趣，生活气息浓郁。

　　全诗分三章，按婚礼进行的时间进行描写。每章的前两句是诗人所见，他先看到扎紧的薪、刍和楚，接着看到挂在东方天空的三星，"在天""在隅""在户"是以三星的移动表示时间的推移。"在天"是黄昏，"在隅"表示入夜，"在户"表示时间已经到了大半夜。

　　每章的后四句诗人用戏谑的语气调侃这对新婚夫妇。提出"今夕何夕"的问题，含蓄又俏皮，看到美丽的新娘，陶醉在幸福中有点忘乎所以的新郎，形象可感。

　　诗人用平淡语气写常见的事情，抒发普通人的感情，形象神情逼真，读来仿佛身临其境，好像亲眼看到一对幸福的新人，感受到闹新房的快乐。

杕　杜

【原文】

　　有杕①之杜，其叶湑湑②。独行踽踽。岂无他人？不如我同父。嗟行之人，胡不比③焉？人无兄弟，胡不佽④焉？

　　有杕之杜，其叶菁菁。独行睘睘⑤。岂无他人？不如我同姓。嗟行之人，胡不比焉？人无兄弟，胡不佽焉？

【注释】

①杕：孤立生长。
②湑湑：草木茂盛。
③比：亲近。
④佽：资助，帮助。
⑤睘睘：孤零零的样子。

【译文】

路边有棵孤零零的棠树，树上的叶子长得茂盛。独自流浪很孤苦。难道路上没有别人？不如我的父母兄弟。叹息来往的过路人，为什么不与我亲近？兄弟不在没有依靠，为什么不肯帮助我？

路边有棵孤零零的棠树，树上的叶子茂密又青青。独自流浪多悲凉。难道路上没有别人？不如我同宗兄弟亲。叹息来往的过路人，为什么不与我亲近？兄弟不在没有依靠，为什么不肯帮助我？

【赏析】

这首诗写一个孤独的流浪者踽踽独行，非常伤感，是一首凄凉的流浪者之歌。

全诗分两章，采用复沓的手法，除了用韵换字，两章基本相同。用一棵孤单的棠树起兴，与同样孤单的流浪汉相对照，两者相映成趣又相对发愁。流浪汉看到棠树虽孤单却还有茂密的树叶相伴，而他却没有兄弟手足相陪，让人们感觉树比人幸运很多。

每章前两句起兴而赋，第三句"独行踽踽"彰显整首诗的灵魂，独立成句，不加铺垫，写出流浪者颠沛流离的苦闷心情，给人无限的想象空间。这句话把每章的内容分成两个部分，前面是流浪汉所见，后面是流浪汉所想。

流浪汉目睹孤独的棠树，同病相怜，感叹人不如树，独特的心理感受源于流浪者的心情。路上的行人，都戴着沉重的精神枷锁与物质烦恼，不会对陌生的他人提供帮助。世态炎凉、人情冷暖，流浪汉只能在想象中求得慰藉，感受温暖。现实终究是现实，诗人发出令人心寒的长叹。

羔裘

【原文】

羔裘豹袪①，自我人居居②。岂无他人？维子之故。

羔裘豹褎③，自我人究究④。岂无他人？维子之好。

【注释】

①袪：衣袖。

②居居：即"倨倨"，傲慢的样子。

③褎：衣袖。

④究究：苛求，态度傲慢。

【译文】

穿着羔皮大袄袖子上饰着豹纹，态度傲慢地对待我。难道你目中无人吗？我只是念在我们是故交。

穿着羔皮大袄袖子上饰着豹纹，态度傲慢地对待我。难道你目中无人吗？我只是念在我们是朋友。

【赏析】

这首诗讽刺一位自恃位高权重，待人接物趾高气扬、盛气凌人，非常傲慢的卿大夫。

全诗分两章，每章的前两句写卿大夫威严的服饰，对诗人的态度很傲慢，后两句诗人自问自答，尽显诗人怨愤不平的情绪，他的语气"怨而不怒"，体现出"温柔敦厚"的教养。

这首诗开篇描述卿大夫的服饰，从诗中可以看出这是一位政治新秀，刚踏入政治圈子，觉得自己很了不起。诗人用"自我人居居"写出他膨胀起来的优越感，威严的服饰下傲慢无礼的神情。

诗人用"维子之故"表示与这位卿大夫是旧友，如今诗人没有他官阶高，却也不气馁，有很强的个性。

全诗脉络清晰，结构简单，反复咏唱，回环往复，有当时民谣的风味。自问自答的形式，很适合讽刺或表现一种强烈的情绪。

鸨 羽

【原文】

肃肃鸨①羽，集于苞栩②。王事靡盬③，不能蓺④稷黍。父母何怙⑤？悠悠苍天，曷其有所？

肃肃鸨翼，集于苞棘。王事靡盬，不能蓺黍稷。父母何食？悠悠苍天，曷其有极？

肃肃鸨行，集于苞桑，王事靡盬，不能蓺稻粱。父母何尝？悠悠苍天，曷其有常？

【注释】

①鸨：形状像雁的大鸟。

②苞栩：丛生的栎树。

③靡盬：没有休止。

④蓺：种植。

⑤怙：依靠。

【译文】

鸨鸟沙沙振翅膀，落在丛生柞栎树。王室差事没个完，不能种植稷和黍，父母靠谁来照顾？苍天在上睁睁眼，何时让我有住处？

鸨鸟沙沙振羽翼，落在枣树丛林里。王室差事没个完，不能种植黍和稷，父母哪里有粮吃？苍天在上睁睁眼，服役几时是尽期？

鸨鸟沙沙飞成行，落在丛生桑树上。王室差事没个完，不能种植稻和粱，父母吃饭哪来粮？苍天在上睁睁眼，几时生活能正常？

【赏析】

这首诗写劳动人民在徭役的重压下发出痛苦的呻吟。

全诗分三章，每章的首句用鸨本不能在树上栖息，如今却反常地栖在树上，隐喻人们反常的生活。鸨的脚上没有后趾，只能浮水，奔走于沼泽草地，不能抓握枝条，根本无法在树上站稳。诗中的它却反常地栖息在树上，不停地扇动翅膀，发出簌簌的声音。比喻人们长期在外服役不能回家，无法过正常的生活。

用"王事靡盬，不能蓺稻粱"说王室的差事没完没了，回家的日子遥遥无期，大量的田地荒芜，老弱妇孺等着饿死的悲惨景象。

这是春秋战国时期，战乱频繁，诗人用怨愤的语气对统治者提出抗议和控诉，表达出百姓心中熊熊的怒火。整首诗的内容大同小异，每章只改动几个字，反复咏唱。

诗中的三种树：栩、棘、桑，是诗人信手拈来，便于押韵，没有更深的意思。

无 衣

【原文】

岂曰无衣七兮？不如子之衣，安①且吉②兮！

岂曰无衣六兮？不如子之衣，安且燠③兮！

【注释】

①安：妥善，舒适。

②吉：吉利，漂亮。

③燠：温暖。

【译文】

谁说我没有衣服穿，我有七件衣服。都比不上你做的衣服，你做的舒适又漂亮。

谁说我没有衣服穿，我有六件衣服。都比不上你做的衣服，你做的舒适又暖和。

【赏析】

这是首睹物思人的诗。

诗人曾经有一个美满温馨的家，不幸妻子早逝。当他准备穿衣服时，想起妻子，不禁悲从中来。诗人看着眼前的衣服，想念做衣服的妻子，感叹再多的衣服都没有她亲手做的舒适暖和。

整首诗的语言自然流畅，感情真挚，寄托诗人对妻子浓浓的怀念之情，读起来让人凄然伤感。

全诗分两章，字句大体相同，文字纯洁质朴，用反问句式表达对故人的怀念。为了押韵的需要将"七"换为"六"，将"吉"换成"燠"。相同的句式重复一遍，语言自然流畅，回环往复，一唱三叹，荡气回肠，人们咏唱的时候可以体会到其中的情韵。

有杕之杜

【原文】

有杕①之杜，生于道左②。彼君子兮，噬③肯适我？中心好之，曷饮食之？

有杕之杜，生于道周④。彼君子兮，噬肯来游⑤？中心好之，曷饮食之？

【注释】

①杕：树木孤独挺立的样子。

②道左：道路东边，古人以东为左。

③噬：发语词，没有意义，又说为何。

④周：右边。
⑤游：来看望。

【译文】
　　那棵梨树真孤独，长在道路左边偏僻的地方。那位君子啊有风度，可愿意屈就来拜访我？心中对你有好感，何不请来一起吃饭喝酒？
　　那棵梨树真孤独，长在道路右边偏僻的地方。那位君子啊有风度，可愿意屈就来看望我？心中对你有好感，何不请来一起吃饭喝酒？

【赏析】
　　这首诗写一个孤独的人盼望友人来拜访，可以共同吃饭饮酒，解除他孤独寂寞之苦。
　　人类有一种"共生"的欲望，可以互相帮助，互相交流，得不到时就会产生孤独感。诗人觉得自己与朋友失去交往，感到孤独，为了摆脱这种孤独，获得精神上的安慰，就想办法改变环境，渴望有好友来访，可以与他交流感情，建立彼此的友谊。
　　全诗以诗人的心理变化为主线，诗人用期待的目光、真挚的态度、殷勤的款待方式召唤着好友来家里做客，从"彼君子兮，噬肯适我"这个的愿望开始，设想双方的行为和心态。
　　全诗分两章，以路边的梨树起兴，诗人对"君子"有好感，所以"中心好之"，盼着能够与"君子"交往。"曷"字有画外之音，用试探的口气来征求"君子"的意见。
　　反复咏唱，每章字句相同，仅在第二章的第二句和第四句的句末为了押韵换了四个字。

葛　生

【原文】
　　葛生蒙①楚，蔹②蔓于野。予美③亡此，谁与？独处？
　　葛生蒙棘，蔹蔓于域。予美亡此，谁与？独息？
　　角枕④粲兮，锦衾⑤烂兮。予美亡此，谁与？独旦？
　　夏之日，冬之夜。百岁之后，归于其居。
　　冬之夜，夏之日。百岁之后，归于其室。

【注释】
　　①蒙：覆盖。

②蔹：葡萄科植物，草本。
③予美：我的爱人，诗人称她的亡夫。
④角枕：用牛角制成或用牛角装饰的枕头。
⑤锦衾：彩丝织成的被子，殓尸用单被。

【译文】

葛藤覆盖着荆树，蔹草蔓延在荒凉的山野。我的爱人葬在这里，谁和他在一起？他独自居处？

葛藤覆盖着枣树，蔹草蔓延在荒凉的坟地。我的爱人葬在这里，谁和他在一起？他独自安息？

角镶枕头多灿烂，身上的锦被光鲜又灿烂。我的爱人葬在这里，谁和他在一起？他独枕待旦？

夏天的白天漫长难熬，冬天的夜晚寒冷难耐。待到我死的时候，与你相聚在这个居室。

冬天的夜晚寒冷难耐，夏天的白天漫长难熬。待到我死的时候，与你相聚在这个居室。

【赏析】

这是首妻子悼念亡夫的诗。

全诗分五章，分为两部分。前三章为一部分，后两章为一部分。前三章有"兴""比而赋""赋"三种修辞手法，设置出一片荒芜又凄凉的情境。

开篇对藤草、枣树进行描绘，烘托出夫妻俩相亲相爱的关系。"予美亡此"，表现出妻子对去世的配偶哀悼怀念的深情。由葛藤缠绕着荆树、枣树，想到与爱人相依相偎的过往，心里凄惨悲痛。

第三章写角枕、锦衾这些艳丽的殡葬之物，将死亡这个悲惨的事情插入鲜艳的色彩。妻子与丈夫阴阳相隔，她的思念之深，悲哀之重，令人唏嘘。

后两章的语句有更多的重复，"居"和"室"意义完全相同，却不是简单的重章叠句。这两章开头"夏之日，冬之夜"的颠倒，不是为了咏唱自然形成，而是诗人刻意为之，强调妻子永无终竭的怀念之情。

"百岁之后，归于其居"表现出诗人对生命归宿的深刻认识，与现代"生命的悲剧意识"合拍。

采苓

【原文】

采苓①采苓，首阳之巅。人之为言，苟亦无信。舍旃②舍旃，苟亦无然③。人之为言，胡得焉？

采苦采苦，首阳之下。人之为言，苟亦无与④。舍旃舍旃，苟亦无然。人之为言，胡得焉？

采葑⑤采葑，首阳之东。人之为言，苟亦无从。舍旃舍旃，苟亦无然。人之为言，胡得焉？

【注释】

①苓：甘草。

②旃：代词，之。

③无然：不要信以为真。

④无与：不要理会。

⑤葑：芜菁，大头菜之类的蔬菜。

【译文】

攀山越岭采茯苓啊采茯苓，那苦人儿伫立在首阳山顶。无聊小人制造着她的闲话，不要信啊没有一句是真情。干脆抛弃它们吧抛弃它们，切莫信以为真清者自然清。那些造谣生事的长舌妇们，最终还是竹篮打水一场空！

攀山越岭采苦菜啊采苦菜，那苦人儿寻到首阳山下来。无聊小人制造着她的闲话，你不要自乱阵脚参与进来。轻轻拂去它们吧拂去它们，切莫信以为真真相终大白。那些流言蜚语的制造者们，一无所得枉费心思空挂怀！

攀山越岭采芜菁啊采芜菁，那苦人儿转到首阳山之东。无聊小人制造着她的闲话，最好堵上自己耳朵不要听。不要太在意它们吧别在意，千万别听雨是雨听风是风。那些以造谣传谣为乐的人，能得到什么最终两手空空！

【赏析】

这首诗是诗人劝诫人们不要听信谣言，说那些挑拨离间，制造谣言的人没有好下场。

这首诗采用了重章叠句、一唱三叹，反复咏唱的表现手法，展现出一种回环复沓的旋律美，增加劝诫诗的艺术效果。

全诗分三章，每章开篇，分别用"苓""苦""葑"起兴，引起下文。"苓"是甘草，中草药，"苦"是苦菜，"葑"是芜菁，用这些与生活息息相关的常见之物起兴，表达自己不听信谣言的理念。

诗人写了三种对待谣言的态度，"无信"强调谣言的真假，"无与"强调谣言不可理会，"无从"强调谣言的挑唆不可信。诗意层层递进，先强调谣言不可信，其次不参与传播，第三就是不能听信谣言。

每章节的后四句进一步告诫人们，现实的社会很复杂。三人成虎、众口铄金的事情不断发生，只要人们做到"无信""无与""无从"，谣言就没有市场，传播谣言的人也没有立足之地。

每章以"胡得焉"收句，说明传播谣言者徒劳无功。

秦风

秦是周代诸侯国，东周初，西周孝王封非子于秦，列为诸侯，领地包括今陕西中部和甘肃东南部。《秦风》共十篇，采自这个地域的民歌，大部分出自春秋初至秦穆公的一百五十年间。

秦地有很多树木，人们以木材建筑房屋。领土被北狄和西戎这些非华夏部落包围，所以秦人修习武艺，崇尚力气大的人，以善射猎的人为偶像，因此，《秦风》有一种少见的尚武精神和悲壮慷慨的气势。

车 邻

【原文】

有车邻邻①，有马白颠②。未见君子，寺人③之令。

阪有漆④，隰有栗。既见君子，并坐鼓瑟。今者不乐，逝者其耋⑤。

阪有桑，隰有杨。既见君子，并坐鼓簧。今者不乐，逝者其亡。

【注释】

①邻邻：车行的声音。
②颠：额头。
③寺人：侍人，内小臣。
④阪：山坡。
⑤耋：衰老，八十岁的老人。

【译文】

车子跑起来辘辘响不停，骏马的额头有白色的斑纹。还没有看到君子，等着守门的侍人传命令。

山坡上有漆树，洼地里有栗树。既然见到君子，君子邀请他一起坐着弹奏乐器。今天人们不及时行乐，转眼就衰老了。

山坡上有桑树，洼地里有杨树。既然见到君子，君子邀请他并肩坐着把笙吹响。今天人们不及时行乐，转眼就死去了。

【赏析】

这首诗写贵族朋友在一起聚会娱乐，互相劝告着要及时行乐，流露出对时间流逝的伤感。

全诗分三章。首章写诗人驾车去拜会朋友，奔驰的车子发出"邻邻"的声音，仿佛是一支美妙的乐曲，说明诗人的心情很好。白色额头的骏马被称为玉顶马，是一种珍贵的名马，衬托出诗人的尊贵。到了朋友家里，要侍者通报，说明他的友人也是位贵族。

后面两章的内容基本相同，描写两人见面后，诗人受到朋友的热情款待，共同奏曲玩乐的场面。前两句用民歌常用的句式起兴，用"阪有漆，隰有栗"引出下文，内容上没有必然联系。

"并坐"表示两个人亲密无间地坐在一起吹拉弹唱，是一对情投意合的好朋友。主人劝告好友要及时行乐，用"今者不乐，逝者其亡"告诉好友，人生短短数十载，转眼会衰老，很快就会死去，无法享受快乐的生活。

还有人说这首诗表现贵族们腐朽、没落的享乐生活，可是诗中不见讽刺的句子，理解为朋友之间袒露胸怀，以诚待友，在相聚的时候流露出对人生短促的感伤。

驷驖

【原文】

驷驖①孔阜②，六辔在手。公之媚子③，从公于狩。
奉时辰牡④，辰牡孔硕。公曰左之，舍拔则获。
游于北园，四马既闲。輶车⑤鸾镳⑥，载猃⑦歇骄。

【注释】

①驖：驖，又作"铁"，赤黑色的马。
②孔阜：很肥硕。
③媚子：亲信，宠爱的人。
④辰牡：应时的公鹿。
⑤輶车：驱赶堵截野兽的轻车。
⑥镳：马衔铁，用来勒马口。

⑦猃：长嘴的猎犬。

【译文】

　　四匹黑骏马并排嘶鸣高昂，秦公娴熟地收放六条丝缰。那些最得宠信的臣仆卫队，跟随他们的君王狩猎围场。

　　围场小吏放出应时的公鹿，只见鹿群是那样肥大美好。秦公兴奋地呼喊左转包抄，他搭弓放箭猎物应弦而倒！

　　打猎尽兴后拐到北园游玩，那四匹马儿此刻尽享悠闲。车儿轻轻转啊鸾铃叮当响，车里载着有功劳的小猎犬。

【赏析】

　　这首诗写秦襄公在围场狩猎的场景。古代帝王狩猎的场面非常宏伟，这首诗妙处在以简驭繁，以少胜多，全诗分三章，共十二句四十八个字就写出狩猎的全过程，韵味无穷。

　　首章诗人从四匹高头大马取景，让人感到队伍严整肃穆、蓄势待发、充满凝重的力度。四匹马严整以待，等着一声令下就拔蹄飞奔。镜头转到御马的人，"六辔在手"显得他胸有成竹，充满自信。这章只撷取一辆狩猎车的情景，可以让人联想到声势浩大、纪律严明的场面，通过反衬写出秦襄公治国治军有方。

　　次章写狩猎，管野兽的官吏打开圈养的牢笼，将一群养得膘肥、可以做靶子的时令野兽赶出来。这时人们的脑海里映现出轰轰烈烈的围猎场面，虽然这只是为了狩猎做铺垫，却能让人想象到狩猎的盛况。诗的镜头锁定秦襄公，看着他发出命令，说射左边，那边的野兽应声而倒，看出他箭术超群。只是一个瞬间的镜头，叙事中有描写，笔法老练而简洁。

　　最后一章写猎后归来的场景，首句"游于北园"转换场景，突出王家苑囿很大，这章主要就是"游"，与前面的"狩"互为补充，由张而弛。"四马既闲"与前面的"驷驖孔阜"相呼应，马蹄轻松悠闲，马闲人也闲。

　　这首叙事诗，抓住富于表现力的瞬间和细节，突出典型场景和人物，让人联想到整个狩猎的场面，有很强的艺术概括力。

小　戎

【原文】

　　小戎①俴收，五楘梁辀②。游环胁驱，阴靷鋈续③。文茵④畅毂，驾我骐馵。言念君子，温其如玉。在其板屋，乱我心曲。

四牡孔阜，六辔在手。骐⑤骝是中，𫘨骊是骖。龙盾之合，鋈以觼軜。言念君子，温其在邑。方何为期？胡然我念之！

俴驷孔群，厹矛鋈錞。蒙伐有苑，虎韔⑥镂膺⑦。交韔二弓，竹闭绲縢⑧。言念君子，载寝载兴。厌厌良人，秩秩德音。

【注释】

①小戎：轻装的兵车。
②梁辀：曲辕。
③鋈续：用白铜的环紧紧扣住皮带。
④文茵：虎皮垫子。
⑤骐：青黑色如棋盘格子纹的马。
⑥韔：弓囊。
⑦镂膺：马的镂金胸带。
⑧闭绲縢：弓架绳缠绕。

【译文】

　　轻型战车车厢浅，五条皮带缠车辕，马背有环胁驱马，拉扯皮带穿铜环。虎皮垫子车毂长，驾着花马白蹄扬。思念夫君人品好，性情如玉般温和。他从军住在木板搭的房子里，让我心乱又忧伤。

　　四匹雄马高大又健壮，六条缰绳握在手中。青马和红马在中间，黄马和黑马在两边。龙纹盾牌并在一起，铜环缰绳串成行。思念夫君人品好，性情温和在边关。何时才是回家的日期？为什么让我长久地思念他。

　　四匹马披甲轻步伐协调，三棱矛柄镶铜套。盾牌上绘着美丽的花纹，虎皮弓囊上镂金雕。两弓交错着插入囊中，竹制弓架绳缠绕。思念夫君人品好，辗转反侧心焦躁。我的夫君温良柔和，聪慧有礼声望高。

【赏析】

　　这首诗写妻子思念征夫，字里行间充满着仰慕和思念的深情。采用先实后虚的写法，先写妻子看到的情景，部队出发后的情景是她的联想。

　　在秦国，男儿从军参战，为国效力是种时尚。诗中夸耀秦军的强大，装备精良，阵容壮观，表现整个国家都崇尚军事，炫耀武力。妻子心目中的丈夫是一个英勇的男子汉，她为有这样一位丈夫感到荣耀，她把思念埋在心底，不拖丈夫的后腿。

　　全诗分三章，每章的前六句写物，重在客观描述事物，赞美秦军壮观的兵车阵容，后四句抒发个人情感，抒发妻子思念丈夫的心情。

　　第一章的前六句写车，第二章的前六句写驾车，第三章的前六句写兵器。

各章的后四句也有变化,第一章写妻子心烦意乱,写她的丈夫性情温润。第二章写妻子盼望丈夫归来的心情非常迫切,写其丈夫为人温厚。第三章写妻子辗转难眠,写其丈夫温良柔和。诗人这样的安排,格式相同,内容不雷同,叙物以言情,各尽其妙,章法结构井然有序。

蒹 葭

【原文】

蒹葭苍苍①,白露为霜。所谓伊人,在水一方。溯洄②从之,道阻且长。溯游从之,宛在水中央。

蒹葭萋萋,白露未晞③。所谓伊人,在水之湄④。溯洄从之,道阻且跻⑤。溯游从之,宛在水中坻⑥。

蒹葭采采,白露未已。所谓伊人,在水之涘。溯洄从之,道阻且右。溯游从之,宛在水中沚⑦。

【注释】

①蒹葭苍苍:芦苇清秀、茂盛的样子。
②溯洄:逆流而上。
③晞:晒干。
④湄:水和草交接的地方。
⑤跻:升高。
⑥坻:水中高地。
⑦沚:水中的小沙洲。

【译文】

茂盛的芦苇长在水边,清晨的露水凝结成霜。我心里思念的人,在河水的另一方。逆流而上去追寻她,道路险阻又漫长。顺流而下去寻觅,她仿佛站在河水的中央。

茂盛的芦苇凄清一片,清晨的露水还没晒干。我魂牵梦绕的人,在对岸的河边上。逆流而上去追寻她,道路坎坷难攀登。顺流而下去追寻,她仿佛站在水边沙滩上。

茂盛的芦苇长在水边,清晨的露水未蒸发完。我苦苦追求的人,在河岸的另一边。逆流而上去追寻她,道路险阻又弯曲。顺流而下去追寻,她仿佛站在水中小洲上。

【赏析】

这首诗凄婉缠绵,千古传诵。诗人执着地追求美丽的爱情,穿越艰难险阻,矢志不渝,却总是追不到,心情惆怅,把他的痴情表现得淋漓尽致。感情真挚但结果渺茫,处境非常可悲。

引起共鸣的不是追求和失落,而是"在水一方"这个可望而不可及的艺术意境。意境是一种格局和结构,这首诗的结构是追寻者、河水、伊人,伊人没有具体的指向,河水的意义是阻隔,尘世间一切受阻隔而难以达到的各种理想,都可以在这里找到共鸣。

人生有追求就会有阻隔,诗意可以理解为一种象征,"伊人"是人们想要的任何事物,"河水"是人们可能遇到的障碍。

每章用芦苇、霜、河水营造出朦胧、清新又神秘的意境。诗中的水代表了女性,薄雾像是给少女蒙上层轻纱,一会儿出现在水边,一会儿出现在小洲,好像看到却总是寻找不到。这种因距离产生的美感变得朦胧模糊,诗人和伊人的身份、面貌、空间位置都是模糊的,显得难以捉摸,构成一幅朦胧淡雅的水墨画。

每章的前两句以芦苇起兴,引出正文,点出了季节和时间,又渲染了芦苇的凄清气氛,烘托出诗人的怅惘心情,达到情景交融的艺术境地。

终 南

【原文】

终南何有?有条有梅①。君子至止,锦衣狐裘。颜如渥②丹,其君也哉!

终南何有?有纪③有堂④。君子至止,黻⑤衣绣裳。佩玉将将,寿考⑥不忘!

【注释】

①条、梅:山楸树和楠树。
②渥:涂,丰润。
③纪:通"杞",杞柳。
④堂:通"棠",棠梨树。
⑤黻:黑白花纹的衣服。
⑥考:老。

【译文】

终南山上有什么?有山楸树和梅树。有位君子到达此地,锦绣衣衫狐裘服。脸色红润像涂丹,莫非他是我的君王?

终南山上有什么？有杞柳和棠梨树。有位君子到达此地，青黑上衣五彩裳。身上佩玉锵锵响，富贵长寿永不忘记。

【赏析】

这首诗赞美秦公的容颜、服饰和仪态。

以终南山上的树木起兴，通过描写秦公脸色红润，有福相，令人赞叹。这是秦公刚被封为诸侯，身上穿着诸侯的礼服，内里是白狐裘，外面罩着织锦衣，还有青白相间的上装和五彩斑斓的下裳。诗人对秦公的着装描写，似在炫耀华服，表明秦公是受人敬仰的君王。

开篇用周地的名山终南山起兴，显出曾经的王都之民的优越感，让初来乍到的新君秦公不要小觑他们，暗示秦公，请他忖能不能像终南山一样受人尊崇，与名山的地位相媲美。

"其君也哉"，用惊疑不定的感觉，揣测的口吻，表现出百姓忐忑不安、喜忧参半的复杂心情。新君降临，当地百姓会有种前途未卜的紧张心情。"寿考不忘"，委婉地表现当地人民祝福、告诫、期望等各种难以直言的心情，希望秦公是位明君，不忘周地的百姓。

黄 鸟

【原文】

交交①黄鸟，止于棘。谁从②穆公？子车奄息③。维此奄息，百夫之特④。临其穴，惴惴⑤其栗。彼苍者天，歼我良人！如可赎兮，人百其身！

交交黄鸟，止于桑。谁从穆公？子车仲行。维此仲行，百夫之防。临其穴，惴惴其栗。彼苍者天，歼我良人！如可赎兮，人百其身！

交交黄鸟，止于楚。谁从穆公？子车针虎。维此针虎，百夫之御。临其穴，惴惴其栗。彼苍者天，歼我良人！如可赎兮，人百其身！

【注释】

①交交：鸟的鸣叫声。

②从：殉葬。

③子车奄息："子车"是氏，"奄息"是名，与下文中的"仲行""针虎"同样意思。

④特：杰出的人才。

⑤惴惴：恐惧的样子。

【译文】

　　黄鸟交交地哀鸣，停落在枣树上。是谁为穆公殉葬？是子车家的奄息。谁不赞许好奄息，百夫之中一俊才。众人走到墓穴旁，恐惧得浑身打哆嗦，苍天在上请开眼，不应该坑杀好人！如果可以赎他的命，百人愿意来抵偿。

　　黄鸟啾啾地哀鸣，停落在桑树上。是谁为穆公殉葬？是子车家的仲行。说起这位仲行，一百个人也难挡。众人走到墓穴旁，恐惧得浑身打哆嗦，苍天在上请开眼，不应该坑杀好人！如果可以赎他的命，百人愿意来抵偿。

　　黄鸟声声叫得急，停落在荆树上。是谁为穆公殉葬？是子车家的针虎。谁不夸赞好针虎，百夫之中辅弼才。众人走到墓穴旁，恐惧得浑身打哆嗦，苍天在上请开眼，不应该坑杀好人！如果可以赎他的命，百人愿意来抵偿。

【赏析】

　　这首诗写秦穆公以人殉葬，揭露古代残酷的以人殉葬的制度。

　　全诗分三章，每章分三层来写。前两句是第一层意思，用黄鸟起兴，以其悲鸣兴起良臣被殉葬的事情。"棘"言"急"，谐音双关，渲染出一种紧迫、凄苦的氛围，为整首诗定下哀伤的基调。每章中间四句是第二层，点明事情，人们无比惋惜良臣被殉葬，每章的后六句为第三层，写秦人看着良臣殉葬的悲惨情景"惴惴其栗"，写出秦人的惶恐。

　　三章重章叠句，结构和内容相同，人物略改。第一章写人们对"百夫之特"的奄息深表惋惜。第二章悼念"百夫之防"的仲行，第三章悼念"百夫之御"的针虎。

　　春秋时期，以活人殉葬的恶习各国都有，相沿成习，人们都认为无可非议。到了秦穆公时代，有人意识到人殉制度不人道，是种残暴的行为。秦穆公用一百七十七人殉葬，而诗人只写了其中三个，另外一百七十四个人只字未提。

　　这首诗表面是为三个殉葬的人鸣不平，实则意在说明人们的意识在觉醒。

晨　风

【原文】

　　鴥①彼晨风②，郁彼北林。未见君子，忧心钦钦③。如何如何，忘我实多！
　　山有苞栎，隰有六驳④。未见君子，忧心靡乐。如何如何，忘我实多！
　　山有苞棣，隰有树檖⑤。未见君子，忧心如醉。如何如何，忘我实多！

【注释】

①鴥：鸟疾飞的样子。
②晨风：鸟的名字。
③钦钦：忧思难解的样子。
④六驳：树名，梓树或榆树，因为树皮青白色像驳而得名。
⑤檖：山梨树。

【译文】

晨鸟如箭般疾飞掠过，栖落在北边茂密的树林。一直没见到他的踪影，忧心忡忡情难平。怎么办啊怎么办？恐怕早忘了我吧我的夫君！

山坡上有茂密的栎树，洼地里有梓树和榆树。一直没见到他的踪影，忧心忡忡难快乐。怎么办啊怎么办？恐怕早忘了我吧我的夫君！

山坡上有茂密的苞棣树，洼地生长着山梨树。一直没见到他的踪影，忧心忡忡似醉迷。怎么办啊怎么办？早忘了我啊没有丝毫记忆！

【赏析】

这首诗写女子思念情人的复杂心情。女子长期见不到爱人，望穿秋水，"忧心钦钦"时，抱怨他把她忘记，甚至怀疑他是不是抛弃她了。

全诗分三章。首章以晨鸟归林起兴，鸟倦了尚知飞回窝里，而人却忘记回家，或不想回家。开始两句，写眼前景色，切入女子的心情。在暮色苍茫的黄昏，她没有等到意中人，心底忧伤苦涩。开始胡思乱想，越想越怕，担心对方忘记自己。语言质朴，感情真挚，闻声可知心情。

后两章用树木起兴，当时，人们的物质生活不丰富，四处可以看到山峦坑谷，所以常出现以周围景色起兴的诗句。大自然各得其所，而女子却无所适从，心里非常难过，弥漫着惆怅和凄凉的氛围。这两章结构和内容相同，只是为了换韵脚换了两种树。

这首诗层层递进，表达出女子的"忧心"。"钦钦"形容女子忧虑但是没有忘记对方，"靡乐"表示她不再快乐，"如醉"表现出女子的精神开始恍惚。

无 衣

【原文】

岂曰无衣①？与子同袍。王于兴师，修我戈矛。与子同仇②！
岂曰无衣？与子同泽③。王于兴师，修我矛戟。与子偕作④！
岂曰无衣？与子同裳。王于兴师，修我甲兵。与子偕行！

国风 153

【注释】

①衣：战衣，长衣，披风或斗篷。

②同仇：同仇敌忾，共同对敌。

③泽：内衣。

④作：起来。

【译文】

谁说我们没有衣服穿？与你一样穿着长袍。君王发兵去打仗，修好我的矛和戈。杀敌与你同目标。

谁说我们没有衣服穿？与你一样穿着内衣。君王发兵去打仗，修好我的矛和戟。出发与你在一起。

谁说我们没有衣服穿？与你一样穿着下裳。君王发兵去打仗，修好铠甲和刀枪，杀敌与你共前进。

【赏析】

这是首军中歌谣，表现了将士们激昂慷慨的气势，他们同仇敌忾、勇往直前的乐观精神和矫健爽朗的个性，反映出秦人的爱国精神。

每章首句"岂曰无衣"像自责又像反问，让人感到他们不可遏止的怒气和愤慨，在人们心灵上点燃一把复仇的火。每章的第二句是无数战士响亮地回应："与子同袍""与子同泽""与子同裳"。第三句"王于兴师"，写他们听从君王的命令协同作战。第四句写军士们修整兵器，让人联想到战士们磨刀擦枪的热烈场面。

全诗分三章，重叠复沓，每章字数、句数相等，却不是简单的机械重复，而是在不断递进中发展情绪。第一章的"与子同仇"说明战士们有共同的敌人，第二章的"与子偕作"说明战士们开始行动，第三章的"与子偕行"表明战士们一起奔赴前线共同杀敌。

这首诗的节奏起落与回环往复紧密结合，战斗激情的跌宕起伏构成诗的主旋律，形成乐曲的节奏和舞蹈的动作，可以咏唱，也可以伴舞。

渭　阳

【原文】

我送舅氏①，曰至渭阳。何以赠之？路车乘黄②。

我送舅氏，悠悠我思。何以赠之？琼瑰③玉佩。

【注释】

①舅氏：舅父。
②乘黄：驾车的四匹黄马。
③琼瑰：美玉。

【译文】

我送舅父回家乡，转眼间来到渭水北岸。拿什么礼物送给他？一辆大车和四匹黄马。

我送舅父回家乡，思绪悠远无限想爹娘。拿什么礼物送给他？美玉饰品代表我心。

【赏析】

这是首送别诗，写秦穆公的儿子秦康公送舅父公子重耳回国即位，成为后世"送别诗之祖"。

第一章说舅甥两人在渭水的北岸分别。悲伤的离别时刻，千言万语无法尽说。舅父回国即位是大喜事，临别赠马车表达秦康公的无限祝福，有快快回国的意思，隐含政治外交的意义。

第二章把离别的感情转向思念母亲，舅甥的感情源于母亲，秦康公的母亲生前盼望重耳能够回国即位，可惜愿望没有实现。现在愿望实现时，他们由高兴转为怀念母亲，也加深了舅甥之间的感情。最后赠送给舅父纯洁温润的玉佩，赞美舅父的道德人品，希望舅父不要忘记母亲曾经的深情和厚意，不要忘记秦国对他重返晋国即位所作的诸多努力。

全诗分两章八句，结构相同，有韵有别，变换着章法让情绪跟着转移，巧妙地把气氛由高昂转至抑郁，有妙手偶得，也有刻意为之。

权　舆

【原文】

於①我乎，夏屋②渠渠③，今也每食无余。于嗟乎，不承权舆④！

於我乎，每食四簋⑤，今也每食不饱。于嗟乎，不承权舆！

【注释】

①於：叹词。
②夏屋：大屋。
③渠渠：高大的样子。
④权舆：草木的萌芽，引申为事物的开始。

⑤簋：古代青铜或陶制圆形的食器。

【译文】

唉，我呀！曾经住着深宅大院，如今每顿饭所剩无余。于是叹息啊，再也回不到当初。

唉，我呀！曾经每餐都很丰盛，如今每天挨饿吃不饱。于是叹息啊，无法与当初相比。

【赏析】

这首诗描述一个没落贵族对生活现状的叹息。他怀念过去的岁月里，宽阔的宅院和丰美的食物，如今的饭菜简约到吃不饱，前后的反差让他难以接受。

全诗分为两章。每章句式相同，意思相近。第一章的"夏屋渠渠"到"每食无余"，由大屋到每顿饭所剩无余。第二章从"每食四簋"到"每食无饱"，从丰盛的食物到吃不饱，在这些变化里显示诗人的生活每况愈下，前后的境况落差很大。

残酷的现实让诗人怀念以前的生活，一唱三叹。两章的末尾反复写着同样的句子："于嗟乎，不承权舆。"诗人在嗟叹声中充满失望和希望。诗中看不出诗人的境况有没有发生变化，但是无论现实怎么样，生活还要继续下去。

陈风

陈是周代诸侯国,开国君主妫满有功于周朝,周武王封于陈,嫁女于他。领土在今河南东部和安徽西北部,《陈风》共十篇,是采自这个区域的民歌。陈国巫风盛行。祭祀歌舞的集会上,方便了青年男女的交往,反映巫风的诗歌里常伴有浪漫的爱情。

宛 丘

【原文】

子之汤①兮,宛丘②之上兮。洵③有情兮,而无望兮。

坎其击鼓,宛丘之下。无冬无夏,值④其鹭羽。

坎其击缶,宛丘之道。无冬无夏,值其鹭翿⑤。

【注释】

①汤:通"荡",舞姿摇摆的样子。

②宛丘:中央宽平的圆形高地,这里是地名。

③洵:确实。

④值:持。

⑤鹭翿:用鹭鸶的羽毛做成的伞形舞蹈道具。

【译文】

女子的舞姿摇摆,舞动在宛丘的山坡上。我确实倾心爱慕你,却不敢对你有任何奢望。

敲击鼓儿咚咚响,舞动在宛丘的平地上。无论是寒冬或炎夏,手持洁白的鹭羽舞姿美。

敲击瓦缶当当响,舞动在宛丘的大道上。无论是寒冬或炎夏,手持伞形的鹭羽舞姿艳。

【赏析】

这是首爱情诗，诗人被女子曼妙的舞姿吸引，怀着真挚热烈的感情，关注着她的一举一动，表达他对跳舞女子的爱慕之情。整首诗热情奔放，有原始宗教的某些狂热。巫风盛行的陈国，巫舞四季不断，这位女子一年四季都在跳舞，是位以歌舞祭神的巫女。

全诗分三章，首章开篇两句写诗人陶醉在巫女热情奔放的舞姿里，流露出不自禁的爱恋之意，惆怅地感叹"洵有情兮，而无望兮"。两个"兮"字表现出这是他的单相思难成好事，只能远观的幽怨之情。

后两章用白描手法描绘巫舞场景，诗人没有写一句情话，却可以感受到他深深的爱慕之情。时间在改变，地点没变，巫女的舞蹈没变，诗人深情的观舞目光也没变，他明知他与巫女的爱情不可能成功，仍然恋恋不舍，让人慨叹。

充满动感的欢快舞蹈，让人们体会到热烈奔放的激情和诗人的一腔痴情。

东门之枌

【原文】

东门之枌①，宛丘之栩②。子仲之子，婆娑③其下。

穀旦④于差，南方之原。不绩其麻，市也婆娑。

穀旦于逝，越以鬷迈⑤。视尔如荍⑥，贻我握椒。

【注释】

①枌：树名，白榆。
②栩：柞木。
③婆娑：舞蹈的样子，翩翩起舞。
④穀旦：好天气的早晨。
⑤鬷迈：聚集过很多次。
⑥荍：植物名，又名锦葵。

【译文】

东门外的白榆树绿荫蔽日，宛丘上的柞树林枝繁叶茂。子仲家豆蔻年华的小姑娘，在绿树下跳起优美的舞蹈。

选下个好日子好呀好风飘，城南门外的广场上真热闹。漂亮姑娘放下绩麻的活计，在集市上跳起欢快的舞蹈。

聚会相亲好日子就在今朝，少男越过人群挡住她的道。看你粉红笑脸好像锦葵花，她赠我一捧紫红的香花椒。

【赏析】

　　这是首爱情诗歌，表现青年男女在集会上载歌载舞，互赠礼物表达感情，反映陈国开放的社会风俗。

　　全诗分三章。首章开篇就交待青年男女狂欢的场所："东门之枌，宛丘之栩。"在陈国郊野外一块高平的土地上，那里有茂密的白榆和柞树。交待了地点，也交待了时间是春天。在这样一个美妙的时光里，青年男女的春天来了，他们用曼妙的舞姿吸引着对方的目光，诗人看到子仲家的少女在树下翩翩起舞。

　　第二章的开篇写"穀旦"，告诉人们这是一个良辰吉日。上古时代有很多种祭祀，不同主题的祭祀有着不同的狂欢内容，这首诗主要写男欢女爱，可以推断出这个"穀旦"是祭祀生殖神，祈求繁衍旺盛。

　　第三章写诗人看着心上人"视尔如荍"，用宛转的情歌唱出对姑娘的爱慕之情，姑娘赠送他一把花椒表白感情。两人的感情真挚又热烈，热情奔放，体现了当时的民风。

衡　门

【原文】

　　衡①门之下，可以栖迟②。泌③之洋洋，可以乐④饥。
　　岂其食鱼，必河之鲂？岂其取妻，必齐之姜？
　　岂其食鱼，必河之鲤？岂其取妻，必宋之子？

【注释】

　　①衡门：横木做的门。
　　②栖迟：栖息的意思。
　　③泌：泉水。
　　④乐：治疗。

【译文】

　　横木为门城东头，可以幽会一逗留。洋洋流淌泌水边，解饥慰我相思愁。
　　难道想要吃鱼鲜，定要鳊鱼才如愿？难道想要娶妻子，必得齐姜才开颜？
　　难道想要吃鲜鱼，定要鲤鱼才可取？难道想要娶妻子，必得宋子才欢愉？

【赏析】

　　这是首带有哲理意味的情诗，表现陈国百姓纯朴、自由的情爱意识。

男女幽会于"衡门之下"这个做秘密事情的地方,"泌"与密相同,山的"密"处,水的"泌"处,都是进行秘密事情的地方。"饥"隐含着身体的性饥渴,"鱼"在上古是情侣的隐语,"食鱼"暗示着男女结合在一起。

全诗分三章,每章四句,四言,短小精悍,首章叙事,后两章议论。写一对青年男女到"衡门"下幽会,一番甜言蜜语后,两人相拥着到郊外的河边,伴着"泌之洋洋"做男欢女爱的事情。

诗中的男女相爱至深,小伙子陶醉良宵。他觉得吃鱼不一定非吃名贵鱼,娶妻不一定非要娶贵家女,只要两情相悦,就可以共度美好时光。他的言外之意与女子感情甚笃,希望娶她为妻。

这首诗由叙事引发议论,"兴"用在议论的前面,与所兴的事情构成意义相同的议论,使议论形象免于枯燥。

东门之池

【原文】

东门之池,可以沤①麻。彼美淑姬,可与晤歌②。

东门之池,可以沤纻。彼美淑姬,可与晤语。

东门之池,可以沤菅③。彼美淑姬,可与晤言。

【注释】

①沤:洗,长时间用水浸泡。

②晤歌:用歌声互相对唱。

③菅:菅草,多年生草本植物。

【译文】

东门外有护城池,可以浸泡麻葛。美丽善良的好姑娘,可以与她相对唱歌。

东门外有护城池,可以浸泡纻麻。美丽善良的好姑娘,可以与她倾情谈话。

东门外有护城池,可以浸泡菅草。美丽善良的好姑娘,可以与她倾诉衷肠。

【赏析】

这是一首男子向女子求爱的情诗。诗人大胆而直接地表达对心上人的爱慕之情。

沤麻的水有相当强烈的气味,也是一项非常艰苦的劳动。劳作的人要把长久浸泡的麻捞出来，洗去浆液，再剥取麻皮，诗中的小伙子觉得能和喜欢的姑娘在一起，有说有唱，心情很愉悦，艰苦的劳作变成温馨的相聚，充满了欢快的气氛。

全诗分三章，每章的内容相同，只是改换了几个字，反复咏唱，表现劳动中的青年男女纯朴强烈的感情，加强诗歌的主题。首章的第一句和第三句，与下面两章完全相同，第二句和第四句的末尾稍有变化。

首先是为了押韵把浸沤的对象由麻换成纻、菅，三种植物的意思相同，都是草本植物。末句的"晤歌""晤语""晤言"发生变化，层层递进，显示两人的情感慢慢加深。

这首诗以浸麻起兴，写明情感发生的地点，通过浸麻暗示感情的发展。坚硬的麻可以泡软，意味着陌生的两人在交往中加深了感情。他们在劳动中相"晤"，有了对话的基础，慢慢增进感情，最后互诉衷肠，成为恋人。

东门之杨

【原文】

东门之杨，其叶牂牂①。昏以为期，明星煌煌②。

东门之杨，其叶肺肺③。昏以为期，明星晢晢④。

【注释】

①牂牂：树叶摩擦发出的声音。

②煌煌：星光灿烂的样子。

③肺肺：枝叶茂盛的样子

④晢晢：明亮的样子。

【译文】

东城门外有株白杨，风吹树叶发出沙沙的响声。约好黄昏来相见，一直等到星光灿烂。

东城门外有株白杨，风吹树叶发出沙沙的响声。约好黄昏来相见，一直等到星光满天。

【赏析】

这是首写男女约会的诗，难以判断在白杨树下踯躅等待的人是男还是女。

全诗分两章。每章的前两句写诗人的美妙心情。诗人满怀希望地徘徊在树下等待情人到来，树叶茂密显示时间是夏季，周边的景色非常美妙，如梦如幻，树叶在风的吹拂下发出"牂牂""肺肺"的声音，听起来像一首浅唱低回的乐曲。

每章的后两句出现巨大的逆转，周围的景色依旧很美，但约会时间本是黄昏"明星煌煌"，现在已是星光满天"明星皙皙"，连启明星都已升起，情人却还没有到来。诗歌讲究含蓄，虽然句子中没有写"情人没到"的字眼，但是诗人久待未遇的失望、懊恼和焦灼不安充溢在字里行间。星星仿佛感受到诗人长时间的等待，也变得焦灼不安，闪闪发光，茂密的白杨树仿佛也在叹息。

用"赋"描摹难耐的等待情景，借闪闪发光的明星烘托出诗人没有等到情人的焦灼和惆怅。开篇没有一点征兆，直到结束才暗示约会失败，伴随着情感的逆转，造成似乐而哀的氛围。

墓 门

【原文】

墓门有棘，斧以斯①之。夫也不良，国人知之。知而不已②，谁昔③然矣。

墓门有梅，有鸮④萃止⑤。夫也不良，歌以讯之。讯予不顾，颠倒思予。

【注释】

①斯：劈开，砍掉。
②已：停止，改过自新。
③谁昔：往昔，由来已久。
④鸮：猫头鹰，古人认为是恶鸟。
⑤萃止：聚集，栖息。

【译文】

你家墓道门前长满酸枣枝，挥动起铁斧就可以铲除掉。你这坏了良心的昏庸君啊，全国上下谁不知哪个不晓！知道了你也不肯悬崖勒马，这些罪孽也不是一天所造！

你家墓道门前长满酸枣枝，有群夜猫子栖落在枝头叫。你这坏了良心的奸佞臣啊，听我们唱起民谣把你警告！唱归唱你根本不听这一套，被打倒了才想起咱的忠告！

【赏析】

这是首政治讽刺诗，斥责品行邪恶的统治者，表达陈国百姓对统治者的恶行的不满和憎恨。全诗只有两章十二句，短小精悍，抑扬顿挫，用指责、告诫的语气抒发百姓们的愤恨之情。

每章的第三句"夫也不良",告诉人们,这个人不是好人,可惜这个人根本不在乎,还是原来那样。国家依然是坏人当道,无法像墓门前的棘树样,可以用斧子砍掉。无可奈何之下,人们想办法编首诗来劝告他。

每章的开篇用植物起兴。在古代,棘树和梅树都是恶树,第二章用来起兴的猫头鹰被古人称为恶鸟。诗中提到恶树和恶鸟的象征意义让人寻味,表现诗人对恶势力的深恶痛绝,但是坏人依然存在,所以诗人"讯予不顾,颠倒思予",告诫那些坏人多行不义会有报应。

每章的四、五句用"顶针"手法推进诗意,转为感叹。人们在愤恨之余,流露出对国家前途的担忧和感叹,可以感到他们忧国的情怀,在直接痛斥中显得含蓄深沉。

防有鹊巢

【原文】

防①有鹊巢,邛②有旨苕。谁侜③予美?心焉忉忉④。
中唐⑤有甓⑥,邛有旨鷊⑦。谁侜予美?心焉惕惕。

【注释】

①防:水坝,河堤。
②邛:山丘。
③侜:欺诳,欺骗。
④忉忉:焦虑忧愁的样子。
⑤唐:朝堂前或宗庙门内的大路。
⑥甓:砖瓦,瓦片。
⑦鷊:绶草。

【译文】

河堤上有喜鹊来筑巢,山丘上长着苕草。谁在欺骗我的爱人?让我心里焦虑不安。

庭院中通道铺着瓦片,山丘上长着绶草。谁在欺骗我的爱人?让我心里担惊受怕。

【赏析】

诗人思念自己的情人,担心她被别人蒙骗而变心,表现出诗人心中深爱着对方。

喜鹊在树上筑巢，不可能在河堤上筑巢；铺路用的是泥土或地砖，不可能用瓦片；苕草和绶草都是长在低湿地的植物，山坡上栽不活。诗人运用巧妙的比喻，把这些违反常识的现象虚构出来，描绘着现实中不可能出现的现象，意味着诗人的担心或许是多余的，他的情人不会变心。

诗人用猜测、推想、幻觉等不正常的思维来表达他对女子的爱慕之情。诗中并没有写有没有那个欺骗他心上人的第三者，或许根本就没有，只是提出自己的怀疑。因为他爱得深，才会更加忧愁，所以患得患失，引起他的担忧和怀疑。

诗人用"谁侜予美"告诉人们，谁也不能横刀夺爱，谁也不能抢走他的心上人。诗人在担忧的同时坚定自己的信念，相信他的爱情是坚贞不移的，不可能出现情变。

月 出

【原文】

月出皎兮，佼人僚①兮，舒窈纠②兮，劳心悄兮。
月出皓兮，佼人懰③兮，舒忧受兮，劳心慅④兮。
月出照兮，佼人燎⑤兮，舒夭绍兮，劳心惨兮。

【注释】

①僚：美好的样子。
②窈纠：女子行走时的姿态。
③懰：姣好的样子。
④慅：心神不安。
⑤燎：美好。

【译文】

月亮出来多明亮，美人仪容真漂亮，体态舒缓又窈窕，让我欢喜心烦忧。
月亮出来白如昼。美人脸庞多姣美。体态舒缓又娴雅。让我欢喜心不安。
月亮出来当空照。美人仪容真美好。体态柔软又秀美。让我欢喜心烦躁。

【赏析】

优美的语言营造出一个月夜朦胧的场景，把诗人对心上人的深深思念融入浓浓的月色里。月夜优美、美人卓绝、深沉的相思，描绘出一个清幽迷离的氛围，别有一番诗情画意。后世有很多"见月思人"的诗篇，总会带给人一种淡淡的忧愁，引起人们的共鸣和感动。

"月出皎兮"，写景写情，天上的明月洒着皎洁的光芒，夜色格外美丽，富有魅力和诱惑力，使人触景生情，联想到很多美好的事物。"佼人僚兮"，人们眼前出现一个美丽的女子，仔细端详，她"舒窈纠兮"，不但容貌好，身材窈窕，而且性情安静，富有魅力。夜色中，天上皎洁的月光，地上娇美的女子，此时此刻，此情此景让人惬意。

每章末句"劳心悄（慅、惨）兮"，写诗人对月下女子一见钟情却无从表白，心生感慨。

这首诗情调惆怅，语言柔婉缠绵。章末叹词声调柔和，无边月色、无尽愁思，一唱三叹，余味无穷。

株　林

【原文】

胡为乎株林①？从夏南②！匪适株林，从夏南！

驾我乘马，说③于株野。乘我乘驹，朝食于株！

【注释】

①株林：陈国的邑名，夏姬的住地。

②夏南：夏姬的儿子。

③说：停留，停车休息。

【译文】

为何要到株林去？那是为了找夏南。不是为到株林玩，而是为了找夏南。

驾着大车赶四马，株林郊外卸下鞍。驾着轻车赶四驹，奔抵株林吃早餐。

【赏析】

这首诗揭露和讽刺陈灵公君臣的丑恶行径，描述了陈灵公的荒淫生活，妙在用第一人称的口吻写出君臣的得意和唱和，诗人用犀利的笔墨写他们不知羞耻。

全诗分二章。开篇写陈灵公和大臣孔宁、仪行父驾车出行，驶往夏姬居住的株林。路边的百姓早知道他们的隐秘，故意大声地问："他们去株林做什么？"有人心领神会地回答："去找夏南。"问的人假装不懂其中的奥妙，又问了句："不是去株林吗？"回答的人故意强调说："去找夏南。"表现出一种似信还疑的狡黠，模拟着做贼心虚的难堪。这样的对答胜于直接揭露丑行，它的锋芒直接刺入那些衣冠禽兽的灵魂。

第二章换了另一种笔墨，陈灵公和大臣孔宁、仪行父摆脱路人的问答，看到株林松了口气，不用再伪装去看夏南。"说于株野"里的"说"可以是停下马车，也可以通"悦"，表示陈灵公马上要见到美貌的夏姬非常愉悦。

"乘我乘驹，朝食于株"表明说话的人是大夫孔宁和仪行父，那个时代礼教森严，大臣只能乘驹。"朝食于株"中的"朝食"在当时常作隐语，指男女间的性爱，这里直接写出他们的无耻行径。

泽 陂

【原文】

彼泽之陂①，有蒲与荷。有美一人，伤如之何？寤寐无为，涕泗滂沱。

彼泽之陂，有蒲与蕳②。有美一人，硕大且卷③。寤寐无为，中心悁悁④。

彼泽之陂，有蒲菡萏⑤。有美一人，硕大且俨。寤寐无为，辗转伏枕。

【注释】

①陂：湖边，堤岸。
②蕳：兰草，也作"莲"。
③卷：美好的样子。
④悁悁：忧愁的样子。
⑤菡萏：指含苞待放的荷花。

【译文】

池塘的四周有堤岸，长着蒲草与荷花。有个英俊的人，让我忧伤又无奈。朝思暮想没办法，涕泪涟涟如雨下。

池塘的四周有堤岸，长着蒲草与莲花。有个英俊的人，体态健壮又美好。朝思暮想没办法，心中忧愁很难过。

池塘的四周有堤岸，长着蒲草与荷花。有个英俊的人，体态健壮又端庄。朝思暮想没办法，翻来覆去难入眠。

【赏析】

全诗分三章。第一章写女子看到池塘边的蒲草、荷花、莲花，触景生情，想起英俊的心上人，不禁忧伤又无奈，情迷神伤，想得睡不着。春秋战国时期，封建伦常制度尚未确立，男追女或女追男，是当时社会的风尚习俗。

第二章用池塘边的植物起兴，蓬勃的植物，波光潋滟的池水，象征着旺盛的生命力。女子目睹美景想起心上人，诗中没有说她是单相思或是双方都有情，只是把她对男子强烈的爱慕之情，跃然纸上。

第三章写女子赞美心上人却没有得到对方的回应，不知道对方会不会用同样的爱回报她，所以她"寤寐无为，辗转伏枕"睡不着觉，流泪伤心。通过对细节的描写，把女子内心的爱烘托得非常强烈。夜晚，诗人辗转难眠，将一腔愁苦吟唱出来，做成这首诗。

　　这首诗语言直率坦诚，真挚动人，气息清新。

桧风

桧是西周分封的诸侯国，都城在信河南密县与新郑之间，统治区包括今河南密县、新郑、荥阳一带。当时的桧国王室昏庸臣懈怠，政治黑暗，民不聊生。《桧风》是采自这些区域的民间诗歌，共四首，写在桧国灭亡前后，即西周末年东周初，整体格调低沉。

羔裘

【原文】

羔裘逍遥①，狐裘以朝。岂不尔思？劳心忉忉②。
羔裘翱翔③，狐裘在堂。岂不尔思？我心忧伤。
羔裘如膏④，日出有曜⑤。岂不尔思？中心是悼。

【注释】

①逍遥：悠闲地走来走去。
②忉忉：忧愁的样子。
③翱翔：鸟儿回旋飞，比喻行动悠闲自得。
④膏：动词，涂上油。
⑤曜：金光闪耀的样子。

【译文】

穿着羊羔皮袄好逍遥，穿着狐皮袍子去上朝。怎能不让人为你思虑？忧心忡忡很烦恼。

穿着羊羔皮袄去游逛，穿着狐皮袍子在朝堂。怎能不让人为你思虑？想起国家很忧伤。

羊羔皮袄像涂了油膏，太阳照着闪耀金光。怎能不让人为你思虑？心中悲伤无法忘记。

【赏析】

　　这首诗写一位身处末世的臣子忧心又无奈，是一首政治讽刺诗。

　　全诗分三章，首章开篇写"羔裘逍遥，狐裘以朝"，看上去是叙述国君的服饰，读起来却充满感情色彩。当时的桧国是个小国家，周边大国虎视眈眈，处境让人担忧。在生死存亡的关键时刻，国君却悠闲自得，让臣子们很无奈。

　　第二章的意思与第一章相同，在回环往复中让人感觉到诗人对桧国国君的昏庸行为更加难过却又无可奈何。

　　第三章用平铺直叙的手法，还是选取国君身上的羔裘，在阳光的照耀下闪闪发光，扩展了视觉空间，让读者感受到诗人的心理。正常情况下，金光闪闪的羔裘有雍容华贵的气质，可是在这种境况下耀眼的光亮，让人过目难忘，有种国之将亡的忧愤之情。

　　每章末句"劳心忉忉""我心忧伤""中心是悼"以层层推进的方法，表现诗人的忧伤和愁苦。叙事显得急切而繁复，可以感受到诗人深切的思虑。

素　冠

【原文】

　　庶①见素冠兮，棘人②栾栾③兮。劳心慱慱④兮。
　　庶见素衣兮，我心伤悲兮。聊与子同归兮。
　　庶见素韠⑤兮，我心蕴结兮。聊与子如一兮。

【注释】

　　①庶：有幸。
　　②棘人：负罪的人。
　　③栾栾：瘦弱的样子。
　　④慱慱：忧愁劳苦的样子。
　　⑤韠：朝服的蔽膝，革制，缝在腹下膝上。

【译文】

　　有幸见你戴白冠守礼如仪，见你的身体瘦弱面容憔悴。心中忧愁又劳累。
　　有幸见你穿白衣守礼如仪，我的心里忍不住哀戚伤悲。愿与你一起同行。
　　有幸见你白冠白衣白蔽膝，我内心深处忧伤沉沉涌积，愿与你一起同悲。

【赏析】

　　这首诗写诗人痛惜贤臣遭受迫害，愿与他同悲。险恶的政治环境中，一位贤臣遭受迫害、被斥逐，通过对贤臣悲惨形象的描写，抒发了诗人的同情心，他明确表示要与贤臣同归的态度，没有丝毫避忌，难能可贵，说明诗人也是位忠良的人。

全诗分三章，每章三句。首章从贤臣外在的样貌写到内心的活动，写他头戴白冠，身体瘦弱，神情憔悴，带有浓厚的悲剧气氛。

后面两章的开篇依然写"素"，用"素衣"和"素韠"让人联想到贤臣清白高洁的形象。第二章用"我心伤悲兮"，直接抒发诗人的情愫。第二、三章的"同归"和"如一"，表达诗人的思想感情比第一章更进一层。

诗里的人物形象鲜明，情感深厚。每句以"兮"收尾，让人感觉悲音缭绕，不绝于耳。

隰有苌楚

【原文】

隰有苌楚①，猗傩②其枝，夭③之沃沃，乐子之无知。

隰有苌楚，猗傩其华，夭之沃沃。乐子之无家④。

隰有苌楚，猗傩其实，夭之沃沃。乐子之无室。

【注释】

①苌楚：植物名，又名羊桃。
②猗傩：柔美的样子。
③夭：草木未长成，少而壮盛的样子。
④无家：没有家室的拖累。

【译文】

低洼地上长羊桃，枝条柔美又繁茂，鲜嫩壮盛长势好，羡慕你无知没有烦恼。

低洼地上长羊桃，花儿鲜艳又娇美，鲜嫩壮盛长势好，羡慕你没有家室拖累。

低洼地上长羊桃，果实累累挂枝头，鲜嫩壮盛长势好，羡慕你无家室需关照。

【赏析】

这首诗写诗人心里的忧苦，诗人无法从忧患中解脱出来，自叹不如草木快乐。诗的内容简明直露，语言清晰，诗人反复表达对羊桃的羡慕，看出诗人遭受着很大的不幸，被痛苦折磨，才会觉得"人不如草木"。羊桃的乐与诗人的苦形成鲜明的对比，乐者越乐，苦者越苦，没有说一句苦，却让人感觉他苦不堪言，弦外之音、言外的意思和诗外的苦味更加浓郁。

全诗分三章，每章的第二句和第四句各换一个字，反复咏唱，重复叙述一个中心意思，反映诗人苦难的生活。

第一章写羊桃的枝条，开篇两句起兴，从客观事物开始，看着羊桃呈现出一片茂盛的景象，从羊桃联想到人。人在乱世中，受尽折磨感受不到生活的乐趣，看到长势好的羊桃，产生羡慕之情。植物有生长的灵魂，而人的灵魂有理性，两者的差异形成这样的结果。

第二章从羊桃的花朵说起，花草无知，尽情开放，人生有情受到家室的拖累，痛苦不堪，当诗人看见茂盛又娇美的花草，羡慕之情油然而生。

第三章从羊桃的果实说起，诗人的痛苦从"家"到"室"，虽然说家和室是同样的意思，可是进一步说明诗人的痛苦升级。植物没有感情，不会被痛苦困扰，不会为家室发愁，表现诗人在面临国破家亡时强烈的怨愤和痛苦。

匪 风

【原文】

匪风①发兮，匪车偈②兮。顾瞻周道，中心怛兮。
匪风飘兮，匪车嘌③兮。顾瞻周道，中心吊④兮。
谁能亨鱼？溉⑤之釜鬵⑥。谁将西归？怀之好音。

【注释】

①匪风：那阵风。
②偈：疾驰的样子。
③嘌：轻快的样子。
④吊：悲伤。
⑤溉：洗涤。
⑥鬵：大锅。

【译文】

那大风呼啸起来旗带飘荡，那车儿飞奔起来辚辚作响。回顾通周的大道渐行渐远，心里陡然涌起无尽的忧伤。

那大风呼啸而来左右回旋，那车儿飞奔起来辁辘响转。回顾通周的大道渐行渐远，我心里无尽悲伤好不凄然。

哪位妙手烹制鲜美的河鲤？我愿为他当助手洗净锅底。哪位朋友准备西归故乡去？为我捎回一切安好的讯息。

【赏析】

  这是首旅人怀念家乡的诗歌。诗人远离家乡，看到车马急驶而过，想到自己有家回不了，而且离家越来越远，他站在路边伤感起来，希望有位西归的故人能为他带个平安给家人。

  全诗分三章。前两章句子相似，由看到的景象，进入环境，风呼呼地刮着，马车飞快地驶过。后两句抒发诗人心中的忧思，望着渐行渐远的马车，思乡之情越来越浓，悲从中来。

  风、车急速离开，而人滞留不动，动与不动形成鲜明的对比，表现出诗人彷徨无奈之态。他再也按捺不住心中的忧伤，呼喊着"中心怛兮""中心吊兮"，表现他想归家的急切心情。

  第三章用"谁能"起兴，兴中有比，在无可奈何中发出求救的呼喊声。"谁将"写他无法回家，只能退而求其次，托回去的人带个信息回家，给家人报个平安。"谁能"和"谁将"都是疑问希冀的词，表示诗人的想法还没有落实。真挚的言语体现诗人浓厚的情感，让人动容。

曹风

曹是周代诸侯国,周武王封弟弟叔铎于曹,定都陶丘,在今山东西南定陶、菏泽、曹县一带。《曹风》有四首,产生在东周和春秋时期周王室东迁后,是曹国境内的诗歌。

蜉 蝣

【原文】

蜉蝣①之羽,衣裳楚楚②。心之忧矣,于我归处。
蜉蝣之翼,采采③衣服。心之忧矣,于我归息。
蜉蝣掘阅④,麻衣如雪。心之忧矣,于我归说⑤。

【注释】

①蜉蝣:一种昆虫,寿命只有几个小时到一周左右。
②楚楚:鲜明整洁的样子。
③采采:美丽多彩的样子。
④掘阅:挖穴而出。阅:通"穴"。
⑤说:通"税",止息,住,居住。

【译文】

蜉蝣的翅膀薄又亮,像漂亮的衣服鲜明整洁。我的心中充满忧伤,不知道哪里是我的归程?

蜉蝣的羽翼薄又亮,展示着美丽多彩的衣服。我的心中充满忧伤,不知道哪里是我的归宿?

蜉蝣挖掘着洞穴,身上的麻衣洁白如雪。我的心中充满忧伤,不知道哪里是我的最终依所。

【赏析】

这首诗诗人悲叹人生苦短，借物喻人，借朝生暮死的蜉蝣短暂的一生，比喻人生的短暂和脆弱。

蜉蝣是一种很小的昆虫，幼虫期很长，化为虫后，完成物种的交配便死亡。蜉蝣很漂亮也很柔弱，有一对非常大又透明的翅膀，还有两条长长的尾须，飘舞在空中时姿态纤巧。蜉蝣成群飞舞，交配后死亡，在地面积成厚厚的一层，脆弱的生命消失在短暂的美丽里。

全诗分三章。开篇以"蜉蝣之羽"作比，它的翅膀像一件美丽的外衣，光彩夺目，但这种美丽宛如昙花一现。诗人由此生出珍惜生命、把握现在的紧迫感。第三章描述蜉蝣初生的美丽，但它很快飞起来，尽情挥舞生命最后的光彩，蜉蝣生之光华，死之绚烂，给世人启示。

整首诗内容简单，结构单纯，感染力强。诗人不停地追问"我去哪？"却无法得到让他心安的解答，情调消沉忧伤。启示人们抓紧有限的时间，活出无限的价值。

候 人

【原文】

彼候人①兮，何戈与祋②。彼其之子，三百赤芾③。
维鹈④在梁，不濡其翼。彼其之子，不称其服。
维鹈在梁，不濡其咮。彼其之子，不遂其媾⑤。
荟兮蔚兮⑥，南山朝隮。婉兮娈兮，季女斯饥。

【注释】

①候人：掌管地方治安和边境出入的小官。
②祋：古代棍棒之类的兵器。
③赤芾：红色熟牛皮制成的蔽膝。
④鹈：鹈鹕，一种吃鱼的水鸟。
⑤媾：婚配，婚姻。
⑥荟、蔚：云起蔽日，阴暗昏沉的样子。

【译文】

迎宾送客那小官，肩上扛着长戈和祋棍。那些平凡的小人物，三百朝官不屑顾。

鹈鹕停在鱼梁上，水没有打湿它的翅膀。那些平凡的小人物，不配穿好的衣服。

鹈鹕停在鱼梁上，水没有打湿它的嘴巴。那些平凡的小人物，不会有好的婚配。

云雾升起浓又密，南山的早晨云雾很多。婉约美丽真是可爱，少女忍饥又挨冻。

【赏析】

这首诗讽刺腐败的政治。

全诗分四章。首章用赋的手法，将两种不同的人进行对比，先写"候人"辛苦地扛着兵器，在道路上执勤，再写"彼子"穿戴着鲜艳的朝服，可见他的官位高、排场大、生活奢靡。诗人没有直接写自己的爱憎，只是把他的爱憎之情寓于叙述中。这一章是整首诗的总纲，下面各章的内容都在这个基础上展开，抒发诗人的感慨，以讽刺"彼子"为主。

第二、第三章用"比"法，前两句是比喻，后两句是正意的主体。诗人看到鹈鹕站在鱼梁上，不必入水，头一伸就可以吃到鱼，特殊的地位让它们不劳而获。后两句诗人直接说"彼子"身穿官服，享受特权却无才无能，没有功劳却享受高官厚禄与鹈鹕站在鱼梁上吃鱼相似。

第三章的意思更深一层，说鹈鹕吃鱼连嘴都不用湿，因为有些鱼会主动跃出水面，跳到坝上，这样鹈鹕可以轻易吃到鱼。后两句写"彼子"对男女婚姻不负责，违背准则，任意抛妻弃妾。第二章诗人说"彼子"表里不一，第三章诗人从品性上谴责"彼子"。

第四章前两句写景起兴，与后面的叙事联系，"婉兮娈兮，季女斯饥"婉约美丽与少女悲惨的境况形成强烈的对比，引起人们的同情，表现出人们对无德而尊、无才而贵的官僚们强烈的憎恶。

鳲鸠

【原文】

鳲鸠①在桑，其子七兮。淑人君子，其仪一兮。其仪一兮，心如结兮。

鳲鸠在桑，其子在梅。淑人君子，其带伊丝。其带伊丝，其弁②伊骐③。

鳲鸠在桑，其子在棘。淑人君子，其仪不忒④。其仪不忒，正是四国。

鳲鸠在桑，其子在榛。淑人君子，正是国人。正是国人，胡不万年？

【注释】

①鸤鸠：布谷鸟。
②弁：冠冕，皮帽。
③骐：古代帽子上的玉饰。
④忒：差错。

【译文】

布谷鸟在桑林筑巢，精心哺育七个小鸟。品性善良的君子，他的言行举止始终如一。他的言行举止始终如一，内心操守坚如磐石。

布谷鸟在桑林筑巢，小鸟嬉戏在梅枝间。品性善良的君子，他的腰带上白丝镶着边。他的腰带上白丝镶着边，玉饰皮帽花色新鲜。

布谷鸟在桑林筑巢，小鸟嬉戏酸枣树上。品性善良的君子，他的仪容端庄没有差错。他的仪容端庄没有差错，正是各国的模范形象。

布谷鸟在桑林筑巢，小鸟嬉戏在树丛间。品性善良的君子，正是百姓们敬仰的榜样。正是百姓敬仰的榜样，怎么能不祝他万寿无疆？

【赏析】

这首诗歌赞美君子的品性善良，言行举止始终如一。鸤鸠就是布谷鸟，古人认为它是一种善鸟，喂养很多小鸟，不偏不私，象征君子美好的品质。

全诗分四章，都以鸤鸠和它的孩子们起兴，起兴切题又意义深长。每章的开篇写鸤鸠一直在桑树上筑巢，操守不变，与下文中君子"其仪一兮"的美德相一致。鸤鸠与那些四处嬉戏的小鸟形成鲜明的对比。小鸟没有成熟，行动没有一定的规矩。

起兴之后，诗人开始赞美"淑人君子"，第一章说君子的仪表始终如一，不是指君子的单调服饰，而是赞美他庄重、威仪始终如一。这章的末尾由表及里，赞美他的内心坚贞稳如磐石。

第二章诗人将君子的仪表具体化、形象化，让人举一反三想象出他的华贵风采。

第三章的"其仪不忒"承上启下，从外表的仪容，写到他内外兼修，对于治国安邦起着重要作用。第四章末句"胡不万年"，将百姓们对君子的颂扬推至巅峰，祝他万寿无疆。

下 泉

【原文】

冽彼下泉，浸彼苞稂①。忾我寤叹，念彼周京。

冽彼下泉，浸彼苞萧。忾②我寤叹，念彼京周。

冽彼下泉，浸彼苞蓍③。忾我寤叹，念彼京师。

芃芃黍苗，阴雨膏④之。四国有王，郇伯⑤劳之。

【注释】

①稂：野草。

②忾：叹息。

③蓍：一种占卦的草，蒿属。

④膏：滋润，润泽。

⑤郇伯：文王的后代，负责管理诸侯国事务。

【译文】

寒凉的泉水在地下流淌，浸着丛生的野草。梦中醒来深深叹息，怀念繁华的周朝京城。

寒凉的泉水在地下流淌，浸得艾蒿也凋零。梦中醒来深深叹息，怀念繁华的周朝京城。

寒凉的泉水在地下流淌，浸得蓍草也糜烂。梦中醒来深深叹息，怀念昔日的周朝京师。

茂盛的黍苗长得非常旺，好雨滋润着它们。四方诸侯来见天子，郇伯亲切地慰劳他们。

【赏析】

这首诗写曹国的臣子感伤周王室衰微，诸侯国之间弱肉强食，纷争不断，诗人怀念周朝初期，相对比较安定的社会局面。

全诗分四章。兴中有比，前三章的开篇以冰冷的泉水浸泡着野草起兴，比喻周朝王室的混乱，接着直接陈述现实，缅怀周朝的京城，充满浓郁的悲凉气氛。

前三章的结构是重章叠句，每章第二句末字"稂""萧""蓍"发生变化，第四句末的"周京""京周""京师"不同，意思完全重复，不存在递进、对比的句法关系，换字的目的是通过韵脚的转变，使反复咏唱显得不单调。

第四章忽然转折，结构突兀。第四章的前两句与前三章的前两句在内容上有关联，因为以寒泉浸野草比喻周王室内乱势衰，再加上前三章复沓叠咏加强了悲凉的感觉，所以当第四章雨过天晴般的转折，让人产生兴奋的欣慰之情，这种独具魅力的艺术效果，让人叹服。

豳风

《豳风》是十五国风之一,共七篇,是豳地一带的民歌,产生于西周,是诗经里最早的诗歌。"豳"同"邠"是古邑名,今陕西旬邑县西,豳地最早是周先王公刘开辟,是周族发祥地之一,公刘是周人部落的首领,他的祖先是夏朝的贵族。

七 月

【原文】

七月流火,九月授衣。一之日觱发①,二之日栗烈。无衣无褐,何以卒岁?三之日于耜,四之日举趾。同我妇子,馌②彼南亩,田畯③至喜。

七月流火,九月授衣。春日载阳,有鸣仓庚。女执懿筐,遵彼微行,爰求柔桑。春日迟迟,采蘩祁祁。女心伤悲,殆及公子同归。

七月流火,八月萑苇。蚕月条桑,取彼斧斨④。以伐远扬,猗彼女桑。七月鸣鵙,八月载绩。载玄载黄,我朱孔阳,为公子裳。

四月秀葽,五月鸣蜩。八月其获,十月陨萚。一之日于貉,取彼狐狸,为公子裘。二之日其同,载缵武功。言私其豵⑤,献豜于公。

五月斯螽⑥动股,六月莎鸡振羽。七月在野,八月在宇。九月在户,十月蟋蟀入我床下。穹室熏鼠,塞向墐⑦户。嗟我妇子,曰为改岁,入此室处。

六月食郁及薁,七月亨葵及菽。八月剥枣,十月获稻。为此春酒,以介眉寿。七月食瓜,八月断壶,九月叔苴。采荼薪樗⑧,食我农夫。

九月筑场圃,十月纳禾稼。黍稷重穋,禾麻菽麦。嗟我农夫,我稼既同，上入执宫功。昼尔于茅，宵尔索绹。亟其乘屋，其始播百谷。

二之日凿冰冲冲，三之日纳于凌阴⑨。四之日其蚤，献羔祭韭。九月肃霜，十月涤场。朋酒斯飨，曰杀羔羊，跻彼公堂。称彼兕觥：万寿无疆！

【注释】

①觱发：大风的声音。

②馌：馈送食物。

③田畯：农官名。

④斧斨：方孔的斧头。

⑤豵：一岁小猪。

⑥斯螽：蝗虫类的昆虫，即蚱蜢。

⑦墐：用泥涂抹。

⑧薪樗：采樗木为薪。

⑨凌阴：凌，聚集的冰。阴，藏冰的地方。

【译文】

　　七月的火星向西落，九月妇女开始缝制御寒的衣服。十一月北风呼呼吹，十二月寒气袭人。没有好的衣裳和粗布衣服，怎么度过寒冷的冬季？正月里开始修理锄头和铁犁，二月开始下地耕种。带着妻儿一起去，把饭送到南边的土地上，田官来吃很高兴。

　　七月的火星向西落，九月妇女开始缝制御寒的衣服。春天的阳光暖洋洋，黄鹂唱着婉转的歌。姑娘提着深竹筐，沿着小道一路走去，伸手采摘嫩桑叶。春季的白天越来越长，人来人往采摘白蒿。姑娘心中很悲伤，害怕跟随贵人远嫁他乡。

　　七月的火星向西落，八月要割芦苇。三月要修剪桑树枝，用锋利的斧头，砍掉高高的长枝条，攀着细枝采摘嫩桑叶。七月伯劳不停地叫，八月开始织麻。染丝有黑又有黄，染的红色更鲜亮，献给贵人做衣裳。

　　四月的狗尾草结了籽，五月知了声声叫。八月田间收获忙，十月的叶子落下来。十一月上山去猎貂，猎得狐狸皮毛好，献给贵人做皮袄。十二月猎人会合，继续上山去打猎。打到小猪归自己，猎到大猪献给王公。

　　五月蚱蜢弹腿跳，六月纺织娘振翅跃。七月蟋蟀在郊野，八月来到屋檐下。九月蟋蟀跳进门口，十月钻进我的床下。堵住老鼠洞熏老鼠，封好北面的窗户糊好门缝。叹息我的妻子和孩子，说岁末新年到时，搬到这间屋里安身。

　　六月吃李子和野葡萄，七月煮葵和豆。八月开始打红枣，十月下地收获稻谷。用稻谷酿成春酒，为主人求长寿。七月可以吃瓜，八月采摘葫芦，九月捡拾秋麻子。采摘苦菜砍柞木作木柴,农夫养活家人把心安。

九月筑建打谷场,十月把庄稼收进仓库。黍稷、早稻、晚稻、粟麻、豆麦等全部收入仓库。叹息我真辛苦,庄稼刚收拾完,又得为官家建筑宫室。白天割茅草,夜晚忙着搓绳索。赶紧上房修好屋子,春天开始又要播种百谷。

十二月凿取冰块,正月搬进冰窖里。二月开始祭祀祖先,献上羊羔和韭菜。九月气候寒冷霜降临,十月清扫打谷场。两壶美酒敬宾客,宰杀羔羊做美食,登上主人的庙堂。共同举杯敬主公,齐声呼喊"万寿无疆"。

【赏析】

这是"国风"里最长的一首诗,以史诗般的气势记录着农家一年到头艰辛的劳作,以时间为线索把农家的生活展现出来。公刘时代的周族还是一个部落,写了豳地一年四季的农业劳动,涉及衣食住行各个方面,从侧面向人们展示当时的社会风俗。

诗从七月说起,按农事活动的顺序,用平铺直叙的手法,按月展开农业劳动的过程。诗中使用的时间是周历,以夏历的十一月为正月。

首章以鸟瞰式的手法,写了劳动者全年的生活,把人们带进一个凄苦艰辛的岁月,同时这章为后面的章节奠定了基调,提出总纲,诗人在结构上的安排非常严谨。

"衣之始"和"食之始"是农业社会的两大主要事项,是贯穿全诗的主线。诗人用粗线条勾勒出一个框架,把当时社会生活的整体风貌,展现在读者面前,然后下面各章从各个侧面和局部进行细致的描写。

古代诗歌以抒情为主,叙事诗较少,这首诗以叙事为主,在叙事中写景抒情,通过诗人的叙述,真实地展示当时的劳动场面、生活图景和各种人物面貌,构成西周早期社会的风俗画。

诗用赋体,反映真实的生活。人们从年初忙到年终,从养蚕忙到打猎凿冰,多层次高强度的工作,始终不离"苦"。语言凄惨清苦,仿佛诉说着一部沉重的历史。

鸱 鸮

【原文】

鸱鸮[①]鸱鸮,既取我子,无毁我室。恩斯勤斯,鬻[②]子之闵斯。

迨天之未阴雨,彻彼桑土,绸缪[③]牖户。今女下民,或敢侮予?

予手拮据,予所捋荼。予所蓄租,予口卒瘏[④],曰予未有室家。

予羽谯谯⑤，予尾翛翛⑥，予室翘翘。风雨所漂摇，予维音哓哓⑦！

【注释】

①鸱鸮：猫头鹰。
②鬻：古同"育"，这里指养育的意思。
③绸缪：密密缠绕。
④卒瘏：患病。卒读为"悴"
⑤谯谯：羽毛干枯稀疏的样子。
⑥翛翛：羽毛枯焦的样子。
⑦哓哓：由于恐惧而发出的哀号。

【译文】

猫头鹰啊猫头鹰，已经抢走我孩子，别再毁坏我的家。一家恩爱感情深，我的孩子我心疼。

趁着天阴没下雨，到处剥取桑树根，缚好窗户缠好门。如今你们树下人，还有谁敢欺负我？

我的双手已麻木，我为铺巢采芦花。我还蓄积干草渣，我的嘴巴已磨破，家还没有修筑好。

我的羽毛渐稀少，尾巴羽毛已枯焦，鸟巢不稳太危险。风吹雨打直飘摇，把我吓得大声叫。

【赏析】

这是一首寓言诗，写一只母鸟遭受猫头鹰的侵害，巢破子亡，诗人借此为自己在风雨中飘摇，朝不保夕的命运发出痛苦的哀鸣。

全诗分四章。开篇写一只孤弱无助的母鸟，鸱鸮洗劫了它的子女还破坏了巢穴，母鸟对这个飞来横祸，感到非常惊恐和哀伤，愤怒和悲痛，仰天发出凄苦的鸣叫。

第二章仍然以母鸟的自述展开，带有叙事和描摹。看似孤弱的母鸟，却有勇气和毅力，在巢破子亡的哀伤中抬起头，趁着天晴，赶快修复破巢，它的坚韧和顽强让人肃然起敬。

第三、第四章可以当作一章，写母鸟辛苦劳作后痛定思痛，终于付出巨大的代价重建自己的巢穴，勇敢地活下来。然而更让母鸟恐惧的是挟带着自然威力的"风雨"。母鸟以自己百倍的勇气抵御鸱鸮的进犯，但是对于狂风骤雨却回天乏力，只能发出恐惧的哀鸣。

与其说诗人是代鸟写悲，不如他是说借鸟写人，凶恶无情的"鸱鸮""风雨"便是在现实中压迫人们的贵族统治者。母鸟痛苦又恐惧的哀鸣，传达着被欺凌和压迫的底层劳动人民无尽的愤怒和无奈。

东 山

【原文】

　　我徂东山，慆慆①不归。我来自东，零雨其濛。我东曰归，我心西悲。制彼裳衣，勿士行枚②。蜎蜎者蠋③，烝在桑野。敦彼独宿，亦在车下。

　　我徂东山，慆慆不归。我来自东，零雨其濛。果臝之实，亦施于宇。伊威在室，蟏蛸④在户。町畽⑤鹿场，熠耀宵行⑥。不可畏也，伊可怀也。

　　我徂东山，慆慆不归。我来自东，零雨其濛。鹳鸣于垤，妇叹于室。洒扫穹窒，我征聿至。有敦瓜苦，烝在栗薪。自我不见，于今三年。

　　我徂东山，慆慆不归。我来自东，零雨其濛。仓庚于飞，熠耀其羽。之子于归，皇驳其马。亲结其缡⑦，九十其仪。其新孔嘉，其旧如之何？

【注释】

　　①慆慆：时间长久。
　　②行枚：行军时放在嘴里保证不出声的竹棍。
　　③蜎蜎者蠋：蚕蠋屈曲的样子。
　　④蟏蛸：一种长腿蜘蛛。
　　⑤町畽：被野兽践踏过的地方。
　　⑥熠耀宵行：光明的样子。宵行：指磷火。
　　⑦缡：女子的佩巾。

【译文】

　　昔我远征去东山，多年在外不能还。今日我从东山归，细雨濛濛天色暗。我从东山回家园，放眼西望心烦乱。平民衣服缝制好，不再衔枚上前线。树上桑虫体几何，久久待在桑叶间。兵士孤身缩成团，夜晚睡在车下面。

　　昔我远征去东山，多年在外不能还。今日我从东山归，细雨濛濛天色暗。栝楼藤上结了瓜，藤蔓爬到屋檐下。屋内地上生地虱，蜘蛛结网在门户。宅旁田地鹿儿践，磷光闪闪夜间亮。家园荒凉不可畏，越是如此越怀乡。

　　昔我远征去东山，多年在外不能还。今日我从东山归，细雨濛濛天色暗。土墙上面白鹳叫，房内妻子声声叹。打扫房舍塞鼠洞，盼我早早把家回。葫芦果儿溜溜圆，久久放在劈柴边。自从你我不相见，如今已过整三年。

　　昔我远征去东山，多年在外不能还。今日我从东山归，细雨濛濛天色暗。当年黄莺正飞翔，羽毛闪闪有光芒。那人过门做新娘，迎亲马儿白又黄。娘为女儿结佩巾，婚礼仪式九十项。新婚燕尔恩爱长，重逢又会什么样？

【赏析】

这首诗写征人在还乡途中思念家乡的心情，以一个普通的远征战士的视角，叙述东征后平安归家时，复杂又真挚的感情，表现出诗人对战争的思考和对普通人民的同情。

全诗分四章。前两章写主人公还乡途中悲喜交加，喜胜于悲。他归家途中风餐露宿，看着战后的家乡民生凋敝，使得他归家的心情更加迫切。

周公以胜利者的身份结束战争，主人公却以受难者的身份出现。对于战争的双方来说，都是灾难性的，胜利也无法让战胜的人逃脱战争带来的厄运。

第三章用妻子的口吻写对丈夫的思念，两人的感情交相辉映，深深地打动读者。"有敦瓜苦，烝在栗薪"，妻子看到结婚时的器物，勾起对丈夫的思念。他们新婚不久就被迫分开，增强了这首诗的悲剧色彩。

第四章写战士沉湎对往事甜蜜的回忆中，同时从美好的回忆回到残酷的现实。新婚不久便分离，他的心情非常复杂。诗人用"其新孔嘉，其归如之何"结句，留下一个千古悬念，也留给人们无限的遐思。

破 斧

【原文】

既破我斧，又缺我斨①。周公东征，四国是皇。哀我人斯，亦孔②之将。

既破我斧，又缺我锜③。周公东征，四国是吪。哀我人斯，亦孔之嘉。

既破我斧，又缺我銶④。周公东征，四国是遒⑤。哀我人斯，亦孔之休。

【注释】

①斨：斧头的一种，斧孔椭圆。
②孔：很，非常，程度副词。
③锜：古代的一种凿子。
④銶：凿子。
⑤遒：安定、坚固。

【译文】

激烈征伐中椭形斧砍坏了，我们的方形斧也砍得缺残。英武的周公率领我们东征，匡正四方之国平息了叛乱。可怜我们这些战后余生人，也是非常命大亏苍天有眼！

　　激烈征伐中椭形斧砍坏了，我们的齐刃凿也砍得缺残。英武的周公率领我们东征，教化得四方之国秩序井然。可怜我们这些九死一生人，得苍天佑护结局多么良善！

　　激烈征伐中椭形斧砍坏了，我们的独头斧也砍得缺残。英武的周公率领我们东征，四方之国边疆巩固又安全。可怜我们这些劫后余生人，也真是吉庆有余福禄无边！

【赏析】

　　这首诗写跟随周公东征的战士们有幸生还的事。当时的周京在陕西境内，征讨的四国在河南一带，所以称为"东征"。周公东征平息叛乱，对统治者来说是英明之举，应该大声赞颂。对于冲锋在前线的普通士兵来说，能够活着才是最重要的事情，他们关心的是自己的生命安全，战争结束后，有幸死里逃生所以要大肆庆祝。

　　全诗分三章，采用复沓手法，每章的结构完全相同，只改动几个字，反复咏唱，描写战争的惨烈。每章的前两句写"斧""斨""锜""銶"这些生产工具，因为长年累月的劳役而残缺破损，家计陷入困苦，导致他们的怨恨很深。以点概面，用事情烘托出心里的感慨。

　　每章的第三、第四句是因果关系，因为周公东征，四国的叛乱得以平息。叙事中有抒情，间接地赞颂周公。第五句"哀我人斯"写有的战士战死沙场，再也无法与家人相见，让人感到悲伤，引出第六句战士们发自内心的庆幸，觉得活着是件很美好的事情。

　　每章第四句的末尾"皇""吪""遒"有逐层递进，逐层深入的关系。"皇"只是四国的恐惧还没有改变，是外部有些变化。"吪"是深入到内部，感化对方。最后的"遒"是安定团结有成果。每章末尾的"将""嘉""休"同义，表示他们还活着，就是一件非常好的事情。

伐　柯

【原文】

　　伐柯①如何？匪斧不克。取妻如何？匪媒不得。

　　伐柯伐柯，其则不远。我觏②之子，笾③豆有践④。

【注释】

　　①柯：斧头的柄。

②觏：遇见。
③笾：古时候竹制盛食物的器具。
④践：整齐陈列的样子。

【译文】

怎么砍伐斧子柄？没有斧子砍不成。怎么迎娶那妻子？没有媒人娶不成。

砍斧柄啊砍斧柄，这个规则在近前。要想见那姑娘面，摆好食具设酒宴。

【赏析】

这是首迎亲的诗歌。诗人遇见中意的女子，请媒人说亲成功后，举行隆重的迎亲礼。

全诗分二章，每章开篇以砍树做斧柄起兴，比喻娶亲需要媒妁之言，婚姻才会圆满。诗人采取设问方式，文字浅显易懂，形象鲜明，诗意单纯明朗，语言朴素自然，在问答中表现出喜庆的情态。

第二章描述诗人举办隆重的婚礼将心仪的姑娘娶进门。古代诗歌中，常以谐音示意，"斧"谐音"夫"，斧柄配斧头，比喻妻子配丈夫。

从引申的意义上来看，这首诗的重点在"伐柯伐柯，其则不远"。"伐柯"不是丈夫找妻子，而是比喻两种事物的协调关系。好的斧柄配上好的斧头就要遵守基本原则，过粗或过细，都无法成为适合的斧柄。想把事情做好，就要有要求、有方法、有原则。后人也经常用这句话表示有原则的协调关系，用来调节政治、经济和文化的差异。

九 罭

【原文】

九罭①之鱼，鳟鲂。我觏之子，衮②衣绣裳。

鸿飞遵渚，公归无所，於女③信处④。

鸿飞遵陆，公归不复，於女信宿。

是以⑤有衮衣兮，无以我公归兮，无使我心悲兮。

【注释】

①罭：网眼较小的渔网。
②衮：古时的礼服，绣着龙纹的上衣。
③女：汝，你。
④信处：住两夜。
⑤以：使，让。

国 风

【译文】

　　细眼渔网去捕捞，鳟鱼鲂鱼都打到。路上遇见官老爷，锦绣礼服真美妙。

　　大雁高飞沿洲渚，老爷归去没处住，留您两夜在此宿。

　　大雁高飞沿河岸，老爷去了不回还，留您在此住两晚。

　　把您礼服保留啊，我的老爷别走啊，不要让我悲愁啊！

【赏析】

　　这是首挽留宾客的诗歌。周代的宴会有个风俗就是主宾互相唱歌表达情怀。

　　全诗分三章。首章写主人拿细网眼的渔网去捕鱼，因为那位尊贵的客人要来了。用细网捕鱼是为了保证一定能捕到鱼，志在必得。"鳟鲂"是种名贵而且美味的鱼，把主人殷勤、诚意待客的心情表露无遗。

　　第二章和第三章是反复语义，用大雁留宿沙洲水边，第二天飞走这个自然现象，比喻尊贵的客人第二天就要离开，主人认为难得相聚，诚意地挽留客人多住一晚。

　　末章主人直抒胸臆，把客人衣服留下来，与后世用的"留靴"方式挽留客人相似，表达主人的诚意。"无使我心悲兮"，反映出主人对客人离去的悲伤之情。

　　全诗以层层推进的结构，按照时间顺序进行叙述，抒情效果凸显。用象征手法，以"九罭"指出主人细密的安排，用"鳟鲂"喻指客人的地位尊贵无比。

狼跋

【原文】

　　狼跋①其胡，载疐②其尾。公孙硕肤，赤舄几几③。

　　狼疐其尾，载跋其胡④。公孙硕肤，德音不瑕？

【注释】

①跋：踩，践踏。

②疐：脚踩。

③赤舄几几：红色的鞋子很光鲜。

④胡：兽颈下垂着的肉。

【译文】

　　老狼前行踩胡须，后退又把尾巴绊。公孙挺着大肚子，红色鞋子真好看。

老狼后退踩尾巴，前行又把胡须踏。公孙挺着大肚子，品德美好无瑕疵。

【赏析】

　　这是一首讽刺诗。诗中把贵族统治者比作老狼，嘲笑他装模作样、讥讽他穿着高贵光鲜的鞋子，却进退困窘的丑态。周人礼教森严，在颜色的搭配上有一定的规矩。

　　全诗分两章，每章的首句"狼跋其胡，载疐其尾"，从老狼进退两难的可笑姿态写起，接着写一位肥硕的人穿着色彩鲜艳的鞋子走路的样子，看上去非常可笑，联想到肥胖的老狼，让人忍不住调侃、揶揄他。诗人比喻的惟妙惟肖，用肥壮的老狼描摹成"公孙"，讽刺他是一个养尊处优的寄生虫。

　　这种调侃对于贵族统治者有不恭之嫌，诗人笑着在文章的末句反问"德音不瑕"，意思是："你那种德性也没什么不好。"用"开玩笑"语气化解用老狼作比喻的揶揄，不至于让人误解为讽刺，反观整首诗的氛围，让人感觉到一种特殊的幽默感。

雅篇

《雅》是周代朝廷用的乐歌，分为《小雅》和《大雅》两部分，又称『二雅』，作于西周初期、末期，是周王朝统治地区王畿的作品，多数是朝廷官吏及卿大夫的作品。主题广泛，有赞美、讽刺、抒情等，却没有情歌，是文人雅士相聚时唱和的乐歌。『雅』是『正』的意思，指这些诗歌是『朝廷正统音乐』。

小雅

《小雅》七十四篇,大部分是西周时作品,也有些东周的作品,以厉、宣、幽时期最多。《小雅》记录祭祀、宴飨、歌颂、劝勉、抒情等内容,反映当时周代社会的现实。作者大多数是上层贵族,少数是底层的劳动人民。部分诗歌风格类似《国风》,被称为"西周民风"。

鹿 鸣

【原文】

呦呦鹿鸣,食野之苹。我有嘉宾,鼓瑟吹笙。吹笙鼓簧,承筐①是将。人之好我,示我周行②。

呦呦鹿鸣,食野之蒿。我有嘉宾,德音孔昭。视民不恌③,君子是则是效。我有旨酒,嘉宾式燕④以敖。

呦呦鹿鸣,食野之芩。我有嘉宾,鼓瑟鼓琴。鼓瑟鼓琴,和乐且湛⑤。我有旨酒,以燕乐嘉宾之心。

【注释】

①承筐:指奉上礼品。毛传:"筐,篚属,所以行币帛也。"
②周行:大道,引申为大道理。
③恌:同"佻",轻佻。
④燕:通"宴"。
⑤湛:快活,过度逸乐。

【译文】

一群野鹿呦呦叫不停,在原野上吃藾萧。我有高贵的宾客,鼓瑟吹笙奏乐调。吹着笙管鼓簧片,礼品满筐礼周到。人们对待我友善,乐意帮我指道路的方向。

一群野鹿呦呦叫不停,在原野上吃蒿草。我有高贵的宾客,品德高尚声誉好。看人忠厚不轻佻,君子纷纷来仿效。我备美酒和佳肴,宴请高贵的宾客乐逍遥。

一群野鹿呦呦叫不停,在原野上吃芩草。我有高贵的宾客,弹琴鼓瑟奏乐调。弹琴鼓瑟奏乐调,快活喜乐同欢笑。我备美酒和佳肴,宴请高贵的宾客心欢畅。

【赏析】

这是首在宴会上唱的歌,奏乐饮酒,娱乐宾客,赞扬客人德行好。展示了周代宴飨的礼仪,可以大概了解周朝的宴会情况。

全诗分三章。第一章开篇以鹿鸣起兴,空旷的原野上,有一群鹿悠闲地吃野草,不时发出呦呦的叫声。起兴营造热烈愉悦的基调,用于宴会上,就算原本拘谨和紧张的氛围也会马上缓和下来。从"呦呦鹿鸣"的意境到"鼓瑟吹笙"的现实音乐,始终洋溢着欢快的气氛。在欢快的音乐声中,主人为宾客献上竹筐装的礼物。至今,很多大型宴会上依然沿袭献礼馈赠的古风。

第二章是主人进一步说些祝词,君王要求臣子们做个清正廉明的好官,自觉地为君王服务。所以这个宴会不仅是为了娱乐,还有一定的政治色彩。第三章重复的句子把宴会的快乐气氛推向高潮,末句"以燕乐嘉宾之心",深化了诗的主题。

四 牡

【原文】

四牡骓骓①,周道倭迟②。岂不怀归?王事靡盬③,我心伤悲。
四牡骓骓,啴啴④骆马。岂不怀归?王事靡盬,不遑启处。
翩翩者鵻⑤,载飞载下,集于苞栩。王事靡盬,不遑将父。
翩翩者鵻,载飞载止,集于苞杞。王事靡盬,不遑将母。
驾彼四骆,载骤骎骎⑥。岂不怀归?是用作歌,将母来谂。

【注释】

①骓骓:马不停地走。
②倭迟:道路迂回的样子。
③盬:止息。
④啴啴:喘息的样子。

⑤鵻：一种短尾巴的鸟，也叫鹁鸠。
⑥骎骎：马走得很快。

【译文】

四匹雄壮的骏马向前飞奔，宽广的道路悠远又迂回。难道不想回家乡？君王差事没有做完，我心里忍不住悲伤。

四匹雄壮的骏马向前飞奔，黑鬃白马累得气喘吁吁。难道不想回家乡？君王差事没有做完，没有时间回家休息。

鹁鸠从远处翩翩飞来，飞上飞下多自由，累了栖落在茂密的柞树上。君王的差事没有做完，没有时间奉养父亲。

鹁鸠从远处翩翩飞来，飞飞停停多自由，累了栖落在茂密的杞柳树上。君王差事没有做完，没有时间奉养母亲。

驾御着四匹黑鬃的白马，马蹄得得在大路上飞奔。难道我不想回家乡？不得已编了这首歌，寄托对母亲的思念。

【赏析】

这首诗写一个为王事在外奔波的小官吏思念家乡，表达他浓浓的思乡之情。全诗采用赋的手法，用"我心伤悲"为全篇基调，"启处"的基础是安居乐业，尽孝孝顺父母，"父天母地"，次序不能乱。怀念母亲，承前内容，抒发自己不能尽孝的悲哀。

首章为全诗定下基调，在"岂不怀归"和"王事靡盬"的矛盾中展现"我心伤悲"。下面各章都是对"伤悲"情绪的补充。伤感的色彩，是那个纷乱艰难时代的主色调。

当"四牡骎骎"时，马车跑得越快，离故乡和亲人就越远，诗人想的不是神圣的"王事"，他想着"归"，表现他一言难尽的思想感情，耐人寻味。漫长的旅途，行旅的人们有"怀归"的思想，却被现实无情鞭挞着继续前进，免不了有"伤悲"的心情出来。

有三章写到飞奔的马，马是带着人们离开家乡的主体。诗中有两章写到鵻，路上有很多鵻。诗以鵻起兴，因为它是一种孝鸟，诗人看到鵻，想到自己不能在家里尽孝于父母，客观上与鵻形成对照，感喟良深。

鵻非常悠闲，自由地上下飞着，累了就停歇，想歇在哪里就歇在哪里。可是诗人驾驶的四匹毛色漂亮的华贵马车，只能拼命奔跑，累得气喘吁吁还得跑。君王的事不能有半点差池，与鵻的悠闲形成强烈的对比。

皇皇者华

【原文】

皇皇①者华，于彼原隰②。駪駪③征夫，每怀靡及。
我马维驹，六辔如濡。载驰载驱，周爰咨诹④。
我马维骐，六辔如丝。载驰载驱，周爰咨谋。
我马维骆，六辔沃若⑤。载驰载驱，周爰咨度。
我马维骃⑥，六辔既均。载驰载驱，周爰咨询。

【注释】

①皇皇：犹言"煌煌"，形容光彩夺目。
②原隰：原野上高平处为原，低湿处为隰。
③駪駪：匆忙的样子。
④诹：聚集讨论。
⑤沃若：缰绳柔软、光泽鲜亮的样子。
⑥骃：浅黑色和白色相间的马。

【译文】

灿烂的鲜花美丽又好看，盛开在广袤的原野上。策马奔驰的使者们，即便有私心也顾不上。

我骑着雄壮的骏马良驹，六条马缰温润有光泽。策马扬鞭在征途上，四处寻访治国的良方。

我骑着雄壮的青黑骏马，六条马缰如丝般柔滑。策马扬鞭在征途上，四处寻访治国的良谋。

我骑着雄壮的黑鬃白马，六条马缰柔润又油亮。策马扬鞭在征途上，四处寻访治国的策略。

我骑着雄壮的黑白花马，六条马缰绳收放自如。策马扬鞭在征途上，四处寻访治国的大道。

【赏析】

这首诗是一位使臣述说自己职责的诗。使臣承接君王的命令奔走四方，广泛访问，征集民意再上报朝廷。上可以宣扬国家光明的美德，下可以辅助国家的不足之处，期望强大国家，所以使臣的任务是去民间咨访。

首章阐明使臣接受君王的命令出使民间，写出使臣的辛苦，又用"靡及"提醒他忠于使命。其下各章，用使臣的口气反复表达使臣不忘君王的教诲，忠于职守、忠于君王的命令。

第二章前三句写使臣在出使路上的情况，第四句表明君王交给使臣的任务，使臣"靡及"中怀思的内容。三至五章的内容与第二章同，因为叶韵的关系，语词稍改。表明使臣奔走四方，广泛访问，征集民意再上报朝廷，没有丝毫懈怠，时刻不忘使命的高尚品德。

如果没有首章的"每怀靡及"，则下面章节里的"周爰咨诹""周爰咨谋""周爰咨度"的意义就不明显，看不出君王教导使臣，使臣时时警惕的意义。第二章到第五章的末句反复表达使臣咨询和访问，与首章互相辉映，照顾周密。

全诗语气开朗，用意恳切，读来非常感人。开篇以"皇皇者华"起兴，生动蓬勃，笼罩全诗。第二章开始语词变动，错落有致，结构相近，语音协调不重复，可以反复咏唱。

常　棣

【原文】

常棣之华，鄂不韡韡①。凡今之人，莫如兄弟。
死丧之威，兄弟孔怀。原隰裒②矣，兄弟求矣。
脊令③在原，兄弟急难。每有良朋，况也永叹。
兄弟阋④于墙，外御其务。每有良朋，烝⑤也无戎。
丧乱既平，既安且宁。虽有兄弟，不如友生？
傧尔笾豆，饮酒之饫⑥。兄弟既具，和乐且孺。
妻子好合，如鼓瑟琴。兄弟既翕，和乐且湛。
宜尔室家，乐尔妻帑⑦。是究是图，亶其然乎？

【注释】

①韡韡：花色鲜明的样子。
②裒：聚集。
③脊令：一种水鸟。
④阋：相争，争吵。
⑤烝：众多。
⑥饫：满足。
⑦帑：通"孥"，子孙。

【译文】

高大的棠棣树鲜花盛开时节，花萼花蒂是那样的灿烂鲜明。普天下的人与人之间的感情，都不如兄弟间那样相爱相亲。

生死存亡重大时刻来临之际，兄弟之间总是互相深深牵挂。无论是谁流落异乡抛尸原野，另一个历尽苦辛也要找到他。

鹡鸰鸟在原野上飞走又悲鸣，血亲兄弟有人陷入急难之中。那些平日最为亲近的朋友们，遇到这种情况最多长叹几声。

兄弟之间在家里有可能争斗，但是每遇外侮总能鼎力相助。倒是那些平时最亲近的朋友，在最关键时刻往往于事无补。

死丧急难和杂乱之事平息，一切将归于安定井然有序。遗憾的是此时此刻亲兄弟，竟不如朋友那样感情默契。

陈列好盘盏布好丰盛宴席，尽情地饮酒欢宴不醉不休。兄弟们亲亲热热聚在一起，到底是血脉相连一家骨肉。

夫妻们亲密无间志同道合，就好比婉转悠扬琴瑟协奏。兄弟们亲亲热热聚在一起，是那样和谐欢乐永久永久。

井然有序地安排家庭关系，把老婆孩子打发欢欢喜喜，前前后后认真考虑究根底，仔细想想是不是这么个理？

【赏析】

这首诗赞美兄弟情谊，朋友可以有福同享，而兄弟才能有难同当。这首诗是中国诗史上最早歌颂兄弟友爱的诗作，是情理相融明白事理的典范。整首诗笔意曲折，音调抑扬顿挫。

全诗共八章，分五层意思，首章是第一层，以棠棣花起兴，兴中有比。由棠棣花相依联想到自己的兄弟，点明主旨"凡今之人，莫如兄弟"。赞颂兄弟亲情，表现华夏先民的人伦观念。上古先民的部落家族，以血缘关系为基础，与"良朋""妻帑"相比，他们更重视兄弟亲情。

第二到第四章是第二层，诗人描绘了三个典型的场景，深入说明"莫如兄弟"。"死丧""急难""外御"，由急到缓，由重到轻，由内而外，结构有层次，审美效果强烈而深远。

采用对比的手法，把同样情况下"兄弟"和"良朋"的不同表现作对比，凸显诚笃深厚的兄弟情。"兄弟阋于墙，外御其务"说出兄弟间也会吵架，但是遇到外侮会不假思索一致对外。情绪和行为的转变只在瞬间，表现出天然的手足之情，是最无私的兄弟情。

第五章是第三层，从理想返回现实，由危难时"莫如兄弟"到"安宁"时兄弟"不如友生"。诗人的叹息是有感而发，有警世规劝的意思，短暂的低沉后又转为欢快热烈的音调。

第六、七两章是第四层,直接描写宴席上兄弟相聚,妻儿相守,亲情和睦,琴瑟和谐的欢乐场面。明确表示兄弟之情胜过夫妻之情,兄弟和睦家室才能安宁。

第八章是最后一层,直接告诫人们要牢记这个道理。

伐 木

【原文】

伐木丁丁,鸟鸣嘤嘤。出自幽谷,迁于乔木。嘤其鸣矣,求其友声。相彼鸟矣,犹求友声。矧①伊人矣,不求友生?神之听之,终和且平。

伐木许许,酾酒有藇②!既有肥羜③,以速诸父。宁适不来,微我弗顾。於粲洒扫,陈馈八簋。既有肥牡,以速诸舅。宁适不来,微我有咎。

伐木于阪,酾酒有衍。笾豆有践,兄弟无远。民之失德,乾糇④以愆⑤。有酒湑我,无酒酤我。坎坎鼓我,蹲蹲⑥舞我。迨我暇矣,饮此湑矣。

【注释】

①矧:况且,何况。

②藇:清澈透明的样子,甘美。

③羜:小羊羔。

④乾糇:干粮。

⑤愆:过失。

⑥蹲蹲:舞姿。

【译文】

咚咚作响伐木声,嘤嘤群鸟相和鸣。鸟儿出自深谷里,飞往高高大树顶。小鸟为何要鸣叫?只是为了求知音。仔细端详那小鸟,尚且求友欲相亲。何况我们这些人,岂能不知重友情。天上神灵请聆听,赐我和乐与宁静。

伐木呼呼斧声急,滤酒清纯无杂质。既有肥美羊羔在,请来叔伯叙情谊。即使他们没能来,不能说我缺诚意。打扫房屋示隆重,佳肴八盘桌上齐。既有肥美公羊肉,请来舅亲聚一起。即使他们没能来,不能说我有过失。

伐木就在山坡边,滤酒清清快斟满。行行笾豆盛珍馐,兄弟叙谈莫疏远。有人早已失美德,一口干粮致埋怨。有酒滤清让我饮,没酒快买我兴酣。咚咚鼓声为我响,翩翩舞姿令我欢。等到我有闲暇时,一定再把酒喝完。

【赏析】

　　这是首享受宴席的诗，诗人重视与亲友的交往，认为亲友间应该常来常往，相互关心，以诚相待，所以悉心准备酒宴来款待亲朋好友。《伐木》不是描述伐木过程，而是以伐木起兴，说到友情的可贵。

　　全诗分三章，除了首章，余下两章主要写宴会上的情景，把宴饮当成建立和联系友情的手段。采用先迂回后正面的表达方式抒情。开篇听到伐木声和鸟叫声，让人仿佛置身于山野里，以此意象出来的氛围，在视觉和听觉上不断重叠和加强，使人联想到形象，形象又赋予声音特殊内涵，幻化出一个远离现实，可以寄托内心苦闷的环境。

　　第二章写人的活动，是"求友生"的具体表现。开头的用语与首章有部分重叠，显得整饬又有变化，读来感觉自然。依然是以"伐木"起兴，为了避免刻板滞重，省略鸟鸣，深化内容，形式更加富丽多姿，出现备办宴席的热闹场面。诗人担心朋友不来，有种患得患失的情绪，非常感人，也表明诗人态度诚恳，坚定不移地追求友情。

　　第三章前半延续第二章，明确表达无论长幼和亲疏，都应该互相友爱的观点，奠定了诗歌博爱的主旨所在，意在表明人与人之间的矛盾和纷争往往由饮食引起，要创建和平安定局面，就要处理好饮食问题。

天　保

【原文】

　　天保定尔，亦孔之固。俾尔单厚，何福不除？俾尔多益，以莫不庶。
　　天保定尔，俾尔戬穀①。罄无不宜，受天百禄。降尔遐福，维日不足。
　　天保定尔，以莫不兴。如山如阜，如冈如陵，如川之方至，以莫不增。
　　吉蠲②为饎③，是用孝享。禴祠烝尝④，于公先王。君曰：卜尔，万寿无疆。
　　神之吊矣，诒尔多福。民之质矣，日用饮食。群黎百姓，遍为尔德。
　　如月之恒，如日之升。如南山之寿，不骞⑤不崩。如松柏之茂，无不尔或承。

【注释】

　　①戬穀：福禄。
　　②蠲：祭祀前沐浴斋戒。
　　③饎：酒食。

④禴祠烝尝：分别是夏、春、冬、秋的祭祀名称。
⑤骞：因风雨剥蚀而损坏。

【译文】

上天保佑您安宁，王位稳固国昌盛。让您国力加倍增，何种福禄不赐您？使您财富日丰盈，没有什么不盛兴。

上天保佑您安宁，享受福禄与太平。所有事情无不宜，受天百禄数不清。给您福气长久远，唯恐每天缺零星。

上天保佑您安宁，没有什么不兴盛。福瑞宛如高山岭，绵延就像冈和陵。又如江河滚滚来，没有什么不日增。

吉日沐浴备酒食，敬献祖先供祭享。春夏秋冬四季忙，献祭先公与先王。先祖传话祝福你，寿无止境万年长。

神灵感动来降临，赐您鸿运多福庆。您的人民多纯朴，饮食满足就算行。黎民百官心一致，普遍感激您恩情。

您像明月在天恒，您像太阳正东升。您像南山永长寿，永不亏损不塌崩。您像松柏永繁茂，福寿都由您传承。

【赏析】

这首诗为君王的祝福和祈福而作。

全诗分五章。第一章说君王受天命即位，地位稳固长久，用天命之说消除君王的疑虑，让他树立起建功立业的信心。

第二章是祝福语，上天会竭尽所能保佑君王，赐给他很多福禄，每天都用不完。

第三章说君王即位后，上天会保佑国家百业兴旺，用五个"如"，极言上天对君王的佑护和偏爱。

第四章写在吉祥的日子里举行祭祀祖先的仪式，期望祖先能保佑新即位的君王。

第五章写君王的祖先受祭祀而降临，带给新任君王国泰民安、天下归心，兴旺国家的运气。

最后一章用四个"如"祝愿君王会使国家昌盛强大。

整首诗热情奔放，处处透露出对新任君王的鼓励和期望。诗中反映出先秦时代新君登基的礼仪，祭祀仪式的规模、内容和举行地点。表达臣子对上天的虔诚和对君王的忠心，反映出周人"敬天保民"的天命观。

使用"如山如阜，如冈如陵，如川之方至"等新奇贴切的比喻，极言对新任君王的期望和美好祝愿，融热情奔放的感情于深刻含蓄的期望中，具有独特的艺术效果。

采 薇

【原文】

采薇①采薇,薇亦作止。曰归曰归,岁亦莫止。靡室靡家②,玁狁③之故。不遑启居④,玁狁之故。

采薇采薇,薇亦柔止。曰归曰归,心亦忧止。忧心烈烈,载饥载渴。我戍未定,靡使归聘。

采薇采薇,薇亦刚止。曰归曰归,岁亦阳止。王事靡盬⑤,不遑启处。忧心孔疚,我行不来!

彼尔维何?维常之华。彼路斯何?君子之车。戎车既驾,四牡业业。岂敢定居?一月三捷。

驾彼四牡,四牡骙骙⑥。君子所依,小人所腓⑦。四牡翼翼,象弭鱼服。岂不日戒?玁狁孔棘!

昔我往矣,杨柳依依。今我来思,雨雪霏霏。行道迟迟,载渴载饥。我心伤悲,莫知我哀!

【注释】

①薇:豆科植物,又名野豌豆。
②靡室靡家:终年在外,有家等于无家。靡:无。
③玁狁:种族的名字,居住在周的北方。
④不遑启居:奔走不停,没有闲暇坐下来休息。
⑤靡盬:没有停止休息。
⑥骙骙:强壮的样子。
⑦小人所腓:兵士隐蔽。

【译文】

采豆苗啊采豆苗,豆苗刚刚长出来。说回家啊说回家,一年很快过去了。没有妻室没有家,都是为了和玁狁打仗。没有时间休息,都是为了和玁狁打仗。

采豆苗啊采豆苗,豆苗初生很柔嫩。说回家啊说回家,心里非常忧闷。忧心如焚很牵挂,饥渴交加很难熬。驻防地点不固定,无法托人带家书。

采豆苗啊采豆苗,豆苗的茎叶变老了。说回家啊说回家,又到十月的小阳春。战事仍然没有停止,没有空闲休息下。心中忧愁积成病,如今还是不能回家。

那些盛开的是什么花？棠棣花开得光彩鲜艳。那驶过的是什么车子？是君王乘坐的大车。兵车已经驾起，四匹雄马真强壮。战乱哪能安然住下来？一个月内要多次交战。

驾起拉车的四匹雄马，四匹雄马高大又强壮。将帅们坐在车上，兵士们用它作屏障遮挡。四匹马排列整齐，鱼皮箭袋里装着象牙装饰的弓。怎么能不天天戒备呢？猃狁的战况很紧急。

想起当初出征时，杨柳低垂随风飘。如今回来路途中，雨雪纷纷漫天飞。道路泥泞难行走，饥渴交加真劳累。我的心中满是伤悲，谁能体会我的哀痛。

【赏析】

这首诗是远戍归来的兵士追述征战生活和想念家乡的情景。

全诗共六章，分为三层。前三章为第一层，叙述难以归来的原因。这三章的前四句以重章叠句并且循序渐进的方式抒发诗人思念家乡盼望早日归来的心情，随着现实一推再推，心情急切得越来越难忍。

首句以采薇起兴，兴中有赋。薇可以充饥，说明戍役非常艰苦而且漫长。后四句诗人对难以回家的问题做了说明，根本原因是"猃狁之故"。前三章交织着恋家思亲的个人情感和为国赴难的责任感，两种互相矛盾又真实的思想感情，构成整首诗的情感基调。

第四和第五章追述紧张的行军生活，写出强壮的军容，严密的戒备，诗的情调从忧伤的思乡之情转为激昂的战斗之情。写出诗人虽然想家却识大局，对国家有强烈的责任感。

第六章从追忆中回到现实，陷入更深的悲伤里。"昔我往矣，杨柳依依。今我来思，雨雪霏霏"写景写事，更是抒发情感，诗人体验到生活的虚耗、生命的流逝，否定生活的价值。后四句写与家人一别数年，生死存亡两不知，以致出现"近乡情怯"的忧惧心理。

出 车

【原文】

我出我车，于彼牧矣。自天子所，谓我来矣。召彼仆夫，谓之载矣。王事多难，维其棘矣。

我出我车，于彼郊矣。设此旐矣，建彼旄矣。彼旟①旐②斯，胡不旆旆③？忧心悄悄，仆夫况瘁④。

王命南仲,往城于方。出车彭彭,旂⑤旐央央。天子命我,城彼朔方。赫赫南仲,玁狁于襄。

　　昔我往矣,黍稷方华。今我来思,雨雪载途。王事多难,不遑启居。岂不怀归?畏此简书。

　　喓喓草虫,趯趯⑥阜螽⑦。未见君子,忧心忡忡。既见君子,我心则降。赫赫南仲,薄伐西戎。

　　春日迟迟,卉木萋萋。仓庚喈喈,采蘩祁祁。执讯获丑,薄言还归。赫赫南仲,玁狁于夷。

【注释】

①旟：画鸟隼的旗。

②旐：画龟蛇的旗。

③旆旆：旗帜飘扬的样子。

④况瘁：辛苦憔悴。

⑤旂：有铃铛的旗子。

⑥趯趯：蹦蹦跳跳的样子。

⑦阜螽：蝗的幼虫。

【译文】

　　我乘坐高大战车准备出征,前军列队静候在都城郊外。从周王的宫殿里传出命令,听从国家召唤我到这里来。召唤我的仆从马弁到身边,告诉他们一同上车到前线。国家多事之秋安全成大患,我们务必紧急赴难勇向前。

　　我乘坐高大战车准备出征,后军列队静候在都城门边。遍布绘有龟蛇图案的旗帜,漂亮羽毛插在大旗的顶端。那些绘有龟蛇鹰隼的大旗,无不在浩浩风中猎猎招展。此去安危胜败我忧虑不安,马弁随从尽带愁容与忧颜。

　　周王给南仲大将军发号令,派他去遥远的朔方筑防城。众多战车一齐出动响嘭嘭,旗帜漫空飞舞斑斓又鲜明。周天子给我们颁下严号令,火速赶往那朔方修筑防城。威名赫赫的南仲大将军啊,率军出战把玁狁一鼓荡平。

　　想当初我离家远行的时候,正是黍麦五谷秀穗花繁盛。如今我终于踏上漫漫归途,大雪纷飞伴我一路走泥泞。国家安全危机多灾又多难,无法得到片刻休息和安宁。难道我们不苦苦思念家乡?只是我们敬畏天子的诏命。

　　无名虫在草丛里嘶嘶鸣唱,蚱蜢轻灵地跳跃在草尖上。妻子已经好久没见我的面,一副忧心忡忡的可怜模样。可以想象得到她见我归来,那渴盼躁动的心必将安放。威名赫赫的南仲大将军啊,归国途中顺便把西戎扫荡。

　　春光明媚阳光是那样和煦,花草树木生机盎然多繁茂。黄鹂鸟儿尽情地卖弄歌喉,俊俏村姑悠闲地采撷香蒿。抓捕审讯割掉左耳的俘虏,收拾停当就急忙往家跑。威名赫赫的南仲大将军啊,把不可一世的猃狁来清剿。

【赏析】

这首诗主要写的是大将军南仲率兵消灭猃狁,赞扬他的英明和赫赫战功。以战前准备和凯旋归来的场景,概括了一场历时很长,空间和地点转换频繁的艰苦战争。

诗人选取不同的角度叙述战事,以主带次,把出征前点兵时的旗帜、讨伐猃狁、征战西戎、凯旋和对待俘虏的情节巧妙组合起来,展示战事发展的全过程。结构布局严谨,语言委婉曲折,感人至深。

前三章写战前的准备情况,采用画面描绘与心理暗示相叠加的手法。以听从王命到郊外集合这些动作,烘托出战前紧急征兵的氛围。第一章的"多难""棘"暗示军士们心理上的凝重和压抑。

第二章以部队驻扎地上各种旗帜,写出部队气势凛然,排列有序。末尾以"悄悄""况瘁"写出军士们焦急紧张的心情。第三章再次叙述盛大的军容,开始部署战斗的同时,"赫赫""襄"表达可以在将军的带领下赢得这场战争的自信。

诗的后三章避实就虚,运用了类似现代电影蒙太奇的手法,略过战争的过程直接写凯旋情景,把读者从紧张的气氛中拉回出征前的景象,通过今昔对比产生时空错位,让读者想象战事的漫长与艰苦,想象家人看到他的喜悦之情,写出人们对战事关注的心态,引出对凯旋的高兴,赞美主帅。

这首诗吸收了民歌成分,语言质朴自然,寓情于景,有情景交融的美感。

杕 杜

【原文】

有杕之杜①,有睆②其实。王事靡盬③,继嗣我日。日月阳止,女心伤止,征夫遑止。

有杕之杜,其叶萋萋。王事靡盬,我心伤悲。卉木萋止,女心悲止,征夫归止!

陟彼北山,言采其杞。王事靡盬,忧我父母。檀车幝幝④,四牡痯痯⑤,征夫不远!

匪载匪来,忧心孔疚。斯逝不至,而多为恤。卜筮偕止,会言近止,征夫迩止!

【注释】

①杕、杜：棠梨树孤独的样子。

②睆：形容果实浑圆。

③盬：停止。

④啴啴：破败之貌。

⑤痯痯：疲劳。

【译文】

　　一株棠梨生路旁，果实累累挂枝上。国家战事无休止，服役日子又延长。光阴已临十月底，女子心里多悲伤，征人有空应还乡。

　　一株棠梨生路旁，叶子繁茂茁壮长。国家战事无休止，我的心里多哀伤。野草树木又葱绿，女子心里多忧伤，望那征人早还乡。

　　登上北山高山坡，采摘枸杞红红果。国家战事无休止，担心父母心伤悲。檀木役车已破败，拉车四马也疲惫，征人也应快回归。

　　未见征战人归来，忧心忡忡苦苦想。归期已过不见回，为此使我更心伤。既用龟筮又占卜，都说归期不太长，征人不久即回乡。

【赏析】

　　这首诗写妻子思念长年在外服役的丈夫，感情真挚，言语深切，字里行间表达女子殷切企盼着丈夫能早日归家，体现古代女人高尚的人格和纯洁的情爱，反映长期戍役给人们带来的痛苦。

　　全诗分四章，前两章以"有杕之杜"起兴，孤立的棠梨树象征着夫妻分离，可是孤立的棠梨树尚且结出圆润的果实，而分离的夫妻却无法生育孩子。首章后四句用赋直接叙述女子的心意，末句想象丈夫有空闲，可以回家了。有分离的忧伤，空想的相聚希望，前后相衬。

　　第二章的结构与第一章相似，意义相近，只是时间离得有点远，可以理解为一年过去了，四季重新开始，女子睹物生情，忧思不断。茂盛的植物是快乐的场景，可是在心情忧愁的人眼中却是个哀伤的情景。

　　第三章用赋体的手法写诗，枸杞不是能充饥的食物，爬高高的北山去采摘是想去眺望征夫，显示出女子深切的望夫之情。后面都是女子空想之辞，服役很久了，那些车早就应该破旧，马也会疲惫不堪，得出结论是征夫快要回家了。

　　第四章依然用赋体，第一句的两个匪只要用一个就行，只是为了音节的需求用了两个。女子在失望中"卜筮"，都说归期近了，给女子片时的安慰，把希望寄托在明天。

鱼 丽

【原文】

鱼丽于罶①,鲿鲨②。君子有酒,旨且多。
鱼丽于罶,鲂③鳢。君子有酒,多且旨。
鱼丽于罶,鰋④鲤。君子有酒,旨且有。
物其多矣,维其嘉矣!
物其旨矣,维其偕⑤矣!
物其有矣,维其时矣!

【注释】

①丽、罶:遭遇捕鱼的竹篓子。丽,通"罹",遭遇。
②鲨:一种带有圆形斑点的小鱼。
③鲂:鳊鱼,鳞细小而美味。
④鰋:鲇鱼,体滑无鳞。
⑤偕:品种齐全。

【译文】

鱼儿落进竹篓里,鲿鱼小鲨装满篓。君子酿得美酒,酒味香醇量又多。
鱼儿落进竹篓里,鳊鱼草鱼装很多。君子酿得美酒,量多酒味又香醇。
鱼儿落进竹篓里,鲇鱼鲤鱼真丰富。君子酿得美酒,味道香醇量又足。
食物丰盛摆满桌,味道醇美非常好。
食物美味任品尝,品种齐全味道好。
食物应有真不少,时鲜美味及时到。

【赏析】

这是首宴请宾客时唱的乐歌。赞美宴席上的美酒佳肴丰盛,主人殷勤待客,宾主共同欢乐,尤其赞美了鲜鱼的品种齐全,味道鲜美。诗中的君子是宾客们对主人的美称。

全诗分六章。前三章的四句都是以"鱼丽"起兴,是这首诗的主体部分,赞美主人礼遇周到。诗人从鱼和酒两方面写,前三章没有写宴会场景,只是写鱼品种的众多,写美酒的香醇。

周代进入农业社会,很多诗歌都显示出对养鱼的重视,味道鲜美的鱼出现在宴席上,是人们乐于称道的美味佳肴。前三章用举一反三、以简驭繁的手法,每章并列两种鱼名,借鱼类的众多说明宴席的隆重,表明其肴馔很丰富。

酒是丰年的象征，先民们用粮食酿酒，宴席上要快乐地饮酒，以酒多显示在丰年里享受欢乐。"君子有酒，旨且多"，表明宴席上的宾主双方的情景。

诗的后三章紧扣前三章中的三个重要的词"多""旨""有"。由物品的"多"赞美到物品的美，由物品的美赞美品种齐全，由品种齐全赞美生产的及时，表明这一切美味佳肴是大自然的赐予，更是人类勤劳创造的成果，显示人们富裕时，物类繁多的社会现实。

南有嘉鱼

【原文】

南有嘉鱼，烝然罩罩①。君子有酒，嘉宾式燕②以乐。
南有嘉鱼，烝然汕汕。君子有酒，嘉宾式燕以衎③。
南有樛木，甘瓠④累⑤之。君子有酒，嘉宾式燕绥之。
翩翩者鵻⑥，烝然来思。君子有酒，嘉宾式燕又思。

【注释】

①烝然罩罩：众多捕鱼的工具。
②燕：通"宴"，宴饮。
③衎：快乐，恬适自得的样子。
④甘瓠：甜葫芦，一种蔓生植物。
⑤累：缠绕。
⑥鵻：鹁鸪。

【译文】

南方有味道鲜美的鱼，鱼群游动尾巴摇。君子宴会有美酒，宾客宴饮乐开怀。

南方有味道鲜美的鱼，鱼群摆尾顺水流。君子宴会有美酒，宾客宴饮乐悠悠。

南方有树木的枝儿弯，葫芦藤蔓互绕缠。君子宴会有美酒，宾客宴饮都安好。

翩翩飞舞的鹁鸪鸟儿，成群结队来这里。君子宴会有美酒，宾客宴饮劝满觞。

【赏析】

这是首君子宴请宾客的乐歌。

全诗分四章。前两章的开篇以游鱼起兴，鱼和水象征着宾主的融洽关系，表达出主人的深厚情意，使整首诗处于和睦、愉快的气氛中。前面两句重章叠唱，加强欢快的气氛。鱼儿摇着尾巴来回游动，怡然自得。宾客们聚集一堂，共享宴席，席间觥筹交错，笑声不断。鱼快乐，人也快乐，两者相呼应，一虚一实写出宴饮时的欢乐场面。短短的数句意在言外，让人回味无穷。

只用一种事物无法体现宾主之间深厚的感情，读起来也单调不够厚重，所以诗人将视线从水中移到陆地，描绘另一个场景：弯曲的树木，缠绕的葫芦藤。这里的树木象征主人高贵的地位，端庄的气度，而葫芦藤紧紧缠绕着高大的树木，像亲朋挚友之间的感情亲密无间。

第四章诗人用了"推镜头"的手法，将一群鹌鹑送到人们眼前，宾客酒兴正浓，情致也越来越高，望着那群鹌鹑开始商量打猎的事情，这里隐含着宴饮后的射礼，别具匠心，表达宾主之间和乐美好的感情。

从水、陆、空三个场景描绘初饮、宴中和酣饮时的状态，兴中有比，赋比结合，采用重章叠唱章法句式，每章末句增加两个虚词，充分表达宾主之间亲密的感情，余味不绝。

南山有台

【原文】

南山有台①，北山有莱②。乐只君子，邦家之基。乐只君子，万寿无期。

南山有桑，北山有杨。乐只君子，邦家之光。乐只君子，万寿无疆。

南山有杞，北山有李。乐只君子，民之父母。乐只君子，德音不已。

南山有栲③，北山有杻。乐只君子，遐不眉寿。乐只君子，德音是茂。

南山有枸，北山有楰。乐只君子，遐不黄耇④。乐只君子，保艾⑤尔后。

【注释】

①台：通"苔"，莎草，又名蓑衣草，可制蓑衣。
②莱：藜草。
③栲：树名。
④黄耇：年老后头发变黄，指长寿。
⑤艾：养育。

【译文】

南山生莎草，北山长藜草。君子很快乐，是兴国安邦的根基。君子很快乐，万年寿命无期限。

南山生桑树，北山长白杨。君子很快乐，是兴国安邦的根基。君子很快乐，万年寿命无极限。

南山生杞柳，北山长李树。君子很快乐，是百姓的好父母官。君子很快乐，美好品德永记住。

南山生栲树，北山长杻树。君子很快乐，眉毛清秀是高寿相。君子很快乐，四面八方美名传。

南山生枳椇，北山长苦楸。君子很快乐，头生黄发是高寿兆。君子很快乐，世世代代天保佑。

【赏析】

这首诗祝愿统治者德高望重，长寿安康。

全诗分五章。每章开头以南山和北山的树草起兴，山上的各种树木就像国家拥有各种美德的各类君子贤人。兴语的作用为每个章节的起势和变化达到叶韵的作用，兴中有比，具有象征意义。直接赞扬君子显得突兀和浅白，加上"南山有台，北山有莱"等，顿时让这首诗生色很多，诗的韵律感也变得和谐自然。

拿树木比喻君子的寿命比树木还要长，当时树木是人们赖以生存的物质之一，果实可以供人们食用，树木是房屋的栋梁，做日常生活的家具，与人们的生活息息相关，而君子与树木一样，对人们的生活起着重要作用。

每章有两次直呼"乐只君子"，可以看出祝福者和被祝者关系亲密。"邦家之基""邦家之光""民之父母"，言简意赅，为被祝者画像。表功不仅是歌颂品德，祝福长寿的根本，也是必要条件，直接影响到诗的主旨。前面的功劳说得得体，后面的祝寿才显得有理而有力。

第四、第五两章用"遐不眉寿""遐不黄耇"两个反诘句表达祝愿，祝愿君子长出长寿眉，可以延年益寿。"保艾尔后"体现中国人重后代，祝福先辈而福及后代的传统。

整首诗内容单纯，结构精巧，内容首尾呼应，回环往复，逐层递进，有很强的层次感和节奏感，作为宴席通用的乐歌，可以很直接地看出这首诗的娱乐性、祝愿、歌颂等综合功能。

蓼萧

【原文】

蓼彼萧斯①，零露湑②兮。既见君子，我心写兮。燕笑语兮，是以有誉处分。

蓼彼萧斯，零露瀼瀼③。既见君子，为龙为光。其德不爽，寿考不忘。

蓼彼萧斯，零露泥泥。既见君子，孔燕岂弟④。宜兄宜弟，令德寿岂。

蓼彼萧斯，零露浓浓。既见君子，鞗⑤革冲冲。和鸾雍雍，万福攸同⑥。

【注释】

①蓼、萧：艾蒿长而大的样子。萧：艾蒿。
②湑：清澈，形容露水很多。
③瀼瀼：盛大的样子。
④岂弟：即"恺悌"，和乐平易。
⑤鞗：马辔头。
⑥攸同：攸：所以。同：聚。

【译文】

艾蒿长得高又长，叶上露珠晶晶亮。既然见到周天子，我心里非常欢畅。一边宴饮一边笑谈，快乐相处乐陶陶。

艾蒿长得高又长，叶上露珠浓又亮。既然见到周天子，感到恩宠有荣光。天子的德行洁无瑕，愿您长寿永安康。

艾蒿长得高又长，叶上露珠润又亮。既然见到周天子，快乐安详心悦畅。如同亲兄弟情意浓，美德高尚乐长寿。

艾蒿长得高又长，叶上露珠浓又浓。既然见到周天子，揽辔垂下放缰绳。銮铃悦耳叮当地响，万般福祉归圣躬。

【赏析】

这是首祝颂诗，写诸侯在宴会上赞颂周天子。

以萧艾上的露水起兴，萧艾是一种可供祭祀的香草，所以拿萧艾比喻朝见天子的诸侯。露水用来比喻诸侯承受的恩泽，以含蓄又形象的笔法点明主旨：天子深厚的恩泽，诸侯有幸得宠。

全诗分五章。首章写诸侯初见天子的情景与感受。开头两句写萧艾和露珠，兴比兼有。阳光雨露是上天给的福祉，象征和比喻周天子的恩泽。一个"写"字，描绘出诸侯入朝见天子时激动得难以言语的感受。与天子共享宴饮时，诸侯们争相倾吐心中的敬祝之情。

第二、第三章进一步描写君臣的情谊，分别从诸侯与天子两方面来写。诸侯"为龙为光"感谢天子的宠爱，对天子而言是"宜兄宜弟"，与臣下有兄弟般的感情，恰当地表现出了天子的风仪和修养，受到臣下的拥戴与崇敬。

末章用天子离开时车马的威仪展示其不凡气势,"鞗革冲冲"表明天子恩泽及四海,威仪震四夷,集万福于一身。"和鸾雍雍,万福攸同",描绘其乐融融的祝福场面。

湛 露

【原文】

湛湛①露斯,匪阳不晞②。厌厌③夜饮,不醉无归。
湛湛露斯,在彼丰草。厌厌夜饮,在宗载考。
湛湛露斯,在彼杞棘。显允④君子,莫不令德。
其桐其椅⑤,其实离离。岂弟君子,莫不令仪⑥。

【注释】

①湛湛:形容露水清莹、浓重的样子。
②晞:干,蒸发。
③厌厌:和悦、安乐的样子。
④显允:显得高贵又诚实。
⑤椅:山桐子,有美丽花纹的梓树。
⑥令仪:举止仪表美好大方。

【译文】

浓浓的夜露呀,不见朝阳绝不蒸发。和乐的夜饮呀,不到大醉绝不回家!
浓浓的夜露呀,沾在那繁茂芳草。和乐的夜饮呀,宗庙里洋溢着孝道。
浓浓的夜露呀,沾在那枸杞酸枣。坦荡诚信的君子,无不具有美善德操。
那些同类的梧桐山桐,一树比一树果实累累。这些和悦平易的君子,看上去无不风度优雅。

【赏析】

这是首写周天子宴请诸侯的诗歌。

全诗分四章。每章的前两句都是起兴,词语紧扣下文的事情。宴饮至深夜,所以宗庙外的露珠浓厚,所有事物都笼罩在夜雾中。宗庙周围的草、杞棘、桐、椅依次排列,隐喻宴饮者的品德风范。

第一章不说露珠在哪里,第二、第三章不写太阳,第四章不写露珠,又互相关联。前两章用露水比喻周天子恩德浩荡,润泽天下,第三章有过渡性质,起着承上启下的作用,描写诸侯声名显赫德行高尚。第四章赞扬参加宴饮的诸侯举止大方,端庄有礼,气度不凡。

从这首诗中可以看出，雅诗的章法结构比较讲究，隔句押韵，有音韵的谐美。前两章以第一、第三句的"湛湛"和"厌厌"呼应，与第二、第四句句尾的脚韵形成回环的美感。

彤 弓

【原文】

彤弓①弨②兮，受言藏之。我有嘉宾，中心贶③之。钟鼓既设，一朝飨之。

彤弓弨兮，受言载之。我有嘉宾，中心喜之。钟鼓既设，一朝右④之。

彤弓弨兮，受言櫜⑤之。我有嘉宾，中心好之。钟鼓既设，一朝酬⑥之。

【注释】

①彤弓：漆成红色的弓。
②弨：放松弓弦。
③贶：赠送。
④右：通"侑"，劝酒。
⑤櫜：装弓的袋子。
⑥酬：互相敬酒。

【译文】

红漆雕弓弦儿松，赐予功臣把弓藏。我有很多尊贵的宾客，衷心赞美他们。钟鼓乐器都摆好，一早设盛宴待宾客。

红漆雕弓弦儿松，赐予功臣家中藏。我有很多尊贵的宾客，衷心喜欢他们。钟鼓乐器都摆好，一早设盛宴劝酒忙。

红漆雕弓弦儿松，赐予功臣放袋中。我有很多尊贵的宾客，衷心欣赏他们。钟鼓乐器都摆好，一早设盛宴情意浓。

【赏析】

这首诗写周天子举行宴会，将红色弓箭赐予有功诸侯。

全诗分三章。开篇直接写诸侯接受赏赐的隆重仪式，没有写宴会的热闹场面。"彤弓弨兮，受言藏之"，写出赏赐的彤弓的形状以及受赏诸侯对这份赏赐的珍惜，同时表达了受赏诸侯的感激之情。虽然开头有些突兀，却显示出诗人的独具匠心。

"中心"含有天子真心诚意之义，对诸侯的赏赐是情真意切。"钟鼓既设，一朝飨之"写出宴会盛大又热烈快乐的场面，表面是天子为有功诸侯的庆功宴，实际是歌颂天子的圣明。

第二、三章与第一章的意思相同，只是变换了几个字，反复咏唱，避免了简单的重复，有一唱三叹的感觉。"中心贶之""中心喜之""中心好之"，展示出天子的心理变化。

宴会场面从"一朝飨之"到"一朝右之"再发展到"一朝酬之"，说明参加宴席的诸侯们遵守礼法，还可以看出宴席的热烈气氛不断升级。

全诗用赋法，语言简练而精确，叙述事情的过程跌宕起伏，透露出一丝灵气。

菁菁者莪

【原文】

菁菁①者莪②，在彼中阿③。既见君子，乐且有仪。
菁菁者莪，在彼中沚④。既见君子，我心则喜。
菁菁者莪，在彼中陵。既见君子，锡⑤我百朋⑥。
泛泛杨舟，载沉载浮。既见君子，我心则休。

【注释】

①菁菁：草木茂盛的样子。
②莪：莪蒿。又名萝蒿，一种可食用的野草。
③阿：山坳。
④沚：水中小沙洲。
⑤锡：同"赐"。
⑥朋：货币的单位。

【译文】

繁茂葱茏的莪蒿，丛丛生长在山坳。已经见到君子，快快乐乐好仪表。
繁茂葱茏的莪蒿，簇簇生长在沙洲。已经见到君子，我的心里乐悠悠。
繁茂葱茏的莪蒿，蓬蓬生长在丘陵。已经见到君子，赐我贝币千百朋。
荡漾水面杨木舟，突上突下随波流。已经见到君子，我的心里乐无忧。

【赏析】

这首诗写见到君子时激动快乐的心情，境界空泛，意象可塑性大，与人们公认的爱情诗《小雅·隰桑》在章法、句式方面都很相似。

全诗分四章，前三章"既见君子"句式相同，第四章变换声调独立成章。

第一章以"菁菁者莪"起兴,写女子在生长着茂盛莪蒿的山坳里遇见开朗活泼、彬彬有礼的男子,一见钟情。

第二章写沙洲上相遇,一个"喜"字写出女子内心强烈的喜悦之情。

第三章写两人在阳光明媚的丘陵上见面,两人的情侣关系已经明朗,"锡我百朋"写出女子接受男子厚赠而欣喜不已。

第四章镜头一转,以"泛泛杨舟"起兴,象征两人同舟共济,同甘共苦,因为有男子相伴,不管生活中是顺境还是逆境,女子都不会忧愁,觉得非常幸福。

清雅灵秀迷人的山水,青幽的丘陵,静谧的沙洲烘托出美妙动人的爱情。

六 月

【原文】

六月栖栖①,戎车既饬②。四牡骙骙,载是常服。狁狁③孔炽,我是用急。王于出征,以匡王国。

比物四骊,闲之维则。维此六月,既成我服。我服既成,于三十里。王于出征,以佐天子。

四牡修广,其大有颙④。薄伐狁狁,以奏肤公。有严有翼,共武之服。共武之服,以定王国。

狁狁匪茹⑤,整居焦获。侵镐及方,至于泾阳。织文鸟章⑥,白旆央央。元戎十乘,以先启行。

戎车既安,如轾如轩⑦。四牡既佶,既佶且闲。薄伐狁狁,至于大原。文武吉甫,万邦为宪⑧。

吉甫燕喜,既多受祉。来归自镐,我行永久。饮御诸友,炰鳖脍鲤。侯谁在矣?张仲孝友。

【注释】

①栖栖:匆忙紧急的样子。
②饬:整顿、整理。
③狁狁:古代北方游牧民族。
④颙:大头大脑的样子。
⑤茹:柔弱。
⑥织文鸟章:指绘有凤鸟图案的旗帜。
⑦如轾如轩:车身前俯后仰的样子。

⑧宪：楷模。

【译文】

　　六月出兵奔不歇，兵车修整准备齐。四匹雄马肥又壮，人人穿起出征衣。狁来势特凶猛，我方边境已告急。周王命我去征讨，保卫国家莫推辞。

　　四匹黑马选配好，马技娴熟守规章。正值盛夏六月天，披挂整齐上战场。披挂整齐上战场，行军卅里赴边疆。周王命我去出征，辅佐天子保家邦。

　　四匹公马体高长，宽头大耳气势昂。猛烈出击讨狁，建立功勋威名扬。将帅严谨兵纪强，同心协力保边防。同心协力保边防，安定国家民安康。

　　狁来势不软弱，焦获整顿备战忙。目标镐地与方地，不久就要到泾阳。我军飞鸟旗帜扬，白色飘带鲜又亮。我军兵车有十乘，先行冲锋勇难挡。

　　我们兵车很安全，前后高低都稳健。四匹公马步伐齐，步伐齐整性驯良。猛烈出击讨狁，进军大原敌胆丧。文武双全尹吉甫，万国效法好榜样。

　　宴请吉甫喜洋洋，终得天子多重赏。从那镐京回家乡，出征日子实在长。斝满美酒敬好友，蒸鳖脍鲤佳肴香。庆功酒宴还有谁？张仲孝友也在场。

【赏析】

　　这首诗叙述狁入侵，形势危急，周宣王命尹吉甫率部队出征，驱逐狁，得胜归来，接受赏赐的事情。

　　全诗分六章，前三章是为后来的战事作铺垫，蓄势待发，第四章让整个战事达到高潮；第五章慢慢放慢节奏，舒缓畅通；第六章写一切归于平静。

　　六月是忙于农事的季节，前线传来战报，气氛突然变得紧张起来，刀出鞘、箭上弦、人喊马嘶。第二、第三章诗人写周朝的部队训练有素，应变速度值得称赞，烘托出主将治军有方。第四章诗人用对比的手法先写狁入侵的气势凶猛，对比周军车齐马快、旌旗飘展。"元戎十乘，以先启行"表现出周军先行部队的赫赫军威，渲染紧张气氛到达顶峰。

　　这首诗打破时空逻辑限制，第五章接连使用三个"既"，描写周军攻无不克，击退来犯的狁。战胜的喜悦中流露出对主帅尹吉甫的赞美和叹服，紧张的战斗过渡到享受胜利的喜悦。

　　末章描绘将士凯旋，参加庆功宴的情形。"来归自镐"将记忆与眼前欢庆的场面联系起来，"我行永久"表明随军远征，参加这场定国安邦的战役，与有荣焉的同时赞扬主帅的英明。

　　从追忆开始，以现实的手法叙述，为平淡的描写增添回味和余韵，富有节奏感和灵动感。

采 芑

【原文】

薄言采芑①，于彼新田，于此菑亩②。方叔莅止，其车三千。师干之试，方叔率止。乘其四骐，四骐翼翼。路车有奭③，簟④茀⑤鱼服，钩膺鞗革。

薄言采芑，于彼新田，于此中乡。方叔莅止，其车三千。旂旐央央，方叔率止。约軝错衡，八鸾玱玱。服其命服，朱芾⑥斯皇，有玱葱珩⑦。

鴥⑧彼飞隼，其飞戾天，亦集爰止。方叔莅止，其车三千。师干之试，方叔率止。钲人伐鼓，陈师鞫旅。显允方叔，伐鼓渊渊，振旅阗阗。

蠢尔蛮荆，大邦为仇。方叔元老，克壮其犹。方叔率止，执讯获丑。戎车啴啴，啴啴焞焞⑨，如霆如雷。显允方叔，征伐玁狁，蛮荆来威。

【注释】

①芑：苦菜。
②菑亩：开垦一年的土地。
③奭：红色的涂饰。
④簟：遮挡战车后部的竹席子。
⑤茀：同"福"，福禄。
⑥芾：革制的蔽膝，类似围裙。
⑦葱珩：翠绿色的佩玉。
⑧鴥：鸟迅疾飞翔的样子。
⑨焞焞：车马众多的样子，形容声势浩大。

【译文】

战士们行军间隙急忙采苦菜，从那片刚开垦的新田，转到这块开垦一年的土地。大将方叔来检阅，三千兵车滚滚而来。战士们捍敌勤操练，大将方叔是统帅。乘坐四匹青黑色骏马拉的战车，四匹青黑骏马真健壮。高大的战车涂着红色，遮挡车后的竹席子和鱼皮箭袋，胸前的铜饰钩着皮革制的马缰绳。

战士们急急忙忙采摘苦菜，从那片刚开垦的新田，来到这块乡镇土地的中间。大将方叔来检阅，三千战车声势浩大地来到。绣着蛟龙龟蛇的旌旗高高飘扬，大将方叔是统帅。他的战车车毂缠皮辕饰文，马嘴边有八个响叮当的鸾铃。方叔奉命穿上大礼服，朱红色的蔽膝显得富丽堂皇，身上的青色佩玉玱玱响。

鹰隼飞快地从空中划过，展露英姿一飞冲天，忽然停止飞翔栖落在枝头。大将方叔来检阅，三千战车声势浩大地滚滚而来。战士们捍敌勤操练，大将方叔是统帅。敲钲擂鼓声震天，集合部队宣必胜的誓言。英明的方叔威风凛然，擂起战鼓咚咚响，收兵敲钟锵锵响。

　　你这蠢笨的蛮荆人，敢与我泱泱大国结仇。方叔是本国元老，老当益壮计谋远。大将方叔来检阅，抓获俘虏审讯。战车开动隆隆作响，隆隆作响起尘烟，势如雷霆声震天。英勇的方叔威风凛凛，率领大军讨伐狎狁，蛮荆人闻风胆寒低下头。

【赏析】

　　这首诗写周宣王的卿士方叔威慑荆蛮而演练部队的宏大场面，层层推进，意境壮阔。诗中对方叔的服饰、武器和战车进行详细的描写，是后世戏剧、小说人物描写的源头。

　　全诗分四章。开篇以"采芑"起兴，引出演习地点，接着写浩浩荡荡的大军出现在旷野上。以"三千"约数表示周军猛将如云、战车如潮的强大阵容，精心安排主将方叔的出场。

　　第二章通过色彩刻画，描绘演练部队声势浩大，进一步地刻画方叔的形象，点明方叔的重要身份。

　　第三章改变格调，以凶狠的鹰隼比喻周军的将士勇猛无敌和昂扬的斗志，具体描绘周军在主帅的指挥下操练的情形。

　　第四章以雄壮的气概斥责无端发起战争的荆蛮人，告诫他们在方叔的统率下，依靠精良的装备，训练有素的战士，完全能以迅雷不及掩耳的威势摧毁敌军。"方叔率止，执讯获丑"是说可以很轻松地谈笑间打败对方。由"师干之试，方叔率止"可知，这不是现实的战争，而是一场声势浩大的军事演习。诗作层层推进，渲染演习的现场与将士的气势。

车　攻

【原文】

　　我车既攻①，我马既同。四牡庞庞，驾言徂东。
　　田车既好，四牡孔阜。东有甫草，驾言行狩。
　　之子于苗，选徒嚣嚣。建旐设旄，搏兽于敖。
　　驾彼四牡，四牡奕奕。赤芾金舄②，会同有绎。
　　决拾既佽③，弓矢既调。射夫既同，助我举柴④。

四黄既驾，两骖不猗。不失其驰，舍矢如破。
萧萧马鸣，悠悠旆旌。徒御不惊，大庖⑤不盈。
之子于征，有闻无声。允矣君子，展也大成。

【注释】

①攻：修缮。
②金舄：用铜装饰的鞋子。舄，双层底的鞋。
③伙：齐备，利索。
④柴：堆积的动物尸体。
⑤大庖：天子的厨房。

【译文】

我的狩猎车已经修理牢固，供我驱驰的马儿早已备齐。看那四匹雄马有多健壮啊，驾起车径直奔往东部郡地。

我的狩猎车早已准备完善，看那四匹雄马有多么强健。东都洛邑有很大一块圃田，驾起车奔往那里打猎射雁。

天子在夏季安排狩猎活动，点选步卒随从一派喧哗声。车上遍插龟蛇旗和旄尾旗，驾起车去敖山那里打猎兜风。

驾驭四匹雄壮宝马来狩猎，这四匹马儿跑起来多和谐。诸侯们穿着红蔽膝金马靴，从四方赶来会朝络绎不绝。

射箭的板指护臂早已戴上，强弓和羽箭也已调适停当，射手随从们都已集合到位，就等着帮我把猎物来抬扛。

只见四匹黄骠马齐驱并驾，辕两侧的骖马照直往前拉；驭手驱车进退转旋皆有法，天子诸侯显身手箭不虚发。

猎罢凯旋马儿萧萧长鸣，旌旗猎猎随晚风轻轻飘动。步卒驭手们静悄悄地列队，君王后厨野味充盈。

大队人马井然有序转回程，只闻车马行进不闻人语声。君王是多么仁义可信赖啊，一定会成就伟业天下治平！

【赏析】

这是首叙述周宣王在东都会诸侯举行田野狩猎的诗歌。全诗分八章，再现当年田猎会诸侯的全过程。

第一章是全诗的宗旨，写狩猎的车马齐备，将要去东方狩猎。兵强马壮车牢固，字里行间充满着自豪和信心，第二、第三章写这次狩猎的地点。"选徒嚣嚣。建旐设旄"写出行前的盛大场面，人欢马叫，旌旗飘扬，显示出周朝的强大声威。

第四章写诸侯从四面八方汇集过来，个个车马整齐，服饰华美，显示以周宣王为中心，平定了外患、消除内忧后，国内稳定安康的政治局面。

第五、第六章写狩猎现场射猎场面。诸侯将士、随从士卒都献艺，驾车的有章法，射手百发百中。暗示周朝军队纪律严明，所向披靡。

第七章写狩猎结束，凯旋归来的军队硕果累累，诗里的气氛从紧张过渡成缓和。第八章写天子结束这次狩猎，集合部队，赞颂军纪严明"有闻无声"。天子英明的领导才会有纪律严明的部队，让人们信服依赖。以赞美的语句结尾，欢乐喜悦之情溢于言表。

整首诗结构完整，层次分明，按照田猎的过程有条不紊地慢慢道来，运用高度概括的语言，生动传神地描写狩猎时的场面和各种不同的景象，使读者有身临其境的感觉。

吉　日

【原文】

吉日维戊①，既伯既祷②。田车既好，四牡孔阜。升彼大阜，从其群丑。
吉日庚午，既差我马。兽之所同，麀鹿③麌麌④。漆沮之从，天子之所。
瞻彼中原，其祁⑤孔有。儦儦⑥俟俟，或群或友。悉率左右，以燕天子。
既张我弓，既挟我矢。发彼小豝⑦，殪⑧此大兕⑨。以御宾客，且以酌醴。

【注释】

①戊：古人以天干地支计算日子，天干奇数为刚日，偶数为柔日。刚日适合做外事，柔日适合做内事。耕田打猎是外事，戊日为刚日，是吉祥的日子。
②伯：马祖。因田猎用马，故祭马祖。
③麀鹿：母鹿。
④麌麌：形容野兽众多。
⑤祁：原野辽阔。
⑥儦儦：野兽奔跑的样子。
⑦豝：母猪。
⑧殪：射死。
⑨兕：野牛。

【译文】

戊辰吉祥日子好，既祭马祖又祈祷。田猎车辆已备齐，四匹雄马壮又高。

驱车登上大土丘，驱逐群兽快快跑。

庚午吉祥日子好，打猎马匹已选齐。寻找野兽聚集地，鹿儿成群堪称奇。驱逐漆沮水边兽，赶到天子射猎区。

遥望原野漫无边，地方广大物富有。奔跑慢走野兽多，成群结队四处游。都要赶到天子处，乐得天子显身手。

我们弓弦已拉开，也已把箭拿在手。一箭射死小野猪，奋力射死大野牛。野味拿来待宾客，共吃佳肴同饮酒。

【赏析】

这首诗写天子和诸侯一起围猎，再现周宣王田猎时选择吉日、野外狩猎、满载而归的宴饮过程。

全诗分四章。首章描写打猎前的准备工作，选择良辰吉日，坚固耐用的田车和雄壮的骏马。"升彼大阜，从其群丑"意思是一切准备就绪。

第二章写选择的马匹出现错误，依据占卜，第三天的庚午日也是个吉祥的日子。准备就绪，等着正式打猎时登上大山丘。

第三章写随从驱赶野兽以供天子射杀，将野兽赶到天子狩猎区，提供给天子射杀。

第四章写天子打猎归来，设宴款待一起射猎的大臣。君王大显身手，射中一头小猪，再射死一头大野牛，表现出英姿勃发的君王形象。

记录田猎活动的同时，也注意到随从驱赶野兽的情景，以群兽的各种形态作为烘托："既张我弓，既挟我矢。发彼小豝，殪此大兕"。这种点面结合的手法，没有叙述田猎的过程，只是透露出轻松的气氛。

整首诗按照事情的发展过程有条不紊地叙述，叙述了狩猎的全过程，表现出轻松欢快的气氛，突出天子的形象与威严，具有很强的艺术感染力。

鸿 雁

【原文】

鸿雁于飞，肃肃其羽。之子于征，劬劳①于野。爰及矜人②，哀此鳏寡。

鸿雁于飞，集于中泽。之子于垣③，百堵④皆作。虽则劬劳，其究安宅。

鸿雁于飞，哀鸣嗷嗷。维此哲人，谓我劬劳。维彼愚人，谓我宣骄⑤。

【注释】

①劬劳：勤劳辛苦。
②矜人：穷苦的人。
③垣：墙头。
④堵：长、高各一丈的墙叫一堵。
⑤宣骄：骄傲，骄奢。

【译文】

　　大雁成群在天上飞翔，扇动的翅膀沙沙响。那人离家服徭役，野外奔波苦尽尝。可怜天下穷苦人，鳏寡孤独心哀伤。

　　大雁成群在天上飞翔，聚集在沼泽的中央。那人筑墙服苦役，先后筑起百堵墙。虽然辛苦又劳累，不知安身在何方。

　　大雁成群在天上飞翔，阵阵的哀鸣好凄凉。只有那些明白人，说我勤劳又辛苦。唯有那些愚蠢人，说我闲暇发牢骚。

【赏析】

　　这是首穷苦人民谴责繁重徭役的现实主义作品。

　　全诗分三章，每章开篇都以"鸿雁"起兴，借此比喻穷苦人民自身。

　　首章写穷苦人民被迫去野外服劳役，揭露了统治者残酷无情，连鳏寡孤独的人都不能幸免。辛苦劳作的人民看着空中展翅高飞的大雁，勾起他们对繁重徭役的深深哀怨。

　　第二章承接上章，大雁聚集在沼泽中间，象征人民聚在一起服劳役，筑起很多堵高墙的情景，然而他们却没有安身之地，说出役民们心中的不平和愤慨。

　　末章写天上的大雁发出的哀叫引起劳苦人民的共鸣，唱出悲哀的歌曲，却遭到贵族富人的讥讽和嘲弄，表达出人民心中的愤恨。

　　整首诗感情深沉，语言质朴，抒情中有叙事、议论的成分。每章节内容不同，却有内在的逻辑联系，写野外，写工地筑墙，表达哀怨，逐层展开内容，升华主题。反复出现"鸿雁""劬劳"等词，形成重章叠唱，有一唱三叹的感觉。

庭 燎

【原文】

　　夜如何其？夜未央，庭燎①之光。君子至止，鸾声将将。

夜如何其？夜未艾，庭燎晣晣②。君子至止，鸾声哕哕③。

夜如何其？夜乡晨，庭燎有辉④。君子至止，言观其旂⑤。

【注释】

①庭燎：在庭院内点燃的火炬。

②晣晣：明亮。

③哕哕：有节奏的铃声。

④辉：烟气，闪射的光彩。

⑤旂：画有蛟龙，竿顶有铃铛的旌旗。

【译文】

今夜外面怎么了？夜色还早天没亮，庭院中火把放光芒。公侯大臣们快来到，听到鸾铃响叮当。

今夜外面怎么了？夜色还没有消尽，庭院的火把很明亮。公侯大臣们快来到，听到鸾铃节奏响。

今夜外面怎么了？夜色将尽曙光现，庭院的火把闪余光。公侯大臣们快来到，看见旌旗在飘扬。

【赏析】

这首诗描写周宣王和公侯大臣们早朝时的情景，赞扬君臣勤于政事的好品德。用复沓的形式反复描写周宣王半夜醒来急于上朝，勤于政事。

首章写他看到庭院里面亮光，知道火把已经亮起，公侯大臣们快要到来。勤快的公侯大臣们天色未明时，乘马上朝。周宣王中兴时期，虽然政治稳定，但君臣们不敢懈怠，谨守君臣之礼，及早入朝会。而周宣王体贴臣下，勤于政事，重视朝廷礼仪的心情溢于言表。

第二章的时间稍微往后，夜色还没有消尽，鸾铃声越来越多，有节奏的铃声说明诸侯大臣们井然有序地陆续到来。

第三章写晨曦渐出，天色将明，庭院中的火把不再明亮，此时周宣王和诸侯大臣抬头就可以看到飘扬的旌旗，看着旌旗就可以识别诸侯大臣的爵位或官位。

这首诗可以看出周宣王与诸侯勤于朝政，上下振作，严格遵守纲纪，成就国家中兴的气象。诗中用白描的手法捕捉具体的情景，细微反映出诗人当时的心理活动，渲染宫廷的庄严华丽，肃穆壮观的朝廷礼仪，以及君王的神圣尊严和大臣们的雍容娴雅。把人和景结合在一起，真挚而简练的语言再现当年的盛况，让读者有言有尽而意无穷的感觉。

沔　水

【原文】

　　沔①彼流水，朝宗于海。鴥②彼飞隼，载飞载止。嗟我兄弟，邦人诸友。莫肯念乱，谁无父母？

　　沔彼流水，其流汤汤。鴥彼飞隼，载飞载扬。念彼不迹③，载起载行。心之忧矣，不可弭④忘。

　　鴥彼飞隼，率彼中陵。民之讹言，宁莫之惩？我友敬⑤矣，谗言其兴。

【注释】

①沔：水满溢出的样子。
②鴥：鸟疾飞的样子。
③迹：遵循法则办事。
④弭：停止。
⑤敬：谨慎，不怠慢。

【译文】

　　条条河流水弥漫，倾注大海去不休。空中游隼迅捷飞，时而飞翔时停留。可叹可悲我兄弟，还有乡亲与朋友。没人想到止丧乱，谁无父母任怀忧？

　　条条河流水弥漫，水势浩荡奔腾急。空中游隼迅捷飞，高高翱翔可任意。想到有人不循法，坐立不安独悲凄。心中愁苦无处诉，久久难忘积胸臆。

　　空中游隼迅捷飞，沿着山陵飞来回。流言蜚语四处传，无人制止和反对。告诫朋友应警惕，种种谣言正如沸。

【赏析】

　　这首诗描写在动荡不安的现实社会谣言四起，诗人劝诫朋友警惕谣言。

　　全诗分三章。第一章开篇以要溢出的河水起兴，斥责当权者不制止祸乱的谣言，把自己比作在空中展翅飞翔的鹰隼，看着眼前的乱象却无可奈何，祸乱中有家室的人会更加忧伤。

　　第二章写诗人目睹不法之徒不遵循法理办事，坐立不安，心里忧伤，想说没地方说，想忘记又忘不掉。

　　第三章写没有人制止的谣言更加乱，诗人的心中非常愤慨，只能劝告身边的友人要警惕，不要被谣言伤害。诗中没有叙述具体的谣言，只是反映不安的情绪和忧虑的心情。透过诗句可以感知诗人生在乱世，却不随波逐流的强烈忧国忧民意识。谣言四起的社会令人不得安宁，与那些无所作为的当权者形成强烈的对比。担心家人朋友遭受谣言伤害，写诗提醒，表达出对作乱之徒的强烈憎恨。

比兴特色表现于前两章的开头四句，首章写流水汇入大海，飞鸟可以休息暗喻诗人的处境不如水和鸟；次章用浩荡的流水，不停翱翔的飞鸟暗喻诗人忧心忡忡、坐立不安；末章用飞鸟的自由飞翔暗喻诗人不如飞鸟。

鹤 鸣

【原文】

鹤鸣于九皋①，声闻于野。鱼潜在渊，或在于渚。乐彼之园，爰有树檀，其下维萚②。它山之石，可以为错③。

鹤鸣于九皋，声闻于天。鱼在于渚，或潜在渊。乐彼之园，爰有树檀，其下维榖④。它山之石⑤，可以攻玉。

【注释】

①皋：沼泽地。
②萚：酸枣一类的灌木丛。
③错：琢玉用的粗磨石。
④榖：树名，楮树。
⑤石：比喻贤人。

【译文】

幽幽沼泽地里有鹤鸣声，声音传遍四野真清亮。鱼儿潜游在深渊里，或者游到小洲边。在那个快乐的庭园中，种着高大的檀树，下面灌木叶凋零。其他山上的石头，可以用来磨玉石。

幽幽沼泽地里有鹤鸣声，鸣叫声响亮直冲云天。鱼儿游到小洲旁边，或者潜到深渊里。在那个快乐的庭园中，种着高大的檀树，下面楮树矮又细。其他山上的石头，可以用来琢玉器。

【赏析】

这是首即景抒情的小诗。

全诗分两章。第一章写诗人在荒野里听到鹤鸣声，声震四野，响彻云霄；然后又看到水里的游鱼，一会儿潜入深渊毫无踪迹，一会儿又跃上沙洲休憩。再往前是一座让诗人感到愉悦的园林，有高大的檀树，树下有茂密的灌木丛。诗人想到山上那坚硬的石头，也可以磨砺玉器。第二章与首章相同，只是变换了几个字，反复咏唱，让诗显得不枯燥。

有人说此诗表现国家招贤纳士的政治主张，诗歌的语言相似，押韵不同，用比喻的手法申明国家招揽人才的主张，可称为"招隐诗"。

诗中把"鹤、鱼、檀、石"比作贤人，以鹤比隐居的贤人；鱼潜在渊或在渚，比喻贤人隐居或者出仕；植物中的檀树比作贤人，灌木和榖树因为低矮比作小人。

"它山之石，可以攻玉"这句话成为千古名句，流传至今，比喻别国的贤人为本国效力，还可以解释为能够帮助自己发现缺点的人或事。

整首诗有情有景，诗意纯朴却蕴含哲理，让人们争论不休也让人回味无穷。

祈 父

【原文】

祈父①，予王之爪牙。胡转予于恤②，靡所止居？

祈父，予王之爪士。胡转予于恤，靡所厎③止？

祈父，亶④不聪。胡转予于恤，有母之尸饔⑤。

【注释】

①祈父：周朝掌管兵事的官员，也称大司马。
②恤：忧愁。
③厎：停止。
④亶：确实。
⑤饔：熟食。

【译文】

大司马！我是君王的士兵。为什么让我陷入忧患中？没有住处不安定。

大司马！我是君王的士兵。为什么让我陷入忧患中？没完没了不休止。

大司马！确实糊涂不聪明。为什么让我陷入忧患中？家中老母没饭吃。

【赏析】

这首诗写君王的士兵斥责大司马失职，不顾人民的疾苦，抒发内心不满的情绪。

全诗分三章，以质问的语气抒发对大司马的怨恨，充分体现士兵心直口快、敢吵敢闹的性格特征。第一章的开篇没有比或兴，直接大呼"祈父"，然后严厉地质问"胡转予于恤，靡所止居？"

第二章重复这种不满、怨恨的情绪，复沓的写法增加了士兵们的愤怒情绪，到了一触即发的程度。作为士兵，国难当头时，不应该畏惧战争。

在第三章里，士兵愤怒的质问变成对大司马的斥责，同时说出怨恨的原因，交待他不能从征的苦衷。最后一句可以理解为哭灵堂，摆祭品。因为士兵长期在外服役不能回家，老母亲在家里没有饭吃。士兵没有见到母亲最后一面，只看到母亲的灵前摆满熟食祭品。

征战使士兵背井离乡，饱受战争之苦，无法奉养亲人，因此士兵用激烈又直接的语言表达出愤怒之情，从另一个侧面反映出当时战乱不断，兵士严重短缺的社会现实。

白 驹

【原文】

皎皎白驹，食我场苗。絷①之维之，以永②今朝。所谓伊人，于焉逍遥？

皎皎白驹，食我场藿③。絷之维之，以永今夕。所谓伊人，于焉嘉客？

皎皎白驹，贲④然来思。尔公尔侯，逸⑤豫无期？慎尔优游，勉尔遁思。

皎皎白驹，在彼空谷。生刍⑥一束，其人如玉。毋金玉尔音，而有遐心。

【注释】

①絷：用绳子绊住马足。

②永：延长。

③藿：初生的豆苗。

④贲：光彩的样子，这里指马放蹄急驰的样子。

⑤逸：打消念头。

⑥生刍：喂马的青草。

【译文】

光亮皎洁的小白马，吃我园中的嫩豆苗。拴好缰绳绊住足，今天就在我家过。我说那位贤德的人，请到这里作客乐逍遥。

光亮皎洁的小白马，吃我园中的嫩豆苗。拴好缰绳绊住足，今夜就在我家过。我说那位贤德的人，请到这里作客心惬意。

光亮皎洁的小白马，风驰电掣来到我家。为公为侯很高贵，安享快乐无期限。悠闲自在别太过分，不要贪图避世享闲暇。

光亮皎洁的小白马，在空旷山里真逍遥。喂马一束青草，那人的品德似美玉。别忘捎回你的音信，千万别疏远了老朋友。

【赏析】

这首诗写诗人款待朋友，留朋友宴饮，舍不得朋友离去，流露出对朋友依依不舍的感情。

全诗共四章，分为两个层次。前三章为一个层次，写客人还没走，主人想办法挽留。为了留客，诗人想办法把朋友骑的马拴住，留马就是为了留人，希望朋友能在他家里多住一段时间，延长快乐的时光，字里行间表现出诗人的热情和真诚。

主人不仅想尽办法挽留朋友，还劝他谨慎出游，放弃隐遁山林、享乐避世的念头。第三章，诗人用间接的描写对朋友的形象进行述说，朋友可能是公侯，生逢乱世，只能隐居山野。

末章为第二个层次，写朋友已经离去，诗人的追忆。诗人再三挽留朋友，却没有得到允诺，留下深深的遗憾，只能退而求其次，希望朋友能够再来，并且要和他保持联系，不能因隐居而疏远朋友。诗中惜别和眷念的感情溢于言表。

人物形象鲜明，直接和间接的手法交相使用，描写人物的手法灵活多变，栩栩如生。

黄　鸟

【原文】

黄鸟黄鸟，无集于榖①，无啄我粟。此邦之人，不我肯榖。言旋②言归，复我邦族。

黄鸟黄鸟，无集于桑，无啄我粱。此邦之人，不可与明③。言旋言归，复我诸兄。

黄鸟黄鸟，无集于栩④，无啄我黍。此邦之人，不可与处。言旋言归，复我诸父⑤。

【注释】

①榖：楮树。
②旋：还。
③明：通"盟"，讲信用。
④栩：柞树。

⑤诸父：同姓的长辈。

【译文】

　　黄鸟啊黄鸟你听着，不要聚集在楮树上，不要啄食我的粟米。这个地方的人们，如今拒绝把我养。还是想着回家乡，回到我亲爱的故乡。

　　黄鸟啊黄鸟你听着，不要聚集在桑树上，不要啄食我的高粱。住在这个乡的人，不可与他讲诚意。还是想着回家乡，回到我的兄弟身旁。

　　黄鸟啊黄鸟你听着，不要聚集在栎树上，不要啄食我的黍米。住在这个乡的人，不可与他相处长。还是想着回家乡，回到我的叔伯身旁。

【赏析】

　　这是首流落他乡、离乡背井的漂泊者唱的怨歌。流落异乡，是命运使然，也是无可奈何的选择，在异乡遭到当地人不友好的对待，心情很坏。看到成群的黄鸟飞来，啄食辛苦种下的庄稼，心里升出怨气，其实心里恨的是经常欺负他、歧视他的当地人。以黄鸟比喻那些欺凌他的当地人，表达他在异国他乡遭受的欺凌和剥削，发泄心中强烈的不满情绪。

　　全诗分三章，反复加强语气，不断地对啄食庄稼的黄鸟进行控诉，对当地人进行批评，评说他们不善待异乡人，不能和平相处，不断地表达想回到亲人身旁的愿望。

　　听着诗人动人心魄的愤怒和悲恸的呼声，让读者对生活在乱世的诗人掬一把同情泪。诗歌记录着社会生活与心灵最真实的体验。

　　这首诗写在春秋末年社会政治腐败、经济衰退时期，当时世风日下，到处一片混乱景象，诗人表达出一个被压迫人对当时的世道人心彻底绝望的心情。

我行其野

【原文】

　　我行其野，蔽芾①其樗。昏姻之故，言就尔居。尔不我畜②，复我邦家。

　　我行其野，言采其蓫③。昏姻之故，言就尔宿。尔不我畜，言归思复。

　　我行其野，言采其葍④。不思旧姻，求尔新特。成不以富，亦祇⑤以异。

【注释】

　　①蔽芾：树木枝叶茂盛的样子。

　　②畜：养活。

③蓫：一种野菜。

④葍：一种野草。

⑤祇：只，恰恰。

【译文】

走在郊野荒凉路，路旁椿树枝叶疏。只因婚姻的缘故，我才与你同居住。你不好好善待我，只有回到我故土。

走在郊野荒凉路，采摘蓫叶多辛苦。只因婚姻的缘故，才到你家同住宿。你不好好善待我，只有回归我家族。

走在郊野荒凉路，采那葍草聊果腹。你全不思往日情，追求新欢太可恶。不是她家比我富，是你变心的缘故。

【赏析】

古时候男尊女卑的观念致使妇女的社会地位很低，家庭生活中也没有自主权，处于被动地位。这首诗描写一个远嫁他乡的女子，发现丈夫背信弃义，抛弃自己追寻新欢，诉说她被抛弃后的悲愤和痛苦。

全诗分三章，每章的前两句都是重复相似的画面，描绘出一个人孤独行走的情景，无边的郊野，恶劣的植物，还有渺小又无助的人，空间越大显得人越渺小，郊野的寂静与人的焦虑形成强烈的对比，印象的叠加让人们想探究孤独行人背后的故事。

每章的后四句是对前两句的具体阐述。因为孤独嫁人，才与丈夫在一起，丈夫却"尔不我畜"，她只能孤独行走在郊野上，反复咏唱，情绪波动渐渐深化。

第一、第二章里，主人公故作轻松地念叨"尔不我畜，复我邦家""尔不我畜，言归思复"想办法安慰自己，把痛苦埋在心底。到了第三章，情感爆发出来，用一种爱恨难分的心理诉说着自己的伤痛和委屈。

诗人把主人公安排在一个孤独凄凉的郊野上，采用象征和暗示的手法，写路旁的樗树、蓫菜和葍草，用这些恶劣的植物起兴，象征自己嫁给恶人，暗示被丈夫抛弃后的痛苦心情，把心情融汇在情景中，相互交织，给读者提供了广阔的想象空间。

斯　干

【原文】

秩秩①斯干②，幽幽南山。如竹苞矣，如松茂矣。兄及弟矣，式相好矣，无相犹③矣。

似④续妣祖，筑室百堵，西南其户。爰居爰处，爰笑爰语。

约之阁阁，椓之橐橐。风雨攸除，鸟鼠攸去，君子攸芋。

如跂斯翼，如矢斯棘，如鸟斯革，如翚⑤斯飞，君子攸跻。

殖殖其庭，有觉其楹。哙哙⑥其正，哕哕其冥。君子攸宁。

下莞上簟⑦，乃安斯寝。乃寝乃兴，乃占我梦。吉梦维何？维熊维罴，维虺维蛇。

大人占之，维熊维罴，男子之祥；维虺维蛇，女子之祥。

乃生男子，载寝之床。载衣之裳，载弄之璋。其泣喤喤，朱芾斯皇，室家君王。

乃生女子，载寝之地，载衣之裼⑧，载弄之瓦。无非无仪，唯酒食是议，无父母诒罹。

【注释】

①秩秩：水清清流淌的样子。
②干：通"涧"，山间流水。
③犹：欺诈。
④似：同"嗣"，继承。
⑤翚：野鸡。
⑥哙哙：宽敞明亮的样子。
⑦莞、簟：蒲草席和竹席。
⑧裼：婴儿用的褓衣。

【译文】

涧水清清流不停，南山深幽多清静。有那密集的竹丛，有那茂盛的松林。哥哥弟弟在一起，和睦相处情最亲，没有诈骗和欺凌。

祖先事业得继承，筑下房舍上百栋，向西向南开大门。在此生活与相处，说说笑笑真兴奋。

绳捆筑板声咯咯，大夯夯土响托托。风风雨雨都挡住，野雀老鼠穿不破，真是君子好住所。

宫室如跂甚端正，檐角如箭有方棱，又像大鸟展双翼，又像锦鸡正飞腾，君子踏阶可上登。

庭院宽广平又平，高大笔直有柱楹。正殿大厅宽又亮，殿后幽室也光明，君子住处确安宁。

下铺蒲席上铺簟，这里睡觉真安恬。早早睡下早早起，来将我梦细解诠。

做的好梦是什么？是熊是罴梦中见，有虺有蛇一同现。

卜官前来解我梦，有熊有罴是何意，预示男婴要降生；有虺有蛇是何意，产下女婴吉兆呈。

如若生了个儿郎，就要让他睡床上。给他穿上好衣裳，让他玩弄白玉璋。他的哭声多宏亮，红色蔽膝真鲜亮，将来准是诸侯王。

如若生了个姑娘，就要让她睡地上。把她裹在襁褓中，给她玩弄纺锤棒。长大端庄又无邪，料理家务你该忙，莫使父母颜面丧。

【赏析】

这是首祝贺西周统治者宫室落成的颂歌。

全诗分九章，七句五句交替，句式参差错落，自然活脱，避免了板滞臃肿。内容上，可把这首诗分为两部分，第一到第五章描绘和赞美宫室；第六到第九章祝福和赞颂宫室主人。

第一章写宫室的形状和主人兄弟之间和睦友爱，"如竹苞矣，如松茂矣"一句双关，既赞美了优美的环境也暗喻主人高洁的品格。

第二章说明主人建筑宫室是继承祖业，意思是他们的创举可以造福子孙后代，此章后的各章都是基于这个思想意识。第三章也是描述建筑宫室。第四章用了四个比喻，写出宫室宏大的气势和壮美的形状。前四章主要是描绘宫室的外形，第五章详细写宫室的自身形状。

描绘宫室，从大略到具体、从远视到近观、从室外到室内，层层推进，展现出具体的宫室。从环境、建筑因由、建筑情景、宫室外形、宫室内部再到宫室本身，有层次、有重点地摄入，让人们对宫室有了完整而具体的认识。

第六章写主人入住后做的美梦，梦中的"维熊维罴，维虺维蛇"既是祝福语也是为下面章节做铺垫。第七章写主人的梦预示有孩子降生。第八、第九章写孩子降生后的不同待遇，显示出强烈的男尊女卑思想。这也是当时的社会风尚，反映当时人们的潜在意识。

以建筑宫室为中心，叙事、写景和抒情交织，具体生动，层次分明，艺术表现力强。

无 羊

【原文】

谁谓尔无羊？三百维群。谁谓尔无牛？九十其犉[①]。尔羊来思，其角濈濈[②]。尔牛来思，其耳湿湿。

或降于阿，或饮于池，或寝或讹③。尔牧来思，何蓑何笠，或负其餱④。三十维物，尔牲则具。

尔牧来思，以薪以蒸，以雌以雄。尔羊来思，矜矜兢兢，不骞⑤不崩。麾之以肱，毕来既升。

牧人乃梦：众维鱼矣，旐维旟矣。大人占之：众维鱼矣，实维丰年。旐维旟矣，室家溱溱⑥。

【注释】

①犉：大牛。
②濈濈：数目众多而且聚集在一起。
③讹：动。
④餱：干粮。
⑤骞：走失，损失。
⑥溱溱：繁盛的样子。

【译文】

谁说你们没有羊？一群就有三百只。谁说你们没有牛？七尺高的有九十。你的羊群到来时，只见羊角齐簇集。你的牛群到来时，只见牛耳摆动急。

有的奔跑下高丘，有的池边把水喝，有的睡着有的醒。你到这里来放牧，披戴蓑衣与斗笠，有时背着干粮饼。牛羊毛色三十种，牺牲足够祀神灵。

你到这里来放牧，边伐细柴与粗薪，边猎雌雄天上禽。你的羊群到来时，羊儿小心紧随行，不走失也不散群。只要轻轻一挥手，全都跃登满坡顶。

牧人悠悠做个梦，梦里蝗虫化作鱼，旗画龟蛇变为鹰。请来太卜占此梦：蝗虫化鱼是吉兆，预示来年丰收庆；龟蛇变鹰是佳征，预示家庭添人丁。

【赏析】

这是首歌咏牛羊繁盛、人丁兴旺的诗，用赋法描绘牧人放牧的情景。

全诗分四章。第一章写牧人的牛羊数目众多，开章两句问话，问得突然，古时候人们常用"尔"为牛羊的所有者，如果放牧的是奴隶，这样问不仅合理，还带有诙谐、调侃的意味。奴隶只管放牧，再多的牛羊都不属于他。诗人看到那么多的牛羊，忍不住跟牧人开玩笑。

第二、第三章描写放牧中牛羊的行为和牧人娴熟的技艺，织成一幅清丽的放牧图。诗中用的是白描，而图景是色彩缤纷，披着蓑衣戴着斗笠的牧人和野外的牛羊汇合在一起，由静变动，节奏由缓而急。牧人挥斥自如，对畜群训练有素，一派诗情画意。

最后，诗人撇开牛羊，给放牧者安排了一个"梦"。诗境由实变虚、由近变远，最终从解梦中淡出，只留下牧人仰对蔚蓝的天空，有不尽的言外之意，引起读者无限的遐想。

全诗用赋法，描摹精妙，笔底蕴情，透着对美好未来的展望和祝愿。

节南山

【原文】

节①彼南山，维石岩岩。赫赫师尹，民具尔瞻。忧心如惔②，不敢戏谈。国既卒斩，何用不监！

节彼南山，有实其猗③。赫赫师尹，不平谓何。天方荐瘥④，丧乱弘多。民言无嘉，憯莫惩嗟。

尹氏大师，维周之氐；秉国之均，四方是维。天子是毗，俾民不迷。不吊昊天，不宜空我师。

弗躬弗亲，庶民弗信。弗问弗仕，勿罔君子。式夷式已，无小人殆。琐琐姻亚，则无膴仕⑤。

昊天不佣，降此鞠讻⑥。昊天不惠，降此大戾。君子如届，俾民心阕⑦。君子如夷，恶怒是违。

不吊昊天，乱靡有定。式月斯生，俾民不宁。忧心如酲⑧，谁秉国成？不自为政，卒劳百姓。

驾彼四牡，四牡项领。我瞻四方，蹙蹙靡所骋。

方茂尔恶，相尔矛矣。既夷既怿，如相酬矣。

昊天不平，我王不宁。不惩其心，覆怨其正。

家父作诵，以究王讻。式讹尔心，以畜万邦。

【注释】

①节：形容山势高峻。

②惔："炎"的借字，火烧。

③猗：同"阿"，大。

④瘥：疫病。

⑤膴仕：高官厚禄。

⑥鞠讻：极大的灾凶。

⑦阕：息，停止。

⑧酲：喝醉酒。

【译文】

巍巍的终南山高耸入云端，层层叠叠的山石危立险矗。太师尹氏正得势权位显赫，引得天下百姓万众瞩目。仁人君子为国政忧心如焚，不敢开玩笑哪来幽默谈吐！国运已经衰落得如此不堪，你为什么还这样熟视无睹！

巍巍的终南山高耸入云端，山谷幽深草密林木可参天。太师尹氏正得势权位显赫，但他执政不平有何善可言？苍天无眼正降下重重祸患，丧乱何其多竟是不可言传！百姓们怨声载道没人说好，你却不曾有丝毫愧怍嗟叹！

我敬爱的太师尹氏大官人！你可是咱大周王室的根本，执掌国家大政方针的重臣。天下四方的安稳靠你支撑，天子权威的牢固靠你辅振，百姓的生活道路靠你指引！现在却得不到苍天的眷顾，你不该总让我们饱受穷困！

你贵为太师却不亲政勤政，已经失去天下百姓的信任！你对朝政也总是不闻不问，不要再欺哄瞒骗至德圣君！你就该静心执政莫再发昏，不要再委政小人危及国运！那些猥琐宵小的裙带姻亲，就不该叫他做高官厚禄人！

苍天大老爷不肯阳光普照，给人间降下如此大的灾疫；苍天大老爷不肯施恩眷顾，给人间降下如此深重戾气。至德的圣君如果降趾莅临，一定会让百姓的乱心平息；至德的圣君如果执政公允，一定会让百姓的怨怒远离！

可叹命多舛不被苍天怜悯，天下祸乱至今还没有平定；祸患滋生伴随着岁月增长，使黎民百姓生活不得安宁。我忧国忧民之心痛如沉醉，是谁执掌国政竟如此无能！你不能鞠躬尽瘁亲劳勤政，遭殃受害的还是天下苍生！

我驾驭着那四匹高头大马，四马奔驰抖动着粗壮脖颈。我站在车上眺望四方风景，心头茫然不知向何处驰骋！

你刚才还肆意为恶抖威风，两眼盯着矛戟想和人作战。很快又平息戾气悦色和颜，犹如宾朋对坐把酒来言欢。

苍天大老爷总是如此不公，害得我君王整日不得安生。太师尹氏不但不自警自省，反倒抱怨君子们行端坐正！

家父大夫苦心孤诣作讽诗，为的是探究我王遭难深因。抑或是为了感化你的狠心，以有利国家造福天下黎民！

【赏析】

这是首讽喻诗，控诉执政者的暴戾和不公正，斥责幽王及其权臣。

全诗共十章，分为三层。前两章以南山起兴，以山势的险要象征权力枢纽的重要性，又以山的险峻不平暗喻统治者执政不公平，"不平"这两个字是全篇的主旨。斥责尹太师不能公平执政，指出公平执政必须事必躬亲，整首诗结构上起于"平"终于"平"。

第一章"不敢戏谈。国既卒斩",写人祸。第二章"天方荐瘥,丧乱弘多",写天灾,按时间顺序暗示天灾是人祸的原因。

第三到第六章为第二层,进一步点明尹太师害人伤天,天再报于人,百姓遭双重伤害,怨恨到了极致。第四、第五章排比句,结构整齐,声调抑扬顿挫,文字奔放流畅。第四章围绕"夷""已",为尹太师更为一切统治者说出解决办法。第五章"昊天不佣""昊天不惠"写出当时人间的惨状,"君子如届""君子如夷"提出好的办法。至此责怪、怨恨的情绪达到高潮。第六章承上启下,由怒火满腔转到哀声叹息。

第七到第十章为第三层,从每章的八句变为四句,从愤怒转到悲叹。诗人告诉人们他已经作诗劝诫统治者,希望统治者能够警醒,可以亲自执政安顿万邦。

诗作叙事、抒情、议论相结合,一气呵成,读起来畅快淋漓。

正 月

【原文】

正月①繁霜,我心忧伤。民之讹言,亦孔之将。念我独兮,忧心京京。哀我小心,癙②忧以痒。

父母生我,胡俾我瘉③?不自我先,不自我后。好言自口,莠言自口。忧心愈愈,是以有侮。

忧心茕茕④,念我无禄。民之无辜,并其臣仆。哀我人斯,于何从禄?瞻乌爰止?于谁之屋?

瞻彼中林,侯薪侯蒸。民今方殆,视天梦梦。既克有定,靡人弗胜。有皇上帝,伊谁云憎?

谓山盖卑,为冈为陵。民之讹言,宁莫之惩。召彼故老,讯之占梦。具曰予圣,谁知乌之雌雄!

谓天盖高,不敢不局。谓地盖厚,不敢不蹐⑤。维号斯言,有伦有脊。哀今之人,胡为虺蜴?

瞻彼阪田,有菀其特。天之杌⑥我,如不我克。彼求我则,如不我得。执我仇仇,亦不我力。

心之忧矣,如或结之。今兹之正,胡然厉矣?燎之方扬,宁或灭之?赫赫宗周,褒姒灭之!

终其永怀，又窘阴雨。其车既载，乃弃尔辅。载输尔载，将伯助予！

无弃尔辅，员于尔辐。屡顾尔仆，不输尔载。终逾绝险，曾是不意。

鱼在于沼，亦匪克乐。潜虽伏矣，亦孔之炤⑦。忧心惨惨，念国之为虐！

彼有旨酒，又有嘉肴。洽比其邻，昏姻孔云。念我独兮，忧心殷殷。

佌佌彼有屋，蔌蔌方有谷。民今之无禄，天夭是椓。哿⑧矣富人，哀此惸独。

【注释】

①正月：正阳之月，夏历四月。

②瘨：忧闷，忧郁。

③瘉：病，指灾祸、患难。

④茕茕：没有兄弟的人，孤独不快乐的样子。

⑤踖：轻步走路。

⑥扤：摇动。

⑦炤：显见，显眼。

⑧哿：喜乐。

【译文】

正月地上全是霜，我的心中充满忧伤。民间谣言四起，传遍四方非常广。只有我一个人忧伤，忧思满怀愁难去。可怜我担惊受怕，忧思成疾终成病。

父母为什么要生我，让我遭受这场灾难？苦难不在我生之前发生，也不在我离世后发生。好话从自己口中说出，坏话也从自己口中说出。忧心忡忡让我恍惚，所以更加被别人欺侮。

独自难过心忧伤，看来是我没有福气难消受。平民百姓是无辜，也沦落为大官家的奴仆。我可怜这些人，哪里才能求得福禄？看那些乌鸦将要落下来休息，会落在谁的屋檐上？

遥望那些树林，无论粗细只能当柴烧。百姓处在危难中，看老天昏睡不睁眼。既然已经确定天命，没人可以抗拒争胜利。有伟大的主宰天上的皇帝，你到底憎恨谁？

人们说高山变低了，成为山冈和丘陵。民间的谣言四起，不去制止怎么行。召见那些老臣询问，请他占卜解梦。都夸自己最高明，谁能分辨出乌鸦的雌雄？

人们说天空很高，还是不敢把腰直起来。人们说大地很厚，还是怕陷下去把脚踮着走。高声把这些话喊出来，有理有据没乱说。悲哀当今世上的人，为什么像虺蜴般四处躲避。

瞻山坡上的那些田地,有棵禾苗长得特别茂盛。上天如此折磨我,就怕压不倒我。当初他来求我时,就怕我推辞不应召。得到我后却慢待,不再重用和依靠我。

心里的忧伤很痛苦,像绳子打了结不能解。当今政事真难说,为何越来越糟?野火熊熊燃起时,谁能把它扑灭?显赫的宗室周王朝,竟然是褒姒将它灭。

经常心里满怀忧伤,又像是遇到阴雨天。车厢里装满货物,却把辅助的夹板丢弃。等货物掉下来,才喊兄弟来帮忙。

不要丢弃辅助你的夹板,要加固你的车辐。经常照顾为你驾车的仆人,才不会损失货物安然驾驶。终于能够渡过难关,要考虑原来不在意的这些事情。

鱼儿生活在池沼里,不是它贪图享乐。即使深藏在水里不敢动,透过清澈的水仍然被看到。忧思满怀惶惶不安,忘不掉国家残暴的朝政。

他有醇香的美酒,又有美味佳肴任品尝。与你周围的邻居相处融洽,婚姻联结亲友广。想我孤独一个人,忧心忡忡心忧伤。

卑鄙的小人有漂亮的房屋,猥琐丑陋的人有粮食。今世的百姓们很贫穷,饱受上天降下来的灾祸。看着富人家过得多快乐,为孤独的穷人哀伤。

【赏析】

这是位官吏写的忧国忧民、愤世嫉俗的诗歌。

诗人写出三种人的心态,第一种是末世的昏君,虽然没有明确指出是周幽王,可是用暗示的方法让人们知道。第二种是得志的小人,他们巧言令色,嫉妒贤能的官员,结党营私,心肠狠毒如蛇蝎,却得到君王的重用和宠幸,享受高官厚禄。第三种是普通的百姓,承受着各种剥削和压迫,只能忍气吞声。

全诗分十三章,前八章每章八句,第九到第十三章每章六句。以五言为主杂以四言,错落有致。以哀伤、孤独、愤怒为主线,感情充沛。

"鱼在于沼,亦匪克乐。潜虽伏矣,亦孔之炤",鱼在池中还是免不了遭殃,比喻乱世中的人不管怎么躲藏,还是会遭受灭国的祸事。"彼有旨酒,又有嘉肴""民今之无禄,天天是椓""哿矣富人,哀此惸独"。有钱有势的人有酒有菜,其乐融融,而百姓们穷苦无依,饱受天灾人祸之苦,通过对比,表现对现实极大的愤慨。

十月之交

【原文】

十月之交，朔月①辛卯。日有食之，亦孔之丑。彼月而微，此日而微；今此下民，亦孔之哀。

日月告凶，不用其行。四国无政，不用其良。彼月而食，则维其常；此日而食，于何不臧。

烨烨②震电，不宁不令。百川沸腾，山冢崒崩。高岸为谷，深谷为陵。哀今之人，胡憯莫惩？

皇父③卿士，番④维司徒。家伯维宰，仲允膳夫。聚子内史，蹶维趣马。楀维师氏，艳妻煽方处。

抑此皇父，岂曰不时？胡为我作，不即我谋？彻我墙屋，田卒污莱。曰予不戕⑤，礼则然矣。

皇父孔圣，作都于向。择三有事，亶侯多藏。不慭⑥遗一老，俾守我王。择有车马，以居徂向。

黾勉⑦从事，不敢告劳。无罪无辜，谗口嚣嚣。下民之孽，匪降自天。噂⑧沓背憎，职竞由人。

悠悠我里，亦孔之痏⑨。四方有羡，我独居忧。民莫不逸，我独不敢休。天命不彻，我不敢效我友自逸。

【注释】

①朔月：初一。
②烨烨：电闪雷鸣的样子。
③皇父：权贵的名字。
④番：权贵的姓。
⑤戕：残害。
⑥慭：宁愿，损伤，残缺。
⑦黾勉：努力，勉力。
⑧噂：汇聚。
⑨痏：病，忧伤成病。

【译文】

九月底十月初的时候，初一这天是辛卯日。天上有日食出现，这是件不吉利的事情。有日食到处昏暗微光，今天太阳昏暗微光。如今天下的百姓，也非常哀痛难抑制。

　　日食月食预告凶兆，不遵照常规运行。天下没有好的政治，不用国家贤良的人才。平常也有月食，习以为常心不忧。如今出现日食，为什么叹息这件事是凶兆。

　　雷鸣电闪火光四射，天下不安宁国家不安定。数条江河沸腾，座座山峰都崩塌。高山成为低谷，深谷成为丘陵。叹息现在的执政者，面对凶险不警惕。

　　皇父显要是卿士，番氏家族的官职是司徒。家伯家的掌冢宰职，仲允家的掌管御前膳食。聚子家的管理内史和人事，蹶氏家身居趣马职。楀氏掌管子弟们的教育，美艳的妻子迷惑君王正炽热。

　　叹息一声这个皇父，难道说我不识时务？为什么调我去服役，事先不告诉一点消息？拆我家的墙毁我的屋，田地被水淹终荒芜。还说自己不残暴，是根据礼法行事。

　　皇父实在圣明，在向邑建都躲避灾难。选择三位亲信做卿士，确实是富豪有很多财富。不愿留下一位老臣，让他守卫我的君王。选择有车有马的人，迁往新的居住地向邑。

　　努力从事公务，不敢说辛苦劳烦。本来没有罪责也没有过错，却被喧嚣的逸言包围。百姓受苦受难，灾难并不是从天而降。不停地议论背后憎恨，罪责应该由小人承担。

　　悠长的愁思伤了我的心，劳心伤神忧伤成病。天下人很快乐，只有我独自在这里忧伤。百姓们都享受安逸，只有我忙碌不敢休息。只要周王朝的命令在，我就不敢效仿我的朋友自己安逸。

【赏析】

　　这是首朝廷官吏写的政治怨刺诗，他不满当政者的亲信们在其位不谋其政，对不顾社稷安危、中饱私囊的行为进行讽刺。

　　按内容可分成三层。第一章到第三章是第一层，将日食、月食、强烈地震这些反常的自然现象与腐败的朝廷用人联系起来，抒发诗人沉重的悲痛和忧虑，表达对国家前途的担心和恐惧。

　　古时候的人认为日食是君王安危的象征，以日代表君王，"此日而微"，预示着君王的国家会有灾难。第二章由日食联系到国家的颓败。第三章叙述前一阵子发生的强烈地震。对于这些反常的自然现象表现出他对国家前途的担忧和恐惧。"百川沸腾，山冢崒崩。高岸为谷，深谷为陵"这些具有特征性的描写，绘出一幅巨大的灾变图，读起来惊心动魄。

　　第四到第六章是第二层，诗人回顾往事，揭露如今执政者的无数罪行。第一层写大自然的震怒，执政者不想办法制止灾难使诗人无限忧伤。第二层写皇父等人的职位，永远地把他们记录在历史的耻辱柱上，一句"艳妻煽方处"含蓄地指出幕后的周幽王。

后两章是第三层，表达诗人在天灾人祸面前的态度。小官吏清醒地看到周王朝的危机却不远避灾难，兢兢业业恪尽职守。阶级的内部斗争中，他是失败者，和国家的命运相一致。

直抒胸臆与反证和讽刺并用，语言表达能力超强。真情流露，让人感到情真意切。

雨无正

【原文】

浩浩昊天，不骏①其德。降丧饥馑，斩伐四国。旻天疾威，弗虑弗图。舍彼有罪，既伏其辜。若此无罪，沦胥②以铺。

周宗既灭，靡所止戾。正大夫离居，莫知我勚③。三事大夫，莫肯夙夜。邦君诸侯，莫肯朝夕。庶曰式臧④，覆出为恶。

如何昊天，辟言不信。如彼行迈，则靡所臻。凡百君子，各敬尔身。胡不相畏，不畏于天？

戎成不退，饥成不遂。曾我暬御⑤，憯憯日瘁。凡百君子，莫肯用讯。听言则答，谮言⑥则退。

哀哉不能言，匪舌是出，维躬是瘁。哿矣能言，巧言如流，俾躬处休！

维曰予仕，孔棘且殆。云不可使，得罪于天子；亦云可使，怨及朋友。

谓尔迁于王都，曰予未有室家。鼠思⑦泣血，无言不疾。昔尔出居，谁从作尔室？

【注释】

①骏：长久。
②沦胥：沉没、陷入。
③勚：疲惫、劳苦。
④式臧：行善。
⑤暬御：侍御，近侍之臣。
⑥谮言：诋毁的话，批评，谏言。
⑦鼠思：忧思。

【译文】

浩瀚无边的苍天，不肯普照你恩惠的光芒。降下丧乱和饥荒，残害四面八方的百姓。苍天挟着秋风施暴虐，肆无忌惮地不管不顾。放掉那些有罪的恶徒，隐瞒他们的罪行。而那些没有罪的人，反而陷入痛苦的深渊。

周王朝已经灭亡，让人们找不到安宁落脚的地方。爵位高的大夫四处流亡，没人知道我的疲惫和劳苦。那些司徒公卿大夫们，不肯早起晚睡为国家忙。各邦的君王诸侯们，不肯朝夕为国事操劳。希望他们能改过行善，不要反过来为非作歹。

苍天该如何办才好？忠言逆耳你不相信。就像人们走远路，永远无法到达目的地。你们这些自命不凡的君子，各自明哲保身奔前程。为什么不知道畏惧，不敬畏苍天的尊严？

战祸已经酿成难以退却，饥荒已经形成无法扭转。我们这些近臣侍卫，忧心忡忡日渐憔悴。你们这些自命不凡的君子，不肯勤于政事不劝谏。顺耳的话就会听，听到谏言就训斥。

可怜那些不善言谈的人，并不是笨嘴拙舌无法说出口，实在是鞠躬尽瘁说不出。能说会道讨人喜欢，口若悬河会逢迎，让自己处于高官之位。

世人都说当官从政是好事，实在艰难又危险。说话办事不顺旨意，得罪天子惹祸端。说话办事顺旨意，又会遭到朋友埋怨。

我劝你们迁回王都，张口说还没有建成房屋。带着忧伤血泪出，没有一句话不让我心痛。当初你们仓皇出逃，谁帮你们盖好房屋？

【赏析】

这是首忧国忧民的政治抒情诗。讽刺周幽王昏庸无道，给国家带来政治混乱，表达诗人忧伤、悲痛又无可奈何的心情。

第一、第二章各十句，第三、第四章各八句，第五到第七章各六句，参差错落中见整饬。

第一章以无限感慨和忧伤的语气，埋怨"浩浩昊天，不骏其德"，让灾难降临到人间，真正有罪的人逍遥自在，而广大穷苦又无罪的百姓遭受着痛苦。表面上是指责"昊天"，其实是借此讽刺周幽王。

第二章揭露残酷的现实，周王朝已经破灭，爵位高的大臣们不仅不为国家效力，反而四处躲避，做出各种恶劣的行径。

第三章进一步揭露造成灾难的根本原因是君王胡作非为，而那些不畏天子的"凡百君子"，助纣为虐，做出一系列坏事。

第四章用痛苦的文字指出"听言则答，谮言则退"造成的灾难。统治者们只听好话,不听谏言。

第五章诗人诉说处境困难,"俾躬处休"让人感觉到他的委屈,对比鲜明。

第六章说出当官的困难:"云不可使,得罪于天子;亦云可使,怨及朋友",无法两全。

最后一章劝那些爵位高的人,指出那条迂回王都的道路,他们还是拒绝,致使劝诫者无法说话。他们在国家危难的时候,用各种借口拒绝,纷纷逃离。

直接叙述,语言质朴,感情真实,层层揭示乱世情况。反复咏唱,偶尔夹杂议论,哀伤中有很强烈的无奈,质朴中深含典雅的艺术之美。

小 旻

【原文】

旻天疾威,敷于下土。谋犹回遹①,何日斯沮②?谋臧不从,不臧覆用。我视谋犹,亦孔之邛③。

潝潝訿訿④,亦孔之哀。谋之其臧,则具是违。谋之不臧,则具是依。我视谋犹,伊于胡底。

我龟既厌,不我告犹。谋夫孔多,是用不集。发言盈庭,谁敢执其咎?如匪行迈谋,是用不得于道。

哀哉为犹,匪先民是程,匪大犹⑤是经。维迩言是听,维迩言是争。如彼筑室于道谋,是用不溃于成。

国虽靡止,或圣或否。民虽靡膴⑥,或哲或谋,或肃或艾⑦。如彼泉流,无沦胥以败。

不敢暴虎,不敢冯河⑧。人知其一,莫知其他。战战兢兢,如临深渊,如履薄冰。

【注释】

①遹:邪僻。
②沮:停止。
③邛:毛病、错误。
④潝潝訿訿:相互附和,相互诋毁。
⑤大犹:大道、常规。
⑥膴:肥、厚、多,繁盛。

⑦艾：有治理国家才能的人。

⑧冯河：徒步渡河。

【译文】

苍天暴虐真残酷，降下灾难到我的国土。朝廷政策真邪僻，何时才能止住？好的策略不听从，不好的策略却信服。我看朝廷的谋略，确实是弊病太多。

小人互相附和又互相诋毁，是非不分很悲哀。如果是好的谋略，实际行动全部违背。如果是不好的谋略，却全部听从。我看朝廷的谋略，究竟弄到何种境地。

我占卜的灵龟已经厌倦，不再告诉我吉凶。出谋划策的人很多，议论纷纷难会合。庭院里都是说话的人，却没有人敢指出弊病。就像谋划要远行，走到路上还没验证能不能用。

这样的谋略让人更加痛苦，不是祖先不仿效。治国谋略不遵从，只喜欢听爱听的话。就像建筑宫室也要有谋略，否则就建不成。

虽然国家没法度，人有时候聪明有时候糊涂。百姓虽然不富足，有明哲有计谋，有治理国家的才能有严肃。为政就像长流的泉水，不要衰败与陈腐。

不敢空手打暴怒的老虎，不敢徒步渡河。人们只知道很危险，不知道其他灾祸降临。面对政局战战兢兢，就像走近深渊，就像脚踩在薄冰上。

【赏析】

这首诗以讽刺的口吻揭露统治者是非不分，重用邪僻致使国家危在旦夕，表达诗人的愤恨，以及朝政腐败忧国忧民的思想感情。

前三章每章八句，后三章每章七句。第一章以怨天的口气指出当时的国家灾难是"谋犹回遹"，谴责昏庸的统治者是非不分、善恶不辨，导致"谋臧不从，不臧覆用"，国家走向衰败。

第二章指出造成这种混乱局面的原因，是掌权官员"潝潝訿訿"，感叹深化主旨。

第三章"我龟既厌，不我告犹"表示对周王朝政治和国家命运的深切忧虑。

第四章写"匪先民是程，匪大犹是经"。当时周王朝的策略脱离实际，统治者还偏听偏信，上不遵从圣贤，下不符合规范。

第五章以劝谏的口气，希望统治者能择善而用。末章"战战兢兢，如临深渊，如履薄冰"，表达诗人忧国忧民的沉重心情。三句生动形象、寓意鲜明的句子在后世成为经典成语。

这首诗像一首政治抒情诗，政治讽刺是政治抒情的一种方式。诗人以"谋犹回遹"为中心思想，以对国事的忧虑为主线，从始至终用感叹的语气，把叙述、揭露、讽刺和议论结合起来，形成一首主题鲜明、内容丰富、感情深厚的诗。

小　宛

【原文】

宛彼鸣鸠，翰飞戾①天。我心忧伤，念昔先人。明发不寐，有怀二人。

人之齐圣，饮酒温克。彼昏不知，壹醉日富。各敬尔仪，天命不又。

中原有菽②，庶民采之。螟蛉有子，蜾蠃负之。教诲尔子，式穀似③之。

题彼脊令，载飞载鸣。我日斯迈，而月斯征。夙兴夜寐，毋忝④尔所生。

交交桑扈，率场啄粟。哀我填⑤寡，宜岸宜狱。握粟出卜，自何能穀？

温温恭人，如集于木。惴惴小心，如临于谷。战战兢兢，如履薄冰。

【注释】

①戾：至。

②菽：豆。

③似：通"嗣"，继承。

④忝：辱没。

⑤填：病。

【译文】

那个小小斑鸠鸟，展翅高飞在云天。忧伤充满我内心，怀念已故我祖先。直到天明没入睡，又把父母来思念。

聪明智慧那种人，饮酒也能见沉稳。可是那些糊涂蛋，每饮必醉日日甚。请各自重慎举止，天恩不会再降临。

田野长满大豆苗，众人一起去采摘。螟蛉如若生幼子，蜾蠃会把它背来。你们有儿我教育，继承祖先好风采。

看那小小鹡鸰鸟，边翻飞呀边欢鸣。天天在外我奔波，月月在外我远行。起早贪黑不停歇，不辱父母的英名。

交交啼叫青雀鸟，沿着谷场啄小米。自怜贫病更无依，连遇诉讼真可气。抓把米去占一卦，看我何时能吉利？

温和恭谨那些人，就像站在高树上。担心害怕真警惕，就像身临深谷旁。心惊胆战太不安，如踩薄冰恐沦丧。

【赏析】

这是首忧伤交织的抒情诗，表达诗人对自己凄惨命运的感慨，怀念父母先人，从侧面反映出当时混乱、黑暗的社会生活。

全诗分六章。第一章开篇以斑鸠的叫声，腾飞和戾天反衬诗人艰难的处境，直接写诗人怀念祖先和父母的感情，暗含着今不如昔的感慨，集中表现他心中的悲痛。

第二章诗人以"人之齐圣，饮酒温克"斥责又劝诫兄弟，说他们违背父母的教诲，纵酒寻欢。

第三章诗人用"螟蛉有子，蜾蠃负之"告诉人们，他代兄弟们抚养幼子，教育他们继承祖先的功德和风采。

第四章用鹡鸰鸟"题彼脊令，载飞载鸣"比作自己"我日斯迈，而月斯征"，他整天四处奔波，辛苦操劳，不辱没父母的在天之灵。

第五章用"交交桑扈，率场啄粟"象征诗人"哀我填寡，宜岸宜狱"的处境，表现出他对命运难卜的焦虑之情，贫病交加的时候又有官司缠身。写得生动形象、耐人回味。

末章连续用了三个"如"字，把诗人"惴惴小心"的心境描写得形神兼备，真切感人。

全诗组织严密、层次分明，采用了意味深长的比兴手法，每章因物起兴，借景寄情。鲜明活脱地表现沉重情感，是一篇独具特色的雅颂。

小 弁

【原文】

弁①彼鸒②斯，归飞提提。民莫不穀，我独于罹。何辜于天？我罪伊何？心之忧矣，云如之何？

踧踧③周道，鞫④为茂草。我心忧伤，惄⑤焉如捣。假寐永叹，维忧用老。心之忧矣，疢⑥如疾首。

维桑与梓，必恭敬止。靡瞻匪父，靡依匪母。不属于毛？不罹于里？天之生我，我辰安在？

菀彼柳斯，鸣蜩嘒嘒。有漼⑦者渊，萑苇淠淠⑧。譬彼舟流，不知所届。心之忧矣，不遑假寐。

鹿斯之奔，维足伎伎。雉之朝雊，尚求其雌。譬彼坏木，疾用无枝。心之忧矣，宁莫之知？

　　相彼投兔，尚或先之。行有死人，尚或墐之。君子秉心，维其忍之。心之忧矣，涕既陨之。

　　君子信谗，如或酬之。君子不惠，不舒究之。伐木掎矣，析薪扡⑨矣。舍彼有罪，予之佗矣。

　　莫高匪山，莫浚匪泉。君子无易由言，耳属于垣。无逝我梁，无发我笱。我躬不阅，遑恤我后。

【注释】

①弁：快乐的样子。
②鸒：鸟名，形似乌鸦，小如鸽，腹下白，喜群飞，又名雅乌。
③踧踧：平坦的样子。
④鞫：阻塞。
⑤怒：忧伤的样子。
⑥疢：病，指内心燥热的病。
⑦灌：水深的样子。
⑧淠淠：茂盛的样子。
⑨扡：顺着纹理劈开。

【译文】

　　寒鸦拍打着翅膀多么快乐，成群结队飞回来多么安娴。天底下的人个个都交好运，唯独我自己深深陷于忧患。我不知道哪里得罪了苍天？更不晓得为什么罪大无边？我积郁在心里的深深忧伤，不知到底该如何得以排遣？

　　原本宽阔平坦的通衢大道，现如今早已阻断遍布荒草。我内心里禁不住深深地忧伤，七上八下犹如春杵不停捣。我在和衣而卧中长长叹息，岁月如此深忧更易催人老。我积郁在心里的深深忧伤，那深痛犹如刺痛我的头脑。

　　看到父母亲种下的桑梓树，尚且必须恭恭敬敬立树前。哪个对父亲无不充满尊敬，哪个对母亲无不深深依恋！到如今却外不和皮毛相接，内不和心腹血肉紧相连。老天爷你生我来到人世间，我什么时候才能时来运转？

　　池边垂柳如烟是那样浓绿，枝头的蝉儿嘶嘶鸣唱不已。河湾深几许自是不可见底，芦苇丛生兼葭苍苍多茂密。我的心啊就像那小舟漂摇，茫茫然不知终将漂向哪里。我内心里禁不住地忧伤啊，竟没有片刻闲暇懒卧和衣。

　　你看原野里的小鹿在奔跑，四只小腿是那样舒缓灵巧。漂亮的公野鸡清晨就鸣叫，还不是为招引心仪的雌鸟。我的心啊就像那病死的树，因为身染沉疴落尽了枝条。我内心里禁不住地忧伤啊，难道就没有个知心人明了！

你看那兔儿自投进罗网里，还有好心人帮它解难脱灾。通衢大道上突然有人倒毙，还有好心人为他收尸掩埋。我的君王啊你所持的态度，竟是这样硬心肠使得出来。我内心里禁不住地忧伤啊，肝肠寸断珠泪双流落尘埃。

我的君王啊偏听偏信谗言，就好像嗜饮美酒一样沉迷。我的君王对我不理又不睬，对谗言也不慢慢深究根底。伐树尚需支拄树冠防砸伤，劈柴尚需顺着纹理才容易。我的君王偏偏放掉有罪人，把罪囚的黑衣往我身上披。

没有比那座山更高的大山，也没有比那眼泉更深的泉。我的君王啊不要轻信谗言，要防隔墙有耳贴在墙壁边。不要到我捕鱼的梁坝上去，不要偷着打开我的鱼篓看。我现如今连自身都顾不上，哪还顾得上身后百事难缠！

【赏析】

这首诗以"幽怨"为主调，多层次、多角度描写诗人被父亲驱逐出家门的悲痛心情，抒发内心的惆怅和愤恨。

全诗分八章。第一章用快乐的鸢鸟飞回巢穴的景象为反衬，说自己"我独于罹"，呼天喊地地用"我罪伊何？心之忧矣"诉说心中的忧伤和悲痛。

第二章写诗人被放逐在外时看到的景象，平坦的大道上长着茂密的青草，象征他平静的生活出现祸事，使他"惄焉如捣。假寐永叹，维忧用老"。

第三章叙述诗人孝敬父母却被父母驱逐的事情，对父母"必恭敬止"，如今却和父母没有关系，只能用沉痛的语言无奈地把责任推给苍天，"天之生我，我辰安在"。

第四、第五章写外面一片欣欣向荣的情景，而他却"譬彼舟流，不知所届""譬彼坏木，疾用无枝"，表达他孤苦无依的痛苦心情。

第六章诗人用落网的野兔尚且有人放走，死在路上的人都会有人埋葬，埋怨父亲太残忍，不念亲子之情，忍心放逐他，他只能"涕既陨之"。

第七章诗人为自己辩解，揭示被驱逐的原因是父亲听信谗言，颠倒是非曲直，诗人的内心由"忧"成"怨"。

末章诗人再一次叙述自己被父亲驱逐后谨慎又小心的情怀。感到自己的灾祸很复杂，让自己少说话，以免随时被坏人抓住把柄。诗人痛定思痛，对生活心灰意冷，感到前途渺茫，后事难料。

赋、比、兴交相互用，正面描述、反面衬托、比兴，以客观事物的状态比喻自己的处境，给人具体和形象的感受。

巧 言

【原文】

悠悠昊天，曰父母且。无罪无辜，乱如此帆①。昊天已威，予慎无罪。昊天大帆，予慎无辜。

乱之初生，僭②始既涵。乱之又生，君子信谗。君子如怒，乱庶遄沮。君子如祉③，乱庶遄已。

君子屡盟，乱是用长。君子信盗，乱是用暴。盗言孔甘，乱是用馋。匪其止共，维王之邛。

奕奕寝庙，君子作之。秩秩大猷④，圣人莫之。他人有心，予忖度之。跃跃毚兔⑤，遇犬获之。

荏染柔木，君子树之。往来行言，心焉数之。蛇蛇⑥硕言，出自口矣。巧言如簧，颜之厚矣。

彼何人斯？居河之麋。无拳无勇，职为乱阶。既微且尰，尔勇伊何？为犹将多，尔居徒几何？

【注释】

①帆：大。
②僭：谗言，挑拨的话。
③祉：福，指贤人以致福。
④猷：计算，谋略。
⑤毚兔：狡猾的兔子。
⑥蛇蛇：轻率的样子。

【译文】

辽阔高远的苍天，说是人们的父母。人们无罪又无过，祸乱大得真可怕。苍天在上太威严，我实没有犯罪过。苍天在上太暴虐，确实我就是无辜。

祸乱开始出现时，谗言传开被包容。祸乱再次发生时，君子信用进谗人。君子闻谗若发怒，祸乱很快会止住。君子如能用贤人，祸乱也能快平息。

君子多次发誓言，祸乱因此愈增长。君子信用谗言者，祸乱因此更凶暴。谗人巧言好甜蜜，祸乱因此愈增加。不是他们尽职守，是为君王造祸患。

高大宫室和宗庙，是由君子把它造。明智治国的大计，是由圣人来谋划。他人心中有诡计，我能揣度知道它。蹦蹦跳跳的狡兔，遇上猎犬命难逃。

柔软脆弱的树木，是由君子把它栽。传来传去的流言，心中有数分得清。

轻率浮浅的大话，都是谗人口中出。花言巧语如丝簧，脸皮真厚太无耻。

　　他是怎样一个人？住在河流的岸边。没有力量没勇气，只会滋事造祸乱。腿上生疮脚肿大，你的勇气哪里见？玩弄诡计多阴谋，你的同伙剩几个？

【赏析】

　　这首诗写国家统治者听信谗言引起祸乱。诗人饱受谗言之苦，通篇直接抒发他心中的悲愤，揭露小人谗言祸国的卑鄙行径。

　　全诗分六章。第一章开篇诗人就发出痛彻心扉的呼喊："悠悠昊天，曰父母且。无罪无辜，乱如此帱"。紧接着后四句诗人带着绝望地申辩。诗人告诉苍天，他无法用实情洗刷心中的悲痛，只能对着高高在上的苍天反复空喊，这种行为是蒙受奇冤的典型表现方法。

　　第二、第三章里诗人的情感稍微缓和些，痛定思痛后，开始对祸乱进行反省和揭露。他认为散播谗言可恶，也需要有人相信，因为谗言只有让人相信才能够起作用，谗言让人舒服，给人带来眼前虚幻的快感。只有防患于未然。如果传染上，就会让人产生依赖感，最终被谗言所害，后悔就晚了。这两章将"君子信谗"的过程写得清清楚楚，可以看出愤怒没有让诗人丧失理智，"盗言孔甘，乱是用餤"成为后世当权者的清醒剂。

　　第四、第五章写出散播谗言者阴险、虚伪的真实面目，他们就像盗贼一样为了自己的目的置国家与民众于不顾，与贤良的人士为敌，处心积虑，暗使计谋。用花言巧语蛊惑天子，"蛇蛇硕言，出自口矣。巧言如簧，颜之厚矣"，惟妙惟肖地刻画出散播谗言者的无耻行径。

　　最后一章，诗人按捺不住心中的愤慨，情感激烈地质问散播谗言者是什么人，表达出对散播谗言者恨之入骨的强烈心情。怒骂散播谗言者鼠目寸光，获得个人利益的同时，也把自己送上绝路。这里不仅揭露了散播谗言者的丑恶，也清醒地说出散播谗言者可耻又可悲的下场。

　　这首诗没有写个人恩怨，上升到谗言误国的高度，感情充沛，充满历史意义与价值。

何人斯

【原文】

　　彼何人斯？其心孔艰。胡逝我梁，不入我门？伊谁云从？维暴之云。
　　二人从行，谁为此祸？胡逝我梁，不入唁[①]我？始者不如今，云不我可。

彼何人斯？胡逝我陈②？我闻其声，不见其身。不愧于人？不畏于天？

彼何人斯？其为飘风。胡不自北？胡不自南？胡逝我梁？只搅我心。

尔之安行，亦不遑舍。尔之亟行，遑脂尔车。壹者之来，云何其盱③。

尔还而入，我心易也。还而不入，否难知也。壹者之来，俾我祇也。

伯氏吹埙，仲氏吹篪④。及尔如贯，谅不我知。出此三物，以诅尔斯。

为鬼为蜮⑤，则不可得。有靦⑥面目，视人罔极。作此好歌，以极反侧。

【注释】

①唁：慰问。

②陈：堂下到门口的路。

③盱：忧、病。

④篪：古代竹制的乐器，像笛子，有八孔。

⑤蜮：传说中在水里暗中害人的怪物。

⑥靦：露脸见人。

【译文】

那到底是一个什么样的人啊？我只知道他的心肠太阴险。他为什么偷偷去我的鱼梁，却不愿意迈进我家的门槛？请问这小哥你是谁的跟班？原来他是唯暴公马首是瞻。

你们主仆二人相跟一路行，到底谁是这场灾难的祸根？他为什么偷偷去我的鱼梁，却不愿意走进我家来慰问？当初惺惺相惜浑然不如今，今已分道扬镳你我不同心。

那到底是一个什么样的人啊？他为什么悄悄来我的院庭？我明明听到了他的脚步声，却实实没见到他的踪影。难道他走在人前就不愧疚？在天命面前就不诚惶诚恐？

那到底是一个什么样人啊？他好像那飘忽不定的疾风。他为什么不从北方刮过来？他为什么不是南方来的风？他为什么跑到我的鱼梁坝？他的不轨搅扰得我心不宁！

你不急不躁安安稳稳前行，也从未停下脚步片刻安闲。你马不停蹄急匆匆地赶路，润滑一下车毂都没有时间。就请你百忙之中来一次吧，为何这样难让我望眼欲穿？

如果你返回来进入我的门，我悬着的心才会尽快平静。如果你返回来不进我的门，我心情败坏难知何去何从。就请你百忙之中来一次吧，唯如此才会使我心绪安宁。

想当初老兄你悠悠吹陶埙，小妹我为你伴和声吹竹篪。我和你在一起犹如绳相串，不料你却和我全然不相知！如今我贡献犬豕鸡三牲物，一片冰心可表我对你盟誓！

如果你是鬼或是个狐狸精，那么咱们此生不可再相见。现你靦着脸有鼻子也有眼，给人印象却在反复无常间。我今用心写成这首妙歌曲，以慰我心不用再反侧辗转。

【赏析】

这是首弃妇诗，用激烈的言辞谴责丈夫变了心，揭露负心汉反复无常的丑恶嘴脸。

全诗分八章。第一章直接提问"彼何人斯"，叙述这个人的丑恶行径，"伊谁云从？维暴之云"，对诗人视而不见还经常会有暴力行为，导致无人愿意靠近。

第二章开篇"二人从行，谁为此祸"，写两个人一起行走却生出祸事，让人们更想知道诗人说的是谁。

第三章"彼何人斯？胡逝我陈"，采用重章叠句的手法追问那个人到底是谁，从"不愧于人？不畏于天"可知，这个人做了天理不容的事情，才会畏惧苍天。

第四章把那个人的行为比作风，飘忽不定，让诗人心神不定。

第五章用对比的手法写那个人总是很忙碌，对自己不在意，自己却用满心的思念之情，关注着那个人的一举一动。

第六章写诗人的心情随着那个人的到来而改变，心灵在失望与希望的交织中受伤。

第七章写曾经的欢乐情景，两人相亲又相知。今昔对比，诗人的心里更加难过。想起那个人违背曾经的誓言，诗人祭起三物表达自己的心情。

末章诗人交待写这首诗的原因，同时希望丈夫能够回心转意，可以看出诗人是一位哀婉柔弱的女子。

这首诗如梦境般飘忽不定，夹杂着诗人神思恍惚的疑惑、惊惧、失望和愤怒，末句"作此好歌，以极反侧"，显示她辗转反侧时写下这首诗，叙事并不清晰，在反复的诘问中穿插回忆的生活片断，使诗的结构飘忽散乱，犹如梦幻，给人奇妙、独特的感觉。

巷 伯

【原文】

萋兮斐兮①，成是贝锦。彼谮人②者，亦已大甚！

哆兮侈兮③，成是南箕④。彼谮人者，谁适与谋。

缉缉翩翩，谋欲谮人。慎尔言也，谓尔不信。

捷捷幡幡，谋欲谮言。岂不尔受？既其女迁。

骄人好好，劳人草草。苍天苍天，视彼骄人，矜此劳人。

彼谮人者，谁适与谋？取彼谮人，投畀⑤豺虎。豺虎不食，投畀有北。有北不受，投畀有昊！

杨园之道，猗⑥于亩丘。寺人⑦孟子，作为此诗。凡百君子，敬而听之。

【注释】

①萋、斐：文采不错的样子。
②谮人：谗害别人的人。
③哆、侈：把嘴张大。
④南箕：星名，是箕宿。箕宿四星连起来是梯形，呈簸箕形。古人认为此星主口舌，用来比喻谗言者。
⑤畀：与。
⑥猗：靠着，在……之上。
⑦寺人：阉人，宦官。

【译文】

彩丝鲜亮花纹明，织成彩色的贝纹锦。那个造谣的害人者，坏事做尽太凶狠。

张开大嘴咧着口，就像箕星挂在夜空。那个造谣的害人者，是谁给你作谋划？

花言巧语叽喳叫，一心谋划来坑害人。劝你说话要负责任，否则以后没人信。

花言巧语舌头长，一心造谣又把人骗。并非没有人来上当，总有一天你遭殃。

捣鬼的人竟得逞，受害的人却蒙冤。苍天苍天你在上！管管那些害人精，可怜可怜受害人！

嚼舌头的害人精，是谁教你昧良心？抓住长舌害人精，丢给荒山豺虎吞。如果豺虎不肯吞，丢到北极喂野人。如果北极也不要，还交老天来严惩。

一条小路通杨园，小路越过山坡顶。刑余之人名孟子，编首歌子为宽心。过往君子慢慢行，请君为我倾耳听！

【赏析】

这是首怒斥造谣者的诗，造谣可恨的地方在于用口舌杀人还不犯死罪，显然诗人也是一位被谣言伤害的人，对那些造谣的人发出强烈的诅咒和怨恨，祈求上苍和统治者能够对造谣者进行处罚。

造谣者能够得逞是因为谣言披着一层美丽的外衣，措辞华丽而文雅，古人称诬陷别人叫"罗织罪名"。这首诗开篇写道"萋兮斐兮，成是贝锦"，花言巧语就像美丽的罗锦，很容易迷惑人，特别是那些有权的统治者。

全诗分六章，把造谣者写得非常生动贴切。第二、第三、第四章的开头，形象地勾勒出造谣者丑恶的嘴脸，表达诗人愤恨的情绪。造谣者可怕之处是在背后做动作，当事人根本无法知道，更不可能去辩解，当他们知道时已经为时已晚。

诗人用"取彼谮人，投畀豺虎。豺虎不食，投畀有北。有北不受，投畀有昊"，表达出对造谣者极度的憎恨和厌恶。用快心露骨的语言，对罪大恶极的人进行无情的鞭挞。

诗的结尾处郑重留下诗人的名字，表明这首诗写了让诗人极为痛切的事情，是他有感而发的作品，叙述他的悲惨遭遇，抒发他激愤的情绪。

谷　风

【原文】

习习谷风，维风及雨。将①恐将惧，维予与女。将安将乐，女②转弃予。

习习谷风，维风及颓③。将恐将惧，置予于怀。将安将乐，弃予如遗④。

习习谷风，维山崔嵬⑤。无草不死，无木不萎。忘我大德，思我小怨。

【注释】

①将：将要，正值。
②女：汝，你。
③颓：旋风。
④遗：遗弃，抛弃。

⑤崔嵬：指山高大险峻的样子。

【译文】

谷口的风呼呼地刮着，大风夹杂着阵雨。当年你遭遇恐惧时，只有我帮你分担忧虑。如今安逸享乐时，你却转头把我抛弃。

谷口的风呼呼地刮着，大风不停地旋转。当年你担惊受怕时，只有我把你抱在怀里。如今安逸享乐时，把我抛开全然忘记。

谷口的风呼呼地刮着，吹过巍峨的高山。地上的草都已枯死，山间的树木全都凋零。你忘记我的恩德，只记得我的小毛病。

【赏析】

这是首弃妇诗，写女主人公被丈夫遗弃后，满腔幽怨地回忆当初家境贫寒，她辛苦操劳，与丈夫共患难，一起克服难关。当时，丈夫对她体贴关怀，如今生活富裕安定，丈夫却变了心，找着借口要遗弃她。因此她写了这首诗，叙述丈夫忘恩负义的行径，借诗歌抒发她悲伤哀怨的情绪。

全诗分三章，每章六句，每章开篇以风雨起兴，风雨交加的天气里更容易让人抑制不住内心的悲伤。诗人独自面对凄风苦雨，增添无限悲伤的愁绪，发出"风雨让人愁"的哀叹。

这首诗的语言凄楚感人，诗人用委婉的语气叙述着她被丈夫抛弃前后的生活状态，没有谴责辱骂的词句，却表露出她浓烈的责备。她的怨气很大却没有发怒，说明她是一位性格懦弱又善良的劳动妇女。

女主人公的性格反映出当时妇女们处在被压迫的屈辱境地，没有独立的地位和完整的人格，只能依附在男人身上生活，落入被遗弃的境地也无可奈何。

蓼莪

【原文】

蓼蓼①者莪②，匪莪伊蒿。哀哀父母，生我劬③劳。

蓼蓼者莪，匪莪伊蔚。哀哀父母，生我劳瘁。

瓶之罄矣，维罍④之耻。鲜民之生，不如死之久矣。无父何怙？无母何恃？出则衔恤，入则靡至。

父兮生我，母兮鞠⑤我。拊我畜我，长我育我，顾我复我，出入腹我。欲报之德。昊天罔极！

南山烈烈，飘风发发。民莫不穀，我独何害！

南山律律，飘风弗弗。民莫不穀，我独不卒！

【注释】

①蓼蓼：形容植物高大。
②莪：莪蒿，一种野草。
③劬：辛苦，劳累。
④罍：盛水的器具。
⑤鞠：养育。

【译文】

看那莪蒿长得高，却非莪蒿是散蒿。可怜我的爹与妈，抚养我大太辛劳！
看那莪蒿相依偎，却非莪蒿只是蔚。可怜我的爹与妈，抚养我大太劳累！
汲水瓶儿空了底，装水坛子真羞耻。孤独活着没意思，不如早点就去死。没有亲爹何所靠？没有亲妈何所恃？出门行走心含悲，入门茫然不知止。
爹爹呀你生下我，妈妈呀你喂养我。你们护我疼爱我，养我长大培育我，想我不愿离开我，出入家门怀抱我。想报爹妈大恩德，老天降祸难预测！
南山高峻难逾越，飙风凄厉令人怯。大家没有不幸事，独我为何遭此劫？
南山高峻难迈过，飙风凄厉人哆嗦。大家没有不幸事，不能终养独是我！

【赏析】

这是一位在外服役，无法赡养父母的孝子写的哀怨诗，用充沛的感情表现孝敬父母的传统美德，抒发自己不能终养父母的痛苦心情。

全诗分六章，三层意思，是首悼念父母的祭歌。前两章是第一层，开篇用"莪蒿"作比，诗人看到蒿与蔚，错把它们当成莪蒿。莪蒿味美可以食用，隐喻孩子长大成人可以孝顺父母。而蒿与蔚是散生的，不可以食用，暗喻诗人无法尽孝道。诗人想到自己无法终养父母，不能尽孝，心里很难过。

第三、第四两章是第二层意思，写父母对儿子的深爱以及儿子失去父母后的痛苦之情。第三章开篇用"瓶"比喻父母，以盛水的器具比作儿子。瓶子在盛水的器具里汲水，因为无水可汲瓶子，无法盛水的器具觉得羞耻，比喻儿子为无法赡养父母，没有尽到孝道感到羞耻。

诗人在第四章的前六句用了九个动词：生、鞠、拊、畜、长、育、顾、复、腹，声调急促，言真意切，如哭诉般表达他真切的情感。诗人在这章的最后两句把无法奉养父母、报答父母恩情的痛苦归咎于苍天，指责苍天变化无常，夺去父母的性命，让他无法报答。

第五、第六章是第三层意思，诗人用南山呼啸而来的大风起兴，创造出一个肃杀悲凉的气氛，象征父母双亡的凄惨境地。这两章里四个声字的重叠：烈烈、发发、律律、弗弗，加重了整首诗悲伤的气氛，加重诗人的哀思，听起来像哭一样。最后两句是诗人安静下来,发出无可奈何的叹息声。

大 东

【原文】

有饛①簋②飧,有捄棘匕③。周道如砥,其直如矢。君子所履,小人所视。眷言④顾之,潸焉出涕。

小东大东,杼柚其空。纠纠葛屦,可以履霜。佻佻公子,行彼周行。既往既来,使我心疚。

有冽氿泉⑤,无浸获薪。契契寤叹,哀我惮⑥人。薪是获薪,尚可载也。哀我惮人,亦可息也。

东人之子,职劳不来。西人之子,粲粲衣服。舟人之子,熊罴是裘。私人之子,百僚是试。

或以其酒,不以其浆。鞙鞙⑦佩璲,不以其长。维天有汉,监亦有光。跂彼织女,终日七襄。

虽则七襄,不成报章。睆⑧彼牵牛,不以服箱。东有启明,西有长庚。有捄天毕⑨,载施之行。

维南有箕,不可以簸扬。维北有斗,不可以挹酒浆。维南有箕,载翕其舌。维北有斗,西柄之揭。

【注释】

①饛:食物装满的样子。
②簋:古代一种供统治阶层吃东西的食器。
③捄棘匕:长而弯曲,用酸枣木做的勺子。
④眷言:眷恋回顾的样子。
⑤氿泉:泉水受阻碍溢出。
⑥惮:疲劳成病。
⑦鞙鞙:长长的玉佩。
⑧睆:明亮的样子。
⑨天毕:八星组成的星座,排列得像捕兔子的毕网。

【译文】

圆簋里装满熟食,上面插着棘木做的弯勺。大路像磨刀石一样平坦,直得像射出去的箭杆。王公贵族们在上面走来走去,百姓们只能看两眼。我眷恋着回顾往事,忍不住潸然泪下痛哭流涕。

东方远近诸小国，纺织机上已经空荡荡。葛布做的鞋用丝带缠绕，穿起来抵御寒霜。那些轻佻的公子哥，大摇大摆地走在大路上。他们来来去去的样子，使我的心痛如断肠。

旁边溢出的泉水清冷，不要浸湿才砍的柴薪。我睡醒后悲伤地叹息，哀怜我这个多病的人。刚砍下这些柴薪，还要装上车运回家。哀怜我这个多病的人，应该有片刻休息时间。

东方大小邦国的臣民，辛苦地劳作不来慰问。西部诸侯的臣民，穿着鲜亮的衣服。那些以摆渡为生的船民，也能身穿熊皮袍。那些家臣的子弟，个个在衙门当差。

有人天天喝美酒，有人喝不上米浆。有人佩戴长长的玉佩，不是才德有专长。仰望天上灿烂的银河，在天空闪闪发光。分开两只脚的织女星，每天移动七次位置。

虽然一天移动七次，但无法织出美丽的纹路。明亮的牵牛星，不能像真牛拉着车厢。东边有启明星，西边有长庚星。天毕八星柄弯长，歪歪斜斜挂在银河上。

南边有座箕星，不可以拿来簸糠扬去杂物。北边有座北斗星，不能拿来舀酒喝。南边有座箕星，吞吐着舌头长又长。北边有座北斗星，在西边执着斗柄指向东方。

【赏析】

这是首东方诸侯国的臣民困于赋役，怨恨周王室的诗。全诗结构严密，层次清晰，运用对比和暗喻，从现实社会写到缥缈的星空，表现人们被压榨的痛苦和诗人忧愤抗争的激情。

全诗分七章。首章写"食"，由满满的食物写到平坦的道路。"君子所履，小人所视"写出两种人不同的境遇。

第二章写"衣"，纺织机上空荡荡，百姓穿着破草鞋御寒，公子们通过平坦的大路不停地压榨百姓。

第三章写"役"，以柴薪作比，写柴薪不能水浸，隐喻生病的百姓需要休养生息。

第四章写"待遇"，"东人之子，职劳不来"，而"西人之子，粲粲衣服"，周人中身份最下贱的船民也有熊袍穿，家奴的子弟都在衙门任职。通过对比反映西周的百姓与被征服的东方百姓之间的不平等。

第五章前四句继续写两者之间的不平等，后四句把视野转向天空，看到银河有光，抒写他们的悲哀，承前启后，自然过渡。

第六章写诗人在灿烂的星空中驰骋，怨织女星织不成布帛，怨牵牛星不能拉车运输，启明星和长庚星有名无实，讥讽毕星在天空拉网是徒劳无功的行为，仿佛整个银河系的星星都无法解除他的困苦。

第七章进一步描写银河里的星星，虽然上四句和下四句都是写箕星和北斗星，却分成两个意思，上四句指出它们虚有其位，下四句说它们为周王朝服务，压榨东方小民。

这首诗把现实世界和虚幻世界结合起来，把现实主义与浪漫主义整合在一起，使整首诗的思想更为深刻，留给人们深刻的印象。

四 月

【原文】

四月维夏，六月徂暑。先祖匪人，胡宁忍予？
秋日凄凄，百卉具腓①。乱离瘼②矣，爰其适归？
冬日烈烈，飘风发发。民莫不穀，我独何害？
山有嘉卉，侯栗侯梅。废为残贼③，莫知其尤！
相彼泉水，载清载浊。我日构④祸，曷云能穀？
滔滔江汉，南国之纪。尽瘁以仕，宁莫我有？
匪鹑⑤匪鸢，翰飞戾天。匪鳣匪鲔，潜逃于渊。
山有蕨薇，隰有杞桋⑥。君子作歌，维以告哀。

【注释】

①腓：枯萎或生病。
②瘼：病，痛苦。
③残贼：摧残损害。
④构：遇。
⑤鹑：雕。
⑥桋：古树，多丛生在山中，木材可做车辆。

【译文】

人间四月开始初夏好时节，进入六月酷暑炎天就到来。可恨我的先祖不是善良人，怎么竟然忍心让我受祸灾？

这晚秋的风啊凄凄又冷冷，花草树木纷纷萎谢或凋零。身遭如此大难心内深忧痛，我到哪里存身啊方得安宁？

冬天是如此凛冽如此无情，呼啸着吹来这狂暴的寒风。天下的人儿个个都有好命，为什么唯独我遭受这不幸？

高高的山上生着名贵花卉，既有栗子树也有那斗寒梅。如今遭难枝残叶落花枯萎，我不知道这到底是谁的罪。

君看那汩汩流淌的山泉水，有时清澈见底有时变混浊。孤独的我天天遭受这灾祸，谁知道何时我能够得善果？

滔滔奔流不息的长江汉水，把个丰美的南国紧紧包络。我鞠躬尽瘁做好本职工作，当政者为什么不能善待我？

我本不是苍雕也不是鸷鸟，不能像它们一样直飞高天。我本不是鳣鱼也不是鲔鱼，不能像它们一样潜逃深渊。

高高的山上生长蕨菜薇菜，低洼的湿地生长枸杞赤棫。不知何以自处的我写此诗，宣泄我心中的悲苦与哀怜。

【赏析】

这是一位被统治者放逐的臣子在流放途中写的诗。

全诗分八章，每章的前两句写景，后两句抒情，情景融为一体，写得真挚深沉。

前两章写"哀"的内容，集中表现诗人"乱离瘼矣，爰其适归"的悲哀之情。他遭受贬谪，被放逐后无家可归贫病交加，犹如丧家之犬。从"先祖匪人，胡宁忍予"中看出诗人不是平民，而是贵族后裔。诗人用自己先祖的高贵，表达对统治者放逐自己的不满情绪。

后四章写"哀"的原因，抒发诗人的心理活动，痛定思痛的反思。他被谗言中伤，让他痛苦的事情接踵而来。"废为残贼，莫知其尤"中的一个"废"是重点，接着引出第五章追思"废"的缘故，写他不肯同流合污，泉水有清有浊，而他不愿意同污，所以倒霉被冤枉。

第六章写诗人漫步附近的山间，看到山上的树，山间的泉水还有山下的长江汉水。江水有条不紊地容纳着南方各国的水系，而朝廷却忠奸莫辨，诗人为国家鞠躬尽瘁地办事却被冤枉。

诗人在第七章里继续写他看到和想到的，他看到天空的雕和鹰，水里的游鱼，羡慕它们可以自由行动，躲开人世祸事，感叹自己无法逃避人间的桎梏和祸害。他脱离现实的追求和向往，反映了当时社会的黑暗和残暴。

北　山

【原文】

陟彼北山，言采其杞。偕偕士子，朝夕从事。王事靡盬[1]，忧我父母。

溥②天之下，莫非王土；率土之滨，莫非王臣。大夫不均，我从事独贤。

四牡彭彭，王事傍傍。嘉我未老，鲜我方将。旅力③方刚，经营四方。

或燕燕居息，或尽瘁事国；或息偃④在床，或不已于行。

或不知叫号，或惨惨劬劳；或栖迟偃仰，或王事鞅掌⑤。

或湛乐饮酒，或惨惨畏咎；或出入风议，或靡事不为。

【注释】

①盬：休止。

②溥：古文作"普"。

③旅力：体力。

④息偃：躺着休息。

⑤鞅掌：公事繁忙。

【译文】

登上高高的北山，采摘山上的枸杞。体格健壮的士子，从早到晚忙得不停歇。国家的事情不休止，心里为父母担忧。

广袤无限的苍天下，到处都是君王的领土。四海之内土地上的每个人，没有一个不是君主的臣民。大夫分配工作不公平，只有我做的事最辛苦。

四匹雄马拉车不停地奔跑，我为国家的差事到处奔走。君王夸我年壮没有衰老，称赞我的身体跟当年一样健壮。我的体质强健血气方刚，被派遣着为君王办事走四方。

有人安闲自得在家休息，有人鞠躬尽瘁为国事操劳；有的人安然躺在床上休息，有的人四处奔波不停劳作。

有的人听不见百姓的叫喊，有的人劳累多忧愁；有的人早睡晚起高枕无忧，有的人为了国事不停操劳。

有的人沉湎饮酒作乐，有的人谨小慎微怕遭祸；有的人到处高谈阔论，有的人忙里忙外事事都做。

【赏析】

这是首小官吏对劳役分配不均、说辛苦道怨气的诗，揭露统治阶级上层的腐朽和下层的怨恨。

全诗分六章，前三章叙述小官吏的工作繁重，没日没夜地四处奔波，发出"大夫不均，我从事独贤"的怨气和愤怒。"嘉我未老，鲜我方将"这句话表现出大夫使唤下属的手腕，又是夸奖，又是赞扬，活灵活现地勾画出统治者的嘴脸。

后三章用了对比手法，用了十二句陈述十二种现象，每两种现象组成一个对比，三章有六个对比，描写了两个对立的形象：大夫和士子。用比较的方式进行对比，把好与坏、善与恶、美与丑做比较，表现出等级社会的不平等事实及不合理性。对比之后，全诗戛然而止，诗人没有发表评论，也没有抒发感情，给人们想象的空间，去体味其中内涵。

第五章的第一句"或不知叫号"，可以理解成"呼叫号哭"，意思是大夫听不到百姓的呼叫和号哭。这位大夫悠然自得，贪杯享乐，根本听不见朝廷的呼叫和百姓的号哭，只知道吃喝玩乐和闲聊。

"劳逸不均"表现出腐败的统治阶级上层觉得"劳逸无妨"，下层阶级觉得"劳而无功"所以撂挑子的现象，进一步锐化统治阶级的内部矛盾。

无将大车

【原文】

无将①大车，只自尘兮。无思百忧，只自疧②兮。
无将大车，维尘冥冥。无思百忧，不出于颎③。
无将大车，维尘雍④兮。无思百忧，只自重⑤兮。

【注释】

①将：用手推车。
②疧：病痛。
③颎：耿耿于怀，心事重重。
④雍：遮蔽。
⑤重：通"肿"，病痛，病累。

【译文】

不要用手推载重的大车，只会落得一身灰尘。不要想各种烦心事，只会伤心惹病上身。

不要用手推载重的大车，飞扬的尘土灰蒙蒙。不要想各种烦心事，过度忧愁会让你得病。

不要用手推载重的大车，尘土飞扬看不清路。不要想各种烦心事，只会加重你的忧伤。

【赏析】

这首诗由一位服役者在乱世中写来，排遣心中的忧伤。

全诗分三章，每章以推大车起兴，人推着车前行，落得一身灰尘，看不清楚道路，就感叹"无思百忧"，告诫自己不要总想着烦恼的事情，让自己百病缠身，不得安宁。诗人的意思是人生在世不要焦虑忧思，要开朗豁达地生活。

这首诗采用重章复叠的手法，反复咏唱宣泄心中的情感，朴实真切，具有民歌的风味。整首诗重复但不单调，通过词的变化展现诗意的递进，加深情感。

每章大车的起兴中的"尘、冥、雍"三个字逐步展现大车扬起灰尘的场景，从开始的扬尘，然后灰蒙蒙的，最后遮天蔽日，看不清楚道路，表现出诗人越来越浓烈的忧伤。

诗人用否定的文字劝导世人，也是一种自我排遣，豁达的文字背后更多的是怨叹，比正面抒发感情更加委婉、深沉。

小 明

【原文】

　　明明上天，照临下土。我征徂西，至于艽野①。二月初吉，载离寒暑。心之忧矣，其毒大苦。念彼共人，涕零如雨。岂不怀归？畏此罪罟②！

　　昔我往矣，日月方除。曷云其还？岁聿云莫。念我独兮，我事孔庶。心之忧矣，惮我不暇。念彼共人，睠睠③怀顾！岂不怀归？畏此谴怒。

　　昔我往矣，日月方奥④。曷云其还？政事愈蹙。岁聿云莫，采萧获菽。心之忧矣，自诒伊戚。念彼共人，兴言出宿。岂不怀归？畏此反覆。

　　嗟尔君子，无恒安处。靖⑤共尔位，正直是与。神之听之，式穀⑥以女。

　　嗟尔君子，无恒安息。靖共尔位，好是正直。神之听之，介尔景福。

【注释】

　　①艽野：荒郊野外。
　　②罪罟：法网。
　　③睠睠：恋慕，怀念的样子。
　　④奥：通"燠"，温暖。
　　⑤靖：敬。
　　⑥穀：善，这里指福禄。

【译文】

　　朗朗的晴空高高在上，照耀着下面的土地。我为公事向西奔走，到的地方都是荒郊野外。二月初的一个好日子起程，迄今历经酷暑与严寒。心里充满了忧伤，深深折磨着我痛苦不堪。想起那些恪尽职守的人，禁不住泪如雨下。难道我不想回家？只是害怕触犯律法。

想当初我踏上征途，正是辞旧迎新的时候。什么时候才能回去？眼看着年底没有归期。想到自己孤独一人，我的差事多得数不清。心里充满了忧伤，终年疲于奔命自顾不暇。想起那些恪尽职守的人，无际眷念满胸怀。难道我不想回家？只是怕上司谴责恼怒。

想当初我踏上征途，正是寒冷的气候转暖。什么时候才能回去？公务越来越繁重又急骤。眼看离年终没有几日，人们忙着采蒿收豆。心里充满了忧伤，我自寻烦恼自作自受。想起那些恪尽职守的人，我辗转反侧思念不休。难道我不想回家？只是畏惧世事反复怕惹祸端。

长叹你们这些君子，不要贪恋安逸的生活。恭谨地做事忠于职守，与正直的贤人交往。神灵会听从言论，赐你们福祉和鸿运。

长叹你们这些君子，不要贪图安逸碌碌无为。应该恪尽职守，与正直的贤人交往。神灵看到这一切，赐你福禄和祥瑞。

【赏析】

这是位长期奔波在外的官吏自诉情怀的诗歌。

全诗分五章，诗人在前三章诉说自己行役的痛苦，表达对生活现状的怨愤。诗中反复出现"念彼共人"，诗人想念与他一样效命君王、恪尽职守的同事，产生一种同病相怜的情绪。"涕零如雨""瞻瞻怀顾""兴言出宿"体现出诗人的这种情感，其中"兴言出宿"表现诗人在哀怨之后继续走在征途上。

"念彼共人"的复叠使用展示出诗人的情感演变，虽然疲惫不堪、忧伤孤独，但是对王事不敢懈怠，因为有"共人"作为榜样。用这样的铺垫转入诗人对"君子"的劝诫。

后两章是诗人对最高统治者"君子"的劝诫，"嗟尔君子，无恒安处"意味着"君子"安居逸乐和诗人奔波劳碌形成鲜明的对比。诗人劝勉"君子"勤政尽职，像奔波在外、辛苦劳作的"共人"般为社稷百姓操劳，在"神之听之"的祝愿声中回响。

诗人用鲜明的对比，表达对统治者的不满情绪。措辞委婉，侧面表现诗人的内心世界，展示他的心理变化轨迹，反复咏唱，细腻婉转，真挚感人。

鼓　钟

【原文】

鼓钟将将[①]，淮水汤汤，忧心且伤。淑人君子，怀允不忘。

鼓钟喈喈②，淮水湝湝③，忧心且悲。淑人君子，其德不回。

鼓钟伐鼛④，淮有三洲，忧心且妯。淑人君子，其德不犹。

鼓钟钦钦，鼓瑟鼓琴，笙磬同音。以雅以南，以籥⑤不僭⑥。

【注释】

①将将：同"锵锵"，象声词。

②喈喈：形容钟声悦耳。

③湝湝：水势奔腾的样子。

④鼛：一种大鼓。

⑤籥：乐器名，似排箫。

⑥僭：差错。

【译文】

敲起乐钟声锵锵，淮水奔流浩荡荡，我心忧愁又悲伤。遥想善良的君子，深切怀念永难忘。

敲起乐钟声和谐，淮水滔滔不停歇，我心忧愁又悲切。遥想善良的君子，德行正直且无邪。

敲起乐钟擂起鼓，乐声回荡在三洲，我心悲哀又难受。遥想善良的君子，美德传扬垂千秋。

敲起乐钟声钦钦，又鼓瑟来又弹琴，笙磬谐调又同音。配以雅乐和南乐，籥管合奏音更真。

【赏析】

这首诗写聆听热闹、动听的乐歌时怀念品德高尚的君子。在淮水之旁或三洲上欣赏一场美妙的音乐会，听着锵锵响的音乐，看着眼前奔腾浩荡的河水，怀念那些品德高尚又善良的君子。诗里描写钟、鼓、琴、瑟、笙、磬、籥乐器合奏场景，读来如身临其境，置身其中。

全诗分四章，前三章写诗人听见钟鼓声，想念"淑人君子"，向往他的美好品德和端正的行为。连续三次呼喊"淑人君子"，显示诗人的道德感、责任感和忧患意识，激起他追思的幽情。末章描写钟鼓齐鸣、琴瑟和谐的美妙乐景，诗人仿佛沉浸在美妙的音乐里。

这首诗是诗人有感而发，反映出他对国运的忧思。听到的是周朝音乐中的"雅"和"南"，这种音乐与周朝的辉煌历史联系在一起。当诗人置身国运衰微的末世，听到盛世的音乐，感慨今昔，勾起对往日生活的怀念，心中很悲伤。追慕当年的"淑人君子"，把他浓浓的哀怨忧伤之情溢于诗外。

楚 茨

【原文】

　　楚楚者茨①，言抽其棘，自昔何为？我蓺②黍稷。我黍与与，我稷翼翼。我仓既盈，我庾③维亿。以为酒食，以飨以祀，以妥以侑，以介景福。

　　济济跄跄，絜尔牛羊，以往烝尝。或剥或亨，或肆或将。祝祭于祊④，祀事孔明。先祖是皇，神保是飨。孝孙有庆，报以介福，万寿无疆！

　　执爨⑤踖踖⑥，为俎⑦孔硕，或燔或炙。君妇莫莫，为豆孔庶。为宾为客，献酬交错。礼仪卒度，笑语卒获。神保是格，报以介福，万寿攸酢！

　　我孔熯矣，式礼莫愆⑧。工祝致告，徂赉孝孙。苾芬孝祀，神嗜饮食。卜尔百福，如几如式。既齐既稷，既匡既敕。永锡尔极，时万时亿！

　　礼仪既备，钟鼓既戒。孝孙徂位，工祝⑨致告。神具醉止，皇尸载起。鼓钟送尸，神保聿归。诸宰君妇，废彻不迟。诸父兄弟，备言燕私。

　　乐具入奏，以绥后禄。尔肴既将，莫怨具庆。既醉既饱，小大稽首。神嗜饮食，使君寿考。孔惠孔时，维其尽之。子子孙孙，勿替引之！

【注释】

①茨：草本植物，有刺。
②蓺：种植。
③庾：露天囤粮的地方，用草席围成一个圆形。
④祊：设祭祀的地方，指庙门。
⑤爨：炊，烧菜煮饭。
⑥踖踖：恭敬敏捷的样子。
⑦俎：装牲畜肉的器具。
⑧愆：过失，差错。
⑨工祝：太祝，祭祀时专司祝告的人。

【译文】

　　簇簇丛生的野蒺藜，我要清除这些带刺的荆棘。为什么自古以来都是这么做？因为我要种植高粱和小米。我的小米长得茂盛，在地里排列得整整齐齐。我的谷仓堆满粮食，我的露天粮仓数以万计。用来酿酒做佳肴，祭祀列祖列宗。请他们安坐享用祭品，祈求他们赐大福。

　　步伐恭敬又端庄，洗刷干净牛羊，拿去做冬烝和秋尝。有人剥皮有人烹煮，有人装进盘子有人端上桌。司仪先在庙门内祭祀，仪式隆重又辉煌。先祖来了享用，神灵品尝很高兴。孝孙获得好处，先祖赐予孝孙宏大的福气，保佑孝孙长寿无止境。

执掌膳食的厨师谨慎又麻利，装肉的铜器又大又高，有人烧肉有人烤肉。主妇们满怀敬畏举止有礼仪，盘子里满满的酒肉很丰盛。来往的宾客很多，宾主互相敬酒。举止规矩有礼仪，欢声笑语合时宜。神灵大驾光临，赐给孝孙大福回报心意，祝孝孙万寿无疆永不老。

我们在祭祀中的态度很恭谨，礼节周到没差错。太祝官代替神灵致辞，把福禄赐给祭祀的孝子贤孙。祭祀的供品美味芬芳，神灵享受多欢欣，赐予你们更多的财富，祭祀遵守法度按时举行。态度恭敬又敏捷，庄严整齐又隆重。赐你永久的福分，成万成亿没有止境。

祭祀的礼仪已经齐备，钟鼓乐器同时鸣。孝孙回到原来的位置，太祝向人们宣称礼成。神灵已经喝得醉醺醺，先祖的身体起身离开神位。擂鼓敲钟送别先祖，神灵们启程回归。那些厨师和主妇们，很快地撤去祭品。在场的伯叔兄弟们，参加家族盛宴叙骨肉情。

乐师们移入后堂演奏曲调，人们享用祭祀后的美酒佳肴。你的菜肴味道非常好，没人埋怨都快乐。既然酒足饭饱，老幼叩头行跪拜礼。神灵爱吃这些美味佳肴，能让你长寿长享福。祭祀顺利又圆满，都是主人尽心尽力守孝道。愿子孙们能保持，不要废弃祭祀祖先的礼仪。

【赏析】

这是一首祭祀先祖的乐歌。全面描述了周代祭祀的详细过程，从祭祀前的准备一直到祭祀后的盛宴，展示周代祭祀礼仪的风貌。对于古代文化和人类学的研究有重要的文献价值。

全诗分六章。第一章写祭祀前的准备，人们清除田里带有荆棘的蒺藜，种下粮食，获得丰收。丰盛粮食的堆满仓，用粮食酿成美酒，做成米饭，用来祭祀先祖，祈求先祖赐福。

第二章详细描写祭祀的活动。人们步履整肃，仪态端庄。先洗净祭祀的牲畜，再烹饪成佳肴，装在精美的盘子里敬奉神灵。

第三章进一步描述祭祀的场景，厨师们"执爨踖踖"，主妇们"君妇莫莫，为豆孔庶"，显示出整个仪式井然有序，其乐融融，恰到好处。

第四章写太祝官代表神灵致辞，表达神灵对祭品的喜悦心情，要赐给祭祀的人福禄。

第五章写祭祀的仪式完成，钟鼓齐鸣欢送先祖和神灵们回归，在钟鼓声中送走先祖和神灵，"诸宰君妇，废彻不迟"，厨师和主妇们快速撤去祭品，家族内的叔伯兄弟相聚宴饮,共叙骨肉之情,享受天伦之乐。

最后一章是祭祀的尾声,在乐队的伴奏下,人们酒足饭饱后一起叩头祝福。

诗人用细腻、翔实的文字描绘先民们祭祀祖先热烈又庄严的场面,以及祭祀后家族欢聚融洽的快乐场景,让人们有身临其境的感觉。整首诗从序曲到乐章慢慢展开,再到高潮,渐入尾声,像一首庄严的交响乐,回荡在读者的脑海里。

信南山

【原文】

信①彼南山,维禹甸②之。畇畇③原隰,曾孙田之。我疆我理,南东其亩。

上天同云。雨雪雰雰,益之以霢霂④。既优既渥,既沾既足。生我百谷。

疆场翼翼,黍稷彧彧⑤。曾孙之穑,以为酒食。畀我尸宾,寿考万年。

中田有庐,疆场有瓜。是剥是菹⑥,献之皇祖。曾孙寿考,受天之祜。

祭以清酒,从以骍⑦牡,享于祖考。执其鸾刀,以启其毛,取其血膋⑧。

是烝是享,苾苾芬芬。祀事孔明,先祖是皇。报以介福,万寿无疆。

【注释】

①信:延伸。

②甸:治理土地。

③畇畇:平坦整齐的样子。

④霢霂:小雨。

⑤彧彧:同"郁郁",茂盛的样子。

⑥菹:腌菜。

⑦骍:赤黄色或者栗色的马或牛。

⑧膋:脂膏,这里指牛油。

【译文】

终南山山势绵延不断,这里是大禹所辟地盘。成片的原野平展整齐,后代子孙们在此垦田。划分地界又开掘沟渠,田陇纵横向四方伸展。

冬日的阴云密布天上,那雪花坠落纷纷扬扬。再加上细雨溟溟濛濛,那水分如此丰沛足量，滋润大地并灌溉四方，让我们的庄稼蓬勃生长。

田地的疆界齐齐整整，小米高粱多茁壮茂盛。子孙们如今获得丰收，酒食用谷物制作而成。可祭祀神灵款待宾朋，愿神灵保佑赐我长生。

大田中间有居住房屋，田埂边长着瓜果菜蔬。削皮切块腌渍成咸菜，去奉献给伟大的先祖。他们的后代福寿无疆，都是依赖上天的赐福。

祭坛上满杯清酒倾倒，再供奉公牛色红如枣，先祖灵前将祭品献好。操起缀有金铃的鸾刀，剥开牺牲公牛的皮毛，取出它的鲜血和脂膏。

于是进行冬祭献祭品，它们散发出阵阵芳香。仪式庄重而有条不紊，列祖列宗们驾临徜徉。愿神灵赐以宏福无量，子孙们享福万寿无疆。

【赏析】

这是首冬季祭祀祖先的乐歌。周朝以农业立国，一年农事结束后，人们对先祖进行最后一次祭祀。在年终祭祀的仪式上歌唱农事，表现周人们敬重祖先和神灵的同时，关注农业发展，表达古人们敬天与保民的思想。

全诗分六章，描述当时社会的农业生产情况。第一章开篇描述周代京畿的情况，表示这块土地是大禹治水时开辟的。末句"疆理田"是古代田制的一个方面。田道以国都为中心，有南北纵走与东西横贯两种方式，南北纵走称为南亩，东西横贯称为东亩。

第二章写大自然润泽大地，水分充足，使庄稼蓬勃生长。

第三章写人们用丰收的粮食酿酒做食物祭祀祖先，让祖先款待宾客，赐予子孙们福禄。

第四章写人们把田埂上丰收的瓜果做成祭品，其中的"中田有庐"与古时候的井田有关，也有说"中田"是田中的意思。

第五章写人们用清酒和公牛做祭品，敬献先祖，请他们享用。

第六章写庄重的祭祀礼仪完成，先祖们对子孙后代的祭祀很满意，回报子孙后代福禄和万寿无疆。

这首诗详细记录了周人整治田地、种植庄稼，制作祭品，腌制瓜果蔬菜、宰杀牲畜等一系列活动，让读者感受到周朝冬祭的场景。

甫 田

【原文】

倬①彼甫田，岁取十千。我取其陈，食我农人。自古有年。今适南亩，或耘或耔。黍稷薿薿②，攸介攸止，烝我髦士③。

以我齐明,与我牺羊,以社以方。我田既臧,农夫之庆。琴瑟击鼓,以御田祖。以祈甘雨,以介我稷黍,以穀④我士女。

曾孙⑤来止,以其妇子。馌⑥彼南亩,田畯⑦至喜。攘其左右,尝其旨否。禾易长亩,终善且有。曾孙不怒,农夫克敏。

曾孙之稼,如茨如梁。曾孙之庾⑧,如坻如京。乃求千斯仓,乃求万斯箱。黍稷稻粱,农夫之庆。报以介福,万寿无疆。

【注释】

①倬:大,广阔。
②蘷蘷:茂盛的样子。
③髦士:英俊的人。
④穀:养育。
⑤曾孙:周王对他的祖先和其他的神灵自称曾孙。
⑥馌:送饭。
⑦田畯:农官。
⑧庾:粮仓。

【译文】

那片田地多么宽广,每年能收千万担粮。我拿出仓中的陈谷,来把我的农夫供养。遇上古来少见的好年成,快去南亩走一趟。只见有的锄草有的培土,密麻麻的小米和高粱。等到长大成熟后,田官向我来献上。

为我备好祭祀用的谷物,还有那毛色纯一的羔羊,请土地和四方神灵来分享。我的庄稼既获丰收,就是农夫的喜庆和报偿。大家弹起琴瑟敲起鼓,迎来农神表述愿望。祈求上苍普降甘霖,使我的作物丰茂茁壮,让老爷小姐们温饱永昌。

曾孙兴致勃勃地来到田间,带着妻子和儿女,把饭菜亲自送到南亩旁。田官见了格外高兴,特意叫来左右农人,一起把滋味细细品尝。壮实的禾谷覆盖着长陇,长得又好又多丰收在望。曾孙见了非常满意,不时将农夫的勤勉夸奖。

曾孙的庄稼堆得高高,就像屋顶和桥梁。曾孙的粮仓装得满满,就像小丘和山冈。快快筑起谷囤千座,快快造好车马万辆。把收下的谷物全都装上,农夫们相互庆贺喜气洋洋。这是神灵回报曾孙的大福,祝愿他长命百岁万寿无疆。

【赏析】

这首诗是周王祭祀四方之神、土地神和农神的祈年乐歌,写出上古时代,人们对农业的重视。

全诗分四章。第一章描述田地里大丰收的情景，为下面章节的祭祀作铺垫。

第二章描写周王举行祭神的仪式，祈求农业大丰收，可以看出远古时代的人们，对土地怀着崇敬的心情，古老的祭祀仪式反映出当时民风粗犷和热烈。

第三章写主祭者周王在仪式结束后，带着他的妻子和儿女到田间，并且为辛苦劳作的农人们带去精美的食物。这章的内容有强烈的生活气息，周王"送饭到田头"的做法被后世帝王仿效，被称为德政。

最后一章写五谷丰收的景象以及农人们对周王的美好祝福，整章充满丰收后的喜悦，让人们沉醉在满足和欢乐中。

在"民以食为天"的时代和国度，人们对那些与农业相关的神灵充满着无限的崇拜。整首诗朴素无华，诗中描写的农事和送饭到田头反映了农业社会的原始风貌。

大　田

【原文】

大田多稼，既种既戒，既备乃事。以我覃①耜②，俶载③南亩。播厥百谷，既庭且硕，曾孙是若。

既方既皂④，既坚既好，不稂不莠。去其螟螣⑤，及其蟊贼⑥，无害我田稚。田祖有神，秉畀炎火。

有渰⑦萋萋，兴雨祈祈。雨我公田，遂及我私。彼有不获稚，此有不敛穧⑧，彼有遗秉，此有滞穗，伊寡妇之利。

曾孙来止，以其妇子。馌彼南亩，田畯至喜。来方禋祀⑨，以其骍黑，与其黍稷。以享以祀，以介景福。

【注释】

①覃：锐利。
②耜：古代一种像锹的农具。
③俶载：开始从事。
④皂：谷壳已经长成还没坚实的样子。
⑤螟螣：吃禾心的害虫与吃禾叶的害虫。
⑥蟊贼：吃禾根的害虫与吃禾节的害虫。
⑦渰：阴云密布的样子。

⑧穧：割下来还没有收拾的禾。
⑨禋祀：升烟表示祭天，泛指祭祀。

【译文】

广阔的田地将开始种庄稼，农夫们忙着选种整修农具。那些准备工作都已经就绪，我就扛着锋利的板锹下地。我从南北垄向的地块开始，播下五谷杂粮稻麦黍菽稷。棵棵庄稼长得挺直又健壮，曾孙看了喜上眉稍心顺意。

禾苗开始秀穗进入灌浆期，很快籽粒坚硬开始成熟了，地里没有秕禾也没有杂草。农夫们除掉食心虫食叶虫，还有那些咬根咬节的虫子，不让害虫祸害我的嫩苗苗！祈求田祖农神发发慈悲吧，把害虫们付之一把大火烧！

高天上浓厚的流云满山飘，小雨淅淅沥沥润如酥奶酪。先灌溉好我主人家的公田，再把我们农奴家的私田浇。那里有没割下来的嫩棵子，这里有没捆起来的稻谷草。那里有丢落的束束麦个子，这里遗漏的禾穗子也不少：都成了孤寡老妇的手中宝。

周王亲到田间地头来视察，携妻带子和农夫们把话唠。到南北垄向的田头把饭送，管农业的小官儿喜上眉梢。周王亲临恭恭敬敬来祭祀，献上红牛黑猪做的牺牲品，供上五谷杂粮黍菽稷麦稻。虔诚祭祀进献供品把香烧，祈求上苍降下大福禄位高。

【赏析】

这是首农事诗，全诗分四章，前两章起铺垫作用，第三章写丰收，最后一章写祭祀及祈福。其中第三章是整首诗最精彩的部分，其他各章节像绿叶衬托着花朵。

第一章叙述先民们对春耕的高度重视与精心准备，首句"大田多稼"，展示春耕的繁忙场景，气势不凡，可以看出不是一家一户的耕作，而是井田制度下的大生产。第二句"既种既戒"，写农人在春耕前选择优良的种子并且修缮农具。有了优良的种子才有"既庭且硕"，有了锐利的农具才能事半功倍。这句话用三个"既"表示农人们的准备工作完成，干脆利落不繁琐。最后一句"曾孙是若"表示这篇的核心人物，人们的一切活动都是为了满足这位曾孙的愿望，明确无误地表明当时的主奴关系，为曾孙后来的出场作伏笔。

第二章写夏耕，清除田间的杂草去除虫害，不能放任农作物自生自灭，必须加强管理才能有秋季的大丰收。"既方既皂，既坚既好"，逐步推进农作物阶段性的生长过程，只有熟知农事的人才能简练精确地表述出来。

第三章前五句写庄稼大丰收的热闹场景，从侧面写丰收，不写收庄稼，而写不收庄稼，那些散落的谷穗给人们想象的空间。末句"伊寡妇之利"，升华诗境，赞美农夫们的良苦用心，体现中华民族自古就有的恻隐之心，体现一种崇高的美德，让人感动不已。

首尾呼应，构思巧妙。写曾孙祭祀与土地有关的神灵，为国为百姓祈福，彰显王权与神权互相依赖。用白描手法，表现上古时代农业生产风俗民情，艺术魅力令人回味无穷。

瞻彼洛矣

【原文】

瞻彼洛矣，维水泱泱。君子至止，福禄如茨①。韎韐②有奭③，以作六师。

瞻彼洛矣，维水泱泱。君子至止，鞞琫④有珌⑤。君子万年，保其家室。

瞻彼洛矣，维水泱泱。君子至止，福禄既同。君子万年，保其家邦。

【注释】

①茨：多，积土填满。
②韎韐：红色的皮制蔽膝。
③奭：赤红色。
④鞞琫：刀鞘口周围的玉饰。
⑤珌：刀鞘末端的玉饰。

【译文】

望着眼前奔流的洛水，气势浩瀚又茫茫。周王来到洛水边，福禄像积土般厚实。蔽膝闪着赤色光，统率六军检阅忙。

望着眼前奔流的洛水，气势浩瀚又茫茫。周王来到洛水边，刀鞘有玉饰真堂皇。周王享受万年寿，保卫国家永兴旺。

望着眼前奔流的洛水，气势浩瀚又茫茫。周王来到洛水边，福禄全聚到他身上。周王享受万年寿，保卫国家定邻邦。

【赏析】

这首诗写周天子检阅军队，赞美周天子勤于政事，亲自整顿部队，保国安邦，使周朝有中兴气象。全诗分三章，每章开篇以"瞻彼洛矣，维水泱泱"起兴，显得雍容大方，点明周天子会晤诸侯讲师论道的地点在周朝的东都洛阳。

第一章用洛水的深与广，写周天子的睿智圣明如洛水般深广有厚度。周天子不辞辛苦莅临洛水，穿着军服给诸侯讲习武事，是他勤于政事的表现。

第二章反复写洛水的深广进一步赞美周天子"鞞琫有珌"。"鞞琫"分别指刀鞘上端和下端的玉饰，显示佩戴者身份尊贵，表明天子亲自佩戴兵器论武视师，威仪隆重，使将士们发出"君子万年，保其家室"的欢呼。

第三章结构与第二章相同，但意义有别。"君子至止，福禄既同"与第一章相呼应，表示周天子检阅过六师后，赏赐分明，让到会的将士们都得到鼓励，全场一片欣喜，在"君子万年，保其家邦"的欢呼声中结束全诗，比前一章的"保其家室"更进一层。

全诗跌宕起伏，层层深入，声声称颂，表达将士们对周天子的赞颂和敬仰。

裳裳者华

【原文】

裳裳①者华，其叶湑②兮。我觏③之子，我心写兮。我心写兮，是以有誉处④兮。

裳裳者华，芸其黄矣。我觏之子，维其有章矣。维其有章矣，是以有庆矣。

裳裳者华，或黄或白。我觏之子，乘其四骆。乘其四骆，六辔沃若⑤。

左之左之，君子宜之。右之右之，君子有之。维其有之，是以似之。

【注释】

①裳裳：旺盛鲜艳的样子。
②湑：枝叶茂盛的样子。
③觏：遇见。
④誉处：愉快安乐。
⑤沃若：光滑柔软的样子。

【译文】

鲜花盛开很辉煌，枝叶茂盛长得旺。我遇见那位君子，我的心情很舒畅。我的心情很舒畅，因有美誉大家享。

鲜花盛开很辉煌，鲜明亮丽的黄花。我遇见那位君子，他的服饰有纹章。他的服饰有纹章，所以喜庆事儿降。

鲜花盛开很辉煌，花朵黄白多娇艳。我遇见那位君子，驾着四马气昂扬。驾着四马气昂扬，六根缰绳柔又光。

左边有人来辅佐，君子应付很适宜。右边有人来相佑，君子发挥有余地。只因君子有其长，所以祖业能承继。

【赏析】

这是首赞美诗，诗人赞美君子德才兼备，车马华丽，做任何事都适宜。

全诗分四章，每章六句，前三章结构相似，每章的前两句以花起兴，充分表露出"裳裳者华"的盛景，烘托出诗人愉快的心境。

第一章诗人没有写"我觏之子"的具体模样，只是写了诗人主观的心理感受，宣泄出心中的烦恼，留下快乐的心情。

第二章用一个特写镜头说出"之子"使诗人快乐的原因，没有对准"之子"的外貌，而是写他的服饰"维其有章矣"，美丽的服饰在先秦时期是身份和地位的象征。

第三章写遇见"之子"的全景："乘其四骆，六辔沃若"，"之子"乘坐风光气派的马车。

前三章的内容层层推进，跳跃式叙述中形象地显示出诗人遇见君子后快乐的情绪。

第四章节奏韵律趋缓，像歌谣又不像歌谣，理由充分文笔妙绝。从"左之左之，君子宜之。右之右之，君子有之"这两种情况写君子有无所不能的才能，使前三章的赞美有了理性的依据。"维其有之，是以似之"概括全诗，赞美君子是德才兼备的人，以祥和安定结束。

以花起兴，节奏变化有韵律，赞美人物，轻快稳当雅致，无阿谀奉承之感，读来兴味盎然。

桑扈

【原文】

交交桑扈①，有莺其羽。君子乐胥，受天之祜②。
交交桑扈，有莺其领。君子乐胥，万邦之屏。
之屏之翰③，百辟为宪。不戢④不难，受福不那。
兕觥其觩⑤，旨酒思柔。彼交匪敖，万福来求。

【注释】

①桑扈：鸟名，青雀。
②祜：福禄。
③翰：支柱。

④戢：克制，收敛。
⑤觩：弯曲的样子。

【译文】

飞来飞去的青雀，羽毛美丽颜色好。群臣尽情享快乐，接受天子赐福禄。
飞来飞去的青雀，颈间花纹真漂亮。群臣尽情享快乐，保卫国家的依靠。
国家屏障和栋梁，诸侯把你当榜样。克制自己守礼节，接受福禄享不尽。
牛角杯儿弯又弯，美酒醇厚性温和。贤者交往不傲慢，万福汇聚你身上。

【赏析】

这是周王宴请诸侯，在宴会上唱的一首助兴的乐歌。

全诗分四章。前两章开头以青雀起兴，往来飞翔的青雀，光彩明亮的羽毛营造出明快欢乐的气氛。起兴的青雀与宴饮者之间存在相互作用的心理感应，尽管两者之间没有必然的直接联系，却有内在的通融性，文字生动可感。

这首助兴的乐歌还带有强烈的政治色彩，"君子乐胥，受天之祜"写出君子的快乐是上天赐予的福禄，第二章用"君子乐胥，万邦之屏"，强调君子的快乐对国家的重要性，像屏障一样护卫国家。

后两章写周王向饮宴的诸侯提出"不戢不难""彼交匪敖"的要求，这种要求有点尖锐和严厉，前两章的铺垫，使这种要求从容不迫，更具有理性，有很强的说服力。

末章的前两句"兕觥其觩，旨酒思柔"，表面上写饮酒的场景，证明这是周王宴请诸侯时咏唱的乐歌，又暗示下面一句"彼交匪敖"，告诉人们：人不傲才能拥有享受不尽的福禄。

鸳　鸯

【原文】

鸳鸯于飞，毕之罗之。君子万年，福禄宜之。
鸳鸯在梁，戢①其左翼。君子万年，宜其遐②福。
乘马在厩，摧③之秣④之。君子万年，福禄艾之。
乘马在厩，秣之摧之。君子万年，福禄绥⑤之。

【注释】

①戢：插。
②遐：长久。
③摧：铡碎的草。

④秣：用粮食喂马。
⑤绥：安抚，安好。

【译文】
　　鸳鸯双双轻飞翔，遭遇大小罗与网。祝福君子万年寿，福禄一同来安享。
　　鸳鸯相偎在鱼梁，喙儿插进左翅膀。祝福君子万年寿，一生幸福绵绵长。
　　拉车辕马在马房，每天喂草喂杂粮。祝福君子万年寿，福禄把他来滋养。
　　拉车辕马在马槽，每天喂粮喂饲草。祝福君子万年寿，福禄齐享永相保。

【赏析】
　　这是首祝贺婚嫁的诗歌。
　　全诗分四章。用鸳鸯比喻新人，充满喜悦祥和的气氛。现实生活中，欢乐与痛苦并存，有甜蜜的快乐也有凄苦的哀愁，只要双方相濡以沫，就会无所畏惧，再苦的生活也会有幸福感。用鸳鸯比作夫妻很贴切又自然，容易引起人们的共鸣，成为中国传统文化的一种原型。
　　前两章以鸳鸯起兴，描绘一对美丽的鸳鸯拍动着绚丽的翅膀，自由飞翔，雌雄相依相伴，就算遇到捕猎的危险也不离不弃，同甘共苦的性情展现鸳鸯高尚的品德。运用象征的手法写一对情深意浓的夫妻，表达夫妻间浓浓的爱慕之意。
　　第二章诗人观察至细，观察到鸳鸯休息时的一个小细节，鸳鸯安静地依偎在鱼梁上，把嘴插入左边翅膀，描绘出一幅明丽清雅的水墨风景画，眷恋着美好的生活。两章一动一静，是新婚夫妇婚后生活的真实写照，对婚姻生活的主观要求和美好希望。
　　后两章写乘马迎亲的情景，抓住迎亲的马是养育在马房这一个细节，引起人们对婚礼情景的联想。"乘马在厩"表示这家人有富足的生活，暗示美好婚姻的客观条件是：男才女貌，家境优裕，感情专一。反映出诗人的价值观，对理想中的美好人生由衷地表示称赞。

颏弁

【原文】
　　有颏①者弁，实维伊何？尔酒既旨，尔肴既嘉。岂伊异人？兄弟匪他。茑与女萝，施于松柏。未见君子，忧心弈弈；既见君子，庶几说怿②。
　　有颏者弁③，实维何期？尔酒既旨，尔肴既时。岂伊异人？兄弟具来。茑与女萝④，施于松上。未见君子，忧心恦恦；既见君子，庶几有臧。

有频者弁，实维在首。尔酒既旨，尔肴既阜。岂伊异人？兄弟甥舅。如彼雨雪，先集维霰⑤。死丧无日，无几相见。乐酒今夕，君子维宴。

【注释】

①频：有棱角的样子。
②说怿：说通"悦"，欢欣喜悦。
③弁：用白鹿皮制成的圆顶帽子。
④茑与女萝：两种善于攀援的蔓生植物。
⑤霰：颗粒状的固态雪。

【译文】

鹿皮礼帽顶真圆，为何把它戴头上？你的酒浆很美味，你的佳肴是珍品。在座的哪里有外人？都是兄弟来赴宴。爬藤的茑草与女萝，攀援在松树与柏树上。没有见到君子面，忧心忡忡实难消；既然见到君子面，全是喜悦没忧伤。

鹿皮礼帽顶真圆，为何把它戴头上？你的酒浆很美味，你的肴馔是佳品。在座的哪里有外人？都是兄弟来相聚。爬藤的茑草与女萝，攀援在松树与柏树上。没有见到君子来，忧思绵绵心烦恼；既然见到君子面，忘却烦恼喜洋洋。

鹿皮礼帽顶真圆，端正戴在头顶上。你的酒浆很美味，你的佳肴很丰盛。在座的哪里有外人？全是兄弟和舅甥。就像雪花飘在眼前，凝成粒粒冰珠落满天。死亡日子难预料，时日不多难相见。今夜开怀应畅饮，君子行乐唯欢宴。

【赏析】

这首诗描写贵族王孙饮酒作乐，醉生梦死的生活。诗人用赴宴者的口气描写丰盛的宴席，写出贵族间相互依附的关系，字里行间看出赴宴者对贵族的阿谀奉承。

在表面热闹欢快的气氛中，笼罩着及时行乐的悲观情绪。从侧面写出当时社会的动乱，虽然贵族们在饮酒作乐，仍感到岌岌可危的命运与朝不保夕的生活，表现出身处末世的贵族们消极颓废的心理。

全诗分三章，每章开篇都写"有频者弁"，赴宴者戴着华贵的皮帽赴宴。前两章"实维伊何"和"实维何期"两个设问，提醒人们警醒。写赴宴者精心打扮和快乐的心情，显示宴会前的盛况和热烈的气氛。"实维在首"，肯定的语句表现出贵族打扮后自我欣赏的情态。

每章的第三、第四句只改变一个字，反复叙述美酒佳肴的醇香、美味和丰盛。接着第五、第六句描写赴宴者与主人的亲密关系，赞扬、奉承主人。

前两章的第七、第八句结构相似，用"茑与女萝"起兴，攀爬在高大挺拔的大树上，把主人比作大树，把自己比作攀爬在大树上的蔓生植物。前两章的末四句"未见君子，忧心弈弈；既见君子，庶几说怿"，写赴宴者渴望见到主人，因为他们像蔓生的植物一样，只有看到像大树一样的主人才会开心。

末章的后四句"死丧无日，无几相见。乐酒今夕，君子维宴"，不再重复前两章的内容，从他们今日相聚的热闹场景，想到日后的悲惨人生，在短暂的快乐中流露出黯然伤感的情绪。

车 辖

【原文】

间关①车之辖②兮，思娈③季女逝兮。匪饥匪渴，德音来括。虽无好友，式燕且喜。

依彼平林，有集维鷮④。辰彼硕女，令德来教。式燕且誉，好尔无射⑤。

虽无旨酒？式饮庶几。虽无嘉肴，式食庶几。虽无德与女？式歌且舞？

陟彼高冈，析其柞薪。析其柞薪，其叶湑兮。鲜我觏尔，我心写兮。

高山仰止，景行行止。四牡骓骓⑥，六辔如琴。觏尔新婚，以慰我心。

【注释】

①间关：车行走时发出的声响。
②辖：同"辖"，车轴两端孔内的铁键。
③娈：妩媚可爱。
④鷮：长尾巴野鸡。
⑤无射：不厌。
⑥骓骓：马一直向前行。

【译文】

车轮转动车辖响，妩媚少女要出阁。不再饥渴慰我心，有德淑女来会合。虽然没有好朋友，宴饮相庆自快乐。

丛林茂密满平野，长尾锦鸡栖树上。那位女娃健又美，德行良好有教养。宴饮相庆真愉悦，爱意不绝情绵长。

虽然没有那好酒，但愿你能喝一盏。虽然没有那好菜，但愿你能吃一点。虽然德行难配你，且来欢歌舞翩跹。

登上高高那山冈，柞枝劈来当柴烧。柞枝劈来当柴烧，柞叶茂盛满树梢。此时我能接到你，心中烦恼全消掉。

巍峨高山要仰视，平坦大道能纵驰。驾起四马快快行，挽缰如调琴弦丝。

今遇新婚好娘子，满怀欣慰称美事。

【赏析】

这是首迎亲的诗歌，诗人反复抒发喜结良缘、新婚燕尔的快乐心情。全诗分五章，以新郎的口气写迎亲途中的欢喜和快乐，以及对新娘的思慕之情。

第一章从娶亲的车声中开始，着重写车行走时发出"间关"的声音，流露出诗人欣喜若狂的心情。他大声地声明："匪饥匪渴，德音来括"，告诉人们他不是因为喜欢新娘的美色，而是倾慕新娘子的品德，表达他喜欢品德高于美色的心情。

第二章写娶亲的车经过平坦的路面，诗人看到树上聚集的锦鸡，想到车中的新娘美好的教养和品德，让诗人很开心发出誓言："好尔无射"，爱她终生不渝。

第三章诗人用朴实的语言向新娘倾诉自己的情况，感人至深。

第四章写娶亲的车进入高山，四周是茂密的柞树。诗人由柞树想到"析薪"再想到娶妻，柞树上柔嫩娇艳的绿叶就像美丽可爱的新娘，"其叶湑兮"是表示新娘子光彩照人。诗人把赞扬树木和比兴联为一体，巧妙地表现出他对新娘深深的喜爱之情。

末章写娶亲的车越过高山，走上平坦大路。诗人仰望高山，远眺大路，满怀喜悦地想着自己的新娘，最后两句直接抒发"觏尔新婚，以慰我心"的情怀。叙事写景，以新娘的美丽，比喻品德像高山和平坦的大路般让人敬仰和向往。"高山仰止，景行行止"成为千古名句。

青　蝇

【原文】

营营①青蝇，止于樊②。岂弟③君子，无信谗言。

营营青蝇，止于棘。谗人罔极，交乱四国。

营营青蝇，止于榛。谗人罔极，构④我二人。

【注释】

①营营：象声词，苍蝇飞发出的声音。

②樊：篱笆。

③岂弟：同"恺悌"，平和有礼。

④构：造谣陷害。

【译文】

苍蝇乱飞声嗡嗡，飞上篱笆把身停。平和有礼的君子，不要把那谗言听。

苍蝇乱飞声嗡嗡，飞上酸枣树上停。谗人无德又无行，扰乱四方不太平。

苍蝇乱飞声嗡嗡，飞上榛树枝上停。谗人无德又无行，离间我俩的感情。

【赏析】

这是首斥责谗言者的谴责诗，诗人用嗡嗡乱飞的苍蝇比作造谣谄媚的小人，形象生动，确切传神。

全诗分三章，每章均以"营营青蝇"起兴，把它四处乱飞的特性表现得淋漓尽致。三章的前两句话只更换一个字，看上去很简单，却很巧妙。到处乱停的苍蝇让人有挥之不去的厌恶感，"樊""棘""榛"三个不同又相似的落脚点，揭露苍蝇见缝就叮的坏品性。

每章的后两句逐章递进，第一章规劝君子不要听信谗言，第二章详细写谗言扰乱与邻国的关系，祸国殃民。第三章写谗言挑拨人际关系的危害，让朋友知己反目成仇。"谗人罔极"说明说谗言者为人处世没有准则，会阳奉阴违，出尔反尔，颠倒黑白。

用讨厌的苍蝇比喻小人非常传神，深刻揭示了谗言的危害和根源，两者相辅相成，规劝和警示人们"无信谗言"，增强了诗的讽刺和谴责的力度。

宾之初筵

【原文】

宾之初筵①，左右秩秩。笾豆有楚，肴核维旅。酒既和旨，饮酒孔偕。钟鼓既设，举酬逸逸。大侯②既抗，弓矢斯张。射夫既同，献尔发功。发彼有的，以祈尔爵。

籥舞笙鼓，乐既和奏。烝衎③烈祖，以洽百礼。百礼既至，有壬有林。锡尔纯嘏④，子孙其湛。其湛曰乐，各奏尔能。宾载手仇，室人入又。酌彼康爵，以奏尔时。

宾之初筵，温温其恭。其未醉止，威仪反反⑤。曰既醉止，威仪幡幡⑥。舍其坐迁，屡舞僊僊。其未醉止，威仪抑抑。曰既醉止，威仪怭怭。是曰既醉，不知其秩。

宾既醉止，载号载呶⑦。乱我笾豆，屡舞僛僛⑧。是曰既醉，不知其邮。侧弁之俄，屡舞傞傞。既醉而出，并受其福。醉而不出，是谓伐德。

饮酒孔嘉，维其令仪。

凡此饮酒，或醉或否。既立之监，或佐之史。彼醉不臧，不醉反耻。式勿从谓，无俾大怠。匪言勿言，匪由勿语。由醉之言，俾出童羖。三爵不识，矧敢多又。

【注释】

①初筵：宾客初入席时。
②大侯：射箭用的大靶子。
③烝衎：娱乐。
④纯嘏：大福。
⑤反反：形容谨慎凝重。
⑥幡幡：轻浮没有威仪。
⑦呶：喧哗不止。
⑧傞傞：身体歪斜倾倒的样子。

【译文】

客人刚来到筵前准备入席，分左右两列落座谦让有序。竹笾木豆排列得整整齐齐，笾豆里的食品是那样精致。酒是那样醇厚柔和又甜美，喝起酒来大家都非常满意。编钟和金鼓都已经摆列好，宾主举杯敬酒从容又安逸。天子的熊靶已经竖立起来，箭在弦上强弓也已经拉开。射手们已经聚集到靶场上，把你们的射箭本领拿出来。开弓放箭每发都要射中靶，为的是罚你饮酒欢乐开怀。

执龠而舞吹起笙来敲响鼓，各种乐器一齐奏响多和谐。向创业的先祖们敬献乐舞，以便附和燕礼的繁文缛节。繁复的礼制仪轨一一演遍，场面隆重盛大又气氛热烈。上神传旨赐你们纯洁祝福，子子孙孙永远幸福又安康。子孙万代幸福安康又快乐，尽情展示你们的本领特长。客人们手执酒杯寻找对手，陪酒的出来进去忙个不休。宾主们倾满美酒举杯痛饮，向列祖列宗进献时鲜祭品。

客人们刚到未入席饮酒前，一个个温文尔雅恭谨庄严；当他们还没有喝醉的时候，一个个保持形象顾着脸面；等他们酩酊大醉以后再看，一个个举动轻浮丧尽威严；离开自己的座位到处乱转，不停地手舞足蹈姿态翩跹。当他们还没有喝醉的时候，一个个保持形象谦抑低调；等他们酩酊大醉以后再看，一个个放浪形骸举止轻佻；这都是喝酒不节制惹的祸，不知道自己的轻重乱了套。

客人喝醉酒以后你就看吧，又是大呼小叫还吵闹不迭；打翻了我筵席上的笾和豆，手上乱抓乱挠步态也歪斜。这都是喝酒不节制惹的祸，不知道自己犯下多大过错。头上歪戴着帽子出尽洋相，还总是狂呼不止醉舞婆娑。如果喝醉了酒你及时离席，宾主双方你好我好享清福。如果喝醉了酒还赖着不走，这就叫害人害己自取其辱。饮酒本是件非常好的事情，关键是要保持形象讲风度。

总的来讲吧饮酒这件事情，有人保持清醒有人醉糊涂。一般都要现场设立监酒官，有的还辅设个史官来监督。有人喝酒喝醉了当然不好，也有人喝不醉反倒不满足。好事者不要再殷勤劝酒了，别让好酒之辈太放纵轻忽。不该说的话不能张口就来，无根无据的话不要瞎秃噜。喝醉酒之后胡说八道的话，罚他拿没角的小公羊赔罪。三杯酒就认不清东西南北，哪里还敢让他再多灌几杯？

【赏析】

这首诗描写人们在酒宴上纵酒无度，丑态百出的形象。标准的四字句，结构严谨，组织精妙。

按内容可以把诗分为三部分。

前两章是第一部分，描写合乎礼制的酒宴。第三、第四两章是第二部分，描写违背礼制的酒宴。两部分都以"宾之初筵"开头，描述的酒宴场面却大相径庭，显示出人们理想状态与现实情况之间的矛盾。末章是第三部分，用总结性的言辞，用了很多否定词突出表现蕴意。

这首诗重在讽刺，第一部分欲抑先扬，用"美好"映衬，对比丑恶的事物，更显出丑恶。第二部分反复陈述醉酒丑态，强化告诫。"既醉而出，并受其福"，语气委婉。"由醉之言，俾出童羖"，语气戏谑。第三部分主要是说理，引发读者警惕醉酒之害。

运用叠字修辞，"秩秩""逸逸""温温"，精确描摹人物，令人叹为观止。"既立之监，又佐之史"，标准的对偶。"以洽百礼""百礼即至"，典型的顶针。

鱼 藻

【原文】

鱼在在藻，有颁①其首。王在在镐，岂乐饮酒。

鱼在在藻，有莘②其尾。王在在镐，饮酒乐岂。

鱼在在藻，依于其蒲。王在在镐，有那③其居。

【注释】

①颁：头大的样子。

②莘：尾巴长。

③有那：安闲的样子。

【译文】

鱼在哪儿在水藻里，肥肥大大头儿摆。王在哪儿在京镐，欢乐饮酒多逍遥。

鱼在哪儿在水藻里，露出长长的尾巴。王在哪儿在京镐，饮酒欢乐真逍遥。

鱼在哪儿在水藻里，依附蒲草多安详。王在哪儿在京镐，安居乐业好地方。

【赏析】

这是首赞美周王在京镐安居乐业的颂歌。描写周王欢乐饮酒，悠然自得的样子，并在欢快的语言中展示君民同乐的场景。

全诗分三章，每章的开端以"鱼在在藻"起兴，可理解为"鱼在？在藻！"形成自问自答的模式，赞叹鱼快乐地游来游去，暗示百姓安居乐业的和谐气氛。

每章的第二句描写鱼的形态，从第一章的特定到第三章的全景，构成一幅有情节和象征意味的鱼藻图。

前两章的后两句写周王，语序颠倒，暗含活动顺序和因果关系。春秋时代，酒是富足后的奢侈品，是幸福生活的象征，酒香中，人们的欢乐之情跃然纸上。第三章"有那其居"赞叹周王的居所，照应前两章是因果关系。

从视觉效果上来看，三章是点和面、局部和全景的关系，形式内容和谐无间，浑然一体。

采 菽

【原文】

采菽采菽，筐之筥[①]之。君子来朝，何锡予之？虽无予之？路车乘马。又何予之？玄衮及黼[②]。

觱沸[③]槛泉，言采其芹。君子来朝，言观其旂。其旂淠淠，鸾声嘒嘒。载骖载驷，君子所届。

赤芾在股，邪幅[④]在下。彼交匪纾，天子所予。乐只君子，天子命之。乐只君子，福禄申之。

维柞之枝，其叶蓬蓬。乐只君子，殿天子之邦。乐只君子，万福攸同。平平左右，亦是率从。

泛泛⑤杨舟，绋纚⑥维之。乐只君子，天子葵之。乐只君子，福禄膍⑦之。优哉游哉，亦是戾⑧矣。

【注释】

①筥：圆形竹器。方的是筐，圆的是筥。
②黼：黑白相间的朝服。
③觱沸：泉水涌出的样子。
④邪幅：裹腿。
⑤泛泛：随水漂流的样子。
⑥绋纚：粗大的绳索。
⑦膍：丰厚的赏赐。
⑧戾：安定。

【译文】

采大豆呀采大豆，用筐用筥里面盛。诸侯君子来朝见，王用什么将他赠？纵没什么将他赠，路车驷马给他乘。还用什么将他赠？龙袍绣衣已制成。

翻腾喷涌泉水边，我去采下水中芹。诸侯君子来朝见，看那旗帜渐渐近。他们旗帜猎猎扬，鸾铃传来真动听。三马四马驾大车，远方诸侯已来临。

红色护膝大腿上，裹腿在下斜着绑。不致怠慢不骄狂，天子因此有赐赏。诸侯君子真快乐，天子策命颁给他。诸侯君子真快乐，又有福禄赐予他。

柞树枝条一丛丛，它的叶子密密浓。诸侯君子真快乐，镇邦定国天子重。诸侯君子真快乐，万种福分来聚拢。左右属国善治理，于是他们都顺从。

杨木船儿水中漂，索缆系住不会跑。诸侯君子真快乐，天子量才用以道。诸侯君子真快乐，福禄厚赐好关照。从容不迫很自在，生活安定多逍遥。

【赏析】

这首诗描写周王接受诸侯朝拜时，给予各种赏赐的情景。

全诗分五章。第一章写诸侯朝拜时，猜测周王准备的礼物。诗人用"采菽采菽，筐之筥之"，采大豆用筐和筥装起来起兴，为整首诗定下欢快、隆重、热烈的基调。后面四句是问答句，自问自答，再一次渲染隆重的场面，显示来朝拜的诸侯声势隆重。

第二章描绘实景，写诸侯朝拜的壮观场面，"觱沸槛泉，言采其芹"是起兴也作比喻，显示诸侯的威仪。"其旂淠淠，鸾声嘒嘒"告诉人们首先看到的是随风飘扬的旌旗，听到由远及近的鸾铃声。"载骖载驷，君子所届"写不管几匹马都有秩序地前行。

第三章用赋法写诸侯朝拜周王的情景。穿着合乎礼仪的服饰"赤带在股，邪幅在下","彼交匪纾"表现出诸侯雍容典雅的仪态,进退得体的举止,周王当然会有赏赐。后四句是诗人切合实际说的恭维话,引出下面章节。

第四章用"维柞之枝,其叶蓬蓬"起兴,暗喻周王拥有繁盛的天下和诸侯的丰功伟绩。从天子的邦国到邻邦的治理,表达对诸侯的赞美之情。

末章前两句"泛泛杨舟,绋纚维之",用粗大的缆绳系住木船起兴,让人联想到周王和诸侯为了利益紧紧联系在一起,互相依赖。诸侯为周王安邦,周王给诸侯丰厚的赏赐,是他们创建功勋的必然结果。

角 弓

【原文】

骍骍①角弓,翩②其反矣。兄弟婚姻,无胥远矣。
尔之远矣,民胥然矣。尔之教矣,民胥效矣。
此令兄弟,绰绰有裕。不令兄弟,交相为瘉③。
民之无良,相怨一方。受爵不让,至于己斯亡。
老马反为驹,不顾其后。如食宜饇,如酌孔取。
毋教猱升木,如涂涂附。君子有徽猷④,小人与属。
雨雪瀌瀌⑤,见晛曰消。莫肯下遗,式居娄骄。
雨雪浮浮,见晛⑥曰流。如蛮如髦⑦,我是用忧。

【注释】

①骍骍:弦和弓调和的样子。
②翩:反过来弯曲。
③瘉:病,残害。
④徽猷:善道。
⑤瀌瀌:雪花飞舞的样子。
⑥晛:太阳的热气。
⑦髦:古代对西南少数民族的称呼。

【译文】

调好角弓绷紧弦,弦弛便向反面转。兄弟姻亲一家人,相互亲爱不疏远。
你和兄弟太疏远,民众就会跟着干。你能言传加身教,民众互相来仿效。
彼此和睦亲兄弟,感情深厚少怨怒。彼此不和亲兄弟,相互残害全不顾。
民众心地如不善,就会相互成积怨。接受爵禄不相让,轮到自己道理忘。
老马当作驹使唤,不顾其后生祸患。如像吃饭只宜饱,又像喝酒不贪欢。

猴子爬树不用教，如泥涂墙容易牢。君子善政去引导，小民自然跟着跑。
雪花落下满天飘，一见阳光全融消。居于上位不谦恭，别人学样要高傲。
雪花落下飘悠悠，一见阳光化水流。无良小人像蛮髦，对此我心深烦忧。

【赏析】

这首诗阐述兄弟情谊的重要性，以父兄的口吻告诫贵族统治者不要疏远兄弟亲近小人。用的比喻很新奇，光怪陆离，激情酣畅、奔涌。各章之间自然交融，一气贯通，浑然一体。

全诗分八章。第一章"骍骍角弓，翩其反矣"用角弓不可松弛暗喻兄弟不可疏远。"兄弟婚姻，无胥远矣"是全诗的主题，下面各章节围绕主题，多方面申述。

第二章叙述君王疏远自家兄弟，会让下面的人仿效，民间的风气会大变样。

第三章以兄弟间的和睦与否作对比，用正反两面的假设，不同的结果来说理，增强说服力。

第四章直言"民之无良"的小人，为一己之私不顾礼仪道德，为争爵位互不相让。

第五、第六章用奇特的比喻从正反两面劝诫周王，要保证自身的行为合乎礼仪，才能引导百姓相亲为善。第五章的"老马反为驹，不顾其后"，以物暗喻人，指责小人颠倒常情荒唐乖戾。句中的"反"凸显强烈的感情。第六章更是新奇，"毋教猱升木，如涂涂附"用猴子不用教就会爬树，泥巴自然粘贴比喻小人本性就无德，善于攀附。最后两句规劝统治者"君子有徽猷，小人与属"，统治者有美德，百姓自然会靠近。

诗的最后两章写雪花看见太阳消融，比喻小人骄横不可理喻。"莫肯下遗，式居娄骄"和"如蛮如髦"说的是小人，暗指周王品行有缺失。末句"我是用忧"中的"忧"不是自己忧愁，也不是小人忧愁，而是诗人为国家忧愁。

菀 柳

【原文】

有菀①者柳，不尚息焉。上帝甚蹈，无自瘵②焉。俾予靖③之，后予极焉。

有菀者柳，不尚愒④焉。上帝甚蹈，无自瘵⑤焉。俾予靖之，后予迈焉。

有鸟高飞，亦傅于天。彼人之心，于何其臻。曷予靖之，居以凶矜。

【注释】

①菀：树木茂盛。
②暱：亲近。
③靖：治，谋划。
④曷：休息。
⑤瘵：病，伤害。

【译文】

一株柳树很茂盛，不要依傍去休息。天帝心思反覆多，不要和他太亲密。当初让我谋国政，而后受罚遭排挤。

一株柳树很茂盛，不要依傍寻阴凉。天帝心思反覆多，不要自己找祸殃。当初让我谋国政，如今放逐到远方。

鸟儿即使飞得高，还要依附在青天。那人心狠不可测，走到何处是极限？为何要我谋国政，反又突兀遭凶险？

【赏析】

这是首怨刺诗，写一位大臣参政有功却被撤职流放，揭露统治者暴虐无常，诸侯不敢朝见的乱象。

第一章以"有菀者柳，不尚息焉"起兴，表达诗人愤懑的情绪，也让读者有追究缘由的欲望，想知道为什么茂盛的大树下不能休息。诗人现身说法，说自己为君王办事，却被放逐。"上帝甚蹈，无自暱焉"，把君王比作大树，可以乘凉，可是他暴虐无常，不可以亲近，否则会给自己招来祸事。句末以"焉"结句，传递着诗人无可奈何的感慨和怨恨。

第二章的诗意和结构与第一章相似，在反复咏叹中强化思想感情，不是宣泄心中的怨气，而是呼告中带有讽刺，直言心中的苦闷，却用弦外音感动人，论事的同时多了些抒情。

第三章由平淡渐入情境，诉说转为声泪俱下的控诉。"曷予靖之，居以凶矜"，质问统治者的受难人形象跃然纸上，多舛的遭遇，强烈的悲愤之情力透纸背。

都人士

【原文】

彼都人士，狐裘黄黄。其容不改，出言有章。行归于周，万民所望。

彼都人士，台笠缁撮①。彼君子女，绸直如发。我不见兮，我心不说。

彼都人士，充耳琇实。彼君子女，谓之尹吉②。我不见兮，我心苑结③。

彼都人士，垂带而厉。彼君子女，卷发如虿④。我不见兮，言从之迈。

匪伊垂之，带则有余。匪伊卷之，发则有旟。我不见兮，云何盱⑤矣。

【注释】

①缁撮：青布帽子。
②尹吉：周朝两个有声望的贵族姓氏。
③苑结：郁结。
④虿：蝎类的一种，长尾巴的称虿，短尾巴的称蝎。
⑤盱：忧伤。

【译文】

那些京都的人士，狐皮袍子亮黄黄。他们容貌不曾改，说出话来像文章。行为遵循西周礼，正是万民所希望。

那些京都的人士，头上草笠青布冠。那些贵族妇女们，密直头发垂两边。如今我都见不到，心里不快难开颜。

那些京都的人士，玉石坠子耳边加。那些贵族妇女们，姓尹姓吉名气大。如今我都见不到，心中不快好牵挂。

那些京都的人士，衣带下垂两边飘。那些贵族妇女们，卷发如蝎向上翘。如今我都见不到，但愿跟随一起跑。

不是他要把带垂，衣带本该有余长。不是她要把发卷，头发本该向上扬。如今我都见不到，为之四顾心忧伤。

【赏析】

这是首怀念京都人士的怀旧诗。描写西周末年战乱不断，京都破败，百姓生活在穷苦困顿中，怀念都城曾经的繁华，人物仪容的美丽，发出深深的叹惜。全诗分五章，都是用赋法，在平淡的叙述中寄托诗人浓烈的情感。

每章的开头以"彼都人士"交待了时间、地点和人物。一个"彼"字，写出现实物换星移。仿佛有人向诗人介绍京都曾经的繁华，衣着是"狐裘黄黄"，容貌是"其容不改"，知识是"出言有章"，无论哪方面都雍容典雅，合乎礼仪。"行归于周，万民所望"表示重新回到曾经的京都是人们向往的事情。人们向往着安定的生活，得体的礼仪和时代的昌隆。

全诗叙述贵族人物的形象，他们身上的服饰、头发的造型都不是随心所欲，而是经过精心设计，合乎当时的审美要求和礼仪制度。诗人没有形容当时人物的面貌，落笔于曾经的京都贵族子女的穿戴，使今昔产生强烈的对比，传递出诗人不堪今日衰败的主观感受。

采 绿

【原文】

终朝采绿①，不盈一匊②。予发曲局，薄言归沐。
终朝采蓝，不盈一襜③。五日为期，六日不詹。
之子于狩，言韔④其弓。之子于钓，言纶⑤之绳。
其钓维何？维鲂及鱮。维鲂及鱮，薄言观者。

【注释】

①绿：草名，荩草。
②匊：同"掬"，两手合捧。
③襜：衣服的前襟。
④韔：弓袋，这里用作动词，把弓装入袋中。
⑤纶：纠缠。

【译文】

整天在外采荩草，采了一捧还不到。我的头发乱蓬蓬，赶快回家洗沐好。
整天在外采蓼蓝，一衣兜也没采满。本来说好五天归，过了六天不回还。
此人外出去狩猎，我就为他装弓箭。此人外出去垂钓，我就为他理好线。
他所钓的是什么？鳊鱼鲢鱼真不错。鳊鱼鲢鱼真不错，竟然钓到这么多。

【赏析】

这首诗写女子对久行在外丈夫的思念之情。

全诗分四章。前两章是实写，叙述女子无心劳动也无心打扮，强调她对丈夫的思念之情。"终朝采绿，不盈一匊"表现出女子无心劳动，手在采摘而心却飞越几重山，心和手不相应，所以采了一个早晨只采了一点。诗人没有说女子为什么无心采摘，转写"予发曲局，薄言归沐"，蓬乱的头发是因为丈夫不在，此时回去梳洗是因为丈夫随时会出现。

第二章交代女子行为反常的原因是"五日为期，六日不詹"，同时传递出她的幽怨之情。

第三、第四章是虚写，诗中没有出现丈夫归来的字眼，却全是归来的意思。第三章写丈夫狩猎捕鱼，妻子相随。第四章写丈夫钓到很多鱼，称赞丈夫有无穷的男性魅力。

黍 苗

【原文】

芃芃①黍苗，阴雨膏之。悠悠南行，召伯劳之。
我任我辇②，我车我牛。我行既集③，盖④云归哉。
我徒我御，我师我旅。我行既集，盖云归处。
肃肃⑤谢功，召伯营之。烈烈征师，召伯成之。
原隰既平，泉流既清。召伯有成，王心则宁。

【注释】

①芃芃：草木繁盛的样子。
②辇：挽车。
③集：完成。
④盖：何不。
⑤肃肃：严整的样子。

【译文】

黍苗生长很茁壮，好雨及时来滋养。众人南行路途遥，召伯慰劳心舒畅。
我挽辇来你肩扛，我扶车来你牵牛。出行任务已完成，何不今日回家走。
我驾御车你步行，我身在师你在旅。出行任务已完成，何不今日回家去。
快速严整修谢邑，召伯苦心来经营。威武师旅去施工，召伯精心来经营。
高田低地已修平，井泉河流已疏清。召伯治谢大功成，宣王心里得安宁。

【赏析】

这是首纪实性的诗歌，当时周宣王为了加强对南方诸侯的控制，封申伯在谢，命令召伯率役人建造谢邑。营建任务完成后，周宣王赞美召伯营造谢邑的功劳，随行者写出这首诗歌。

全诗分五章。第一章以"芃芃黍苗，阴雨膏之"起兴，写召伯慰劳役人的事情，把召伯的慰劳比作及时雨，这样谢邑才能迅捷有序地建成。"悠悠南行"显示路途遥远，跋涉艰辛，有了召伯的慰劳，役人们不觉得辛苦。

第二、第三章反复吟唱，写役人建筑城邑的辛苦。工程结束后，远离家乡的役人们产生迫切的思乡之情。"我任我辇，我车我牛"反复出现，急促中展现役人们的紧张又严密、分工明确、合作有序的劳动场面。看上去是役人们对劳动过程的美好回忆，实际上是赞美召伯经营安排有方。末句"我行既集，盖云归哉"是长期在外劳作的人思念家乡，流露出真实又自然的表现。尽管思乡之情很急切，却没有丝毫的怨气，与整首诗赞美召伯相和谐。

第四章进一步说召伯建筑谢邑的功劳。谢邑能够以高速度高质量地建成，是召伯苦心经营的结果。"烈烈征师，召伯成之"赞扬召伯的卓越才能，把规模盛大的劳动大军组织起来，与第三章相呼应，在结构的安排上颇具匠心。

末章写谢邑建成对周朝的重大意义，"原隰既平，泉流既清"告诉人们那里不仅是座城池，还营造了必要的生存环境。末句"召伯有成，王心则宁"是这首诗的主题，谢邑作为周王朝控制南方诸侯国的重镇已经建成，周宣王的心里舒坦多了。

隰　桑

【原文】

隰桑有阿①，其叶有难②。既见君子，其乐如何。
隰桑有阿，其叶有沃。既见君子，云何不乐。
隰桑有阿，其叶有幽③。既见君子，德音孔胶④。
心乎爱矣，遐⑤不谓矣？中心藏之，何日忘之？

【注释】

①阿：婀娜。
②难：通"娜"，茂盛。
③幽：通"黝"，青黑色。
④孔胶：十分融洽。
⑤遐：为何。

【译文】

洼地的桑树真婀娜，它的枝叶很茂盛。如今已见君子面，心里快乐无法言。

洼地的桑树真婀娜，它的枝叶很柔美。如今已见君子面，叫我如何不快乐。

洼地的桑树真婀娜，它的枝叶青幽幽。如今已见君子面，情深话儿记心头。

心里早已爱上了他，何不把话对他说？真情一片心底藏，哪天才能把他忘？

【赏析】

这是首女子的爱情表白诗，写一位女子对爱人的眷恋之情。全诗共四章，分为两部分。

前三章是第一部分,第一章的"阿难"本是联绵词,在这里被拆成"阿""难",意义有些差别。第二、第三章把"难"换作"沃""幽",描写了桑叶的柔美和颜色。

前三章的开头两句是起兴,诗人看见洼地上枝叶茂盛的桑树,婀娜多姿的样子美极了,象征着青春,这里也是男女幽会的最佳场所。诗人触景生情,想起自己的爱人,按捺不住心头的冲动。前三章的后两句就是写诗人思念爱人的心情,诗人设想见到爱人时无法言喻的快乐,沉浸在与爱人相会的愉悦中,显得大胆又纯真。

当诗人从痴想中清醒过来,面对现实时,一下变得羞怯起来。第四章是第二部分,陈述女子深爱着心上人却不敢向对方表白。她反问自己:"心乎爱矣,遐不谓矣",既然深爱,为什么不表白?她也多次下决心,却一直缺乏勇气,只能无奈地"中心藏之"。她想忘记这段爱情,可是已经萌芽的爱情种子顽强生长,会长得像"隰桑"般枝叶茂盛,绽开爱情的花朵,结出幸福的果实。

"中心藏之,何日忘之"有极强的概括力,叙述感情的一波三折,成为千古传诵的名句。

白 华

【原文】

白华菅①兮,白茅束兮。之子之远,俾我独兮。
英英白云,露彼菅茅。天步艰难,之子不犹。
滮池北流,浸彼稻田。啸歌伤怀,念彼硕人。
樵彼桑薪,卬烘于煁②。维彼硕人,实劳我心。
鼓钟于宫,声闻于外。念子懆懆③,视我迈迈④。
有鹙在梁,有鹤在林。维彼硕人,实劳我心。
鸳鸯在梁,戢⑤其左翼。之子无良,二三其德。
有扁斯石,履之卑兮。之子之远,俾我疧⑥兮。

【注释】

①菅:多年生草本植物。
②煁:活动的小火炉。
③懆懆:愁苦不安的样子。

④迈迈：恨怒、不悦。
⑤戢：将喙插在翅膀下休息。
⑥疧：因为忧郁而生病。

【译文】
菅草开出白色花，丝茅草儿束成捆。那人离我如此远，让我心里很孤独。
浓浓云雾空中飘，沾湿菅草和丝茅。我的命运太艰难，那人无德又不好。
滮池缓缓向北流，灌溉那边的稻田。长啸高歌心伤痛，思念那人在心头。
砍那桑枝当柴烧，放入炉灶暖在身。想起那个俊俏人，实在让我伤透心。
宫内敲起大乐钟，声音必定外面闻。怀念使我神不宁，你却视我如路人。
秃鹫站在鱼梁上，高洁白鹤在树林。想起那个俊俏人，实在煎熬我的心。
鸳鸯站在鱼梁上，嘴巴插在翅膀下。可恨这人没良心，三心二意不专一。
扁扁石块踩脚下，踏在上面嫌不高。那人离我如此远，让我思念成疾病。

【赏析】
这是首弃妇诗，写被负心汉抛弃妇人的哀怨。每章转换比兴，寓意深远，读来余音绕梁。

全诗分八章。第一章以菅草和丝茅相束起兴，以物喻人，比喻夫妻双方相亲相爱是人之常情，菅草开出的白花和白色的丝茅象征着纯洁，束在一起象征着夫妻之间和谐的爱情。后两句"之子之远，俾我独兮"写那人远离，一正一反写出这首诗哀婉凄惨的感情基调。

第二章以天上的白云洒下的露珠滋润着菅草和丝茅，看似怨天尤人，实际上指责丈夫是不遵天理的负心汉，用天道常理反兴丈夫乖戾违戾。

第三章用向北流的滮池灌溉稻田，写出丈夫对妻子的薄情寡义，话锋一转，诗人长歌当哭，发泄心中的伤痛和思念之情。

第四章用桑树枝没有实际用处，比喻女子不被丈夫欣赏反而被遗弃。

第五章隐喻世上没有不透风的墙，有"念子懆懆"的弃妇，有"视我迈迈"的负心汉。用对比使善良和顺的弃妇和轻薄无情的丈夫形象更加鲜明。第六章与第四章的意思相近。

第七章写相亲相爱的鸳鸯，反兴无情无义的丈夫不能与诗人白头偕老。与前三章节连在一起，可以感觉到弃妇深深的怨恨。

末章写诗人不得不考虑自己的命运，面对未来的前途很茫然，心绪太忧伤而病倒。

绵 蛮

【原文】

绵蛮①黄鸟，止于丘阿。道之云远，我劳如何。饮之食之，教之诲之。命彼后车，谓之载之。

绵蛮黄鸟，止于丘隅②。岂敢惮③行，畏不能趋④。饮之食之，教之诲之。命彼后车，谓之载之。

绵蛮黄鸟，止于丘侧。岂敢惮行，畏不能极⑤。饮之食之，教之诲之。命彼后车，谓之载之。

【注释】

①绵蛮：小鸟的样子。
②丘隅：山丘的一角。
③惮：畏惧。
④趋：快走。
⑤极：到达终点。

【译文】

毛茸茸的小黄鸟，栖息在那山坳中。道路漫长又遥远，我行道路多劳苦。让他吃饱又喝足，教他通情又达理。叫那随从的副车，让他坐上拉他走。

毛茸茸的小黄鸟，栖息在那山角落。哪里是怕徒步走，只怕太慢难走到。让他吃饱又喝足，教他通情又达理。叫那随从的副车，让他坐上拉他走。

毛茸茸的小黄鸟，栖息在那山丘旁。哪里是怕徒步走，只怕不能走到底。让他吃饱又喝足，教他通情又达理。叫那随从的副车，让他坐上拉他走。

【赏析】

这是位劳苦的人在行役的路上写的希冀之歌。诗人感叹自己的命运漂泊不定，怀疑自己有没有能力坚持下去，希望上层统治者能伸出援手给予救助，继续走完漫长又艰辛的征途。

全诗分三章，每章分为明显的两部分。前四句写羽毛细密的小黄鸟随意栖息，自由地停在"丘阿""丘隅""丘侧"，反兴作为行役者的诗人长途跋涉，身疲力竭，为了不耽误行程只能艰难行进。第二、第三章两次出现"畏"字，表现诗人心情沉重，力不从心的狼狈处境。

每章节的后四句为另一部分，写诗人在极端困顿的境况下，迫切地希望有人能体恤他、指示他、帮助他，然而这只是诗人的空想，他眼前能看到的只有自由飞翔的黄鸟。陷入困境的诗人仿佛听到一个声音："饮之食之，教之诲之。命彼后车，谓之载之。"三章的后半部分完全相同，反复咏叹显示行役者的凄苦情景。

这是首具有音乐特质的声乐作品，每章的前半部分构成一个完整的叙事，节奏舒缓，情绪低落得有点压抑，传递出诗人的愁苦心绪。后半部分的节奏明显轻快起来，气氛乐观向上。

瓠 叶

【原文】

幡幡①瓠叶，采之亨之。君子有酒，酌言尝之。

有兔斯首，炮②之燔③之。君子有酒，酌言献④之。

有兔斯首，燔之炙之。君子有酒，酌言酢⑤之。

有兔斯首，燔之炮之。君子有酒，酌言酬之。

【注释】

①幡幡：叶片飘动的样子。

②炮：把带毛的牲畜裹上泥放在火上烧。

③燔：用火烤熟。

④献：主人向宾客敬酒。

⑤酢：回敬酒。

【译文】

瓠叶翩舞瓠瓜香，摘下叶来细烹饪。君子家里有美酒，斟满酒杯请客尝。

白头野兔鲜又嫩，烤它煨它味道鲜。君子家里有美酒，斟满敬客喝一杯。

白头野兔鲜又嫩，烤它熏它成美味。君子家里有美酒，斟满回敬有礼貌。

白头野兔鲜又嫩，煨它烤它成佳肴。君子家里有美酒，斟满劝饮再一杯。

【赏析】

这是首描述主人家热情待客的诗歌，表现出中华民族历史悠久的饮食文化，崇尚礼仪的民风和谦恭的美德，具有历史认识价值。全诗分四章，都用赋法。

首章摘取瓠叶烹饪，写出宴席上的菜肴粗陋和简约。瓠叶味道苦，做出来也不是美味，可是主人依然情真意切地"采之亨之"，并取来美酒与客人一起品尝。诗中用了很多代词，加快了语气的节奏，显得欢快跳跃。

后三章以白头的野兔为赋的对象，继续叙述菜肴简陋，酒行三巡，主宾之间"献、酢、酬"的唯一菜肴是野兔的头。古时候正式宴请客人的场合应该备猪、牛、羊、鸡、鱼、雁"六牲",诗中用来宴客的只有微苦的瓠叶和野兔头。

主人不因瓠叶苦,兔首微薄而不行燕饮之礼,而是变换烹调手段,使单调而且简陋的食材变成诱人的美味佳肴。主人礼貌周到,情真意切,你来我往的觥筹交错中,宾客皆欢。

渐渐之石

【原文】

渐渐①之石,维其高矣。山川悠远,维其劳②矣。武人东征,不皇③朝矣。

渐渐之石,维其卒④矣。山川悠远,曷其没矣?武人东征,不皇出矣。

有豕白蹢⑤,烝涉波矣。月离于毕,俾滂沱矣。武人东征,不皇他⑥矣。

【注释】

①渐渐:通"崭崭",险峭的样子。
②劳:广阔。
③皇:同"遑",闲暇。
④卒:形容山势高而险。
⑤蹢:兽蹄。
⑥不皇他:无暇顾及其他。

【译文】

陡峭的高峰山石险,矗立高耸入云霄。山水迢迢路途远,辛苦跋涉多辛劳。将帅士兵去东征,赶路无暇等天亮。

陡峭的高峰山石险,高峻矗立难攀爬。山水迢迢路途远,不知何处是尽头?将帅士兵去东征,一直向前不顾险。

有很多白蹄子的猪,成群结队涉水行。月亮离开天毕星,大雨滂沱落下来。将帅士兵去东征,无暇照应其他事。

【赏析】

这首诗写东征军历经险阻,整日奔波的情景,主要叙述行军的艰难和紧张气氛。

全诗分三章。前两章叠唱,写东征军急行,悬崖峭壁挡住去路,不禁仰头高呼"维其高矣""维其卒矣"。前两句写东征军所见,中间两句写诗人的感想,叹息着遥远的征途。将士们一路上跋山涉水,攀岩走壁,步步艰难,疲惫不堪,为了早点到达目的地,无暇顾及其他。

"武人东征"贯穿全诗,点明了事件的主体和想要表达的情感,起早摸黑地行军,天不亮就踏上征途,没有空闲去考虑路上的危险,把生命置之度外,"不皇"蕴藏着难言的痛苦。

第三章写诗人看到野猪涉水和月亮离开毕星,这是民间气象谚语,表示会下雨。诗人担心遭遇滂沱大雨让行军更加困难,只能加速前进。

三个章节层层递进,将行军路上的艰难与将士焦虑的心情一层深过一层,画面感很强。

苕之华

【原文】

苕^①之华,芸其黄矣。心之忧矣,维其伤矣!
苕之华,其叶青青。知我如此,不如无生!
牂羊^②坟首,三星^③在罶^④。人可以食,鲜^⑤可以饱!

【注释】

①苕:植物名,又称凌霄花。
②牂羊:母羊。
③三星:二十八星宿之一。
④罶:捕鱼的竹器。
⑤鲜:很少。

【译文】

凌霄的花朵盛开,有些花瓣已经发黄。内心充满忧和愁,我的悲伤难诉说。

凌霄的花朵盛开,青青的叶子已掉落。早知活得这么苦,不如当初不出生。

瘦弱母羊头显大,鱼篓映照着三星光。人们个个要吃饭,乱世无人可吃饱。

【赏析】这首诗叙述饥荒年间人们的悲苦生活,写出人们心中的绝望,真实地反映当时残酷的社会现实和人们苦难的生活,表达生不如死的现实主义精神。

全诗分三章。前两章以凌霄花盛开起兴，盛开的凌霄花充满生机，可是荒年里的人们却难以为生，对比之下更显出人们生活的艰难。天地之间应该以人为贵，人反而羡慕无知觉的植物，说出"不如无生"的话，实在痛苦到了极点。

诗人痛心生在饥荒年代，在饥饿中挣扎，难有活路，还不如植物活得自在。他的心里痛苦不已。激烈的感情，难以压抑的痛苦如烈火般喷射而出，让他觉得最大的痛苦是降生到这个世上，哀叹自己还不如不要出生。

第三章诉说痛苦的原因，饥荒年间没有食物，想吃可以生小羊的母羊，它瘦得只剩下大脑袋；想捕些鱼吃，水中捕鱼的篓子空空如也，映照着明亮的星光。"人可以食，鲜可以饱"写惨绝人寰的人吃人，诗人发出痛苦的喊叫。

何草不黄

【原文】

何草不黄？何日不行？何人不将？经营四方。
何草不玄①？何人不矜②？哀我征夫，独为匪民。
匪兕③匪虎，率彼旷野。哀我征夫，朝夕不暇。
有芃④者狐，率彼幽草。有栈⑤之车，行彼周道。

【注释】

①玄：发黑腐烂。
②矜：通"鳏"，无妻的男人。
③兕：野牛。
④芃：兽毛蓬松。
⑤栈：役车高高的样子。

【译文】

哪种草不会枯黄？哪些日子不用奔忙？哪些人不用出征？往来经营走四方。

哪种草不会凋零？哪些男人没有妻子？哀叹我等出征者，从来不被当成人。

不是野牛非老虎，穿行旷野不停行走。哀叹我等出征者，白天黑夜忙不停。

狐狸的毛很蓬松，往来出没在深草丛。役车高高载征人，驰行在那大路中。

【赏析】

　　这首诗写长期在外服役的士兵抱怨出征劳苦之情。士兵们日夜在外奔忙，身心疲惫，发出痛苦的呼喊，诗里用征人的语气叙述他们悲惨的遭遇，表达他们深深的苦楚和无奈。

　　全诗分四章。前两章以"何草不黄""何草不玄"比兴征人没日没夜地忙碌，仿佛"经营四方"就是他们的宿命，茂盛的草木注定枯萎，而辛苦的征人注定要艰难走下去。统治者没有想过，人非草木，不能以草木对待。植物枯萎是它们的本性，而人不是为了行役而生存在世间。

　　第三、第四章借景寄情，借野牛、老虎和狐狸，发泄压抑在心底的怒气，发出征人不是野兽，更不是生存在丛林里的狐狸，为什么要和这些野兽一样在旷野、杂草中度日的呼喊。

　　怒归怒，在统治者的眼里，征人只是一群工具，生命如草芥，他们没有改变自己命运的能力，只能在征途中过着非人的生活，度过余生，怨恨的结局依然是"有栈之车，行彼周道"。

大雅

《大雅》歌颂周王室的丰功伟绩，也有些诗篇反映周厉王、周幽王的暴虐昏庸及其政治危机。古时候称"雅"为"正"，叙述君王政治的建立和废除。政治有大事和小事，所以分成《大雅》和《小雅》。《大雅》共三十一篇，大部分作品写于西周前期，是王公贵族创作。

文 王

【原文】

文王在上，于昭于天。周虽旧邦，其命维新。有周不显，帝命不时。文王陟降，在帝左右。

亹亹①文王，令闻不已。陈锡哉周，侯文王孙子。文王孙子，本支百世。凡周之士，不显亦世。

世之不显，厥犹翼翼。思皇多士，生此王国。王国克生，维周之桢。济济多士，文王以宁。

穆穆文王，于缉熙②敬止。假哉天命，有商孙子。商之孙子，其丽不亿。上帝既命，侯于周服。

侯服于周，天命靡常。殷士肤敏，祼③将于京。厥作祼将，常服黼④冔⑤。王之荩臣。无念尔祖。

无念尔祖，聿修厥德。永言配命，自求多福。殷之未丧师，克配上帝。宜鉴于殷，骏命不易！

命之不易，无遏尔躬。宣昭义问，有虞⑥殷自天。上天之载，无声无臭。仪刑文王，万邦作孚。

【注释】

①亹亹：勤勉不倦的样子。

②缉熙：光亮，光明。

③祼：古代一种祭礼，在神位前铺白茅，把酒浇在茅上，像神灵在饮酒。

④黼：有黑白相间花纹的衣服。

⑤冔：殷商的礼帽。

⑥虞：审察、推度。

【译文】

　　文王天上有英灵，光辉照天最显明。岐周虽然是旧邦，接受天命气象新。周家前途无限好，天命周家长兴盛。文王上升又下降，常伴天帝在天庭。

　　文王勤勉日夜忙，美好声誉永不亡。施恩布德兴周邦，后世子孙都为王。文王子孙相继传，嫡亲旁支百代昌。周家群臣和贵族，也都世世显荣光。

　　世世代代都显贵，谋事小心多仔细。美哉众多贤能士，生在这个王国里。王国能把贤士生，都是周家骨干臣。人才济济满朝廷，文王在天得安宁。

　　文王端庄行为正，光明磊落又恭敬。天命伟大不可违，殷商子孙都要听。殷商子孙数量多，成万成亿数不清。天帝已经发命令，服从周邦为周民。

　　殷商称臣服周王，天命运行本无常。殷商诸士多勤勉，助祭镐京登庙堂。他们助祭行灌礼，仍然穿戴殷时装。都是周王进用臣，牢记祖先不可忘。

　　牢记祖先别忘记，进德修业要努力。天命永远须配合，自己多多求福气。殷商未失民众时，行为也能配天帝。殷商灭亡应借鉴，永保天命不容易。

　　永保天命不容易，不要丧失在你身。美好声誉要发扬，殷朝兴亡有天命。天帝做事不可测，既无气味也无声。效法文王好榜样，天下信任又尊敬。

【赏析】

　　每个时代的颂歌都体现当时的时代精神，这首颂歌有奴隶制社会向封建制社会过渡的痕迹，歌颂文王是担负天命的人，是天帝的化身，具有非凡的智慧，可以赐予人们光明，把他神圣化了。

　　全诗分七章，句子五言、四言相杂，每章换韵，结构整齐。成功地运用连珠顶针的修辞手法，使章节之间词句相连锁，语义贯通，浑然一体。

　　第一章写文王顺应天命，建立新王朝。第二章写文王福泽子孙宗亲，子孙后代可以享受荣耀。第三章写周朝的栋梁之才能够治理国家得以发展。第四章写文王因德行好顺应天命取代殷商建立周朝，殷人臣服。

　　第五章写天命无常，曾经的殷商贵族成为服役者。第六章告诫人们以殷商为鉴，尊敬上天，修身养性，有好的德行才能多福。第七章告诫人们效法文王的德行，才能够得天保佑，长治久安。

全诗以事实为依据，动之以情，晓之以理，歌颂文王，启发人们对文王恩德的感戴之情。殷商的人口比周朝人多，却丧失民心而亡国，用殷商贵族沦为周朝服役者的事实，让后代子孙引以为鉴。诗人语气恳切叮咛，理正情深，充分体现老一辈对后代子孙的殷殷教诲。

大 明

【原文】

明明在下，赫赫在上。天难忱①斯，不易维王。天位殷适②，使不挟四方。

挚仲氏任，自彼殷商。来嫁于周，曰嫔于京。乃及王季，维德之行。大任有身，生此文王。

维此文王，小心翼翼。昭③事上帝，聿怀多福。厥德不回，以受方国。

天监在下，有命既集。文王初载，天作之合。在洽之阳，在渭之涘。文王嘉止，大邦有子。

大邦有子，伣天之妹。文定厥祥，亲迎于渭。造舟为梁，不显其光。

有命自天，命此文王。于周于京，缵女维莘。长子维行，笃生武王。保右命尔，燮伐④大商。

殷商之旅，其会如林。矢于牧野，维予侯兴。上帝临女，无贰尔心。

牧野洋洋，檀车煌煌，驷騵⑤彭彭。维师尚父，时维鹰扬。凉彼武王，肆伐大商，会朝清明。

【注释】

①忱：相信，信任。
②适：借作"嫡"，嫡子。
③昭：借作"劭"，勤勉。
④燮伐：袭击讨伐。
⑤驷騵：四匹赤毛白腹的骏马。

【译文】

皇天伟大光辉照人间，光采卓异显现于上天。天命无常难测又难信，一个国王做好也很难。天命嫡子帝辛居王位，终又让他失国丧威严。

太任是挚国任家姑娘，也可以算是来自殷商。她远嫁来到我们周原，在京都做了王季新娘。就是太任和王季一起，推行德政有着好主张。

太任怀孕将要生儿郎，生下这位就是周文王。这位伟大英明的君主，小心翼翼恭敬而谦让。勤勉努力侍奉那天帝，带给我们无数的福祥。他的德行光明又磊落，因此承受祖业做国王。

天帝在天明察人世间，文王身上天命集中现。就在他还年轻的时候，皇天给他缔结好姻缘。文王迎亲到洽水北面，就在那渭水河岸边。

文王筹备婚礼喜洋洋，殷商有位美丽的姑娘。殷商这位美丽的姑娘，长得就像那天仙一样。卜辞表明婚姻很吉祥，文王亲迎来到渭水旁。造船相连作桥渡河去，婚礼隆重显得很荣光。

天帝有命正从天而降，天命降给这位周文王。在周原之地京都之中，又娶来莘国姒家姑娘。长子虽然早早已离世，幸还生有伟大的武王。皇天保佑命令周武王，前去袭击讨伐那殷商。

殷商调来大批的兵将，军旗就像那树林一样。我主武王誓师在牧野，他说："只有我们最兴旺。天帝监视你们众将士，不要有什么二心妄想！"

牧野地势广阔无边垠，檀木战车光彩又鲜明，驾车驷马健壮真雄骏。还有太师尚父姜太公，就好像是展翅飞雄鹰。他辅佐着伟大的武王，袭击殷商讨伐那帝辛，一到黎明就天下清平。

【赏析】

　　这是首具有史诗性质的颂诗，是周朝贵族歌颂祖先讨伐殷商的壮举，歌颂祖先的功德，追溯周朝显赫的开国历史。各章句数不等，排列起来有参差错落的美感。有详有略、前呼后应，避免了呆板和单调，读来感觉跌宕起伏、气势恢宏。

　　诗篇以"天命所佑"为中心，以王季、周文王、周武王三代为线索，表现周族三代祖先美好的德行。诗中武王灭殷商是重大的历史事件，前面写家族的王季、太任、文王等，是为了说明周朝的成功是世代积累的仁德，被天命保佑，所以武王能够攻克殷商成为天下君王。

　　诗人写婚姻都是天作之合，与圣人的德行相匹配。周武王攻克殷商也是顺应天命，继承祖先的德行，统治天下。虽然这首诗变幻莫测，但是中心思想非常明确，整首诗笼罩着很强烈的宗教气氛，君权与神学相结合的封建制度。

　　文王的两次迎亲，牧野之战描绘得有声有色，生动具体。排比句"牧野洋洋，檀车煌煌，驷𫘨彭彭"，增强了战场上威严、紧迫的气氛。

绵

【原文】

绵绵瓜瓞①。民之初生，自土沮漆。古公亶父，陶复②陶穴，未有家室。

古公亶父，来朝走马。率西水浒，至于岐下。爰及姜女，聿来胥宇。

周原膴膴③，堇荼如饴。爰始爰谋，爰契我龟，曰止曰时，筑室于兹。

乃慰乃止，乃左乃右，乃疆乃理，乃宣乃亩。自西徂东，周爰执事。

乃召司空，乃召司徒，俾立室家。其绳则直，缩版④以载，作庙翼翼。

捄⑤之陾陾⑥，度之薨薨⑦，筑之登登，削屡冯冯。百堵皆兴，鼛鼓弗胜。

乃立皋门，皋门有伉。乃立应门，应门将将。乃立冢⑧土，戎丑攸行。

肆不殄厥愠，亦不陨厥问。柞棫拔矣，行道兑矣。混夷駾矣，维其喙矣！

虞芮质厥成，文王蹶厥生。予曰有疏附，予曰有先后。予曰有奔奏，予曰有御侮！

【注释】

①瓞：小瓜。

②陶：窑灶。复：古时的一种窑洞。

③膴膴：肥沃的样子。

④缩版：用绳子捆束筑墙的木板。

⑤捄：把土装到筐里。

⑥陾陾：众多的样子。

⑦薨薨：人多嘈杂的声音。

⑧冢：祭祀灶神的地方。

【译文】

大瓜小瓜瓜蔓长，周人最早得发祥，本在沮水漆水旁。太王古公亶父来，率民挖窖又开窑，还没筑屋建厅堂。

太王古公亶父来，清早出行赶起马。沿着河岸直向西，来到岐山山脚下。接着娶了姜氏女，共察山水和住地。

周原土地真肥沃，苦菜甜如麦芽糖。开始谋划和商量，再刻龟甲看卜象。兆示定居好地方，在此修屋造住房。

于是在此安家邦，于是四处劳作忙，于是划疆又治理，于是开渠又垦荒。打从东面到西面，要管杂事一样样。

　　先召司空定工程，再召司徒定力役，房屋宫室使建立。准绳拉得正又直，捆牢木板来打夯，筑庙动作好整齐。

　　铲土入筐腾腾腾，投土上墙轰轰轰。齐声打夯登登登，削平凸墙嘭嘭嘭。成百道墙一时起，人声赛过打鼓声。

　　于是建起郭城门，郭门高耸入云霄。于是立起王宫门，正门雄伟气势豪。于是修筑起大社，正当防戎那大盗。

　　既不断绝对敌愤，邻国也不失聘问。柞栎白桵都拔去，道路畅通又宽正。混夷奔逃不敢来，疲弊困乏势不振。

　　虞芮两国争执平，文王启发感其性。我说有臣疏化亲，我说有臣辅佐灵。我说有臣善奔走，我说有臣御敌侵。

【赏析】

　　这是记载太王古公亶父事迹的史诗，生动描述周王族十三世祖古公亶父，带领周民迁徙岐山，定居渭河平原，建立家园，驱逐混夷，任用贤才，建筑城墙、宫室、民宅，强盛周族的过程。

　　全诗分九章。首章以"绵绵瓜瓞"起兴，概括周人延绵不绝，生生不息的历史。下面的八章，叙述古公亶父率领周民迁徙到岐山，建设家园的具体情况。

　　周民最初居住在邠地，经常遭受游牧民族的侵扰，古公亶父决定迁徙。"古公亶父，来朝走马。率西水浒，至于岐下"四句概括迁徙过程。"爰及姜女，聿来胥宇"，看上去好像随笔，实际上有很大作用。姜女是平原民族姜族的长女，周与姜的联姻，承认古公亶父是周原的占有者和统治者。

　　"周原膴膴，堇茶如饴"，说出周人在辽阔又肥沃的平原上，怀着满腔的喜悦和对新生活的向往投入辛苦的劳动中。平原文明的标志是建造房屋，是周人安居乐业的开始，也是周族开始兴旺的象征。

　　"陾陾""薨薨""登登""冯冯"四组拟声词，用嘈杂的声音表现热火朝天的劳动场面和周人蓬勃发展的景象。"皋门有伉""应门将将"看上去是赞美王宫，实际上是夸耀周人高超的建筑技术，显示他们自强自立，不可侵犯的精神。

　　以时间为经，以地点为纬，景随情变，情景浑然一体，充满着浓郁的生活气息，洋溢着人们对生活的激情，对生命的热爱，对祖先的崇敬之情。

棫 朴

【原文】

芃芃棫朴①，薪之槱②之。济济辟王，左右趣③之。

济济辟王，左右奉璋④。奉璋峨峨，髦士攸宜。

淠⑤彼泾舟，烝徒楫之。周王于迈，六师及之。

倬彼云汉，为章于天。周王寿考，遐不作人？

追琢其章，金玉其相。勉勉我王，纲纪四方。

【注释】

①棫朴：两种灌木的名字。
②槱：聚积木柴备着燃烧。
③趣：趋向，归向。
④璋：祭祀时装酒的玉器。
⑤淠：小船摇晃的样子。

【译文】

棫树朴树多茂盛，砍作木柴祭天神。周王气度美无伦，群臣簇拥左右跟。

周王气度美无伦，左右群臣璋瓒捧。手捧璋瓒仪容壮，国士得体是贤俊。

船行泾河波声碎，众人举桨齐划水。周王出发去远征，六军前进紧相随。

宽广银河漫无边，光带灿烂贯高天。万寿无疆我周王，培养人才谋虑全。

琢磨良材刻纹花，如金如玉品质佳。勤勉不已我周王，统治天下理国家。

【赏析】

这首诗歌颂周王任用贤人，讨伐诸侯，治理四方。

首章以"芃芃棫朴"起兴，人们喜欢用茂盛的灌木比作君王的美好，才会愿意追随。

第二章的四句话都是赋，文中的"璋"有两个用处，一是祭祀用的"璋瓒"，一是发兵用的"牙璋"。虽然下章节有讨伐，但这章有"髦士"，也就是农官。第三章以"泾舟"起兴，写众人自觉地划桨，比喻六军的将士自觉跟随周王出征讨伐。

前三章用众多来烘托周王是众望所归，后两章转为歌颂。

第四章以"云汉"比作周王用法度治理天下，末句"遐不作人"用反问句肯定周王可以培育人才。

末章用金玉材质的印章比喻周王，精雕细刻出美丽的外表。金玉材质是最好的质地,周王勤勉到极限,是天下最好的统治者。

旱麓

【原文】

瞻彼旱麓,榛楛①济济。岂弟君子,干禄岂弟。
瑟②彼玉瓒,黄流在中。岂弟君子,福禄攸降。
鸢③飞戾天,鱼跃于渊。岂弟君子,遐不作人。
清酒既载,骍牡既备。以享以祀,以介景福。
瑟彼柞棫,民所燎④矣。岂弟君子,神所劳矣。
莫莫葛藟,施⑤于条枚。岂弟君子,求福不回。

【注释】

①榛楛:两种灌木的名字。
②瑟:鲜亮的样子
③鸢:鸟名,即老鹰。
④燎:燃烧。
⑤施:伸展蔓延。

【译文】

瞻望那边旱山山底,榛树楛树多么茂密。和乐平易好个君子,求福就凭和乐平易。

圭瓒酒器鲜明细腻,金勺之中鬯酒满溢。和乐平易好个君子,天降福禄令人欢喜。

老鹰展翅飞上蓝天,鱼儿摆尾跃在深渊。和乐平易好个君子,怎会不去培养青年。

清醇甜酒已经满斟,红色公牛备作牺牲。用它上供用它祭祀,用它求取大的福分。

柞树棫树那么茂盛,百姓砍来焚烧祭神。和乐平易好个君子,神灵要来把你慰问。

葛藤一片到处长满,蔓延缠绕树枝树干。和乐平易好个君子,求福有道不邪不奸。

【赏析】

这首诗赞美周王和乐平易,受天帝恩宠,赐予他福禄,成为一代贤王。"岂弟君子"主题贯穿全诗,通篇洋溢温文尔雅的君子风度,匹配庄严的祭祀礼仪。内涵深厚，内容丰满，颇具特色。

全诗分六章。首章写旱山山脚下茂密的灌木树丛，草木旺盛是雨水多润泽的原因，比喻周朝百姓在周王的统治下，年年丰收，百姓安乐。"岂弟君子"写百姓因为周王的和乐平易得福，前事之因带来后事之果，很有深意。

第二章"瑟彼玉瓒，黄流在中"写洁白的玉器和黄色的酒，互相映衬，色彩艳丽，用文字让人们产生很强的视觉效果。

第三章写飞鸢和跃鱼，结构摇曳多姿，语言的意思很明晰，有"海阔凭鱼跃，天高任鸟飞"的意思。和乐平易的周王培养人才，充分发挥他们的才智，发扬光大祖辈的德行。

第四章写祭祀现场的仪式，该礼仪很隆重，表达对神灵及先祖的崇敬。

第五章写祭祀的礼仪，与天上的神灵沟通，表达人们对神灵的崇敬，祈求神灵赐"景福"。

第六章用茂密的葛藤在树枝间蔓延，比喻上天赐予周民永远的福气。此章的叠字词"莫莫"与首章的"济济"相呼应。末句"求福不回"意思是求取福气走正道。

思 齐

【原文】

思齐①大任，文王之母，思媚周姜，京室之妇。大姒嗣徽音，则百斯男。

惠于宗公，神罔时怨，神罔时恫②。刑于寡妻，至于兄弟，以御于家邦。

雍雍③在宫，肃肃在庙。不显亦临，无射④亦保。

肆戎疾不殄⑤，烈假不瑕。不闻亦式，不谏亦入。

肆成人有德，小子有造。古之人无斁⑥，誉髦斯士。

【注释】

①齐：仪态端庄的样子。
②恫：哀伤，沉痛。
③雍雍：和谐的样子。
④射：不明显，厌倦。
⑤殄：残害，灭绝。
⑥斁：厌倦，败坏。

【译文】

　　雍容端庄是太任，周文王的好母亲。贤淑美好是太姜，王室之妇居周京。太姒美誉能继承，多生男儿家门兴。

　　文王孝敬顺祖宗，祖宗神灵无所怨，祖宗神灵无所痛。示范嫡妻作典型，示范兄弟也相同，治理家国都亨通。

　　在家庭中真和睦，在宗庙里真恭敬。暗处亦有神监临，修身不倦保安宁。

　　如今西戎不为患，病魔亦不害人民。未闻之事亦合度，虽无谏者亦兼听。

　　如今成人有德行，后生小子有造就。文王育人勤不倦，士子载誉皆俊秀。

【赏析】

　　这首诗写文王修身齐家治国平天下的美好德行，与他的祖母和母亲的教育、妻子的帮助分不开。格调庄重，赞颂文王家的贤妻良母，表明美好的德行是家族的优良传统。

　　全诗分五章。第一章的六句话赞美文王家族的三位女性，文王的祖母周姜，文王的生母太任和文王的妻子太姒。叙述的顺序先母亲，再祖母，最后是妻子。意思是妻子继承了祖母和母亲两人的美德。

　　第二章的六句话分两个部分，前三句承上，写文王孝敬祖先，所以祖先保佑他。后三句写文王以身则，感化妻子和兄弟，再推及至治理家族邦国。

　　第三章开始每章由六句转成四句。第三章的前两句接着上一章的后三句，写文王在宗庙的行为，处处以身作则，为人表率。后两句"不显亦临，无射亦保"深化主题，有种现代"慎独"的意味。最后一句的"保"写出文王孜孜不倦地保持好德行。

　　后两章写文王"治国"，第四章开头两句"肆戎疾不殄，烈假不瑕"，写文王的好品德让天下太平。末章通俗易懂，写文王勤于培养人才。

皇　矣

【原文】

　　皇矣上帝，临下有赫。监观四方，求民之莫。维此二国，其政不获。维彼四国，爰究爰度。上帝耆①之，憎其式廓。乃眷西顾，此维与宅。

　　作之屏之，其菑②其翳③。修之平之，其灌其栵。启之辟之，其柽其椐。攘之剔之，其檿④其柘。帝迁明德，串夷载路。天立厥配，受命既固。

　　帝省其山，柞棫斯拔，松柏斯兑。帝作邦作对，自大伯王季。维此王季，因心则友。则友其兄，则笃其庆，载锡之光。受禄无丧，奄有四方。

维此王季，帝度其心。貊⑤其德音，其德克明。克明克类，克长克君。王此大邦，克顺克比。比于文王，其德靡悔。既受帝祉，施于孙子。

帝谓文王：无然畔援⑥，无然歆羡⑦，诞先登于岸。密人不恭，敢距大邦，侵阮徂共。王赫斯怒，爰整其旅，以按徂旅。以笃于周祜，以对于天下。

依其在京，侵自阮疆。陟我高冈，无矢我陵。我陵我阿，无饮我泉，我泉我池。度其鲜原，居岐之阳，在渭之将。万邦之方，下民之王。

帝谓文王：予怀明德，不大声以色，不长夏以革。不识不知，顺帝之则。帝谓文王：询尔仇方，同尔弟兄。以尔钩援，与尔临冲，以伐崇墉。

临冲闲闲，崇墉言言。执讯连连，攸馘⑧安安。是类是祃⑨，是致是附，四方以无侮。临冲茀茀，崇墉仡仡。是伐是肆，是绝是忽。四方以无拂。

【注释】

①耆：考察。
②蓄：指直立而死的树木。
③翳：指死而倒下的树木。
④檿：木名，俗名山桑。
⑤貊（mò）：《左传·昭公二十八年》及《礼记·乐记》皆引作"莫"。莫，传布。
⑥畔援：徘徊不进的样子。
⑦歆羡：非分的希望和企图。
⑧馘：古代战场杀敌，割取敌方左耳计数献功。
⑨祃：师祭，到征战的地方举行的祭祀。

【译文】

天帝伟大而又辉煌，洞察人间慧目明亮。监察观照天地四方，发现民间疾苦灾殃。就是殷商这个国家，它的政令不符民望。想到天下四方之国，于是认真研究思量。天帝经过一番考察，憎恶殷商统治状况。怀着宠爱向西张望，就把岐山赐予周王。

砍伐山林清理杂树，去掉直立横卧枯木。将它修齐将它剪平，灌木丛丛枝杈簇簇。将它挖去将它芟去，怪木棵棵梐木株株。将它排除将它剔除，山桑黄桑杂生四处。天帝迁来明德君主，彻底打败犬戎部族。皇天给他选择佳偶，受命于天国家稳固。

天帝省视周地岐山，柞树棫树都已砍完，苍松翠柏栽种山间。天帝为周兴邦开疆，太伯王季始将功建。就是这位祖先王季，顺从父亲友爱体现。友爱他的两位兄长，致使福庆不断增添。天帝赐他无限荣光，承受福禄永不消减，天下四方我周占全。

就是这位王季祖宗，天帝审度他的心胸，将他美名传布称颂。他的品德清明端正，是非类别分清眼中，师长国君一身兼容。统领如此泱泱大国，万民亲附百姓顺从。到了文王依然如此，他的德行永远光荣。已经接受天帝赐福，延及子孙受福无穷。

天帝对着文王说道："不要徘徊不要动摇，也不要去非分妄想，渡河要先登岸才好。"密国人不恭敬顺从，对抗大国实在狂傲，侵阮伐共气焰甚嚣。文王对此勃然大怒，整顿军队奋勇进剿，痛击敌人猖狂侵扰。大大增加周国洪福，天下四方安乐陶陶。

密人凭着地势高险，出自阮国侵我边疆，登临我国高山之上。"不要陈兵在那丘陵，那是我国丘陵山冈；不要饮用那边泉水，那是我国山泉池塘。"文王审察那片山野，占据岐山南边地方，就在那儿渭水之旁。他是万国效法榜样，他是人民优秀国王。

天帝告知我周文王："你的德行我很欣赏。不要看重疾言厉色，莫将刑具兵革倚仗。你要做到不声不响，天帝意旨遵循莫忘。"天帝还对文王说道："要与盟国咨询商量，联合同姓兄弟之邦。用你那些爬城钩援，和你那些攻城车辆，讨伐攻破崇国城墙。"

临车冲车轰隆出动，崇国城墙坚固高耸。抓来俘虏成群结队，割取敌耳安详从容。祭祀天神求得胜利，招降崇国安抚民众，四方不敢侵我国中。临车冲车多么强盛，哪怕崇国城墙高耸。坚决打击坚决进攻，把那顽敌斩杀一空，四方不敢抗我威风。

【赏析】

这是周朝开国史诗之一。写西周是天命所归的国家，描述王季接受天帝的命令经营岐山，打退昆夷。王季继承祖先的优良传统，遵照天帝的旨意开创周朝的疆土。描述文王讨伐密国，消灭崇国，是周部族发展强大的重大事件，为周朝的建立作出卓越的贡献。

全诗分八章，有四章以文王的功绩为重点。首章写太王得天眷顾，迁移到岐山建国。得天命建国有点夸张，却契合古时候人们"君权神授"的思想。

第二章描述太王开辟疆土的情景，连续用了四组排比句，用了八个动词，写了八种植物，生动地表现太王创业时的艰难。最后还写太王赶走昆夷，娶了佳偶。

第三章写王季继承太王的事业，顺应天命又扩张疆土。强调"自大伯王季",告诉人们太王有三个儿子,太伯、虞仲和王季,太王喜欢王季,虞仲相让。王季继位是顺应天命,得父心,友爱兄弟的行为。

第四章描写王季的德行,突出他尊贵的地位和显赫的名声。

第五章写天帝对文王的教诲,强调周朝的出征是"以笃于周祜,以对于天下"的正义行动。

第六章详细写战斗的场面,情势严峻,使读者有身临其境的感觉。

第七章描述战前的情景,文王接受天帝的教诲,让他"不大声以色,不长夏以革",要从容镇定,不要疾言厉色;要注意对敌的策略,不要用武力硬拼,还要联合别的国家。

末章写讨伐密国消灭崇国的情景,表现周朝从一个游牧民族逐渐发展强大,通过不断地讨伐,扩张疆域,获得强大的力量,不是后世歌颂的礼乐教化。

这首诗有顺序地叙述着周朝发展的历史过程,塑造历史人物,详细描绘战争场面,内容丰富,规模宏大,条理分明,时间跨度大却紧密完整。多用夸张和重叠词语,人物语言和排比式语句交错使用,章节过渡语气自然平缓,增强了生动性、形象性和艺术感染力。

灵 台

【原文】

经[1]始灵台,经之营之。庶民攻[2]之,不日成之。经始勿亟,庶民子来。

王在灵囿[3],麀鹿攸伏。麀鹿濯濯,白鸟翯翯。王在灵沼,于牣鱼跃。

虡[4]业维枞,贲鼓维镛。于论鼓钟,于乐辟雍。

于论鼓钟,于乐辟雍。鼍[5]鼓逢逢。矇瞍[6]奏公。

【注释】

①经:测量规划。

②攻:建造。

③灵囿:君王养禽兽的园林。

④虡:悬挂钟的木架。

⑤鼍:扬子鳄,一种爬行动物。

⑥矇瞍:古代对盲人的称呼,乐官乐工常用盲人。

【译文】

开始规划筑灵台,经营设计善安排。百姓出力共兴建,没花几天成功快。开始规划莫着急,百姓如子都会来。

君王在那大园林,母鹿懒懒伏树荫。母鹿肥壮毛皮好,白鸟羽翼真洁净。君王在那大池沼,啊呀满池鱼窜蹦。

钟架横板崇牙配,大鼓大钟都齐备。啊呀钟鼓节奏美,啊呀离宫乐不归。

啊呀钟鼓节奏美,啊呀离宫乐不归。敲起鼍鼓声蓬蓬,瞽师奏歌有乐队。

【赏析】

这首诗写文王建成灵台,与民游园同乐,美好的品德让百姓乐于归附,气氛快乐。

全诗分四章。第一章写建造灵台,用"营之""攻之""成之"三个动词,显示出百姓为文王建造灵台的热情,与第五句"经始勿亟"形成呼应。

第二章写"灵囿"和"灵沼"里的"麀鹿濯濯,白鸟翯翯""于牣鱼跃",文字简洁生动,充满活力。

第三、第四章写君王游憩赏乐的离宫"辟雍",连用四个"于"表示感叹赞美,引人关注。第三章的后两句与末章的前两句重复,是顶针修辞的特例,渲染出特别欢快的游乐气氛。

《灵台》是中国历史上最早提到园林的作品,对于今天的园林研究有很重要的史料价值。

下 武

【原文】

下武①维周,世有哲王②。三后在天,王配于京。
王配于京,世德作求。永言配命,成王之孚③。
成王之孚,下土之式。永言孝思,孝思维则。
媚④兹一人,应侯顺德。永言孝思,昭哉嗣服。
昭兹来许,绳⑤其祖武。于万斯年,受天之祜。
受天之祜,四方来贺。于万斯年,不遐有佐。

【注释】

①武:继承。
②哲王:贤明智慧的君王。
③孚:让人信服。

④媚：爱戴。

⑤绳：继承。

【译文】

周邦后人能继承，代代都有明君生。三位先王在天庭，武王配天在镐京。
武王配天在镐京，追求先祖好德行。配合天命能长保，完成王业可信任。
完成王业可信任，百姓学他做好人。他能永远行孝道，效法先王遵祖训。
天下都爱人一个，能担重任顺德行。他能永远行孝道，继承王业多光明。
光明磊落后来人，祖宗事业能继承。千秋万载把国享，受天福禄永不停。
享受老天赐福多，四方诸侯来朝贺。千秋万载把国享，哪无贤臣来辅佐！

【赏析】

这首诗歌颂周朝的君王有圣德，能继承祖宗的功业。结构严谨，层层递进，安排有条不紊。

全诗分六章。第一章叙述周朝世代有贤明的君王，赞颂太王、王季、文王和武王。第二章的前两句赞颂武王，下两句赞颂成王。第三章前两句赞美成王的德行，是百姓效仿的榜样。第四和第五章赞颂能够继承祖宗美德的康王。第六章用周朝接受上天的福禄，四方来朝贺结束。

这首诗把顶针修辞发挥到极致，第一章到第二章用"王配于京"勾连，第二章到第三章用"成王之孚"勾连，第五章到第六章用"受天之祜"勾连，而第四章末句"昭哉嗣服"和第五章首句"昭兹来许"结构和意思都相同，可以视为顶针勾连。

结构巧妙，韵律节奏淳美婉约，避免了歌颂文字因为刻板带来的审美负效应，令人愉悦。

文王有声

【原文】

文王有声，遹①骏有声。遹求厥宁，遹观厥成。文王烝哉！
文王受命，有此武功②。既伐于崇，作邑于丰。文王烝哉！
筑城伊淢③，作丰伊匹。匪棘其欲，遹追来孝。王后烝哉！
王公伊濯④，维丰之垣。四方攸同，王后维翰⑤。王后烝哉！
丰水东注，维禹之绩。四方攸同，皇王维辟。皇王烝哉！
镐京辟雍⑥，自西自东，自南自北，无思不服。皇王烝哉！
考卜维王，宅是镐京。维龟正之，武王成之。武王烝哉！

丰水有芑,武王岂不仕?诒厥孙谋,以燕⑦翼子。武王烝哉!

【注释】
　　①遹:遵循。
　　②武功:讨伐的功劳。
　　③淢:护城河。
　　④濯:显著,光大的意思。
　　⑤翰:主心骨。
　　⑥辟雍:西周王朝君王的离宫。
　　⑦燕:安定。

【译文】
　　文王有着好声望,如雷贯耳大名气。但求天下能安宁,终见功成国运昌。文王真是个好君王。
　　受命于天我文王,有这功劳气势旺。举兵讨伐那崇国,营建丰邑作都城。文王真是个好君王。
　　挖好城壕筑城墙,作为丰邑很般配。不贪私欲品行正,遵循孝心兴周邦。文王真是个好君王。
　　文王功绩自昭彰,就像丰邑的垣墙。四方诸侯来依附,国家栋梁是文王。文王真是个好君王。
　　丰水向东方奔流,大禹功绩不能忘。四方诸侯来依附,武王树立好榜样。武王真是个好君王。
　　镐京旁边是辟雍,从西方又从东方,从南方又从北方,没有人不服周邦。武王真是个好君王。
　　占卜问卦问吉祥,镐京是个好地方。神龟有灵定工程,武王建都值得颂。武王真是个好君王。
　　丰水边上有芑树,武王任务很忙碌。留给子孙好谋略,庇荫子孙多享福。武王真是个好君王。

【赏析】
　　这首诗歌颂文王迁都丰京,武王迁都镐京,势力东扩,巩固发展,奠定周朝数百年的基业。
　　全诗分八章,前四章颂扬文王建都丰邑的功绩,用"匪棘其欲,遹追来孝"强调他是继承先祖的遗愿。同时有很多叙事夹杂着抒情的诗句:"既伐于崇,作邑于丰""筑城伊淢,作丰伊匹""王公伊濯,维丰之垣"等。
　　后四章颂扬武王建都镐京的功绩,用"诒厥孙谋,以燕翼子"表明他对子孙后代的贡献。"丰水东注，维禹之绩""考卜维王，宅是镐京"叙事里夹带着抒情。

每章末句是单独的赞美词收尾，"文王烝哉""王后烝哉"是赞美文王，"皇王烝哉""武王烝哉"赞美武王，感情抒发到极致，更加强烈。

按时间顺序布局，先后写父子两代的丰功伟绩，体现出武王的功绩是他的父亲文王奠定了基础。同样写迁都的事情，文王迁都丰邑，武王迁都镐京，却有各自的重点。文王更多是讨伐的功劳，武王是文武双全。

诗中还用到比兴的手法，每章都有韵，加强了诗的感染力，成为歌功颂德的杰作。

生 民

【原文】

厥初生民，时维姜嫄。生民如何？克禋克祀，以弗无子。履帝武敏歆①，攸介攸止，载震载夙。载生载育，时维后稷。

诞弥厥月，先生如达。不坼不副，无菑②无害。以赫厥灵。上帝不宁，不康禋祀③，居然生子。

诞置之隘巷，牛羊腓④字之。诞置之平林，会伐平林。诞置之寒冰，鸟覆翼之。鸟乃去矣，后稷呱矣。实覃实訏，厥声载路。

诞实匍匐，克岐克嶷。以就口食。蓺之荏菽，荏菽旆旆。禾役穟穟，麻麦幪幪，瓜瓞唪唪⑤。

诞后稷之穑，有相之道。茀厥丰草，种之黄茂。实方实苞，实种实褎⑥。实发实秀，实坚实好。实颖实栗，即有邰家室。

诞降嘉种，维秬维秠，维穈维芑。恒之秬秠，是获是亩。恒之穈芑，是任是负。以归肇祀。

诞我祀如何？或舂或揄，或簸⑦或蹂⑧。释之叟叟，烝之浮浮。载谋载惟。取萧祭脂，取羝以軷，载燔载烈，以兴嗣岁。

卬盛于豆，于豆于登。其香始升，上帝居歆。胡臭亶时。后稷肇祀⑨。庶无罪悔，以迄于今。

【注释】

①歆：心有所感的样子。
②菑：同"灾"，灾难。
③禋祀：祭祀的一种礼仪。

④䃾：庇护。
⑤唪唪：果实累累的样子。
⑥襃：渐渐长高的禾苗。
⑦簸：扬米去糠。
⑧蹂：用手搓残余的谷皮。
⑨肇祀：开始祭祀。

【译文】

　　是谁生下第一代周人，姜嫄就是那位母亲。且说周人怎样降生？有一天姜嫄行禋祭，因为无儿求天帝。她踩着天帝的脚趾印，心里欢喜。就在那里停下来休息。她怀孕了，不敢大意。后来生了孩子，那就是后稷。

　　姜嫄怀足了十月胎，头生子像只小羊滑下来。不破也不裂，无灾又无害。这些事情显得多奇怪。莫非天帝不愉快，我的祭祀他安享。教我有儿不敢养，白白生下来。

　　把他扔在胡同里，牛羊一起来喂乳。把他扔在树林里，恰巧有人来砍树。把他扔在寒冰上，鸟儿展翅将他护。鸟儿飞去了，后稷哇哇哭。哭声又长又洪亮，大路上听得蛮清楚。

　　后稷刚会四处爬，又懂事来又聪明，觅食吃饱有本领。不久就能种大豆，大豆一片苗壮生。种了禾粟嫩苗青，麻麦长得多旺盛，瓜儿累累果实成。

　　后稷耕田又种地，有相看土地好坏的本领。爱护禾苗剔除茂密的杂草，种植优良品种。吐出芽长出新苗，种下的禾苗渐渐长高。发茎抽穗又结实，谷粒灌浆饱满。禾穗低头收成好，可以养活家室是个宝。

　　上天关怀赐良种：秬子秠子既都见，红米白米也都全。秬子秠子遍地生，收割堆垛忙得欢。红米白米遍地生，扛着背着运仓满，忙完农活祭祖先。

　　祭祀先祖怎个样？有舂谷也有舀米，有簸粮也有筛糠。沙沙淘米声音闹，蒸饭喷香热气扬。筹备祭祀来谋划，香蒿牛脂燃芬芳。大肥公羊剥了皮，又烧又烤供神享，祈求来年更丰穰。

　　祭品装在碗盘中，木碗瓦盆派用场，香气升腾满厅堂。天帝因此来受享，饭菜滋味实在香。后稷始创祭享礼，祈神佑护祸莫降，至今仍是这个样。

【赏析】

　　这首诗记录周朝的始祖后稷，并且赞颂他的功德。描述了后稷的出生，带有传说成分和浓郁的传奇色彩。诗写农业生产，后稷选育优良种子然后种植，获取五谷大丰收，真实反映了远古社会人类生活和农业生产的状况，把农业与畜牧业分开的第一次社会大分工。

全诗分八章,各章句数错落,除首尾两章,其余各章都以"诞"开头,格式非常严谨。全诗不用比兴,皆用赋法,叙述生动详细,有很强的纪实性。前几章写后稷的身世显得有些神奇荒诞,后面详细叙述后稷从事农业生产富有浓郁的生活气息,增强了这首诗的艺术魅力。

第一章写后稷的母亲姜嫄神奇的受孕、生子全过程。

第二和第三章详细地叙述后稷的诞生和三次被弃又三次获救,却能够大难不死的灵异事件。后稷名弃,就是因为他在婴幼儿时期被遗弃。

第四章到第六章写后稷在开发农业生产技术上的特殊禀赋,表现出他自幼就有卓越不凡的才能。这几章修辞手法多样化,让本来有点枯燥的内容变得跌宕起伏,富有韵律感。

后两章承接第五章末句"以归肇祀",农活忙完了,开始祭祀祖先,祈求上天的赐福,表达人们对未来生活的祈福与展望,增加了庄严的气氛。

诗末的感叹词称赞后稷开创祭祀的礼仪,建立了人间与天帝的联系,让天帝永远保佑人们丰衣足食,可以有丰硕的果实作为祭品。

行 苇

【原文】

敦①彼行苇,牛羊勿践履。方苞方体,维叶泥泥。戚戚兄弟,莫远具尔。或肆之筵,或授之几。

肆筵设席,授几有缉御②。或献或酢,洗爵奠③斝④。醓醢⑤以荐,或燔或炙。嘉肴脾臄⑥,或歌或咢⑦。

敦弓既坚,四鍭⑧既钧,舍矢既均,序宾以贤。敦弓既句,既挟四鍭。四鍭如树,序宾以不侮。

曾孙⑨维主,酒醴维醹,酌以大斗,以祈黄耇。黄耇台背,以引以翼。寿考维祺,以介景福。

【注释】

①敦:草木丛生的样子。
②缉御:相继有人伺奉。
③奠斝:把酒杯放在席上。
④斝:装酒的容器。
⑤醓醢:带汤的肉酱。
⑥臄:牛舌。

⑦咢：只打鼓不唱歌。
⑧鍭：一种箭，箭头是金属的，箭尾是鸟羽毛。
⑨曾孙：宴会的主人对祖先神灵的自称。

【译文】
　　芦苇丛生长一块，别让牛羊把它踩。芦苇初茂长成形，叶儿润泽有光彩。同胞兄弟最亲密，不要疏远要友爱。铺设竹席来请客，端上茶几面前摆。
　　铺席开宴上菜肴，轮流上桌一道道。主宾酬酢共畅饮，洗杯捧盏兴致高。送上肉酱请客尝，烧肉烤肉滋味好。牛胃牛舌也煮食，唱歌击鼓人欢笑。
　　雕弓拽满势坚劲，四支利箭合标准；发箭一射中靶心，较量射技座次分。雕弓张开弦紧绷，利箭四支手持定。四箭直立靶子上，排列客位不慢轻。
　　宴会主人是曾孙，供应美酒味香醇。斟满大杯来献上，祷祝高寿贺老人。龙钟体态行蹒跚，扶他帮他侍者仁。长命吉祥是人瑞，请神赐送大福分。

【赏析】
　　这是首写家族宴饮祈福的诗，表现周朝贵族家庭举行家宴的盛况，体现人们尊老敬老的传统美德，兄弟骨肉之间和睦相处。
　　全诗分四章。第一章以路旁的芦苇起兴，初生的芦苇长出嫩芽，人们不忍心任由牛羊去踩踏。对待草木尚有仁心，与兄弟骨肉更要相亲相爱。这首家族宴饮的诗开篇就洋溢着欢乐的气氛。
　　第二章描写宴会的过程，写侍者忙碌着摆桌、设席、排次序，宾客之间互相敬酒。周朝的礼仪，主人敬的酒喝完，把杯子放在小桌子上。客人回敬主人时，主人喝完后也放在小桌子上。"醓""醢""脾"可以看出古代食物的搭配，"燔""炙"写出烹调的特征，最后人们唱歌击鼓，宴席的气氛更加热烈。
　　第三章重点说宴席上一项重要的活动，用箭术来排定宾客的座位。"序宾以贤""序宾以不侮"表明主人对胜利者优待，也不怠慢落后者，让参加活动的宾客都很开心。
　　末章依然是写宴会，重点表达对年长者的尊敬。主人斟满美酒先敬年长者，再送上祝福语，中间描述年长者走路蹒跚，侍者小心搀扶的场面，生动而不呆滞。
　　宴会中的射箭，有大场面的描写，也关注小细节，层次清晰。叠字有"泥泥""戚戚"，排比有"敦弓既坚，四鍭既钧，舍矢既均"，显得很有气势。

既 醉

【原文】

既醉以酒，既饱以德。君子万年，介尔景福。
既醉以酒，尔肴既将。君子万年，介尔昭明。
昭明有融①，高朗令终。令终有俶②，公尸嘉告。
其告维何？笾豆静嘉。朋友攸摄③，摄以威仪。
威仪孔时，君子有孝子。孝子不匮，永锡尔类。
其类维何？室家之壸。君子万年，永锡祚④胤⑤。
其胤维何？天被尔禄。君子万年，景命有仆。
其仆维何？厘⑥尔女士。厘尔女士，从以孙子。

【注释】

①有融：连绵不绝的样子。
②俶：始。
③摄：辅助。
④祚：福禄。
⑤胤：后嗣。
⑥厘：赐。

【译文】

君王赐美酒喝得酩酊大醉，君王赐美食我们饱受恩惠。敬祝君王万岁万岁万万岁，世世代代永享福禄和祥瑞。

君王赐美酒喝得酩酊大醉，您又令人奉上佳肴和美味。敬祝君王万岁万岁万万岁，您的美名大德永远放光辉。

您的伟大光辉是那样长盛，高风亮节将使您必得善终。好的结局说明有好的开端，先王替身发出美好的祝愿。

他到底说出什么样的预言？祭祀用的笾豆净洁而美好。亲朋好友们都来维护辅助，同把隆重热烈氛围来营造。

隆重热烈氛围非常合时宜，敬祝伟大君王嫡传有孝子。孝子贤孙世世代代永相继，祝愿您的家族永受天赐予！

您的家族领域到底有多大？王家深宫内的道路细又长。敬祝伟大的君王万寿无疆，上天赐您福禄久远子孙旺！

您的子孙后代将来怎么样？上天让他们遍享福禄富贵。敬祝君王万岁万岁万万岁，上天授予您大命永远附随！

上天授予的大命如何附随？上天赐予您有德行的嫔妃。上天赐予您有德行的嫔妃，自有孝子贤孙世代永不亏！

【赏析】

这是首周代统治者祭祀祖先时唱的祝福歌，由祝官代表先祖向祭祀的主人表示祝福。

全诗分八章。前两章写主人的祭品让神灵心满意足，觉得主祭者礼貌周到，便赐予他长寿，并且永远得到神灵赐予的幸福和吉祥。第三章"令终有俶，公尸嘉告"，明确指出这是先祖的祝福之词。

其余五章是具体的祝福内容，从尽孝、治家、多后代几个方面，赞颂主人有德行，从他在祭祀中的表现可以看出他的德行，所以神灵要降福给他。神灵主要要赐予君王的是家庭而不是军事，显示出这首诗的倾向性，让读者感到亲切。

这首诗善用半顶针修辞方法，上一章尾句与下一章的起句互相联结，重复上句的末一个字，与下一章的第二个字联结。各章节之间用简单的顶针格式关联。诗人另辟蹊径，不取上下章衔接文字的顶针手法，有次序分明的效果，具有曲折、灵动的架势，让人叹为观止。

"高朗令终""令终有俶"用半顶针与顶针的修辞连成一片，让人感觉到"大珠小珠落玉盘"的热闹场面。全诗内容丰满，条理清晰，章法成熟，有很强的表现力。

凫鹥

【原文】

凫鹥①在泾，公尸②来燕来宁。尔酒既清，尔肴既馨。公尸燕饮，福禄来成。

凫鹥在沙，公尸来燕来宜。尔酒既多，尔肴既嘉。公尸燕饮，福禄来为。

凫鹥在渚，公尸来燕来处。尔酒既湑③，尔肴伊脯。公尸燕饮，福禄来下。

凫鹥在潀④，公尸来燕来宗。既燕于宗，福禄攸降。公尸燕饮，福禄来崇。

凫鹥在亹⑤，公尸来止熏熏。旨酒欣欣，燔炙芬芬。公尸燕饮，无有后艰。

【注释】

①凫鹥：野鸭和沙鸥。
②公尸：祭祀活动中代表神灵受祭的活人。
③湑：过滤掉。
④潨：港汊，水流汇合的地方。
⑤亹：山峡两岸对峙，像门的地方。

【译文】

野鸭沙鸥河中游，公尸赴宴心安宁。你的美酒清又醇，你的佳肴味道香。公尸赴宴来品尝，福禄双双成全你。

野鸭沙鸥沙滩上，公尸赴宴很欢畅。你的美酒有很多，你的佳肴很美味。公尸赴宴来品尝，祝你福禄又安康。

野鸭沙鸥在河洲，公尸赴宴来居住。你的美酒已滤清，你的佳肴有肉脯。公尸赴宴来品尝，福禄降临你身上。

野鸭沙鸥在港汊，公尸赴宴享安乐。已在宗庙设宴席，福禄降临到你家。公尸赴宴来品尝，福禄降临你身上。

野鸭沙鸥在峡门，公尸赴宴醉醺醺。美酒醇厚味道香，烧烤味道很芬芳。公尸赴宴来品尝，从此太平无艰难。

【赏析】

这是宴饮公尸的诗歌。周朝的贵族在祭祀祖先的第二天，酬谢在祭祀仪式上装扮先祖的人，摆下酒宴请他来吃，这叫作"宾尸"。

全诗分五章，每章的第二句是六言，其余句式都是四言。结构像音乐中的变奏曲，整首诗围绕着野鸭沙鸥在水泽欢快地觅食，公尸接受贵族的宴饮，像野鸭沙鸥般愉快为主旋律进行一系列的变奏。人们准备了美酒佳肴答谢公尸，希望公尸沟通他们与神灵的联系，祈求得到神灵赐福。

"泾""沙""渚""潨""亹"，指水鸟在水边，而公尸在宗庙。每章以"凫鹥"在水边起兴，比喻公尸接受邀请赴宴，只是在词语上进行变换，音节上做修饰，没有深沉的含意。

"清""多""湑""欣欣"写酒的香甜，"馨""嘉""芬芬"写菜肴的美味。借宴席显示主人的虔诚，用"来燕来宁""来燕来宜""来燕来处""来燕来宗""来止熏熏"说明公尸非常开心，从侧面赞美主人礼貌周全，公尸高兴预示着神灵会不断降福禄给主人。

每章反复强调"福禄来成""福禄来为""福禄来下""福禄攸降""福禄来崇",末章"无有后艰",同是祝福词,却说出没有灾难的现实问题,警醒人们太平时期也要"思危"。

假　乐

【原文】

假①乐君子,显显令德。宜民宜人,受禄于天。保右命之,自天申之。

千禄百福,子孙千亿。穆穆皇皇,宜君宜王。不愆②不忘,率由旧章。

威仪抑抑③,德音秩秩。无怨无恶,率由群匹④。受福无疆,四方之纲。

之纲之纪,燕及朋友。百辟卿士,媚于天子。不解⑤于位,民之攸塈⑥。

【注释】

①假:通"嘉",美好。
②愆:过失,过错。
③抑抑:庄严壮美。
④群匹:众位臣子。
⑤解:通"懈",怠慢。
⑥塈:安宁。

【译文】

风度翩翩而又快乐的周王,拥有万众钦仰的美好政德。您顺应老百姓也顺应贵族,万千福禄自会从上天获得。上天保护您恩佑您授命您,更多的福禄都由上天赐降。

您追求到数以百计的福禄,您繁衍出千亿个子孙儿郎。您总是保持庄严优雅形象,称得上合格的诸侯或君王。您从来不违法不胆大妄为,凡事都认真遵循祖制规章。

您保持着严整的仪表形象,您拥有严谨的政声美名扬。您从来不结怨也没有交恶,凡事都是和群臣们共商量。您配享那上天授受的福禄,堪为天下四方诸侯的榜样。

贵为天子担得起天下纲纪,让身边大小臣工得享安逸。天下诸侯大小臣工和士子,也都热爱拥戴着周王天子。正因为您勤于政事不懈怠,使天下百姓得以休养生息。

【赏析】

　　这首诗写周宣王行冠礼，充满赞美语句，开头的"假乐"点明主题和用途。赞美周宣王年轻有为，为天下纲纪的君王，深含着人们对他的深厚感情和殷切期望。

　　全诗分四章。首章开门见山地赞扬受冠礼的人品德皆优，上天授命赐给他福禄。在当时周朝内忧外患的情况下，人们依然表示出对周宣王无比的期待和信赖，语言浅显但情意深厚。

　　第二章歌颂宣王遵循祖宗法典，接受上天赐予的福禄，理应是君王，子孙众多家族旺盛。

　　第三章歌颂年轻宣王威严的仪容和高尚的品德，能够听取群臣的建议。这句话里包含着教训，后来的夷王和厉王违背了"率由旧章""率由群匹"，差点让周朝灭亡。

　　末章用写实手法勾勒出行冠礼的现场，宣王款待参礼的诸侯、群臣，其乐融融。"百辟卿士，媚于天子"大家都爱戴、亲近他。因为他"不解于位，民之攸墍"使百姓能够安居乐业。

　　围绕"德、章、纲、位"赞美这位年轻的君王，包含了人们无限的真情和殷切期望。

公　刘

【原文】

　　笃①公刘，匪居匪康。乃场乃疆，乃积乃仓；乃裹糇粮②，于橐于囊。思辑用光，弓矢斯张；干戈戚扬，爰方启行。

　　笃公刘，于胥斯原。既庶既繁，既顺乃宣，而无永叹。陟则在巘③，复降在原。何以舟之？维玉及瑶，鞞琫④容刀。

　　笃公刘，逝彼百泉。瞻彼溥原，乃陟南冈。乃觏于京，京师之野。于时处处，于时庐旅⑤，于时言言，于时语语。

　　笃公刘，于京斯依。跄跄济济，俾筵俾几。既登乃依，乃造其曹。执豕于牢，酌之用匏。食之饮之，君之宗之。

　　笃公刘，既溥既长。既景乃冈，相其阴阳，观其流泉。其军三单⑥，度其隰原。彻田为粮，度其夕阳。豳居允荒。

　　笃公刘，于豳斯馆。涉渭为乱，取厉取锻，止基乃理。爰众爰有，夹其皇涧。溯其过涧。止旅乃密，芮鞫⁷之即。

【注释】

①笃：诚实忠厚。

②糇粮：干粮。

③巘：不连大山的小山。

④鞞琫：刀鞘口的玉饰

⑤庐旅：寄居的意思，这里指宾馆房舍。

⑥单：轮流值班。

⑦芮鞫：芮水外边。

【译文】

　　诚实忠厚的公刘，不图安康和享受。划分疆界治田畴，仓里粮食堆得厚。裹起干粮就远行，大袋小袋都装满。和睦团结很光荣，佩带弓箭执长矛；盾牌刀斧都拿好，向着前方大步走。

　　诚实忠厚的公刘，视察这里的原野。众多百姓相跟随，民心归顺很舒畅。没有叹息和怨言，登上山顶四处望。再回平原细细察，身上佩带什么宝？美玉琼瑶样样有，鞘口玉饰光彩柔。

　　诚实忠厚的公刘，沿着溪泉岸边走。瞻望广阔的原野，登上南边的山冈。京师美景收眼底，周围田野很肥沃。这里居住很不错，快快筑建馆和舍。有说有笑喜洋洋，说说笑笑乐悠悠。

　　诚实忠厚的公刘，京师定都立大业。群臣走路有节奏，席地而坐把酒喝。宾主依次安排好，先祭猪神求保佑。圈里抓猪做菜肴，再用瓢儿喝美酒。酒足饭饱真热闹，推选公刘做君王。

　　诚实忠厚的公刘，开辟疆土宽又大。丈量平原和山冈，察看南面和北面。勘察水源与水流，组织军队分三班。勘察低平开沟渠，开荒种地治田畴。再到西山仔细看，豳地实在很宽广。

　　诚实忠厚的公刘，豳地筑建馆和舍。横渡渭水驾木舟，砺石锻石随便取。快快治理好基地，众人友爱力量大。皇涧两岸住满人，顺着涧豁去发展。移民定居人稠密，芮水流进又流出。

【赏析】

　　这首诗写公刘率族人由邰迁豳，初步安定下来，积极发展农业生产，展示周朝社会的初貌。

　　全诗分六章，集中描写本来可以安居乐业的公刘，继续勘察地形，找寻更合适的土地，率领族人开辟更肥沃、环境更好的豳地。说明公刘深谋远虑，具有开拓进取的精神，这首诗在具体的场景中刻画人物形象，将人与景联合起来，显得栩栩如生。

每章的开头以"笃公刘"开始，由周朝的后人用赞叹的口气写出来。首章写公刘出发前划分疆界，带领百姓耕作，把丰收的粮食收进仓库，制成很多干粮，接着带上兵器，浩浩荡荡地向豳地出发。下面五章写公刘到豳地实行的各种具体的制度，将公刘开疆扩土的过程描写得清清楚楚，表现了先民们勤劳朴实的生活情况。

公刘的时代，有一定的组织纪律，也有民主自由。欢庆宴会上，人们依次入座，共同享用丰盛的宴饮。人们在酒足饭饱后推举部落首领，是先民政治生活的一个缩影。

"思辑用光""既庶既繁，既顺乃宣，而无永叹"，写与公刘齐心协力、患难与共的百姓，君民思想和行动上保持一致，人们心情舒畅，没有人唉声叹气。排比句"于时处处，于时庐旅，于时言言，于时语语"，写出定居后的人们谈笑风生的快乐场面。

泂 酌

【原文】

泂①酌彼行潦②，挹③彼注兹，可以餴④饎⑤。岂弟君子，民之父母。

泂酌彼行潦，挹彼注兹，可以濯罍⑥。岂弟君子，民之攸归。

泂酌彼行潦，挹彼注兹，可以濯溉。岂弟君子，民之攸墍⑦。

【注释】

①泂：远。

②潦：路边的积水。

③挹：舀出。

④餴：蒸熟的饭。

⑤饎：制作酒。

⑥罍：古代一种盛酒的器具，外形像壶，比较大。

⑦墍：爱戴。

【译文】

远远地舀路边的流水，舀来倒入水缸里，可以蒸饭和蒸酒。和乐平易的君子，为民父母好榜样。

远远地舀路边的流水，舀来倒入水缸里，可以清洗大酒壶。和乐平易的君子,百姓都来归附你。

远远地舀路边的流水,舀来倒入水缸里,可以洗涤和擦拭。和乐平易的君子,百姓休息得安宁。

【赏析】

这是首颂扬周朝统治者的诗,诗中歌颂统治者体恤百姓,得到百姓的归附和爱戴。

全诗分三章,每章的开头以路边的流水起兴。路边的水很浑浊,又在远方,可是百姓却辛苦地舀回来,倒进家里水缸,用来蒸煮食物,清洗酒器,成为有用的水。

只要君王和乐平易,施予仁义,就可以让他们感恩戴德,心悦诚服地依附。君王要有高尚敦厚的品德,以父母的心对待百姓,成为"民之父母",才会有百姓诚心跟随。

受《国风》的影响,借用人们日常生活中常见的事物起兴,重章叠句,反复咏唱。

卷 阿

【原文】

有卷①者阿,飘风自南。岂弟君子,来游来歌,以矢其音。
伴奂②尔游矣,优游尔休矣。岂弟君子,俾尔弥尔性,似先公酋矣。
尔土宇昄章,亦孔之厚矣。岂弟君子,俾尔弥尔性,百神尔主矣。
尔受命长矣,茀禄尔康矣。岂弟君子,俾尔弥尔性,纯嘏尔常矣。
有冯有翼,有孝有德,以引以翼。岂弟君子,四方为则。
颙颙③卬卬④,如圭如璋,令闻令望。岂弟君子,四方为纲。
凤凰于飞,翙翙⑤其羽,亦集爰止。蔼蔼王多吉士,维君子使,媚于天子。
凤凰于飞,翙翙其羽,亦傅于天。蔼蔼王多吉人,维君子命,媚于庶人。
凤凰鸣矣,于彼高冈。梧桐生矣,于彼朝阳。菶菶⑥萋萋,雍雍喈喈。
君子之车,既庶且多。君子之马,既闲且驰。矢诗不多,维以遂歌。

【注释】

①有卷:山体曲折弯曲。
②伴奂:无拘无束的样子。

③颙颙：庄重恭敬的样子。
④卬卬：气宇轩昂的样子。
⑤翙翙：鸟儿飞行时，振动翅膀发出的声音。
⑥菶菶：草木茂盛的样子。

【译文】

曲折丘陵风光好，旋风南来声怒号。和气近人的君子，到此遨游歌载道，大家献诗兴致高。

江山如画任你游，悠闲自得且暂休。和气近人的君子，终生辛劳何所求，继承祖业功千秋。

你的版图和封疆，一望无际遍海内。和气近人的君子，终生辛劳有作为，主祭百神最相配。

你受天命长又久，福禄安康样样有。和气近人的君子，终生辛劳百年寿，天赐洪福永享受。

贤才良士辅佐你，品德崇高有权威，匡扶相济功绩伟。和气近人的君子，垂范天下万民随。

贤臣肃敬志高昂，品德纯洁如圭璋，名声威望传四方。和气近人的君子，天下诸侯好榜样。

高高青天凤凰飞，百鸟展翅紧相随，凤停树上百鸟陪。周王身边贤士萃，任您驱使献智慧，爱戴天子不敢违。

青天高高凤凰飞，百鸟纷纷紧相随，直上晴空迎朝晖。周王身边贤士萃，听您命令不辞累，爱护人民行无亏。

凤凰鸣叫示吉祥，停在那边高山冈。高冈上面生梧桐，面向东方迎朝阳。枝叶茂盛郁苍苍，凤凰和鸣声悠扬。

迎送贤臣马车备，车子既多又华美。迎送贤臣有好马，奔腾熟练快如飞。贤臣献诗真不少，为答周王唱歌会。

【赏析】

这首诗写周王率领群臣出游，群臣作歌赞颂周王并且劝勉周王礼贤下士。规模宏大，结构完整，赋比兴兼用，贴切自然。

全诗分十章。首章发起总叙，简约又全面地表明这首诗是记录君臣一次出游。第二章至第四章赞颂周朝的疆土宽广，周王的恩泽遍于四海内。赞美周王长久地接受天命，福禄安康样样齐备，所以可以抽出空闲带着群臣尽情游玩。

第五、第六章赞颂周王有众多的贤士辅佐，才能有卓著的威望，声名远扬，成为天下人争相模仿的准则与榜样。前三章说的是周王德行内在的作用，这两章说周王德行对外在的影响，两者相辅相成。

第七章至第九章用比兴的手法，把凤凰比作周王，把百鸟比作群臣。以凤凰高飞，百鸟紧紧相随，表现群臣对周王的深深爱戴。以高冈上茂盛的梧桐树上，凤凰宛转悠扬的鸣叫声，渲染出君臣之间和谐的气氛。

末章描写君王出游时的车马，仍然写君臣在一起的得意之处。最后两句写群臣献诗的场面，与首章的末句相呼应作结尾。

歌颂周王，思想上有局限性。赞颂中带着劝勉的意思，有让人深思的地方。

民 劳

【原文】

民亦劳止，汔①可小康。惠此中国，以绥②四方。无纵诡随，以谨无良。式遏寇虐，憯不畏明。柔远能迩，以定我王。

民亦劳止，汔可小休。惠此中国，以为民逑。无纵诡随，以谨惛怓③。式遏寇虐④，无俾民忧。无弃尔劳，以为王休。

民亦劳止，汔可小息。惠此京师，以绥四国。无纵诡随，以谨罔极。式遏寇虐，无俾作慝⑤。敬慎威仪，以近有德。

民亦劳止，汔可小愒。惠此中国，俾民忧泄。无纵诡随，以谨丑厉。式遏寇虐，无俾正败。戎虽小子，而式弘大。

民亦劳止，汔可小安。惠此中国，国无有残。无纵诡随，以谨缱绻⑥。式遏寇虐，无俾正反。王欲玉女，是用大谏。

【注释】

①汔：乞求。
②绥：安。
③惛怓：喧嚷争吵。
④寇虐：抢劫等伤害人的行为。
⑤慝：恶。
⑥缱绻：指纷乱不休的朝政。

【译文】

百姓实在太劳苦，但求可以稍安康。爱护京城老百姓，安抚诸侯定四方。诡诈欺骗莫纵任，谨防小人行不良。掠夺暴行应制止，不怕坏人手段强。远近人民都爱护，安我国家保我王。

百姓实在太劳苦，但求可以稍休息。爱护京城老百姓，可使人民聚一起。诡诈欺骗莫纵任，谨防歹人起奸计。掠夺暴行应制止，莫使人民添忧戚。不弃前功更努力，为使君王得福气。

　　百姓实在太劳苦，但求可以喘口气。爱护京师老百姓，安抚天下四方地。诡诈欺骗莫纵容，反覆小人须警惕。掠夺暴行应制止，莫让邪恶得兴起。仪容举止要谨慎，亲近贤德正自己。

　　百姓实在太劳苦，但求可以歇一歇。爱护京师老百姓，人民忧愁得发泄。诡诈欺骗莫纵任，警惕丑恶防奸邪。掠夺暴行应制止，莫使国政变恶劣。您虽年轻经历浅，作用巨大很特别。

　　百姓实在太劳苦，但求可以稍舒服。爱护京师老百姓，国家安定无残酷。诡诈欺骗莫纵任，小人巴结别疏忽。掠夺暴行应制止，莫使政权遭颠覆。衷心爱戴您君王，大力劝谏为帮助。

【赏析】

　　这是首贵族劝诫统治者要让百姓安宁，谨防奸邪小人的诗，描写老百姓穷困的生活处境，劝告统治者要体恤百姓。全诗分五章，每章十句，是标准的四言诗，结构严谨，句式整齐。

　　每章的第一句完全相同，第二句只有最后一个字不同，除了第三章，其余各章的第三句都相同，第四句都不相同，第五句都相同，第六句的最后两个字不同，第七句相同，第八句、第九句不同，前三章的第十句都用"以"，后两章的第十句不相同。这种结构是《国风》中的一种基本格式重章叠句。《大雅》以赋为主，两者在艺术手法上还是有联系。五章反复诉说，显得意味深长，让人咀嚼不尽。

　　诗的开篇写百姓很辛苦，想稍微休息下。接着以京都为重，爱护国内的百姓，才能让四周得以安定。后面劝诫君王不要受奸邪的小人欺骗。贵族主要围绕体恤百姓、保卫京都、防止小人、停止战乱四个方面慎重地劝诫君王。

　　每章都把"无纵诡随"放在"以谨缱绻"前面，因为贵族不能直接斥责君王，就拿君王身边的人说事，用了一个障眼法说不是君王无能，他是被身边奸邪的小人蒙蔽。

板

【原文】

　　上帝板板①，下民卒瘅②。出话不然，为犹不远。靡圣管管③，不实于亶。犹之未远，是用大谏。

天之方难，无然宪宪。天之方蹶，无然泄泄。辞之辑矣，民之洽矣。辞之怿矣，民之莫矣。

我虽异事，及尔同僚。我即尔谋，听我嚣嚣。我言维服，勿以为笑。先民有言，询于刍荛④。

天之方虐，无然谑谑。老夫灌灌，小子蹻蹻⑤。匪我言耄，尔用忧谑。多将熇熇⑥，不可救药。

天之方懠，无为夸毗。威仪卒迷，善人载尸。民之方殿屎，则莫我敢葵？丧乱蔑资，曾莫惠我师？

天之牖民，如埙如篪⑦。如璋如圭，如取如携。携无曰益，牖民⑧孔易。民之多辟，无自立辟。

价人维藩，大师维垣。大邦维屏，大宗维翰。怀德维宁，宗子维城。无俾城坏，无独斯畏。

敬天之怒，无敢戏豫⑨。敬天之渝，无敢驰驱。昊天曰明，及尔出王。昊天曰旦，及尔游衍。

【注释】

①板板：违背常规。

②卒瘅：劳累过度而病倒。

③管管：任意放纵。

④刍荛：砍柴的人。

⑤蹻蹻：傲慢的样子。

⑥熇熇：火势炽烈的样子。

⑦篪：古代管制乐器。

⑧牖民：诱导人民。

⑨戏豫：游戏娱乐。

【译文】

天帝行为太荒诞，天下人民都遭难。光说好话不实践，制定策略眼光浅。目无圣人自称贤，没有诚意胡乱言。政策制定没远见。所以我来大谏劝。

上天正在降灾难，不要这样空喜欢。上天正在降动乱，不要喋喋多语言。政治教令能和缓，人民就会抱成团。政治教令若败坏，百姓遭殃不得安。

我们虽然职事异，毕竟和你是同僚。我来和你同商量，一听我言显骄傲。我的话儿是事实，不要以为开玩笑。古人有话讲得好：要向樵夫多请教。

上天正在肆残暴，不要嬉笑瞎胡闹。老夫态度很诚恳，小子神气耍骄傲。

非我年老话糊涂,你把忧患当玩笑。要知坏事做多了,烈火焚烧无救药。

上天正在发脾气,不要卑躬又屈膝。君臣威仪尽迷乱,贤人闭口如死尸。人民痛苦正呻吟,无人对我敢怀疑。死丧祸乱生计无,没人施惠去救济。

上天诱导老百姓,好像吹埙和吹篪,好像玉璋和玉圭,好像取物提东西。如提东西无阻碍,教导百姓就容易。如今人民多邪辟,不可自把邪辟立。

善人好比是篱笆,人民大众是围墙。大国诸侯是屏障,同姓宗族是栋梁。为政有德国家安,君王嫡子是城墙。莫使城墙遭破坏,不要孤立自慌张。

上天发怒要敬仰,不敢嬉戏图欢畅。老天变故要敬畏,不敢放纵太狂妄。上天眼睛很明亮,随你出入共来往。上天眼睛很明亮,随你一道在游逛。

【赏析】

这是一首讽喻诗,对周王朝腐败的政治作了深刻的揭露。诗人告诫同僚敬畏天命,体恤百姓,实际上是劝谏周王。当时周朝衰落不振,民不聊生。

全诗分八章。开篇点出"劝谏"主题,以"上帝"与"下民"比较,前者昏庸违背常理,后者劳累多灾难,因果关系非常明显,高度概括了全诗的内容。

揭露和谴责"上帝板板",倾注很大的关心和同情"下民卒瘅"。为救百姓于水火,甘冒风险大胆进言,把百姓比作护卫国家的城墙,叙述百姓对国家的重要性,劝说周王协调关系,让人民摆脱痛苦和灾难。

以同情的口吻,劝说和警告周王的暴虐行为,言事说理更加透彻,忧国忧民良苦用心彰显。古时候的人们有传统的敬天思想,而诗人用"上天"来警戒周王是大不敬的行为,从而加强了劝诫的力度。

用正直的语言进行叙说,具有后世谏书的作用。多处用到叠词,比喻对照等手法增强诗歌的艺术性。这首"板"同另一首"荡"成了形容政局混乱、社会动荡的专用词"板荡"。

荡

【原文】

荡荡①上帝,下民之辟。疾威上帝,其命多辟。天生烝民,其命匪谌。靡不有初,鲜克有终。

文王曰咨,咨汝殷商。曾是强御②,曾是掊克③。曾是在位,曾是在服。天降滔德,女兴是力。

文王曰咨,咨女殷商。而秉义类,强御多怼。流言以对,寇攘式内。

侯作侯祝，靡届靡究。

文王曰咨，咨女殷商。女炰烋④于中国，敛怨以为德。不明尔德，时无背无侧。尔德不明，以无陪无卿。

文王曰咨，咨女殷商。天不湎尔以酒，不义从式。既愆尔止，靡明靡晦。式号式呼，俾昼作夜。

文王曰咨，咨女殷商。如蜩如螗⑤，如沸如羹。小大近丧，人尚乎由行。内奰⑥于中国，覃及鬼方。

文王曰咨，咨女殷商。匪上帝不时，殷不用旧。虽无老成人，尚有典刑。曾是莫听，大命以倾。

文王曰咨，咨女殷商。人亦有言：颠沛⑦之揭，枝叶未有害，本实先拨。殷鉴不远，在夏后之世。

【注释】

①荡荡：放荡不守法制的样子。

②强御：强横凶暴。

③掊克：聚敛，搜括。

④炰烋：同"咆哮"，指嚣张跋扈的人。

⑤螗：又名蝘，一种蝉。

⑥奰：愤怒，发脾气。

⑦颠沛：跌倒。

【译文】

天帝败法乱纷纷，却是天下百姓君。天帝行为太暴虐，政令邪僻真可恨。上天生下众百姓，他的命令不可信。人们开头都不错，很少能有好结果。

文王长叹开口说：叹你殷商殷纣王。如此暴虐太强梁，如此聚敛乱贪赃。如此居官在高位，如此执政太荒唐。天生这个傲慢人，你们助他兴风浪。

文王长叹开口说：叹你殷商殷纣王。任用忠贞贤良士，强暴之徒多怨望。流言蜚语相继来，寇盗抢夺生内堂。小人天天诅咒你，无穷无尽遭灾殃。

文王长叹开口说：叹你殷商殷纣王。你在国中乱咆哮，怨声载道仍逞强。不明自己品德坏，前后左右无贤良。你的品德不自明，没有辅佐无卿相。

文王长叹开口说：叹你殷商殷纣王。上天叫你别酗酒，从而效法不应当。仪容举止失常态，白天黑夜贪酒浆。大喊大叫瞎嚷嚷，昼夜颠倒太荒唐。

文王长叹开口说：叹你殷商殷纣王。怨声载道如蝉噪，又似开水和滚汤。大官小吏快灭亡，人们还是老主张。国内人民都愤怒，怒火延伸到远方。

文王长叹开口说：叹你殷商殷纣王。不是天帝不善良，殷商不用旧典章。

虽然没有老成人，尚有成法作榜样。这些你都不肯听，国家将灭命将亡。

文王长叹开口说：叹你殷商殷纣王。古人曾经这样讲：树木倒下根朝上，枝叶没有受损伤，根儿断绝已遭殃。殷商借鉴不太远，想想夏桀怎样亡。

【赏析】

这是首借古讽今的诗歌，诗人哀伤周厉王暴虐无道，用周文王指责殷商王的话，暗示周王朝将要重蹈覆辙，像殷商一样灭亡。

全诗分八章。第一章开篇用"荡"字揭示出全诗的纲领，"荡荡上帝"是大声呼唤败坏法度的天帝，下面继续用呼告体"疾威上帝"，"疾威"是"荡"的具体表现。全诗分八章，只有开头一章不用"文王曰咨"，天帝是天的别名，没有好坏之分，不能与"荡荡"一起写，所以用天帝托周文王来说话。这章节是下面七章的总目，可以看出并不是殷商的事，所以首章不说文王。

第二章到第八章都是假托周文王叹息殷商王暴虐无道导致国家灭亡。第二章连用四个"曾是"，让人感觉到谴责的力度很大，很有气势。第三章接第二章指出这样做的恶果是贤良人士被迫害，国内的祸乱横生。第四章写殷商王的恣意妄为等行为招来灭国之灾。诗人两次使用"无……无……"重叠句式，使语势更加沉重。

第五章写殷商王纵酒败德，周朝初期鉴于殷商王好酒造成的危害，下过禁酒令，然而周厉王没有接受历史教训，让诗人痛心疾首。第六章借古喻今，综合殷商王的各种败德乱政的行为导致国内一片混乱，指出祸患由国内向外蔓延，局面非常危急。

第七章从另一面述说殷商王的过错作为总结，殷商王不用旧的规章制度和刑法，也不听老臣的劝告，灾难必然降临。末章借谚语告诫周厉王现在改变还不晚，不要等到大祸临头还浑然不觉。

末句"殷鉴不远，在夏后之世"，语重心长地提醒周厉王应当以殷商的灭亡为鉴，吸取教训，语气沉重，语意深长，振聋发聩。

抑

【原文】

抑抑①威仪，维德之隅。人亦有言：靡哲不愚。庶人之愚，亦职维疾。哲人之愚，亦维斯戾②。

无竞维人，四方其训之。有觉德行，四国顺之。訏谟③定命，远犹辰告。敬慎威仪，维民之则。

其在于今，兴迷乱于政。颠覆厥德，荒湛于酒。女虽湛乐从，弗念厥绍。罔敷求先王，克共明刑。

肆皇天弗尚，如彼泉流，无沦胥④以亡。夙兴夜寐，洒扫庭内，维民之章。修尔车马，弓矢戎兵，用戒戎作，用逷蛮方。

质尔人民，谨尔侯度，用戒不虞。慎尔出话，敬尔威仪，无不柔嘉。白圭之玷，尚可磨也；斯言之玷，不可为也！

无易由言，无曰苟矣，莫扪朕舌，言不可逝矣。无言不仇，无德不报。惠于朋友，庶民小子。子孙绳绳，万民靡不承。

视尔友君子，辑柔尔颜，不遐有愆。相在尔室，尚不愧于屋漏。无曰不显，莫予云觏。神之格思，不可度思，矧⑤可射思！

辟尔为德，俾臧俾嘉。淑慎尔止，不愆于仪。不僭不贼，鲜不为则。投我以桃，报之以李。彼童而角，实虹小子。

荏染柔木，言缗之丝。温温恭人，维德之基。其维哲人，告之话言，顺德之行。其维愚人，覆谓我僭，民各有心。

于乎小子，未知臧否。匪手携之，言示之事。匪面命之，言提其耳。借曰未知，亦既抱子。民之靡盈，谁夙知而莫成？

昊天孔昭，我生靡乐。视尔梦梦，我心惨惨。诲尔谆谆，听我藐藐。匪用为教，覆用为虐⑥。借曰未知，亦聿既耄。

于乎小子，告尔旧止。听用我谋，庶无大悔。天方艰难，曰丧厥国。取譬不远，昊天不忒。回遹⑦其德，俾民大棘。

【注释】

①抑抑：缜密。

②戾：荒谬。

③訏谟：远大宏伟的谋划。

④沦胥：相率，沉没。

⑤矧：况且。

⑥虐：戏谑，假借。

⑦回遹：邪僻，曲折，指奸邪的人。

【译文】

仪容美好行为谨，品德端庄思想正。古人有话说得好：大智若愚头脑清。一般人们显得笨，也许天生有毛病。智者好像不聪明，那是害怕遭罪名。

为政最强是人心，四方诸侯有教训。国君德行很正大，天下人民都归顺。雄才大略定方针，大政及时告人民。仪容举止要谨慎，人民效法把你尊。

形势发展到如今，国政完全乱纷纷。君臣德行都败坏，沉湎酒色发了昏。只知纵情贪欢乐，祖宗事业不关心。先王治道不讲求，国家法度怎执行？

　　如今皇天不保佑，好像泉水向下流，相与灭亡万事休。应当早起晚睡觉，洒扫堂屋要讲求，为民表率须带头。车辆马匹准备好，弓箭兵器要整修。预防战争将发生，驱逐蛮夷功千秋。

　　努力安定你人民，遵守法度要认真。警惕事故突然生，发表言论要谨慎。行为举止须恭敬。无不美好得安宁。白色玉版有斑点，尚可琢磨使干净。言论如果有差错，要想挽回不可能。

　　不要轻率乱发言，莫说做事可随便。无人把我舌头拴，言语出口弥补难。言语不会无反应，施德总是有福添。亲朋好友要友爱，平民百姓须照看。子孙谨慎不怠慢，万民顺从国家安。

　　见你朋友君子来，态度和蔼开笑颜，小心莫把过错犯。瞧你一人在室内，面对神明无愧惭。莫说室内不明显，无人能把我看见。神灵来去无踪影，何时降临猜测难，哪能心里就厌烦？

　　努力修明你德行，使它完美无伦比。言谈举止要慎重，切莫马虎失礼仪。不犯错误不害人，人们无不效法你。有人赠我一只桃，回报他用一只李。羊羔无角说有角，实是惑乱你小子。

　　有株树木很柔韧，配上丝弦做成琴。态度温和谦恭人，品德高尚根基深。如果那人很聪明，善言劝告他能听，顺应道德能实行。如果此人天性笨，反而说我不可信，人不相同各有心。

　　啊呀小子太年轻，好事坏事分不清。不但用手相搀扶，而且教你办事情。不但当面教育你，提着耳朵叫你听。若说年幼无知识，已把儿子抱在身。为人能够不自满，谁会早知却晚成！

　　老天在上最明昭，我的生活多烦恼。看你糊涂不懂事，我的心里实在焦。谆谆耐心教导你，你不听信态度傲。不肯把它作教训，反而当成开玩笑。若说你还没知识，七老八十年已高！

　　啊呀你这年轻人，告你先王旧典章。你能听我用我谋，但愿没有大懊丧。上天正在降灾难，国势危险快灭亡。打个比方不算远，上天赏罚无差爽。你的品行若邪僻，会使百姓太紧张。

【赏析】

　　这首诗是九十多岁的卫武公为了劝诫周平王而写。诗中没有直接批评哪位王，却反映出西周末年统治者的腐朽无能，国家处于崩溃边缘的社会现实。

　　全诗分十二章。诗的前四章是第一部分，首章用赋法直接陈述哲与愚的关系。在卫武公眼里，平王不是一个愚蠢的人，却变得不明事理，将周朝引向万劫不复的深渊。卫武公希望平王能够"抑抑威仪，维德之隅"，可现实却让他失望，于是从正反两面进行规劝。

第二章卫武公指出君王求贤与立德的重要性，第三章转入痛切的批评，第四章前三句有挽回上天意旨的意图，告诫君王要早起晚睡勤于政事，整顿国防抵御外寇。

第五章到第八章是诗的第二部分，卫武公不厌其详地告诫君王应该做和不应该做的事，翻来覆去地述说对臣民的态度以及说话要谨慎这两点。在单纯的说理中，不时插入形象的语句，使文字不过于呆滞，深有匠心，卫武公堪称伦理家和哲学家。

第九章到最后一章是诗的第三部分，卫武公反复申述应该做和不应该做的事之后，告诫君王要认真听取自己的规诫，否则将有亡国的祸事发生。"荏染柔木，言缗之丝"有兴有比，拿有韧性的木料才能做好琴，说明"温温恭人，维德之基"的道理。

这首诗是座成语的宝库，成语"夙兴夜寐""白圭之玷""投桃报李""耳提面命""谆谆告诫"都出自这里。

桑 柔

【原文】

菀①彼桑柔，其下侯旬。捋采其刘②，瘼此下民。不殄心忧，仓兄填兮。倬彼昊天，宁不我矜？

四牡骙骙，旟旐有翩。乱生不夷，靡国不泯。民靡有黎，具祸以烬。于乎有哀，国步斯频。

国步蔑资，天不我将。靡所止疑，云徂何往？君子实维，秉心无竞。谁生厉阶，至今为梗？

忧心殷殷，念我土宇。我生不辰，逢天僤怒。自西徂东，靡所定处。多我觏痻③，孔棘我圉。

为谋为毖，乱况斯削。告尔忧恤，诲尔序爵。谁能执热，逝不以濯？其何能淑，载胥及溺。

如彼溯风，亦孔之僾④。民有肃心，荓云不逮。好是稼穑，力民代食。稼穑维宝，代食维好？

天降丧乱，灭我立王。降此蟊贼，稼穑卒痒。哀恫中国，具赘卒荒。靡有旅力，以念穹苍。

维此惠君，民人所瞻。秉心宣犹，考慎其相。维彼不顺，自独俾臧。自有肺肠，俾民卒狂。

瞻彼中林，甡甡⑤其鹿。朋友已谮⑥，不胥以穀。人亦有言：进退维谷。

维此圣人，瞻言百里。维彼愚人，覆狂以喜。匪言不能，胡斯畏忌？

维此良人，弗求弗迪。维彼忍心，是顾是复。民之贪乱，宁为荼毒。

大风有隧，有空大谷。维此良人，作为式穀。维彼不顺，征以中垢⑦。

大风有隧，贪人败类。听言则对，诵言如醉。匪用其良，复俾我悖。

嗟尔朋友，予岂不知而作。如彼飞虫，时亦弋⑧获。既之阴女，反予来赫。

民之罔极，职凉善背。为民不利，如云不克。民之回遹，职竞用力。

民之未戾，职盗为寇。凉曰不可，覆背善詈⑨。虽曰匪予，既作尔歌！

【注释】

①菀：茂盛的样子。

②刘：枝叶稀疏。

③覯痻：遇见灾难。

④僾：呼吸不畅的样子。

⑤甡甡：众多的样子。

⑥谮：互相欺骗、互相不信任。

⑦中垢：宫廷秽闻。中，指宫内。

⑧弋：用带绳子的箭射鸟。

⑨詈：骂，责骂。

【译文】

茂密柔嫩青青桑，下有浓荫好地方。桑叶采尽枝干秃，百姓受害难遮凉。愁思不绝心烦忧，失意凄凉久惆怅。老天光明高在上，怎不怜悯我惊惶。

四马驾车好强壮，旌旗迎风乱飘扬。社会动乱不太平，举国不宁人心慌。百姓受难少壮丁，如受火灾尽遭殃。长长声声心悲哀，国运艰难太动荡。

国运艰难无钱粮，老天不肯来扶将。没有归宿无处住，哪儿定居可前往？君子总是在思索，持心不争意志强。如此祸根谁引出？至今为害把人伤。

心中忧愁真恻怆，思念故居和家乡。生不逢时我真惨，遇上老天怒气旺。从那西边到东边，无处安身最凄凉。遭遇灾祸受苦多，外患紧急在边疆。

谨慎谋划觅良方，才能消除混乱状。告诉你要体恤人，告诉你要用贤良。谁在解救炎热时，不用冷水来冲凉？小人治国没好事，大家受溺遭灭亡。

　　好像就在逆风闯，呼吸困难口难张。百姓本有肃敬心，但却无处献力量。重视农业生产事，百姓辛苦代耕养。耕种收获国之宝，代耕之民最善良。

　　天降祸乱与死亡，要灭我们所立王。降下害虫食根节，各种庄稼都遭殃。哀痛我们国中人，连绵土地受灾荒。没有人来献力量，哪能虔诚感上苍。

　　顺应人心好君王，百姓爱戴都瞻仰。操心国政善谋划，考察慎选那辅相。不顺人心坏君王，独让自己把福享。坏蛋自有坏肺肠，让那国民都发狂。

　　看那丛林苍莽莽，鹿群嬉戏多欢畅。同僚朋友却相逸，没有诚心不善良。人们也有这些话，进退两难真悲凉。

　　唯这圣人眼明亮，目光远大百里望。那种愚人真可笑，独自高兴太狂妄。不是我们不能说，为何顾忌心惶惶？

　　唯有这人心善良，无所求取没欲望。但是那人太忍心，变化反覆总无常。百姓如今似好乱，实因恶政苦难当。

　　大风疾吹呼呼响，长长山谷真空旷。想这好人多善良，所作所为都高尚。想那坏人不顺理，行为污秽真肮脏。

　　大风疾吹呼呼响，贪利败类有一帮。好听的话就回答，听到诤言装醉样。贤良之士不肯用，反而视我为悖狂。

　　朋友你啊可嗟伤，岂不知你装模样。好比那些高飞鸟，有时被射也落网。我已熟知你底细，反来威吓真愚妄。

　　没有准则民扰攘，因你背理善欺罔。尽做不利人民事，好像还嫌不理想。百姓要走邪僻路，因你施暴太横强。

　　百姓不安很恐慌，执政为盗掠夺忙。诚恳劝告不听从，背后反骂我荒唐。虽然遭受你诽谤，终究我要作歌唱。

【赏析】

　　这首诗为西周末年卿士芮良夫讽刺周厉王昏庸暴虐而作，写周厉王任用奸臣使人民痛苦不堪，国家将要灭亡。

　　首章以茂密柔嫩的桑叶作比，采摘过于频繁导致枝叶稀疏，无法荫蔽，比喻被暴政剥夺的百姓不胜其苦，只能向老天倾诉，祈求上天怜悯。

　　第二章到第四章写祸乱的根源，是太多的征役，让百姓居无定所，民间年轻的壮丁很少。国以人为本，没有人，国家危矣。天怒民怨，君王不体恤百姓，不想办法改变政治，暴政害民到了无法忍受的程度。

　　第五章到第八章再进忠言，以老臣的口气，劝诫君王必须关心国事，谨慎授官位，选用贤能的人才，才能够解决国家的危难。要体恤百姓，爱护人民是统治者的首要大事，过多的劳役让百姓难于效力。天降灾祸时，统治者不能只知道敛财，要顾念百姓认真救灾。

前八章是诗的主体，说出国家产生祸乱的原因，讽刺周厉王政治腐败，好利益而且暴虐，导致民不聊生，激起百姓的怨恨。后八章斥责同僚，缺乏远见，只知道逢迎君王，指出周厉王用人不当的过失，加速国家的灭亡，引起人们的怨恨，意在引起人们的鉴戒。

语言朴直又变化多端，直陈己见，不雕琢却寄意深长。"倬彼昊天，宁不我矜"呼天喊地，"谁生厉阶，至今为梗"谈愤世，"人亦有言，进退维谷"言处世，活力尽显。比喻、反诘、衬托、对比和夸张的运用突出艺术效果。

云 汉

【原文】

倬①彼云汉，昭回于天。王曰：於乎！何辜今之人？天降丧乱，饥馑荐臻。靡神不举，靡爱斯牲。圭璧既卒，宁莫我听？

旱既大甚，蕴隆虫虫②。不殄禋祀，自郊徂宫。上下奠瘗③，靡神不宗。后稷不克，上帝不临。耗斁④下土，宁丁我躬。

旱既大甚，则不可推。兢兢业业，如霆如雷。周余黎民，靡有孑遗。昊天上帝，则不我遗。胡不相畏？先祖于摧。

旱既大甚，则不可沮。赫赫炎炎，云我无所。大命近止，靡瞻靡顾。群公先正，则不我助。父母先祖，胡宁忍予？

旱既大甚，涤涤山川。旱魃为虐，如惔⑤如焚。我心惮暑，忧心如熏。群公先正，则不我闻。昊天上帝，宁俾我遁？

旱既大甚，黾勉⑥畏去。胡宁瘨我以旱？憯不知其故。祈年孔夙，方社不莫。昊天上帝，则不我虞。敬恭明神，宜无悔怒。

旱既大甚，散无友纪。鞫哉庶正，疚哉冢宰。趣马师氏，膳夫左右。靡人不周，无不能止。瞻卬昊天，云如何里！

瞻卬昊天，有嘒⑦其星。大夫君子，昭假无赢。大命近止，无弃尔成。何求为我，以戾庶正。瞻卬昊天，曷惠其宁？

【注释】

①倬：广大。

②虫虫：热气熏蒸的样子。
③瘗：把祭品埋在地下。
④敦：败坏。
⑤惔：火烧。
⑥黾勉：尽力而为。
⑦嘒：微小而众多的样子。

【译文】

浩浩银河高又亮，光华闪耀在天上。周王仰天长叹息：呜呼！如今的人有什么罪过？老天降下死亡和大祸乱，饥饿灾荒不间断。神灵都有祭祀，奉献牲畜毫不吝啬。拜神的圭璧玉饰都用完，神灵还是不肯听。

旱情已经太严重，暑气隆盛热气熏蒸。不停地举行祭天神的典礼，郊外祭祀和高堂祭祀都不忘。奠酒埋玉祭天地，没有神明不享受祭祀。后稷不能解救周民，苍天不降临来救死亡。田土败坏成灾难，灾难正好落在我身上。

旱灾已经太严重，想要消除不可能。兢兢业业心害怕，雷声如霹雳般落下。周地剩下的百姓，现在没有多少活着。上苍天帝太无情，竟然不问我生死。怎么能不感到畏惧？祖先的基业被摧毁。

旱灾已经太严重，没有办法阻挡。骄阳似火热气腾腾，哪里还有我容身的地方。死亡的期限近了，瞻前顾后两渺茫。历代公卿众位神灵，不肯前来相助。父母先祖的在天神灵，怎么忍心看着我受苦。

旱灾已经太严重，山秃河涸草木枯。旱魃肆意为虐太可恨，遍地像大火焚烧。我害怕酷热难当的天气，忧心忡忡如烟熏。历代公卿众位神灵，听不见我悲痛的喊叫。上苍天帝太无情，难道逼我陷入贫困。

旱灾已经太严重，急于祈祷把灾除。为何降旱灾来害我？冥思苦想不知缘故。祈年的礼仪都很早，祭祀四方神也没迟。上苍天帝太糊涂，竟然不肯帮助我。我对神明很恭敬，不应该对我有怒气。

旱情已经太严重，人心散乱没有法纪。公卿百官智穷力竭，宰相忧苦没办法。趣马师氏都祈祷，膳夫在旁边帮助祭祀。没有人不愿周济，还是不能停止旱灾。抬头向上仰望苍天，怎么才能让我停止忧伤。

仰望苍天晴无云，点点繁星亮晶晶。公卿大夫诸位君子，诚心祷告没有效果。死亡就要降临，继续前面的功劳不要停。祈祷不是为了我，为了安定百姓和众位官员。抬头仰望苍天，何时赐予我安宁？

【赏析】

这首诗写大旱年，周宣王祈祷神灵降雨，反映当时旱灾的严重，抒写周宣王愁苦焦急的心情。

第一、第二章写周宣王祭神祈雨，正是需要雨水的季节，骄阳似火，庄稼死亡，田地干裂。人们盼望着老天能降一场雨，可是仰望天空却没有雨水的征兆。

古人经常夜里观天象看有没有雨，"倬彼云汉，昭回于天"，星光灿烂，晴空万里，人们心里非常焦灼。所有的神灵全部祭拜过，所有的牲畜都用上，就连祭神的玉器也用完了，可是神灵依然不管不问。

第三、第四章写旱灾无法解除，表达诗人对旱灾的畏惧之情。在诗人的眼里凶暴的旱灾像洪水猛兽般，无法推开，再继续下去，死亡就要降临。

第五章写旱魃肆意为虐，山秃河涸，这里变成一块无法让人继续生存下去的土地。

第六章诗人在失望痛苦后进行反思，确实没有罪过，可是为什么上苍会降灾加害呢？

第七章描述君臣担忧旱灾，想尽一切办法却无可奈何，显得困窘憔悴。

最后一章周王勉励群臣不要放弃之前的努力，继续祈祷上苍降雨。

诗人从旱灾的情况、造成的惨重损失以及人们心里的恐慌诸多方面详细描写。那时的生产力水平低下，旱魃如死神般降临，摧毁一切生命。西周时期，面对无法战胜的自然灾害，只能把希望寄托给虚无缥缈的天帝和神灵。周宣王担忧旱情的同时，也表达出敬天地鬼神的诚心。

崧　高

【原文】

崧①高维岳，骏极于天。维岳降神，生甫及申。维申及甫，维周之翰。四国于蕃。四方于宣。

亹亹②申伯，王缵之事。于邑于谢，南国是式。王命召伯，定申伯之宅。登是南邦，世执其功。

王命申伯，式是南邦。因是谢人，以作尔庸。王命召伯，彻申伯土田。王命傅御，迁其私人。

申伯之功，召伯是营。有俶其城，寝庙③既成。既成藐藐，王锡申伯。四牡蹻蹻，钩膺④濯濯。

王遣申伯，路车乘马。我图尔居，莫如南土。锡尔介圭，以作尔宝。

往近王舅，南土是保。

申伯信迈，王饯于郿。申伯还南，谢于诚归。王命召伯，彻申伯土疆。以峙其粮⑤，式遄其行。

申伯番番，既入于谢。徒御啴啴⑥。周邦咸喜，戎有良翰。不显申伯，王之元舅，文武是宪。

申伯之德，柔惠且直。揉此万邦，闻于四国。吉甫作诵，其诗孔硕⑦。其风肆好，以赠申伯。

【注释】

①崧：又作"嵩"，山势高大的样子。
②亹亹：勤勉的样子。
③寝庙：周代宗庙有庙和寝两部分。
④钩膺：马颈腹上的带饰。
⑤粮：粮食。
⑥啴啴：繁盛的样子。
⑦孔硕：篇幅很长。

【译文】

巍峨中岳是特别高的山，高高耸立入云天。神灵降临高山，申伯和甫侯来到人间。申伯和甫侯两人，是周室最有名的栋梁。保卫四方诸侯国，宣扬教化天下安宁。

申伯做事勤勉能力强，君王任用他管理南疆。建设城邑在谢地，做南方国家的榜样。君王下令给召伯，去给申伯建新城。建成国家在南方，世代掌权享大福。

君王命令申伯，树立表率在南国。依靠谢地的老百姓，修筑新的城墙。君王下令给召伯，去治理申伯的田土。君王下令给太傅和侍御，迁去与家臣同生活。

申伯建谢邑是大工程，召伯奉命来经营。城墙高大又厚实，寝室宗庙都建成。富丽堂皇很漂亮，君王有物品赐予申伯。四匹马儿强壮勇武，马腹带饰闪金光。

君王赠送给申伯，四匹马的大车。我考虑你的住处，没有比南方更适合。赐予你大玉圭，做你的镇国之宝。尊贵王舅放心去，确保南方的疆土。

申伯真的要出发，君王在郿地为他饯行。申伯要回南国去，去往谢邑马上启程。君王下令给召伯，去划清申伯的疆土。路上粮食要储备，加快速度马不停。

申伯勇武有豪情,进入谢邑到新城。随从士兵军容盛大,邦国的人民皆欢喜,国有栋梁得安宁。尊贵显赫的申伯,是君王的舅父不平常,文德武功好榜样。

申伯有好德行,温顺恭谨又端正。安抚诸侯定万邦,好名声传遍四周国家。吉甫写下这首诗,篇幅很长情意重。它的寓意极好,赠给申伯表示庆祝。

【赏析】

这首诗是大臣尹吉甫赠给申伯的,歌颂申伯辅佐周朝,镇抚南方诸侯的功劳。

西周末期,南方有很多诸侯国,周王室衰微,很多强大起来的诸侯国开始不顺从周王室,经常发动叛乱,需要派人去统领诸侯国,安抚南方。

申伯入朝为官,在朝中有很高威信,再加上他是周宣王的舅舅,是王室亲戚,所以被派去南方。周宣王给自己的舅舅封地,有他的政治目的,巩固周王室,让申伯监视着南方诸侯国。尹吉甫在诗中郑重地叙述申伯被封于谢的事件。周王分封时反复叮咛,京师的人看到申伯启程都很开心,表达出人们希望边疆安宁的心情。

全诗分八章。第一章写申伯降生时的异状,叙述他在周朝的地位和作用。第二章写周王派召伯去谢地建申伯的城池。第三章写周王对申伯、召伯、太傅和侍御的命令。第四章写召伯建成谢邑。

第五章是周王给申伯的临别赠言,期待申伯能够为周朝效命。第六章写周王带领群臣为申伯践行。第七章叙述申伯启程去谢邑的盛况。第八章写申伯到达谢邑后不负众望,给各国诸侯做了好榜样。

整首诗以王命为线索,申伯受封谢地为中心,按事件发展的经过进行描述。运用反复,以表示周宣王对申伯的宠眷和倚重。

烝 民

【原文】

天生烝民①,有物有则。民之秉彝②,好是懿德③。天监有周,昭假于下。保兹天子,生仲山甫。

仲山甫之德,柔嘉维则。令仪令色,小心翼翼。古训是式,威仪是力。天子是若,明命使赋。

王命仲山甫,式是百辟。缵戎祖考,王躬是保。出纳王命,王之喉舌。赋政于外,四方爰发。

肃肃王命，仲山甫将之。邦国若否，仲山甫明之。既明且哲，以保其身。夙夜匪解，以事一人。

　　人亦有言，柔则茹之，刚则吐之。维仲山甫，柔亦不茹，刚亦不吐。不侮矜④寡，不畏强御。

　　人亦有言，德輶⑤如毛，民鲜克举之。我仪图之，维仲山甫举之。爱莫助之。衮⑥职有阙，维仲山甫补之。

　　仲山甫出祖，四牡业业。征夫捷捷，每怀靡及。四牡彭彭，八鸾锵锵。王命仲山甫，城彼东方。

　　四牡骙骙，八鸾喈喈。仲山甫徂齐，式遄其归。吉甫作诵，穆如清风。仲山甫永怀，以慰其心。

【注释】

①烝民：指百姓，是春秋战国时期和之前的朝代对百姓的称谓。

②秉彝：常理，常性。

③懿德：美好的德行。

④矜：老而无妻。

⑤輶：轻。

⑥衮：绣龙图案的礼服。

【译文】

　　老天生下这些人，有着形体有法则。人的常性与生来，追求善美是其德。上天临视周王朝，昭明之德施于下。保佑这位周天子，有仲山甫辅佐他。

　　仲山甫贤良具美德，温和善良有原则。仪态端庄好面色，小心翼翼真负责。遵从古训不出格，勉力做事合礼节。天子选他做大臣，颁布王命管施政。

　　周王命令仲山甫，要做诸侯的典范。继承祖业要宏扬，辅佐天子振朝纲。出令受命你执掌，天子喉舌责任重。发布政令告畿外，四方听命都遵从。

　　严肃对待王命令，仲山甫全力来推行。国内政事好与坏，仲山甫心里明如镜。既明事理又聪慧，善于应付保自身。早早晚晚不懈怠，侍奉周王献忠诚。

　　有句老话这样说："柔软东西吃下肚，刚硬东西往外吐。"与众不同仲山甫，柔软东西他不吃，刚硬东西偏下肚。鳏夫寡妇他不欺，碰着强暴狠打击。

　　有句老话这样说："德行如同毛羽轻，很少有人能高举。"我细揣摩又核计，能举起唯有仲山甫，别人爱他难相助。天子龙袍有破缺，独有仲山甫能弥补。

　　仲山甫出行祭路神，四匹公马力强劲。车载使臣匆匆行，常念王命未完成。四马奋蹄彭彭响，八只鸾铃声锵锵。周王命令仲山甫，督修齐城赴东疆。

四匹公马蹄不停,八只鸾铃响叮叮。仲山甫赴齐去得急,早日完工回朝廷。吉甫作歌赠穆仲,乐声和美如清风。仲山甫临行顾虑多,宽慰其心好建功。

【赏析】

周宣王派仲山甫去齐地修筑城墙,大臣尹吉甫作诗送别,赞美仲山甫的美德及贡献。

全诗分八章。首章开头四句提出"人性"命题,苍天赋予人的本性,向往善良和美好,有很浓的哲理意味。为了满足百姓的需求,仲山甫应运而生,带着善良和美好来到周朝辅佐周王。

第二到第六章赞美仲山甫的品德和政绩,塑造出一位德才兼备、忠于职守、国之栋梁的人物形象。仲山甫还不断地提高修养,积累经验,被周王委以重任,派出去处理攸关国运的大事。

第七、第八两章转到正题,周王派仲山甫去齐地督察修建城墙,尹吉甫安慰即将远行的仲山甫,作诗相赠,祝他能够早日完成任务回来。

颂扬和惜别仲山甫,通过对仲山甫的行事、心理的叙述,西周贵族觉得把国家从衰退中复兴起来非常艰难,对于能够力挽狂澜的辅佐大臣表示最高的崇敬,同时呼唤有更多的大臣出现。对仲山甫的赞美是真实的,却也含有理想化的夸张成分。

以赋叙事,由说理始,中间夹叙夹议,突出仲山甫的才能、德行和政绩,偏重描写抒情,以热烈的送别场面作为结句,直指赠别主题。章法整饬,表达灵活,成为后世送别诗之祖。

韩 奕

【原文】

奕奕①梁山,维禹甸之,有倬其道。韩侯受命,王亲命之:缵戎祖考,无废朕命。夙夜匪解,虔共②尔位,朕命不易。榦不庭方,以佐戎辟。

四牡奕奕,孔修且张。韩侯入觐,以其介圭,入觐于王。王锡韩侯,淑旂绥章,簟茀错衡,玄衮③赤舄,钩膺镂钖,鞹鞃④浅幭,鞗革⑤金厄。

韩侯出祖,出宿于屠。显父饯之,清酒百壶。其肴维何?炰鳖鲜鱼。其蔌⑥维何?维笋及蒲。其赠维何?乘马路车。笾豆有且,侯氏燕胥。

韩侯取妻,汾王之甥,蹶父之子。韩侯迎止,于蹶之里。百两彭彭,八鸾锵锵,不显其光。诸娣从之,祁祁如云。韩侯顾之,烂其盈门。

蹶父孔武，靡国不到。为韩姞相攸，莫如韩乐。孔乐韩土，川泽订订，鲂鱮甫甫，麀鹿噳噳，有熊有罴，有猫有虎。庆既令居，韩姞燕誉。

溥彼韩城，燕师所完。以先祖受命，因时百蛮。王锡韩侯，其追其貊⑦。奄受北国，因以其伯。实墉实壑，实亩实籍。献其貔皮，赤豹黄罴。

【注释】

①奕奕：高大的样子。

②虔共：恭敬诚信。

③玄衮：黑色龙袍，周朝王公贵族的礼服。

④鞹鞃：包皮革的车轼横木。

⑤鞗革：马辔头。

⑥蔌：蔬菜。

⑦其追其貊：追、貊是北方两个少数民族。

【译文】

巍峨的梁山很高大，大禹曾经治理它，有很长远的大道。韩侯接受命令保国家，周王亲自下命令：你继承祖业要听话，不要辜负我的命令。早晚努力不懈怠，恭敬又谨慎坚守职位，我的命令轻易不会改变。讨伐那些不来朝觐的诸侯国，辅佐君王治天下。

四匹公马高又大，体态修长又健壮。韩侯入朝拜见天子，手拿朝版大介圭，从容入朝觐见周王。周王赏赐给韩侯，锦绣龙旗上绘有日月，车上竹篷雕纹章，黑色龙袍红色鞋，马饰钩膺有金铃，车轼上覆盖浅毛的虎皮，马辔头上的挽具真漂亮。

韩侯出发前祭路神，出行路上住宿在屠地。卿士显父来饯行，备下清酒有百壶。用是什么菜肴？烹煮鳖和鱼味道鲜美。吃的什么蔬菜？新鲜的竹笋和香蒲。赠送的什么礼物？四匹马拉的贵族大车。菜肴丰富摆满桌，诸侯赴宴喜开怀。

韩侯娶妻办喜事，新娘是厉王的外甥女，蹶父家的女子。韩侯出发去迎新娘，来到蹶邑的大街上。百辆迎亲的彩车砰砰响，挂在马镳上的鸾铃锵锵响，迎亲的队伍显耀又荣光。众位妹妹作陪嫁，就像云霞铺上天。韩侯回头看，满门光彩真荣耀。

蹶父强健很威武，没有他没去过的国家。他为女儿韩姞找婆家，找到韩侯最快乐。韩邑的土地很安乐，山川遍布河流宽。鳊鱼鲢鱼肥又大，公鹿母鹿在山上，山中有熊还有罴，有山猫还有老虎。庆贺找到美好的居所，韩姞安居乐业很高兴。

溥是韩国的都城，平安盛世的时候修建完成。遵循先祖的命令，管辖所有的蛮夷人。周王对韩侯追加赏赐，让他统领追和貊两个国家。完全接受北方的国家，作为诸侯的首领。筑起城墙挖好壕沟，按规定划分田亩。献上猛兽貔貅的皮，红色的豹子黄色的罴。

【赏析】

以韩侯的活动为主线叙述韩侯受封、觐见、娶妻、回国后盛况，渲染他的富贵荣华和权威，肩负周王朝北方屏障的重任，表明与政治地位的密切关系。

全诗分七章，均用四言，每章的内容各有重点，脉络清晰，层次分明。叙述事实，铺陈事物，正面描述和侧面烘托，无谄谀语言，少空泛议论，文字庄重大方。

首章写大禹开通九州的大路，韩国有道路直接到达京城，表明北方也属于周朝的疆域。周王亲自宣读任命韩侯，对他寄予厚望，让他担负起重要的政治任务。

第二章描写周王赐予韩侯诸侯所用物品，表示对韩侯的优待和宠爱。周朝以法律和制度之"礼"治国，贵族的服饰、马车的质料、颜色、图案和式样等规定，不能僭越。

第三章写韩侯离开京城时，卿士为他饯行的盛况。古时候出行路祭是礼制，大臣接受命令出京城，朝廷会派卿士在郊外饯行，祭祀用的酒是清酒。

第四章写韩侯迎亲，铺陈出女方高贵的出身和富贵繁华的迎亲场面，再现周朝时期贵族婚礼的场景和风俗，体现主人公的高贵和显耀。

第五章从蹶父选婿描述韩国富庶的土地、密布的河流、丰盛的水产品、珍贵的动物，以女儿韩姞的满意作结。看上去叙述重点有些转移，却与上一章紧密相连，自然过渡。

第六章写韩侯携荣耀回国，成为北方诸侯统领，与首章的册封相呼应。

江 汉

【原文】

江汉浮浮①，武夫滔滔。匪安匪游，淮夷来求。既出我车，既设我旟。匪安匪舒，淮夷来铺。

江汉汤汤，武夫洸洸②。经营四方，告成于王。四方既平，王国庶定。时靡有争，王心载宁。

江汉之浒，王命召虎：式辟四方，彻我疆土。匪疚匪棘，王国来极。

于疆于理,至于南海。

王命召虎:来旬来宣。文武受命,召公维翰。无曰予小子,召公是似。肇敏③戎公,用锡尔祉。

釐尔圭瓒④,秬鬯⑤一卣⑥。告于文人,锡山土田。于周受命,自召祖命,虎拜稽首:天子万年!

虎拜稽首,对扬王休。作召公考:天子万寿!明明天子,令闻不已,矢其文德,洽此四国。

【注释】

① 浮浮:众多而强盛的样子。
② 洸洸:威武的姿态。
③ 肇敏:图谋。
④ 圭瓒:用玉做的酒勺。
⑤ 鬯:一种香草。
⑥ 卣:带柄的酒壶。

【译文】

长江汉水波涛滚滚,出征将士意气风发。不为安逸不为游乐,要对淮夷进行讨伐。前路已经出动兵车,树起彩旗迎风如画。不为安逸不为舒适,镇抚淮夷到此驻扎。

长江汉水浩浩荡荡,出征将士威武雄壮。将士奔波平定四方,战事成功上告我王。四方叛国均已平定,但愿周朝安定盛昌。从此没有纷争战斗,我王之心宁静安详。

长江汉水二水之滨,王向召虎颁布命令:"开辟新的四方国土,料理划定疆土地境。不可扰民不可过急,要以王朝政教为准。经营边疆料理天下,领土直至南海之滨。"

我王册命下臣召虎,巡视南方政令宣诵:"文王武王受命天下,你祖召公实为梁栋。莫说为了我的缘故,你要继承召公传统。全力尽心建立大功,因此赐你福禄无穷。

"赐你圭瓒以玉为柄,黑黍香酒再赐一卣。秉告文德昭著先祖,还要赐你山川田畴。去到岐周进行册封,援例康公仪式如旧。"下臣召虎叩头伏地:"大周天子万年长寿!"

下臣召虎叩头伏地,报答颂扬天子美意。作成纪念康公铜簋,"敬颂天子万寿无期!"勤勤勉勉大周天子,美名流播永无止息。施行文治广被德政,和洽当今四周之地。

【赏析】

这首诗写周宣王命令召伯虎讨伐淮夷,建立功勋受到赏赐,颂扬周宣王的美德。

全诗分六章。首章写召伯指挥淮夷之战,没有具体描述战况。

第二章用"经营四方"概括南征北讨,"告成于王"引出周王对召伯虎赏赐的原因。

第三章写周王赏赐召伯虎时说的话,可知周王具有雄才武略和长远眼光,是有所作为的英明君王。

第四章,"无曰予小子,召公是似"显示出周王对朝廷老臣的敬重,表现出恰如其分的谦虚。通过表彰召公的丰功伟绩来勉励召伯虎,激励他能够建功立业。

第五、第六章写周宣王对召伯虎高规格的赏赐以及召伯虎对周宣王的爱戴之情,整首诗以"矢其文德,洽此四国"结束,表现君臣的共同愿望是复兴国家。

诗中有些句子语意相近,却表达出不同的意思。第一章召伯说:"匪安匪游,淮夷来求",赞颂周宣王不图安乐,勤勉于国事。第三章周宣王说:"匪疚匪棘,王国来极",告诉召伯不要给百姓造成骚扰,以四周的国家都能听从周宣王的命令为准。

召伯虎在周宣王还是太子的时候救过他的命,又有扶持周宣王登上王位,辅佐周宣王化解宗族矛盾等很多盖世的功绩,可是他更注重君臣的礼仪,以身作则维护周朝的法制。

常 武

【原文】

赫赫明明①。王命卿士,南仲大祖,大师皇父。整我六师,以修我戎②。既敬既戒,惠此南国。

王谓尹氏,命程伯休父,左右陈行。戒我师旅,率彼淮浦,省此徐土。不留不处,三事就绪。

赫赫业业,有严天子。王舒保作,匪绍匪游。徐方绎骚,震惊徐方。如雷如霆,徐方震惊。

王奋厥武,如震如怒。进厥虎臣,阚如③虓虎④。铺敦淮濆⑤,仍执丑虏。截彼淮浦,王师之所。

王旅啴啴，如飞如翰。如江如汉，如山之苞。如川之流，绵绵翼翼。不测不克，濯征徐国。

王犹⑥允塞，徐方既来。徐方既同，天子之功。四方既平，徐方来庭。徐方不回，王曰还归。

【注释】

①赫赫明明：声威显赫很明智。

②修我戎：整顿我的军事装备。

③阚如：虎怒的样子。

④虓虎：虎啸。

⑤濆：高岸。

⑥犹：通"猷"，谋略。

【译文】

看我大周天子多显赫英武，他任命一位重臣卿士大夫，名将南仲是这重臣的始祖，让皇父担任太师主管军务：你要抓紧整顿我大周军队，要抓紧打造兵器准备用武；我们要深怀恭敬戒惧之心，一定给南方百姓带去幸福。

我大周天子对太师皇父说：你下命令给程国伯爵休父：让大周军队左右排列行伍，把作战命令下达全军各部：沿着那淮河堤岸向前挺进，穿越巡察这徐国境内国土；三军儿郎不久留也不驻扎，并把百姓的生计安排妥处。

看多么威武显赫高大雄壮，那是我们威严的大周国王。大周军队从容不迫地开拔，既不急行军也不信步游荡。这引发徐国上下骚动不已，尤其是极大震惊徐国朝堂。就好像晴天霹雳头顶炸响，引发徐国君臣们震动惊慌。

我大周军队进攻英勇神武，全军威如雷震势如云水怒。这一班如狼似虎的兵和将，击鼓挺进杀声震天如怒虎。在淮河高岸布重兵设重围，乘胜追穷寇捕获大量俘虏。在淮河沿岸牢牢站稳脚跟，大周的中军帐在这里扎驻。

大周王朝的军队气势如虹，攻势凌厉犹如冲天之神鹰。三军猛进犹江汉奔流潮涌，守阵地稳固如山岿然不动。陷敌阵犹如决川势不可当，队伍稳扎稳打接力向前冲。威不可测当然也不可战胜，就这样大清洗般大败徐国！

大周天子的谋划实在充分，徐国君臣心悦诚服愿归顺。徐国上下甘拜下风来相融，这是我大周天子仁义之功。天下各地都已经海晏河清，徐国小君定当来朝拜进贡。徐国君臣再不起兵搞叛乱，大周天子班师回朝奏凯旋。

【赏析】

这首诗写周宣王率军亲征徐国，平定叛乱，取得胜利。按事件发展叙述，虚写实写巧妙结合。

全诗分六章。首章写战斗前分派任务的部署。

第二章写周王让大臣尹吉甫给程国的休父下达作战命令。简洁清楚地说明形势、任务、目标及进军路线。表现出周王胸有成竹，镇定自若的指挥才能。

第三章写周王亲征，从容沉稳地指挥着部队行军，充满着胜券在握的信心。而敌方却是阵营骚动，如遭晴天霹雳般仓皇失措。两方对比显示出周王军队的强大，未战即先声夺人。

第四章前面用比喻，后面用赋进行叙述。用天怒的雷霆比喻周王奋发用武力，将士们像猛虎般怒吼，突出部队惊天动地的气势。用这样的部队攻击徐国，当然攻无不克，战无不胜。

第五章诗人满怀激情，巧用词句，歌颂周王的军队。这两章是整首诗最精彩的部分。

第六章写王师凯旋的功劳归周天子，因为周王的谋略得当，取得胜利是"天子之功"。章节中反复出现"徐方"，可以看出对这次胜利的重视与喜悦之情。徐国是淮夷的大国，一直与周朝相抗衡，现在被周王亲征打败，着实可喜可贺。

瞻卬

【原文】

瞻卬①昊天，则不我惠。孔填不宁，降此大厉。邦靡有定，士民其瘵。蟊贼蟊疾，靡有夷届。罪罟②不收，靡有夷瘳。

人有土田，女反有之。人有民人，女覆夺之。此宜无罪，女反收之。彼宜有罪，女覆说之。

哲夫成城，哲妇倾城。懿厥哲妇，为枭为鸱。妇有长舌，维厉之阶。乱匪降自天，生自妇人。匪教匪诲，时维妇寺。

鞫③人忮④忒，谮始竟背。岂曰不极？伊胡为慝？如贾三倍，君子是识。妇无公事，休其蚕织。

天何以刺？何神不富？舍尔介狄，维予胥忌。不吊不祥，威仪不类。人之云亡，邦国殄瘁。

天之降罔，维其优矣。人之云亡，心之忧矣。天之降罔，维其几矣。人之云亡，心之悲矣。

觱沸⑤槛泉⑥，维其深矣。心之忧矣，宁自今矣？不自我先，不自我后。藐藐昊天，无不克巩。无忝⑦皇祖，式救尔后。

【注释】

①卬：通"仰"，仰望。
②罪罟：罪恶的法网。罟：网。
③鞠：穷尽，到极致。
④忮：忌恨。
⑤觱沸：泉水涌动的样子。
⑥槛泉：泛滥的喷泉。
⑦忝：辱没。

【译文】

仰望苍天意深沉，苍天对我却无情。天下久久不太平，降下大祸世不宁。国内无处有安定，戕害士人与庶民。病虫为害庄稼毁，长年累月无止境。罪恶法网不收敛，苦难深渊难减轻。

人家有块好田地，你却侵夺据为己。人家拥有强劳力，你却夺取占便宜。这人原本无罪过，你却反目来拘捕。那人该是罪恶徒，你却赦免又宽恕。

有才男子称霸王，有才女子使国亡。可叹此妇太逞狂，如枭如鸱恶名当。花言巧语善说谎，灾难邪恶祸根藏。祸乱不是从天降，出自妇人那一方。不是他人来教诲，只因贴近女红妆。

罗织罪名穷陷害，前言后语相违背。难道她还不狠毒？穷凶极恶又有谁！好比奸商发横财，君子洞察目了然。妇人不该理朝政，蚕织女工全抛开。

苍天为何责罚苦？神灵为何不庇护？元凶顽敌全不顾，只是对我相忌妒。人们遭灾不怜悯，纲纪败坏装糊涂。良臣贤士尽逃亡，国家危急无救助。

苍天无情降法网，严酷繁多难躲藏。良臣贤士皆流放，忧国忧时苦果尝。苍天无情降法网，频繁危急势难挡。良臣贤士全杀光，忧国忧时心悲伤。

涌泉沸腾水花喷，汩汩流泉渊源深。忧国忧时心悲伤，难道今日愁始增？生前不降灾难重，死后祸乱又不跟。厚土皇天高莫测，控制生灵定乾坤。切勿辱没你祖宗，拯救邦家为子孙。

【赏析】

这首诗讽刺和痛斥周幽王昏庸荒淫，宠幸褒姒、败坏朝纲，倒行逆施以至于天下大乱，生怨民怒，百姓苦不堪言，最终导致西周灭亡。

全诗分七章。第一章写天灾人祸，生灵涂炭，"瞻卬昊天"里的"天"指自然界的天，也指人世的天子。这场灾祸有天灾和人祸两方面，而人祸比天灾更可怕。第二章通过"反""覆"控诉统治者倒行逆施实行暴政，巧取豪夺。

第三章指出祸乱的根源是女人得宠，她害人的手段是谗言和搬弄是非。

第四章提出杜绝祸乱最有效的办法是让女人"蚕织"，让她养蚕织布。不要干预朝政。第五章直接控诉周幽王的罪状。第六章抒发忧国忧民的悲苦心情。末章感叹生于乱世，提出补救的办法劝诫君王。

诗作提出的问题在史书中得到印证，并且补充了史书的疏漏和不足。全面形象地描写西周社会崩溃前的状况，列数周幽王恶行，对他进行无情的揭露和批判，反映出黑暗的现实和统治阶级内部的斗争。对贤臣逃亡，国运濒危的现实表示惋惜和痛心。

全诗句数参差，一、三、七章每章十句，其余四章每章八句，便于酣畅叙事、抒情和议论。

召旻

【原文】

旻天疾威①，天笃降丧。瘨②我饥馑，民卒流亡。我居圉卒荒。
天降罪罟，蟊贼内讧。昏椓③靡共，溃溃回遹④，实靖夷我邦。
皋皋訿訿⑤，曾不知其玷。兢兢业业，孔填不宁，我位孔贬。
如彼岁旱，草不溃茂，如彼栖苴。我相此邦，无不溃止。
维昔之富不如时，维今之疚不如兹。彼疏斯粺，胡不自替？职兄斯引。
池之竭矣，不云自频。泉之竭矣，不云自中。溥斯害矣，职兄斯弘，不烖⑥我躬。
昔先王受命，有如召公，日辟国百里，今也日蹙⑦国百里。於乎哀哉！维今之人，不尚有旧！

【注释】

①疾威：暴虐。
②瘨：灾病。
③昏椓：昏乱，诋毁。
④遹：邪僻。
⑤皋皋訿訿：欺诳、诋毁。
⑥烖：同"灾"，灾难。
⑦蹙：收缩。

【译文】

老天暴虐太疯狂，接连不断降死亡。饥馑遍地灾情重，百姓流亡离家乡。

京都到边疆的土地都荒凉。

老天降下罪恶的网，奸贼内部起争执。逸言诋毁不称职，昏乱的邪僻四处逞凶，实在是毁灭我的国家。

相互欺骗又诋毁，却不知道自己的污点。君子兢兢业业，很早的时候就感觉心不安，可惜职位太低微。

就像干旱的那年，百草生长不茂盛，像那歪倒的枯草。我看着这个国家，到处崩溃将灭亡。

昔日富裕今日穷，如今的疾病很凶残。该吃粗粮却吃精米，为何不自己退后？情况越来越糟糕。

池水里面已经枯竭，岂不是从池边开始。泉水也枯竭，岂不是从泉中间开始。这场灾难已经很普遍，祸乱加大在蔓延，难道我不受灾难。

先王接受天命成为君王，有召公前来辅佐，当初每天开辟百里疆土，如今国土每天收缩百里，于是呜呼悲叹真心痛！不知道如今满朝的为官者，是否还有曾经的旧忠臣。

【赏析】

这首诗斥责周幽王昏庸暴虐，任用奸佞的小人，导致天灾人祸，百姓苦不堪言。

全诗分七章。开篇指责苍天，周人认为天子的作为会影响苍天的意志，政治清明，国家就风调雨顺；昏庸暴虐，苍天就会降下灾难，让百姓痛苦不堪，"天笃降丧"实为天子暴虐的结果。

第二章的"天降罪罟"与首章"天笃降丧"意思相同，反复说老天降下灾难，仍是在斥责天子，愤恨到达极限。"实靖夷我邦"写奸佞之人葬送国家，诗人的心痛得滴血。

第三章从另一个角度对奸佞小人进行抨击，诗人感叹自己职位太低，无法遏制他们的嚣张气焰。用叠字词"皋皋訿訿"和"兢兢业业"一个是毁损一个是赞誉，对比鲜明，有天壤之别。"我位孔贬"说自己的职位低下，但身为官员有责任和义务规劝天子改恶从善。

第四章用了两个"如彼……"的句式，一般在"如彼"之后有说明性的文字，"草不溃茂"上承"如彼岁旱"，下应"如彼栖苴"的说明性文字，缩略使句子更加跌宕起伏。

第五章今昔对比，用反差令人对黑暗的现实产生强烈的憎恨，再次针砭得势的奸佞小人。

第六章开头用对偶的比兴句，希望周幽王能认清局势的严重性，警示幽王也将身受其害，希望他快些清醒过来，现在挽救还来得及。

末章怀念前代功臣力挽狂澜。斥责奸佞小人。"日辟国百里，今也日蹙国百里"的对比有些夸张，但真实地反映了今昔形势的巨大差异。"维今之人，不尚有旧"，诗人绝望之际，把全部力量寄托在最后一丝希望。后世很多诗歌借鉴问句作结形式，求得特殊的艺术效果。

颂篇

《颂》是当时统治者和诸侯在宗庙祭祀时的诗歌，祭祀鬼神、赞美祖先、歌颂统治者的功德、宣扬天命。诗人多为专业人士，在宗庙中吟诵时配有舞蹈。除了单纯的颂歌外，还有些篇章是人们在春夏时分向神灵祈求丰年，在秋冬时分酬谢神灵的诗歌，可以看出西周时期农业生产的情况。《颂》分为《周颂》《鲁颂》和《商颂》。

周颂

《周颂》共三十一篇,大多数是西周统治者在宗庙祭祀神灵祖先的祭祀诗,产生于武王、成王、康王、昭王四个朝代,也有些诗歌出自史官或者乐师。

清 庙

【原文】

于穆①清庙②,肃雍显相③。
济济多士,秉文之德。
对越在天,骏④奔走在庙。
不显不承,无射⑤于人斯。

【注释】

①穆:庄严肃穆。
②清庙:清静的宗庙。
③相:助祭的人。
④骏:敏捷,迅速。
⑤射:厌弃。

【译文】

庄严又清静的宗庙,助祭庄重又高贵。
众多的官吏有威仪,文王美德牢记心。
颂扬文王在天之灵,奔走忙碌宗庙内。
继承文王美好德行,不会被人们遗忘。

【赏析】

　　这是西周统治者在宗庙祭祀周文王的诗歌。赞美文王崇高的德行和博大的胸怀，描摹各类参与祭祀的人。

　　全诗八句，不分章节也没有韵。开头两句写庄严和清静的宗庙，助祭的公卿庄重和高贵。中间四句写其他参与祭祀的官吏为了报答文王的德行，颂扬文王的在天之灵，在宗庙里奔跑着忙碌。最后两句才是颂扬文王的显赫功德，让后人们永远铭记。

　　用侧面描述和侧面衬托的手法，描写助祭和祭祀的人，使文王的德行更加生动和具体。他们的态度是肃穆，行走是"骏奔"，又虔诚地"对越在天"，这种表现手法比正面叙述更高明。整首诗语言少但内容丰富，字里行间充满着真切的感情，显得更加真实。

维天之命

【原文】

　　维天之命，于穆①不已。于乎不显②，文王之德之纯③。

　　假④以溢⑤我，我其收之。骏惠⑥我文王，曾孙笃之。

【注释】

　　①穆：美好的样子。

　　②不显：非常光明显赫。

　　③纯：昭著。

　　④假：通"嘉"，美好。

　　⑤溢：通"谧"，安宁。

　　⑥骏惠：顺从的意思。

【译文】

　　想到上天的命令，庄严肃穆无止境。多么辉煌又显赫，文王品德很纯净。

　　美好品德我安宁，我当承受好继承。遵从文王好品德，子孙后代都奉行。

【赏析】

　　这是首祭祀文王的诗歌，没有韵律，充满对文王的恭敬，颂扬文王的美好品德。

　　这首诗分为两部分，前四句为第一部分，赞美文王的德行，后四句是第二部分，写文王的品德惠泽后代子孙，所以后代子孙要遵从文王的教诲，发扬光大。

两部分在结构上不同，前一部分在句子的排列组合上作了变化，形成逆挽，语句没变效果却不同。两个"于"的叠合，显示对文王的敬仰之意。后一部分没有感叹词，按正常逻辑排序，平铺直叙，赞颂文王之后用轻声慢语自然收句。这两部分像两段歌词，结尾以咏叹作副歌，这种形式在当代也经常见到。

这首诗的内容颂扬文王的品德配得上老天，膜拜他的美德，表示顺应文王的遗愿就是对文王最好的告慰，是真心诚意对苍天祝愿和对自己的告诫。整首诗语言古朴直率，情意朴素真挚，没有矫揉造作的地方。

维 清

【原文】

维清缉熙①，文王之典。肇②禋③，迄④用有成，维周之祯⑤。

【注释】

①缉熙：光明的样子。
②肇：开始。
③禋：一种祭祀的礼仪。
④迄：至。
⑤祯：吉祥。

【译文】

周朝的政治清明又荣光，因为有文王的制度和典章。自从出师祭天起，直到武王才功成，这是周朝的吉祥日子。

【赏析】

这是首祭祀周文王的诗歌，歌颂文王征伐的功劳，为周王朝的建立奠定了基础。

诗的首句感叹天下太平清明，没有污秽的政治，第二句写盛世的形成是因为有文王的典章制度。周文王七年五次征伐，剪除了殷商的支党，为武王消灭殷商打下坚实的基础。武王沿用文王的典章制度得到天下"迄用有成"，所以对文王无限尊崇。

最后一句"维周之祯"与第一句"维清缉熙"相呼应，用虚字"维"引出感慨，再次强调文王的功德，是周家得天下的吉祥。

这首诗在结构上有回环吞吐的天然妙趣，诗小而结构精巧，有着强大的语义。如果复原这首乐诗，再来一段舞蹈，可以感受到其中武烈的精神。

烈 文

【原文】

烈文辟公①，锡兹祉福。惠我无疆，子孙保之。无封靡②于尔邦，维王其崇之。

念兹戎功，继序③其皇之。无竞维人，四方其训之。不显维德，百辟④其刑⑤之。於乎，前王不忘！

【注释】

①辟公：诸侯。
②靡：奢侈。
③继序：序，通"叙"，继承祖业。
④百辟：众诸侯。
⑤刑：效法。

【译文】

文德武功兼备的诸侯，以赐福享受助祭殊荣。我蒙受你们无边恩惠，子孙万代将受用无穷。你们治国不要造罪孽，便会受到我王的尊崇。

思念先辈创建的功业，继承发扬无愧列祖列宗。与人无争与世无争，四方悦服竞相遵从。先王之德光耀天下，诸侯效法蔚然成风。牢记先王楷模万世传颂。

【赏析】

这首诗是周成王即位，在宗庙举行祭祀大典时唱的乐歌。

全诗十三句，按照安抚与约束的意思分为两部分。前四句是第一部分，赞扬诸侯的赫赫功绩达到安抚的目的，赐予诸侯周王朝的福气，而且让诸侯世代享受不尽。

助祭的诸侯都是周王室的功臣，可以参加助祭是种无上的殊荣，他们的功绩得到周王的肯定，为巩固周朝做出了努力。诸侯在宗庙里像英雄般受勋是非常荣耀的事情。

后九句是第二部分，从"无"开始，意思是"不要"，有强烈的感情色彩，使语句从赞扬变为指令，文章从安抚转为约束。用了两个"无"，用断然的口气告诫诸侯必须遵从。

"百辟其刑之"必须效法先王的德行。"前王不忘"，看上去是告诫诸侯不要忘记先祖的功德，却隐含着让众人不要忘记先王打败了不可一世的殷商，就是让人们不要忘记周王室有击败一切敌对势力的雄威。

天 作

【原文】

天作①高山②，大王③荒之。彼作矣，文王康之。彼徂矣岐，有夷④之行。子孙保之。

【注释】

①作：生，造就。
②高山：指岐山。
③大王：指太王古公亶父。
④夷：平坦容易通行。

【译文】

上天造就高耸的岐山，先王来这里开荒垦田。这里变成良田沃土，文王继承让百姓享受安康。岐山历来多险阻，如今道路平坦又宽阔。子孙后代永远保护这里。

【赏析】

这是周王祭祀岐山的诗歌，歌颂周太王古公亶父迁移到岐山，以岐山为基业开创周朝的盛世，周文王继续发扬光大。

"天作高山"强调岐山是上天赐予的一块圣地。古时候的人们重视上天的恩赐，认为是吉祥的象征。上天赐予周人圣地岐山，还需要他们来积蓄力量。这首诗选取了开创岐山的大王和继承的文王，他们是周朝在岐山最杰出的君王。

灭殷商的事情是由周武王完成，可是在周文王的时期已经显露出周朝将取代殷商的趋势。圣地岐山到周文王的时代，为周武王伐殷商积聚了雄厚的力量。"岐有夷之行"不仅表示道路平坦容易通行，也是先王为后代子孙开辟了一条通往胜利的道路。

这首诗把对圣地岐山和圣人大王、文王的歌颂融为一体，写周朝积蓄力量的过程，文字如大河滔滔，庄重又有气势。

昊天有成命

【原文】

昊天①有成命，二后②受之。成王不敢康，夙夜③基命宥密④。於缉熙⑤！单厥心，肆⑥其靖之。

【注释】

①昊天：苍天。
②二后：二王，指文王和武王。
③夙夜：起早贪黑，日夜。
④宥密：宽舒安宁。
⑤缉熙：光明。
⑥肆：巩固。

【译文】

上天早已有命令，文王、武王接受上天的命令。成王不敢贪图安乐，日夜给百姓谋求快乐安宁的生活。这是非常光明非常辉煌的事业，成王竭尽全力衷心为国家，使国家巩固又安定。

【赏析】

这首是祭祀周成王的诗歌，歌颂周成王能够继承周文王和周武王的事业，进一步发扬光大，使国家强盛安宁。宣扬天命神权，歌颂先祖的丰功伟绩。

这首诗只有七句话，叙述了周朝三位君王为周朝作出的贡献，赞扬周成王为了完成两位先王的事业做出的努力，全诗有五句是赞美成王。

开头第一句写老天和先祖，表示成王与二王是一脉相承，是上天授予的真命天子。前两句是整首诗的引子，后五句是诗的主体。成王在西周的君王里，声望仅次于文、武两王，与他的儿子康王齐名，史称"成康之治"。

成王的天下安宁是因为"成王不敢康，夙夜基命宥密"，一正一反，相得益彰。最后一句"肆其靖之"巩固文王和武王开创的周朝，使国家强盛安定，是成王一生的追求。

我 将

【原文】

我将①我享，维羊维牛，维天其右②之。仪式刑文王之典，日靖③四方。伊嘏④文王，既右飨⑤之。我其夙夜，畏天之威，于时保之。

【注释】

①将：进献祭品。
②右：通"佑"，保佑。
③靖：平定。

④嘏：伟大。

⑤飨：享用祭品。

【译文】

　　我给神灵奉上祭品，祭品有牛又有羊，祈求上天保佑我们。仪式遵循文王的典章，天天谋求平定四方诸侯。

　　伟大的文王受祭祀，尽情享用祭品保佑我们。我日夜勤勉于政事，敬畏上天的威严，才能保卫国家的安宁。

【赏析】

　　这是武王出兵征伐殷商时，祭祀上天和文王，祈求他们保佑的诗歌。全诗用第一人称的口气进行叙述，表明祭祀的人效法文王的典章，勤勉政事，敬畏天威，保持周朝的稳定繁荣。这首诗把文王的遗命和上天的威严融合在一起，武王出兵前向文王的神灵和上天说明出兵的理由，祈求得到保佑，语言质朴，充满敬畏的感情。

　　周朝时代，将士出征都会先祭祀上天和先祖神灵，求得保佑，这首诗的前三句"我将我享，维羊维牛，维天其右之"表达了这个意思。接着说文王的遗愿是"日靖四方"，统一天下。武王要完成文王的事业，就应该遵循文王的行事准则。

　　"我其夙夜"是武王说自己日夜不忘记上天和文王的命令，希望能够得到他们的帮助，早日平定天下。对武王来说，天命和文王的典章是一致的，祭祀时把文王和上天融合在一起。

时　迈

【原文】

　　时迈①其邦，昊天其子之，实右序有周。薄言震之，莫不震叠②。怀柔百神，及河乔岳，允③王维后。

　　明昭有周，式序在位。载戢④干戈，载櫜弓矢。我求懿德，肆⑤于时夏，允王保之。

【注释】

①迈：行，指巡视狩猎。

②叠：通"慑"，恐惧，畏服。

③允：诚然，确实。

④戢：收藏。

⑤肆：陈列，施行。

【译文】

　　武王按时去各个诸侯国巡视，上天把他当成自己的儿子，保佑各个邦国顺应周朝。上天用语言威震四方，他们都慑服于武王。武王祭祀四方山川神灵，分别来到黄河和泰山上，武王确实是天下的主宰。

　　我们无比荣光周朝，对有功之人按照功劳大小进行封赏。把兵器收藏起来，把弓箭装入皮囊里。我需要有美德的贤良人，施行文治教化于天下，武王永葆周朝的江山社稷。

【赏析】

　　这首诗写武王伐纣成功得天下后，巡狩四方诸侯国，祭祀天下。

　　全诗十五句，不分章节，采用赋的手法进行叙述。前八句赞颂武王敬奉诸神，祭祀四方山川，四方诸侯都服从。后七句赞美武王能够偃武修文，访求贤良大臣，发扬光大周朝。

　　开头写武王去各邦国巡狩，得到上天的承认，把周朝的君王当成自己的儿子，说明武王得了天命。接着说武王不仅得到天下，还能安抚诸位神灵，所以他登上王位，拥有四方诸侯国，"明昭有周"，可以发扬光大周朝的光辉祖业。

　　当一切安定下来后，武王把兵器收藏起来，止息战乱，用文治教化来治理天下。"允王保之"赞美武王能够保持上天的命令和先祖的美德，与首句相呼应。

　　这首诗从头到尾，语意参差，语言连贯错落有致，表达人们对武王诚挚而敬慕的感情。以天命和武王的联系作为诗的主线，歌颂武王的功德，层次清晰，结构紧密。

执　竞

【原文】

　　执①竞武王，无竞维烈②。不显成康，上帝是皇③。自彼成康，奄有四方，斤斤④其明。

　　钟鼓喤喤⑤，磬管将将，降福穰穰。降福简简，威仪反反。既醉既饱，福禄来反。

【注释】

　　①执：借"鸷"，猛。

颂　篇　363

②烈：功业。
③皇：美好，赞美。
④斤斤：明察秋毫。
⑤喤喤：声音洪亮和谐。

【译文】

　　勇猛强悍的武王，没有人的功业比他强。伟大显赫的成王和康王，上天赞美他们。从成王康王的时代起，周朝统治四周的国家，他们不但英明神武还明察秋毫。

　　敲钟打鼓发出洪亮和谐的声音，击磬吹管乐锵锵作响，上天降下众多的福气。上天赐予更大的福气，祭祀时的仪态端庄又大方。受祭祀的神灵吃饱喝足很开心，不断地用福禄来回报。

【赏析】

　　这是首同时祭祀武王、成王和康王的诗歌，成王是武王的儿子，康王是成王的儿子。

　　全诗十四句，前七句叙述了武王、成王和康王的丰功伟绩，赞颂他们统一四方的功劳。祭祀者追忆武王开创时的艰难，伐灭殷商，开邦立国；东征西讨的成王和康王。这七句缅怀祖先，对他们充满着崇敬，同时夹带着夸张的吹捧，炫耀周家的门庭。

　　后七句采用虚实结合的手法，用祭祀时的四种乐器烘托出祭祀的环境，一派歌舞升平的景象。通过四种乐器激发人们的想象，仿佛看到祭祀者一丝不苟地举行祭祀礼仪，钟鼓齐鸣，乐声和谐，低声吟诵着祭祀诗，令人肃然起敬，浮想翩翩，体味到理性文字背后的一缕幽思。

　　采用赋法，叙说简明，以简单古朴的语言歌颂祖先的功德，祈求福庇。诗歌虽然简单，却与古代乐器相融合，在肃穆的庙堂里低声吟诵，超出字面意义，描摹出特定环境里特殊的心理感受。

思　文

【原文】

　　思文①后稷，克配彼天。立②我烝民，莫匪尔极③。贻我来牟，帝命率育，无此疆尔界，陈④常于时夏⑤。

【注释】

①文：文德。

②立：通"粒"，粮食，养育。
③极：准则，无量功德。
④陈：布陈，遍布。
⑤夏：中国。

【译文】

　　追思先祖后稷的文德武功，完全配得上苍天的要求。养育天下众生百姓，没有人不感恩您的大功德。您把优良的麦种赐予我们，上天让我们一起养育它们，不分彼此和疆界，各地施行常规的种植方法。

【赏析】

　　这是周王祭祀始祖后稷的诗歌，篇幅短小，文字简练，反映社会国泰民安，政治清明。

　　古时候祭祀是一项重要的政治活动，祭祀伴随着诗歌的曲调缓缓进行，不停地重复着简短的祭祀诗歌，气氛庄严肃穆，使人们置身于一种神奇的力量中，参与祭祀的人们会有肩负上天使命的自豪感。

　　后稷开创农业生产，养育众多百姓的功德是接受上天的命令。"帝命率育"，从结构上看"天"和"帝"是一种紧扣，加深天人沟通的意识，说明在"人定胜天"的意识形成后，"天人沟通"的思想依然绵延不绝，而且占据着正统地位。

　　当时的西周统一天下，用"无此疆尔界，陈常于时夏"宣告权威，又秉承上天命令养育百姓。含有繁荣昌盛的政权在建立威信的同时，不能忘记立德的教化之意。

臣 工

【原文】

　　嗟嗟臣工，敬①尔在公。王厘②尔成，来咨来茹③。嗟嗟保介，维莫之春，亦又何求？如何新畬④？于皇来牟⑤，将受厥明。明昭上帝，迄用康年。命我众人：庤⑥乃钱镈，奄观铚⑦艾。

【注释】

①敬：勤奋谨慎。
②厘：通"赉"，赐予，颁布。
③茹：调度。
④新畬：种过的田地间隔再种。

⑤来牟：麦子。
⑥庤：储备。
⑦铚：一种短小的镰刀，这里是动词收割。

【译文】
　　群臣百官啊，敬重你们处理公务时勤奋又谨慎。君王赐予你们农耕的方法，需要你们研究调度。农官们要听命令，正是暮春时节，你们有什么要求？如何种植生田和熟田？多么茂盛的麦子啊，今年会有好收成。光芒闪耀的上天，赐予我们丰收年。命令我的百姓们：备好你们锹和镰刀，我要视察你们收割的情况。

【赏析】
　　周王朝以农业为立国之本，在立国之初就制定了土地分配、土地管理和耕作制度以及各种与农业生产相关的法规。这首诗歌颂周王对农业生产的重视，劝勉臣工们勤恳工作，执行农业发展的政策，感谢天帝赐予的丰收年。

　　这首十五句的短诗，不分章，不分韵，是一首社庙祭祀的乐歌。周朝重视祭祀，不仅在开耕前要祭祀神明祈求丰收，收获后也要祭祀神明表示感谢。这篇诗歌写人们面对即将到来的大丰收，向神明献祭，感谢"明昭上帝，迄用康年"。

　　描写周王对三类人训话，一类是"嗟嗟臣工"，慰问百官，赐予他们耕种的方法，让他们进行调度。二类是"嗟嗟保介"，表彰管农业的官吏们，今年又是丰收年。三类是"命我众人"，命令他们不要用锹和锄，准备好镰刀准备收获吧。君民同欢乐的情景跃然纸上，同时也反映周王对农业生产很熟悉，有具体的指示，进一步表现统治者对农业的重视。

噫　嘻

【原文】
　　噫嘻①成王，既昭假②尔。率时农夫，播厥百谷。
　　骏③发尔私，终④三十里。亦服尔耕，十千维耦⑤。

【注释】
　　①噫嘻：感叹的声音，有神圣的意味。声音轻是噫嘻，声音重是呜呼。
　　②昭假：明确告诉。
　　③骏：通"畯"，田官。
　　④终：井田制的一个土地单位。

⑤耦：两人并肩拉犁耕田。

【译文】

成王轻声感叹作祈告，我已招请过先公先王。我将率领这众多农夫，去播种那些百谷杂粮。

田官们推动你们的耜，在一终三十里田野上。大力配合你们的耕作，万人耦耕结成五千双。

【赏析】

这首诗叙述周成王耕种前祭祀先祖，祈求农业大丰收，亲自率领官员和农夫播种百谷，鼓励家官开发私田，并且想办法解决农夫们耕种时遇到的实际问题，表现周朝初期农业生产的盛况。

全诗八句，分两章，每章四句。前四句写周王祭祀，庄严地向臣民们宣布已经祷告过天帝和先祖，得到他们允许，并且举行亲耕的礼仪"籍田"，象征性地亲自耕田，是统治者劝农夫们努力耕田的举动。

后四句直接劝诫农官们要勤勉工作，鼓励农夫们全力耕作。后三句用的修辞结构技巧很奇特，"亦"和"维"字隔句成对，其他的字相邻成对，运用自然。

这首诗篇幅简短，却气势宏大，反映了周朝初期，人们集体进行大规模农业生产的真实场景，具有很高的史料价值。

振　鹭

【原文】

振鹭于飞，于彼西雝①。我客戾②止，亦有斯容③。

在彼无恶，在此无斁④。庶几夙夜，以永终誉⑤。

【注释】

①西雝：雝：泽。指辟雝。

②戾：至，到。

③斯容：像白鹭般高洁的仪容。

④斁：讨厌，厌倦。

⑤终誉：众人赞誉。

【译文】

一群白鹭振翅飞翔，飞到西边的水泽畔。我有宾客来助祭，他有白鹭般高洁的仪容。

他在封国没人讨厌，在此也受人们赞扬。早晚勤勉忙国事，所以众人长久地赞誉他。

【赏析】

这是一首周王宴请前来助祭的殷商后代宋徽子时吟唱的诗歌。赞扬宋徽子美好的仪容和品德，得到人们的爱戴，希望他能够处理好封地的事情，永久地臣服周王朝，保持美好的名誉。

全诗不分章，按诗意分成四个部分，每两句一个部分。前两句以飞翔的白鹭起兴，引出下文"亦有斯容"。殷商崇尚白色，是个用鸟作图腾的民族，羽毛白色的白鹭被殷商人视为高洁神圣的象征，优美的飞翔姿势，从容的姿态都让人赞赏不已。

第三、第四句将来助祭的宋徽子比作高洁的白鹭，大加赞赏。周王把亡国的宋徽子封到宋国，赞扬他的风度仪容。

第五、第六句夸耀宋徽子在国内有融洽的人际关系，来周朝也受到热烈欢迎。作为被周朝所灭的殷商后代，宋徽子站在胜利者周王面前，表现得不卑不亢，非常可贵。周朝君臣对昔日敌国的后代以礼相待，多加照顾，体现出泱泱大国恢宏博大的风度。

末两句并非对宋徽子一个人来说，而是一石二鸟。作为失败国的后裔要有坚持不懈的精神，使亡国的种族得到新生。作为胜利者的周朝君臣，也要保持宏大的气度，团结各邦，消除历史积累下来的冤仇，和睦相处，寻求共同发展，才能够"以永终誉"。

丰 年

【原文】

丰年多黍多稌①，亦有高廪②，万亿及秭③。为酒为醴④，烝畀祖妣⑤。以洽⑥百礼，降福孔皆。

【注释】

①稌：稻米。

②廪：粮仓。

③秭：十亿。

④醴：甜酒。

⑤祖妣：男女祖先。

⑥洽：配合，齐备。

【译文】

丰收年有很多小米和稻米，还有一座座高大的粮仓，储备数万亿的粮食。酿成各种美酒香又甜，献给先祖来品尝。祭祀的各种礼仪都齐备，上天普降给众生很多福禄。

【赏析】

这是首为了庆祝丰收年举行祭祀的诗歌。全诗七句，分为两部分，前半部分描写丰收的盛况，后半部分写祭祀，感谢苍天恩赐丰收。

开头静态描写壮观的丰收景象，显示西周王朝的国势强盛，令人感到农夫们长年辛苦劳动的动态。寓动于静，思想驰骋空间广阔。在人们眼中，来之不易的丰收是辛苦劳作的结果，更是天意，丰收是上天的恩赐，引出诗的后半部分人们对苍天的感谢之情。

以丰收的果实祭祀苍天，表达感谢之情，用收获的稻黍酿成清酒和甜酒，请先祖品尝"烝畀祖妣"。因为大丰收，祭品也会丰盛，能够以"以洽百礼"来祭祀，人们可以面面俱到。

末句"降福孔皆"赞颂神灵已经赐予的恩泽，同时祈求神灵普遍的赐福。在落后的古代，身处难以驾驭的大自然中，无法主宰自己的命运，人们只能祈求神灵保佑。

这首诗着眼于丰收年，更是展望未来，表现出周朝人深谋远虑，同时也能感觉到他们无法主宰自己命运的无奈。

有 瞽

【原文】

有瞽①有瞽，在周之庭②。设业③设虡④，崇牙树羽。应田县鼓，鞉⑤磬⑥柷⑦圉⑧。既备乃奏，箫管备举。喤喤厥声，肃雍和鸣，先祖是听。我客戾止⑨，永观厥成。

【注释】

①瞽：盲人。古代常用盲人担任乐师。

②庭：宗庙的大厅。

③业：横梁上悬挂乐器的大板。

④虡：悬挂乐器的直木架。

⑤鞉：立鼓。

⑥磬：石制的打击乐器。

⑦柷：木制的打击乐器。
⑧圉：打击乐器。
⑨戾止：到达，到来。

【译文】

盲人乐师组成乐队，聚集在周室宗庙。摆设好悬挂钟鼓的架子，上面刻着的崇牙装饰着五彩羽毛。大鼓小鼓摆放妥当，鞉磬柷圉安放整齐。准备就绪开始演奏，一起奏响箫管。乐声和谐又嘹亮，肃穆美妙声悠扬，先祖神灵来倾听。我的诸位宾客已经到达，欣赏演奏到祭祀结束。

【赏析】

这首诗描述周王宗庙祭祀时，盲人乐队一起演奏的盛况。宗庙的大厅上排列着众多的乐器，乐器齐备时，盲人乐师开始合奏，乐声洪亮又和谐，参祭的人们聆听了全部演奏。

西周时代，乐器有很重要的地位，与礼仪紧密联合。周朝选用盲人担任乐官，在乐队中配备视力正常的人做盲人乐师的助手，当时王室乐队的规模非常庞大。奏乐是盲人，安放乐器是助手"瞍矇"。

诗里详细列举了当时的乐器应、田、鞉、磬、柷、圉、箫、管，其中柷为起乐，圉为止乐的乐器。演奏用了全套乐器的"八音克谐"，用"喤喤厥声，肃雍和鸣"显示乐声非常美妙。

这是首纯粹写周朝辉煌音乐的诗歌，显示周王朝"乐由天作"的思想，人们可以用音乐与神灵进行沟通的虔诚观念。

潜

【原文】

猗与漆沮①，潜②有多鱼。有鳣③有鲔，鲦鲿④鰋⑤鲤。以享以祀，以介⑥景福。

【注释】

①漆沮：两条河流的名称。
②潜：放在水中的柴堆，供鱼栖息。
③鳣：鳇鱼，没有鱼鳞，肉黄。
④鲿：黄颊鱼，尾巴有点黄。
⑤鰋：鲇鱼，没有鱼鳞。
⑥介：祈求。

【译文】

漆水和沮水景色真美啊,很多鱼栖息在水里。有鳣鱼和鲔鱼,还有鲦鱼、鲿鱼、鰋鱼和鲤鱼。祭祀时可以用它们献给祖先,祈求祖先赐下永久绵延的福气。

【赏析】

这首诗写周王祭祀时用各种鱼类献给祖先。篇幅简短,却罗列了六种鲜美的鱼类。

"鱼"是全诗的主线,鱼的数量和品种都很多,可以看出当时的渔业发展很好。那些放在水里的柴草堆吸引了众多鱼类的聚集,这种原始又有效的养鱼方法出自公刘时代。以潜养鱼,因地制宜地创造条件,所以"潜有多鱼"。

祭祀诗离不开歌颂功德,这里赞扬了漆河、沮河的风景秀美,这两条河在周王朝的发展史上有着重要的作用。"潜有多鱼"暗含对公刘功德的赞颂,"潜"有水里泛起波纹的意味。

"以享以祀,以介景福",用鱼来祭祀是饮水思源,祈福的祭祀活动,虽然没有写鱼,但鱼依然存在。"鱼"和"余"谐音,祭祀冬天一次,来年春天再来一次,都用鱼祭祀。如今民间除夕宴席上对鱼不动筷,完整地保留到新年,这个习俗和这首诗描写的祭祀一脉相承。

雝

【原文】

有来雝雝①,至止肃肃。相维辟公,天子穆穆。于荐广牡②,相予肆祀。假哉皇考③!绥予孝子。

宣哲④维人,文武维后。燕及皇天,克昌厥后。绥我眉寿。介以繁祉,既右烈考,亦右文母⑤。

【注释】

①雝雝:和睦的样子。
②广牡:祭祀用的大牲口。
③皇考:对已故父亲的尊称。
④宣哲:明达聪智。
⑤文母:有文德的母亲。

【译文】

一路行进很从容,到达庙堂肃又恭。助祭都是公和侯,主祭天子诚又敬。

进献一头大公牛，助我摆好献神灵。伟大光明的先父，安抚孝子的心灵。

臣子个个明道理，君主文武全能行。天帝安宁又快乐，能让子孙都昌盛。祈求赐予我长寿，保佑多福有吉庆。已劝父王来歆享，再劝母后也来尝。

【赏析】

这是武王祭祀先父母时唱的诗歌。周代天子祭祀先父母，诸侯要尽臣子助祭的职责。

全诗不分章，共十六句。前面六句描写祭祀时庄严肃穆又隆重的场面，后十句为祭祀时赞美先父母的美好功德，祈求先父母的在天之灵可以赐福子孙后代。

这首诗同时赞颂父母，在"既右烈考，亦右文母"中，明显写出"文母"的陪衬地位，这是父系社会的必然现象，表现"男尊女卑"的观念。

古代"肃肃""穆穆"两词含义有别，"肃肃"表示助祭的诸侯，对周王先祖、主祭者周王态度恭敬。"穆穆"表现周王祭祀时态度端庄，形态威严又美善。

既有丰盛的祭品，又有众多的政治要人参加，可以看出这场祭祀的典礼非常隆重。

载 见

【原文】

载①见辟王，曰求厥章。龙旂②阳阳，和铃央央。鞗革③有鸧，休有烈光。

率见昭考，以孝以享。以介眉寿，永言保之，思皇多祜。烈文④辟公，绥以多福，俾缉熙⑤于纯嘏。

【注释】

①载：初始。

②龙旂：画有蛟龙图案的旗帜。

③鞗革：马缰绳。

④烈文：光辉有文德。

⑤缉熙：光明，显耀。

【译文】

诸侯初次朝见周王，请求赐予新的典章。蛟龙旗帜迎风飘扬，挂在车上的铃儿响叮当。马缰绳上有美丽的铜饰，美丽的饰物闪闪发光。

率领诸侯祭祀先王，供上祭品请神灵享用。祈求神灵赐予我健康长寿，保佑我永远安康，赐予我无穷量的幸福。有功德的众位诸侯，先王赐予你们多福禄，使你们的事业灿烂辉煌。

【赏析】

这首诗写周成王刚即位时，诸侯前来朝贺，一起参加盛大的祭祀典礼，主要描写助祭的诸侯。全诗不分章，共十四句。前六句描写诸侯来朝见成王时，显赫辉煌的车马；后八句描写成王带领诸侯在庙堂进行祭祀活动，祈求先祖赐福。

"载见辟王"的辟王指成王，他刚即位时由周公辅佐，只是名义上的君王，实权掌握在摄政的周公手里。周公尽摄政之职，诸侯助祭也是他一手策划和安排，想让成王牢记先王遗训，继承并发扬光大先王的事业。

"烈文辟公"在诗的结尾用诸侯压轴，与年幼的成王即位有关。那个时候是人治社会，先王可以驾驭诸侯，他们也服从先王，却不一定服从新的君王。一朝天子一朝臣，更换新的统治者时，臣子的离心与疑虑是并存的，新王处理不好会引起政局动荡。

诗中赞扬诸侯，便是打消诸侯的疑虑。通篇赞扬诸侯，祭祀时祈求先祖赐福给诸侯，委派给他们辅佐成王的重任，对诸侯寄予厚望。赞颂团结诸侯，防止他们背叛周王，达到政局稳定的目的。

周时的宗庙制度，太祖居中，左昭右穆，文王是穆，武王是昭，所以武王称为昭考。"率见昭考"就是率领诸侯去拜谒武王的灵位。

有　客

【原文】

有客[①]有客，亦白其马。有萋有且[②]，敦琢其旅。
有客宿宿，有客信信[③]。言授之絷[④]，以絷其马。
薄言追之，左右绥之。既有淫威[⑤]，降福孔夷。

【注释】

①客：指宋微子，商纣王的庶兄。
②有萋有且：随从众多的样子。
③信：住两夜。
④絷：绊马索。
⑤淫：盛，大。威：德。淫威：意谓大德，引申为厚待。

【译文】

　　远方客人来造访，驾车白马真健壮。随从人员众且多，个个品德都贤良。

　　客人已经住两天，多住几天增感情。给他拿条绊马索，绊住马儿不让行。

　　客人走时远远送，左右热情慰劳他。既用大德来待客，上天降福多又大。

【赏析】

　　这首诗写宋国的微子来朝见，离开时周王设宴饯行。周王对微子表示赞扬和挽留，表现周王热情好客，礼貌周到，透露出他对客人的殷切希望。

　　全诗不分章，共十二句分为三部分，每部分四句。第一部分从客人乘马、随从等具体情节来表现庄重，表示对客人到来的欢欣。首句写宋微子朝见周王时骑的白马，他是商朝的后代，来周朝是客人，不以臣子的礼仪对待。周朝灭殷商后，封商纣王的庶兄微子在宋国，以便祭祀他的先王。宋微子来朝拜周王助祭宗庙，周王以礼相待，称宋微子为客。

　　第二部分写客人停留，叠用"宿宿""信信"表示住了很多天。客人住的时间长，说明主人待客宽厚。"言授之絷，以絷其马"，表明主人想办法留客，把客人的马用绳索拴住，用笔恰到好处。

　　第三部分写客人离去时，主人为他饯行，周王和群臣都参加送行，看出周王礼仪周到。"既有淫威，降福孔夷"，宋微子已经归顺周朝，受到大的恩惠，上天会赐予他福祉。

武

【原文】

　　于皇①武王！无竞维烈②。允文③文王，克开厥后。嗣武受之，胜殷遏④刘⑤，耆⑥定尔功。

【注释】

　　①皇：美好，光耀。

　　②烈：功业。

　　③允文：确实有文德。

　　④遏：制止。

　　⑤刘：讨伐，杀戮。

　　⑥耆：致使，做到。

【译文】

　　伟大的周武王啊，他的丰功伟绩没人能超过。周文王的文德确实高，能够开创基业建立周朝。他的后嗣武王继承了文王的事业，战胜殷商制止杀戮，周武王完成辉煌的功业美名扬。

【赏析】

　　这首诗歌颂周武王消灭殷商的功劳，偃武修文安定天下的思想。赞颂有文德的周文王奠定了周朝的基础，武王继承先祖基业，战胜暴君商纣王，制止杀戮，成就了周朝的辉煌功业。

　　全诗七句，开头两句颂扬周武王后，饮水思源，怀念为周武王能攻克商朝打下坚实基础的周文王。文王请求纣王废除炮烙的刑罚，他建立丰邑，修德行善，礼贤下士等行为深得人心。诸侯反纣归顺周文王，使周武王灭商成为水到渠成的事情。末三句直接陈述周武王继承周文王的遗志征伐商朝，除暴安良的功绩。

　　全诗一波三折，从容不迫，气势高远宏大。

闵予小子

【原文】

　　闵①予小子，遭家不造②，嬛嬛③在疚。于乎皇考，永世克孝。念兹皇祖，陟降④庭止。

　　维予小子，夙夜敬止。于乎皇王，继序⑤思不忘。

【注释】

　　①闵：通"悯"，怜悯。
　　②不造：不幸，凶丧。
　　③嬛嬛：孤独忧伤的样子。
　　④陟降：升降，任免。
　　⑤序：通"绪"，事业。

【译文】

　　可怜我这个年轻人，遭遇父亲去世很悲痛，孤单内疚忧心忡忡。先父是个伟大的人，我终身都要孝顺他。思念先祖振兴大业，任命贤良黜除奸佞振朝纲。

　　我年幼即位，日夜勤勉于政治求成功。我在先王灵前发誓言，继承遗志永不忘记。

【赏析】

　　这首诗写周成王即位时，祭祀先王及祖先。新王即位在宗庙里祭祀，向祖先神灵祷告，表明心迹，祈求保佑，同时向臣民宣布即位的消息。

开头三句叙述成王即位时的艰难处境，强调他孤独没有依靠，忧伤的心情。君王需要群臣的支持，新王更需要群臣的支持。周成王年幼即位更需要群臣的辅佐，他强调自己孤独无援，向群臣示弱，隐含了驱使、鞭策群臣的效力。

"皇考"指周成王的父亲周武王，没有提周武王辉煌的业绩，只说自己"永世克孝"，言下之意是为人子应该尽孝，为人臣就应当尽忠。可是当时情势危难，明令不如感化，王室群臣都是武王旧臣，点出尽孝道的同时，强化了感化的效果。

"皇祖"指周文王，当时在位群臣很多都是文王选拔出来的贤能人，辅佐武王成就了灭商的大业，现在应该辅佐成王坚守大业。第八、九两句写成王日夜勤勉忙于政事。

"皇王"指周文王和周武王，用"继序"再一次强调成王是继承文王、武王开创的大业。"思不忘"是成王不忘记誓言，而旧臣们理所当然地尽他们的职能。

访 落

【原文】

访予落止，率①时昭考。于乎悠哉，朕未有艾②。将予就③之，继犹判涣④。

维予小子，未堪家多难。绍庭上下，陟降厥家。休矣皇考，以保明⑤其身。

【注释】

①率：遵循。
②艾：阅历。
③就：接近，趋向。
④判涣：分散，使扩大。
⑤明：通"勉"，尽力。

【译文】

我刚即位时与群臣商讨国事，遵循父王的政策路线。先王的治国理念太精深，我阅历尚浅没有才能。即使有群臣帮助我，依然担心有闪失欠妥当。

我即位时太年轻，不能承担太多困难。继承先王的治国道理，任贤黜佞振国纲。先王英明又伟大，保佑我勤勉执政身体安康。

【赏析】

　　这首诗写周成王用自谦的话语说自己年少无知，缺乏治国经验，寻求群臣的辅助和先王的保佑。对诸侯需要施以威慑，周武王"昭考""皇考"，重在遵循武王的政策路线，震慑诸侯的力量从这里施展出来。

　　参与祭祀的诸侯被周武王加封爵位，身受恩惠，应该用忠诚回报，这是道义上的威慑。周武王虽然已经去世，创建的国家和军队还在，交到周成王的手里，这是力量上的威慑。

　　"率时昭考""绍庭上下，陟降厥家"，表达成王遵循武王之道的决心。武王伐纣"立赏罚以记其功"，与"陟降"相似，如果时局严峻，成王会按照武王的方法采取严厉的措施。

　　这是周成王巩固政权的宣言，对武王之灵的宣誓，对诸侯的交代，言语真诚不乏严厉，严厉又不失风度。

敬　之

【原文】

　　敬①之敬之，天维显②思。命不易哉，无曰高高在上。陟降③厥士④，日监在兹。

　　维予小子，不聪敬止。日就月将，学有缉熙⑤于光明。佛时仔肩⑥，示我显德行。

【注释】

　　①敬：通"儆"，警戒。

　　②显：昭显。

　　③陟降：任免赏罚。

　　④士：群臣。

　　⑤缉熙：积累，掌握的知识越来越深。

　　⑥仔肩：责任。

【译文】

　　小心警惕莫忘记，天道运行最明显。保持天命不容易，莫说高高在上面。事物由它定升降，每日监视这下边。

　　想我这个年轻人，敢不听从不恭敬？日有成就月有进，学习本领向光明，群臣辅我担大任，示我治国好德行。

【赏析】

　　这首诗是周成王警诫自己要严格自律，告诫群臣尽心辅助他。

　　全诗十二句，分为两层。第一层"天维显思，命不易哉"写上天的旨意，意在强调周王室是顺应天命的正统。周成王用天命告诫群臣牢记拥戴服从，拥有居高临下的威势。对群臣的告诫主要表现在"无曰高高在上，陟降厥士，日监在兹"，其中"陟降"透过由周王对群臣的举措，强调周王对群臣的各种行为了如指掌，威慑的意思不言而喻。

　　第二层叙述年幼的成王面对年长的群臣，采取谦恭的姿态，虚心学习努力进取，日积月累掌握更多知识，达到政治上的成熟，可以承担重任。

　　群臣不能因为周成王年幼就忽视，因为成王并没有放弃对群臣使用"陟降"的权力。周成王"日就月将，学有缉熙于光明"，逐渐成熟，掌握更多的治国本领，同时威慑群臣，让他们只能恭敬和服从。

小 毖

【原文】

　　予其惩①，而毖②后患。莫予荓蜂③，自求辛螫。肇允彼桃虫④，拚飞维鸟。未堪家多难，予又集于蓼⑤。

【注释】

①惩：警惕，惩罚。
②毖：谨慎。
③荓蜂：微小的草和蜂。
④桃虫：鹪鹩，一种体形很小的鸟。
⑤蓼：草本植物，味道苦辣，常比喻辛苦。

【译文】

　　我应该接受惩罚，小心谨慎以除后患。不要轻视微小的草和蜂，被刺被螫后才觉得烦恼。如今相信小小的鹪鹩，展翅飞翔时也会成为凶恶大鸟。不堪重负的国家多灾难，我又陷入困境里很痛苦。

【赏析】

　　这首诗写周成王经历管叔、蔡叔之乱后，在东征途中警醒自己防患于未然。

　　"莫予荓蜂，自求辛螫"指微小的草和蜂，容易让人忽视却能给人"辛螫"，与五六句的"桃虫"形成并列的比喻，意义非常明显。

这首诗的主旨是惩前毖后，大力度的惩前说明反省很深刻，吸取教训后决心毖后，惩前是前因，毖后是结果。周成王深深体会到自己被表面现象蒙蔽而受伤害，小人图穷匕见为国家造成危机，如今渡过危机，解除威胁。

周成王的成熟表现于政治上的清醒，为巩固政权行天子的威严。君王的威严隐于自省里，是对群臣的威慑，表现得含而不露，符合天子的身份。

载 芟

【原文】

载芟①载柞②，其耕泽泽。千耦③其耘，徂隰徂畛④。侯主侯伯，侯亚侯旅，侯强侯以。

有嗿⑤其馌⑥，思媚其妇，有依其士。有略其耜⑦，俶载南亩，播厥百谷。实函斯活，驿驿其达。有厌其杰，厌厌其苗，绵绵其麃。载获济济，有实其积，万亿及秭。

为酒为醴，烝畀祖妣，以洽百礼。有飶⑧其香，邦家之光。有椒其馨，胡考之宁。匪且有且，匪今斯今，振古如兹。

【注释】

①芟：割除杂草。
②柞：砍除树木。
③耦：二人并耕。
④畛：高坡田。
⑤嗿：吃饭的声音。
⑥馌：送给田间耕作人的饮食。
⑦耜：农具名，用于耕作时翻土。
⑧有飶：形容食物的香气。

【译文】

割除杂草砍除树根，田头耕种翻地松土壤。千人并肩合作耕地，去往洼地和坡田。主人带着长子来，子弟晚辈都跟随，还有强壮汉子和雇工。

田里吃饭声音响，温柔又娇媚的妇女，有丈夫可以依傍。耜的尖刃真锋利，先把南面的田亩耕种，播撒各类谷物的种子。颗粒饱满生机旺，小芽络绎不绝地拱出土。长出的苗儿真好看，禾苗越长越茂盛，谷穗绵延长又长。收获众多的谷物，堆满露天的谷仓，千亿万亿的谷物难计量。

酿造清酒与甜酒，进献先祖来品尝，各种祭品都供奉。祭祀佳肴散香味，国家显得有荣光。进献馨香的椒酒，祝福长寿的老人安康。不是现在这样，不是今年这样，自古以来都这样。

【赏析】

　　这首是周王在秋收后用收获的谷物祭祀宗庙时唱的诗歌，具体地描述了耕耘、收获、祭祀、祈福的过程，再现当时的农耕生活。全诗三十一句，不分章，有韵律。可以按叙事自成段落，层次分明，前二十一句是一个段落，后十句是第二个段落。

　　第一个段落的前四句写众人一起开垦田地，呈现出热烈的春耕生产景象。"千耦其耘"中的"耘"单独用是清除田间的杂草，和"耦"在一起泛指耕种农田。开垦土地主要耕地，可是为了韵律，把"耕"换成"耘"，这句话应该是"千耦其耕"，是古时候的一种耕作方式，就是两个人合作耕地。

　　第五句到第十句写春耕时节，男女老幼都走上田地，辛苦忙碌，吃饭也在田头，到处是吃饭发出的声音，描绘出一幅生动农忙画面。

　　第十句到第十四句写播种的情形，锋利的耜、开始播种、禾苗出芽。赞叹声中饱含着人们欢快的心情。对"耜"的描写，可以看出当时的金属农具和农业技术有很大的进步，促进了生产力的发展。

　　第十五句到第十八句写禾苗的快速生长，获得大丰收，用叠词"驿驿其达""厌厌其苗""绵绵其麃"来表达人们的喜悦心情。

　　第十九句到第二十一句用夸张的手法写收获，"万亿及秭"是这首诗的转折部分，以上写农事，从开垦到收获，以下转入祭祀。

　　第二段落的前七句表现全诗的主要思想，用收获的粮食酿制美酒祭祀先祖，报答祖先，感谢先祖保障和提高了百姓的生活。周朝用粮食酿酒主要用于祭祀和百礼，不提倡平时喝酒。末尾的三句是祈祷的文辞，向神灵祈祷年年大丰收。

良 耜

【原文】

　　畟畟①良耜，俶载南亩。播厥百谷，实函斯活。或来瞻女，载筐及筥，其饟②伊黍。其笠伊纠，其镈③斯赵，以薅荼蓼。荼蓼朽止，黍稷茂止。

　　获之挃挃④，积之栗栗。其崇如墉，其比⑤如栉。以开百室，百室盈止，妇子宁止。

　　杀时犉牡，有捄其角。以似以续，续古之人。

【注释】

①畟畟：形容耕地的速度很快。
②馌：送的食物。
③镈：锄头。
④挃挃：收割庄稼发出的声响。
⑤比：密，指粮仓紧密排列。

【译文】

好好犁头利又尖，开始翻耕向阳田。百样谷种播下去，籽含生机发芽全。有人前来看望你，筐儿方方篮儿圆，送的都是黄米饭。斗笠有绳结项下，锄头锋利使用便，田间杂草都铲完。田间杂草已腐烂，禾苗茂盛生长欢。

挥镰收割嚓嚓响，谷物众多运不完。堆堆粮食高如城，密集好比篦一般。打开粮仓成百间，百间粮仓全装满，老婆儿女心里安。

杀此黄毛黑嘴牛，牛儿双角长又弯。继续祭祀如往年，祖先传统莫间断。

【赏析】

这是周王秋收后祭祀祖先神灵的诗歌。这首诗最大的特色就是"诗中有画"。

全诗分三章，共二十三句。第一章从第一句到第十二句，写春耕夏耘的画面。第二章从第十三句到第十九句，铺陈秋天大丰收的盛大场景。第三章是最后四句，描写收获后的秋冬祭祀神灵的情景，感谢先祖赐予大丰收。

开篇一幅繁忙的春耕画面：农夫们手持农具忙碌，妇女儿童挑着筐送饭到田间。接着写炎热的夏季，农夫们头戴手编的斗笠，手执锋利的锄头除草，让它们腐烂成为肥料，长出茂盛的庄稼。

秋天丰收的热闹场景，收割的镰刀发出有节奏的唰唰声，谷物堆成山，到处洋溢着快乐的气氛。"民以食为天"有了粮食，百姓可以过上安稳的生活，心里不慌。

秋收结束后，就要开始祭祀祖先，用黑唇的大黄牛献祭，感谢先祖神灵赐予的大丰收。

丝 衣

【原文】

丝衣①其紑②，载弁③俅俅④。自堂徂基，自羊徂牛，鼐鼎⑤及鼒⑥，兕觥其觩。旨酒思柔，不吴⑦不敖，胡考之休⑧。

【注释】

①丝衣：祭祀时穿的礼服。

②怀：鲜明洁白。

③弁：鹿皮制的礼帽。

④俅俅：装饰华丽的样子。

⑤鼐鼎：祭祀用的大鼎。

⑥鼒：小鼎。

⑦吴：大声喧哗。

⑧休：美誉，福气。

【译文】

身穿丝质白色的祭服，头戴的皮帽很华丽。从庙堂到门内，祭品有羊又有牛，大鼎小鼎都装满，犀牛角杯一头弯。宴饮香醇的美酒，不大声喧哗不态度傲慢，保佑大家都长寿。

【赏析】

这首诗写"绎祭"。周代的祭祀有时候会进行两天，第一天是正祭，第二天就是绎祭。

全诗不分章，共九句。前两句写祭祀时人们的穿戴，穿的丝衣，戴的爵弁。丝衣又称为纯衣，表示对逝者的恭顺。

第三、第四两句写人们为祭祀做准备，"自堂徂基"写出祭祀的地点，"基"通"畿"，又称"祊"，指庙门内。在庙堂里是正祭，在祊间就是绎祭，可以通过两个地点的区别知道是正祭还是绎祭。

第五、第六句写祭祀时用的器具，鼎是古代用的炊具，也是祭祀时装熟牲畜的器具。鼐和鼒都是鼎，只是大小不同。鼐最大，用来装牛；鼎稍微小些，用来装羊；而鼒最小，用来装猪。上一句先羊后牛，从小到大，到这句变成先牛后羊，从大到小。"兕觥"是献酬宾客的爵。

最后三句写祭祀后的宴饮，又称为"旅酬"，突出宴饮时庄重的气氛，合乎礼仪，祈祷宾主能够健康长寿。

酌

【原文】

于铄①王师，遵养②时晦。时纯熙矣，是用大介。我龙受之，蹻蹻③王之造。载用有嗣，实维尔公④允⑤师。

【注释】

①铄：光明，辉煌。

②养：攻取。

③跻跻：勇武的样子。

④尔公：你的功业。

⑤允：统领。

【译文】

英勇威武的武王军队，在时机不成熟时就韬光养晦。时机成熟形势好后，武王便率师出征。我有幸接受上天的宠爱，有骁勇聪慧的武士。现在把职务来任命，周公是你们的好统领。

【赏析】

这首诗写周武王征伐殷商得天下。歌颂周公在非常困难的情况下顺应时势，韬光养晦，瞅准时机，成就功业。

古代大型舞乐《大武》，描写周公平定东南叛乱回镐京后，周成王命周公、召公分职治天下的事。这首诗是《大武》诗歌之一。当时天下稳定，但不能让人完全放心，周成王任命周公镇守东南、召公镇守西北。

前五句歌颂王师的辉煌战绩，感激率兵出征的统帅。后三句写周成王任命周公、召公官位。周公摄政，任命必须以成王的名义，在庙堂里祭祀的主人公也只能是成王，所以这首诗表面上赞颂周成王，实际上是赞颂周公。

桓

【原文】

绥①万邦，娄丰年，天命匪解②。桓桓③武王，保④有厥士。于以四方，克定厥家。於昭于天，皇以间⑤之。

【注释】

①绥：安定。

②匪解：不懈怠。

③桓桓：威武的样子。

④保：拥有。

⑤间：监察。

【译文】

武王诛暴安天下，连年喜获好收成，全靠上天不停地降福禄。威武的周武王，拥有英勇的将士。拥有天下四方，使周朝安定兴旺。功德昭著于上天，请上天监察周朝。

【赏析】

　　这首诗歌颂周武王征伐殷商成功后，连年大丰收，平定四方的丰功伟绩。语言雍容典雅，威严又平和，呈现出一种快乐的气氛，展现新王朝威武蓬勃的气息。

　　全诗九句，前三句表明天命支持周朝。在农业社会的周朝，丰收年在百姓的心里举足轻重，"娄丰年"会让他们拥护周王朝。在百姓的心里，农业大丰收需要风调雨顺的自然条件，而这些自然条件由上天控制，可以保证"娄丰年"的周王朝得到他们拥护。

　　中间四句歌颂英勇的周武王和全体将士，用实力告诉诸侯，周王朝有能力征服天下，保卫周室。叠字词"恒恒"写出整段文字的关键，有威武雄壮的气势。"于以四方"与首句"绥万邦"相呼应，强调周朝国泰民安和征服周围的邦国，有种君临天下的自豪感。

　　最后两句是祈祷上天，加强肯定，让上天作证，用"天命匪解"树立周王崇高的权威。

赉

【原文】

　　文王既勤止，我应受之。敷时绎①思，我徂②维求定。时③周之命，于绎④思。

【注释】

　　①绎：寻绎，思考，理出头绪。
　　②徂：前往征讨。
　　③时：通"侍"，承受。
　　④绎：连续不绝。

【译文】

　　文王一生勤奋创业从未停息过，我应该继承他的事业。扩展基业应该不停息，矢志不移谋求安定。周朝秉持上天的命令，继承伟业永远不停息！

【赏析】

　　这首诗是古代大型舞乐《大武》中的一首，写武王胜利归来，赏赐功臣。武王伐纣取得胜利后回到镐京，在庙堂里举行祭祀和歌舞庆贺活动，赏赐功臣，分封诸侯。诗的名字叫"赉"。"赉"是赐予的意思，可是诗中却没有一个"赉"字。

周武王说父亲周文王勤于政事，自己要继承这种品德，不能荒淫懈怠。指出当时及今后的政治方向，带领国家走向安定。周武王"敷时绎思"，封赏时布置以后任务，用简单的几句话就安排好国家大事。从容不迫，不慌不忙，源于他早就未雨绸缪。

这首诗像有韵的散文，语气诚恳，表现周武王深谋远虑和孜孜不倦地为国事操劳，反复告诫诸侯要"绎思"。

般

【原文】

于皇时①周！陟其高山，嶞山②乔岳③，允犹翕河。敷天之下，裒④时之对⑤。时周之命。

【注释】

①时：是，此。

②嶞山，低矮狭长的山。

③乔岳，高大的山。

④裒：聚集。

⑤对：封国，疆土。一说配合。

【译文】

伟大壮丽的周朝！登上巍峨的高山，眼前高山低谷波澜起伏，上游的众多河水汇合流入黄河。普天之下众位神灵，聚集在这里享受祭祀，接受周王的命令。

【赏析】

这首诗写周武王伐纣成功后，在回京的路上，为答谢山川神灵的帮助举行祭祀典礼。

全诗七句，开篇一句"于皇时周"，赞叹周朝。周朝是第一个自称"华夏"的朝代，对中国文化历史的影响悠久绵长，是孔子向往的礼乐之邦的完美典范。后世的人在读到或用到有"周"的古文时，会把周朝看成是华夏民族共有的国度。

登上高山，巡视四海，祭拜天地，站在高山上俯瞰群山，仰望高峰，山河尽收眼底。开阔的眼界，气势如虹的胸襟与豪情，是王者才有的气派。"敷天之下，裒时之对。时周之命"表现周朝是天时地利人和，天遂人愿，天下归周。

这首诗的语言简练，用"高""乔""敷""裒"这些词体现出山川河流的壮美，从侧面突出周朝的疆土辽阔，气魄雄壮，体现出大国一统天下的雄伟之势。

鲁颂

《鲁颂》写于春秋时期的鲁国国都，共四篇分成两类，一类是《驷》《有驰》，体裁类似《风》；一类是《泮水》《閟宫》歌颂鲁僖公，风格类似《雅》。鲁僖公是鲁国的一位国君，有着令人赞叹的政治智慧和机敏的应对能力，随齐国一起讨伐楚国，征战淮夷，使鲁国发生质的飞跃，是一位了不起的国君。

驷

【原文】

驷驷①牡马，在坰②之野。薄言驷者，有骄③有皇，有骊有黄，以车彭彭。思无疆，思马斯臧。

驷驷牡马，在坰之野。薄言驷者，有骓有駓④，有骍有骐，以车伾伾。思无期，思马斯才。

驷驷牡马，在坰之野。薄言驷者，有骅有骆，有骊有雒⑤，以车绎绎。思无斁，思马斯作。

驷驷牡马，在坰之野。薄言驷者，有骃有騢⑥，有驔有鱼⑦，以车祛祛。思无邪，思马斯徂。

【注释】

①驷驷：形容骏马雄壮的样子。

②坰：遥远，山野之外。

③骄：黑色白胯的马。

④駓：毛色黄白相杂的马。

⑤雒：黑身白鬃的马。

⑥骃：毛色赤白相杂的马。
⑦鱼：两眼长两圈白毛的马。

【译文】

群马高大又健壮，放牧广阔原野上。说起那些雄健马，毛带白色有骊皇，毛色相杂有骊黄，驾起车来奔前方。跑起路来远又长，马儿骏美多肥壮。

群马高大又健壮，放牧广阔原野上。说起那些雄健马，黄白为骓灰白骆，青黑为骃赤黄骐，驾起战车上战场。雄壮力大难估量，马儿骏美力又强。

群马高大又健壮，放牧广阔原野上。说起那些雄健马，骓马青色骆马白，骊马火赤雒马黑，驾着车子跑如飞。精力无穷没限量，马儿腾跃膘肥壮。

群马高大又健壮，放牧广阔原野上。说起那些雄健马，红色为骃赤白骃，黄背为骦白眼鱼，驾着车儿气势昂。沿着大道不偏斜，马儿如飞跑远方。

【赏析】

这是首咏马诗，通过描写种类繁多的骏马来赞颂鲁国的国君鲁僖公，表现鲁国强大的军事力量，歌颂鲁僖公深谋远虑，加强国防建设。全诗分四章，与古代一车有四匹马的驾车制度有关。古时候说马有良马、戎马、田马和驽马，所以诗人的这首咏马诗有四章。

诗里用了赋法没有比兴的成分，写得跌宕起伏，把马写得形象生动很传神，对鲁僖公的赞美也是点到即止，没有太多的宣扬，流畅自然，不温不火。

把群马放置于广阔的原野上，再以叠词"骃骃"表示它们的形态，鼓荡出一种矫健强悍的气势。接着用"薄言骃者"介绍各类骏马，品种繁多的马可以当成"思无疆""思无期""思无斁""思无邪"的注脚，为赞颂鲁僖公作铺垫。

每章的第六句"以车"带着叠词，与第一句"骃骃牡马"相呼应，这句话里没有出现"马"，章法上有些变化，赞叹这些骏马善于驾车疾驰。每章的结句，从骏马转为赞美鲁国国君，赞美的同时依然紧扣着咏马。

古代国家国防力量的强弱主要体现在兵车和战马的数量上，一个国家能够养众多战马实际上是体现这个国家有强大的军事力量，同时赞美鲁国国君具有远见卓识。

全篇的脉络分明，从马的形体、运势、与人的关系几方面落笔，成为后世咏物诗的雏形。这首鲁国的诗没有归类在《风》而在《颂》里，原因是周朝重视周公的功绩，尊重鲁国国君。

有 驰

【原文】

有驰①有驰,驰彼乘黄②。夙夜在公,在公明明。振振鹭,鹭于下。鼓咽咽③,醉言舞。于胥乐兮!

有驰有驰,驰彼乘牡。夙夜在公,在公饮酒。振振鹭,鹭于飞。鼓咽咽,醉言归。于胥乐兮!

有驰有驰,驰彼乘骃④。夙夜在公,在公载燕。自今以始,岁其有。君子有穀⑤,诒孙子。于胥乐兮!

【注释】

①有驰:马匹强健的样子。
②乘黄:四匹拉车的黄马。
③咽咽:有节奏的鼓声。
④骃:青骊马,又名铁骢。
⑤穀:五谷,有福善的意思。

【译文】

马儿骏健又强壮,拉车四匹马毛黄。早晚都在官府里,在那办事多繁忙。白鹭一群向上飞,渐收羽翼身下俯。鼓声咚咚响不停,趁着醉意都起舞。一起乐啊心神舒!

马儿骏健又强壮,拉车四匹是公马。早晚都在官府里,在那饮酒喜交加。白鹭一群向上飞,渐展翅膀任来回。鼓声咚咚响不停,趁着醉兴把家归。乐在一起真快慰!

强壮高大令人赞,拉车四匹铁骢健。早晚都在官府里,在官府里设酒宴。从今开始享太平,年年都有好收成。君子有福又有禄,福泽世代留子孙。乐在一起真高兴!

【赏析】

这首诗赞美鲁僖公勤于政事,宴饮群臣,祈祷福禄。

全诗分四章。前两章叙述鲁国君臣日夜在官府里勤勉于公事,公事之余共同饮酒,一起跳舞,大家都很快乐。末章祈祷鲁国年年大丰收,造福子孙后代。

诗的开篇写马,都是黄色的马,"乘"指的是驾车的马。周朝的礼制严格,身份不同的人在礼仪物品的使用上有差别,最引人注目的是出行时的车驾，是身份地位的象征。接着写"夙夜在公"，这里的"公"可以当作官府，不过这里的官府不是普通的官府，是鲁僖公祭祀的地方，是"泮宫"和"閟宫"。

祈年的郊祭，在国都的外面，所以每章的前两句反复赞扬马。然后写乘马车的人，每天从早到晚忙碌，接着是君臣快乐地宴饮。

舞伎在宴会上手持鹭的羽毛，像鹭一样时而飞起，时而翩然落下，给宴会制造快乐的气氛。人们饮酒观舞，有节奏的鼓声震撼着他们的心灵，美妙的舞姿调动他们的情绪，使醉酒的他们也手舞足蹈起来，忘记平日的礼数，抒发内心的快乐，相互感染，进行心灵深处的交流。诗人看到这个场景，发出由衷的感慨："于胥乐兮！"

周成王命令鲁国举行郊祭，显示出鲁国在诸侯中的崇高地位。

泮　水

【原文】

思乐泮水①，薄采其芹。鲁侯戾止，言观其旂。其旂茷茷②，鸾声哕哕。无小无大，从公于迈。

思乐泮水，薄采其藻。鲁侯戾止，其马蹻蹻③。其马蹻蹻，其音昭昭。载色载笑，匪怒伊教。

思乐泮水，薄采其茆。鲁侯戾止，在泮饮酒。既饮旨酒，永锡难老。顺彼长道，屈此群丑。

穆穆鲁侯，敬明其德。敬慎威仪，维民之则。允文允武，昭假烈祖。靡有不孝，自求伊祜。

明明鲁侯，克明其德。既作泮宫，淮夷攸服。矫矫虎臣，在泮献馘④。淑问如皋陶⑤，在泮献囚。

济济多士，克广德心。桓桓于征，狄彼东南。烝烝皇皇，不吴不扬。不告于讻⑥，在泮献功。

角弓其觩，束矢其搜。戎车孔博，徒御无斁。既克淮夷，孔淑不逆。式固尔犹，淮夷卒获。

翩彼飞鸮，集于泮林。食我桑黮，怀我好音。憬⑦彼淮夷，来献其琛。元龟象齿，大赂南金。

【注释】

①泮水：水名，岸边有鲁僖公的离宫。

②旂茷茷：绘有龙图案的旗帜飘扬。
③跷跷：马匹强壮的样子。
④馘：古代打仗时割取所杀敌人的左耳记功。
⑤皋陶：负责刑狱的官。
⑥讻：讼，指因争功而产生的诉讼。
⑦憬：觉悟。

【译文】

兴高采烈地赶赴泮宫水滨，采撷水芹菜以备大典之用。我们伟大的主公鲁侯驾到，远远看见旗帜仪仗空翻影。只见那旌旗飘飘迎风招展，车驾鸾铃声声响悦耳动听。无论小人物还是达官显贵，都跟着鲁侯一路迤逦而行。

兴高采烈地赶赴泮宫水滨，采撷水中藻以备大典之用。我们伟大的主公鲁侯驾到，只见他的坐骑是那样强盛。只见他的坐骑是那样强盛，他讲话的声音又悦耳动听。他满脸和颜悦色满脸笑容，不怒自威教化百姓树新风。

兴高采烈地赶赴泮宫水滨，采撷凫葵菜以备大典之用。我们伟大的主公鲁侯驾到，在宏伟的泮宫里饮酒相庆。他开怀畅饮着甘甜的美酒，祈盼上苍赐予他永远年轻。通往泮宫的长长官道两侧，大批的淮夷俘虏跪拜相迎。

我们伟大的主公鲁侯君王，庄敬恭谨展示出品德高尚。庄敬清慎保持严整的形象，不愧天下百姓的风范榜样。他既能教化又能卫国开疆，把列祖伟大事业继承发扬。同时也没有不孝不敬之失，理所当然要得到福禄祯祥。

我们勤勉的主公鲁侯君王，庄敬恭谨展示出品德高尚。先是筹划修建宏伟的泮宫，接着又发兵淮夷束手臣降。那一群勇猛如虎的将士们，泮宫水滨献俘大典正奔忙。那些贤良如皋陶的文臣们，筹备献俘大典聚在泮水旁。

鲁国上下济济一堂众臣工，倾力广播我王的善意德政。威武之师坚定地踏上征程，一鼓作气把东南淮夷平定。文臣武将生龙活虎气势盛，但大家既不喧嚣也不高声，不跑官要官也不抢功争名，都来泮宫献俘奏捷展战功。

战士们把角弓挽得曲曲弯，蝗群般的羽箭射得嗖嗖响；冲阵的兵车坚固而又宽大，步兵车兵连续作战不歇晌。威武之师很快征服了淮夷，淮夷上下齐归顺不敢相抗。因为坚持了你的战略决策，才有淮夷土地最终入我囊。

本为恶声鸟如今却翩翩飞，栖居起落在我泮宫的树林。它既然吃了我的甜美桑葚，当然要感念我的仁爱之心。野蛮的淮夷既已臣服我国，忙不迭地前来献宝把贡进，这些宝物有美玉巨龟象牙，还有南方出产的大宗黄金！

【赏析】

这首诗写鲁僖公继承祖业，整修泮宫，征服淮夷，赞颂鲁僖公文武兼备。

全诗分八章。前三章叙述鲁僖公前往泮水的情况,每章以"思乐泮水"起句,强调人们看到鲁侯光临时快乐的心情。"采芹""采藻""采茆"都是为祭祀做准备。

第一章没有正面写鲁侯到泮水,人们看到飘扬的旌旗,听到清脆的鸾铃声,烘托出一种热闹的气氛,显示出鲁侯快要到来的气势。

第二章写鲁侯到来,人们看到健壮的马,听到他洪亮的声音,感受他和蔼的笑容,从这些描述中体现出君王的特殊身份。

第三章写在泮水边饮酒,人们歌颂鲁侯的功德,祝福他"永锡难老",叙述鲁侯征服淮夷的功绩。

第四章和第五章赞颂鲁侯高尚的品德。虽然他不用亲自上战场,可是他修明德性,恢复旧制,让鲁国的将士们在战争中取得胜利,在泮水边献上战利品。

第六章和第七章写鲁国军队讨伐淮夷,并且取得胜利,发扬并推广鲁侯的仁德之心。战争是残酷的,可是在鲁人眼里,敌人是可以教化的,符合鲁侯的仁德之心,将士献功时也没有人为争功而起冲突。

末章写被征服的淮夷,以猫头鹰起兴,古人们把猫头鹰视为恶鸟,常用来比喻恶人,可是它却飞到泮水边吃桑葚。比喻淮夷人觉悟,体会到鲁侯的仁爱之心,前来归顺,贡献珍宝。

鲁国是个小国家,却经常出征,逐鹿中原,鲁人们崇拜鲁僖公,用诗歌赞颂他。

闷 宫

【原文】

闷宫有侐①,实实枚枚。赫赫姜嫄,其德不回。上帝是依,无灾无害。弥月不迟,是生后稷。降之百福。黍稷重穋②,稙稚菽麦。奄有下国,俾民稼穑。有稷有黍,有稻有秬。奄有下土,缵③禹之绪。后稷之孙,实维大王。

居岐之阳,实始剪商。至于文武,缵大王之绪,致天之届,于牧之野。无贰无虞,上帝临女。敦商之旅,克咸厥功。王曰叔父,建尔元子,俾侯于鲁。大启尔宇,为周室辅。

乃命鲁公,俾侯于东。锡之山川,土田附庸。周公之孙,庄公之子。

龙旂承祀。六辔①耳耳。春秋匪解，享祀不忒。皇皇后帝！皇祖后稷！享以骍牺，是飨是宜。降福既多，周公皇祖，亦其福女。

秋而载尝，夏而楅衡⑤。白牡骍刚，牺尊将将。毛炰胾羹，笾豆大房⑥。万舞洋洋，孝孙有庆。俾尔炽而昌，俾尔寿而臧。保彼东方，鲁邦是常。不亏不崩，不震不腾。三寿作朋，如冈如陵。

公车千乘，朱英绿縢⑦。二矛重弓⑧。公徒三万，贝胄⑨朱绶。烝徒增增，戎狄是膺，荆舒是惩，则莫我敢承！俾尔昌而炽，俾尔寿而富。黄发台背，寿胥与试。俾尔昌而大，俾尔耆而艾。万有千岁，眉寿无有害。

泰山岩岩，鲁邦所詹。奄有龟蒙，遂荒大东。至于海邦，淮夷来同。莫不率从，鲁侯之功。

保有凫绎，遂荒徐宅。至于海邦，淮夷蛮貊。及彼南夷，莫不率从。莫敢不诺，鲁侯是若。

天锡公纯嘏，眉寿保鲁。居常与许，复周公之宇。鲁侯燕喜，令妻寿母。宜大夫庶士，邦国是有。既多受祉，黄发儿齿。

徂徕之松，新甫之柏。是断是度，是寻是尺。松桷有舄，路寝孔硕，新庙奕奕。奚斯所作，孔曼且硕，万民是若。

【注释】

①侐：清静的样子。
②重穋：通"穜稑"，两种谷物，晚熟的谷物称"穜"，早熟的称"稑"。
③缵：继承。
④六辔：御马的嚼子和缰绳。古代四马驾车，辕内两服马共两条缰绳，辕外两骖马各两条缰绳，故曰六辔。
⑤楅衡：控制牛的用具。
⑥笾豆大房：竹制的献祭容器和木制的献祭容器。
⑦绿縢：装饰在弓袋上的绿色绳子。
⑧重弓：两张弓，古代每辆兵车上有两张弓，一张常用，一张备用。
⑨贝胄：用贝壳装饰的头盔。

【译文】

閟宫清静又肃穆，殿堂广阔又紧密。怀念起伟大的始祖母姜嫄，她品德高尚既不邪也不僻。受到上天太多太多的眷顾，从未得过病也没染过灾疫。怀胎十月不延迟，生下儿子是后稷。上天降下各种福气，让后稷懂得黍稷有早熟和晚熟，种植的时间有先后。他拥有自己的小国家，教会人们种植庄稼和收割谷物。有五谷杂粮和黍米，还有稻子和黑米。从拥有小国开始，后稷继承大禹的事业。后稷有个好孙子，是古公亶父号太王。

定居岐山向阳的地方，开始筹划讨伐昏庸的殷商。到了文王和武王的时代，太王的事业得发扬。奉行上天的旨意讨伐殷商，在牧野摆开战场。将士们没有二心不欺诈，上天在人们头上监察。打败殷商这支队伍，成就举世无双的功劳。周成王颁发命令给周公说，叔父啊我要敕封你的长子，让他做诸侯去把鲁国执掌，到那里奋发有为拓土开疆，做我大周王室的忠臣良将！

周成王于是就颁旨给鲁僖公，让他去做诸侯在都城之东。赐予他高山与大川，还有田地和属国的边城。不愧为周公之孙庄公之子。打着绘有龙图案的旌旗去祭祀先祖，六条缰绳柔顺很从容。春秋祭祀不懈怠，祭祀祖先没糊弄。伟大的皇天后土先祖后稷，我们为您敬献上赤牛牺牲，请您降临享用合您的心意。谨请上天多多降福给我们，先祖周公伟大的列祖列宗，祈求上苍降福你们在天庭！

准备秋天祭祀先祖的神灵，从夏天就开始把牛角固定。摆列好白色公牛红色犝牛，牛形酒尊碰撞出清脆响声。烧烤乳猪煲好鲜美的肉汤，装满竹笾木豆和大型俎筒。跳起万舞场面大气又排场，贤孝的子孙尽享福禄祥祯。敬祝鲁僖公事业发达昌盛，敬祝您健康长寿安乐一生！你拥有这东方广袤的土地，鲁国政通人和天下永太平。天道不亏损山川也不陷崩，大地不震动四海也不翻腾。衷心祝愿您寿比三星相聚，好比那高大的山冈和山陵！

鲁僖公大驱举国战车千辆，戟矛装饰红缨弓柄拴绿绳。车上插两杆戟矛两张强弓。鲁僖公率领着步卒三万名，头盔镶着漂亮的贝壳红缨。鲁国大军的气势勇不可当，痛击了西北的边族狄和戎，讨伐了楚地舒国小小边城，谁也不敢阻挡我大军冲锋！敬祝您事业发达如日中天，敬祝您健康长寿福禄祥祯。头发黄鲐鱼背长寿的象征，但愿您老当益壮尽展才能！敬祝您事业昌盛身心安泰，敬祝您健康长寿桑榆遐龄。敬祝您万事如意千岁万年，敬祝您福寿无疆永保康宁！

您就像那巍峨的东岳泰山，鲁国百姓都唯您马首是瞻。我们鲁国拥有龟山和蒙山，并把版图扩到极远的东边。一直拓展到达那海边之国，淮夷诸族归附到鲁侯跟前。举国百姓无不顺从鲁僖公，这就是鲁僖公的功德圆满。

鲁国有凫山和峄山，一直延续到徐国聚居地。把疆土扩到海边的邦国，淮夷蛮貊都归顺。还有那些南方的小部落，没人敢不遵从鲁国。没有人敢不听从鲁国的命令，没有人敢不顺从鲁国的旨意。

上天赐予鲁僖公大福，安享长寿保卫鲁国。占据常邑和许邑两座城池，收复周公的疆土。鲁侯宴饮心欢喜，家有长寿的老母亲和贤惠的妻子。善待大夫和众位贤士，国家长治久安更富裕。既然接受很多福祉，愿您返老还童长新牙齿。

徂徕山上长松树，新甫山上长柏树。砍断又伐木，用尺子丈量以待用。松木做的方椽直又大，正殿建成多宽敞。漂亮的宗庙新落成，鲁国大夫奚斯写下这首诗，篇幅很长气势恢宏，表达天下万民的心声。

【赏析】

这是一首鲁人新庙建成追述祖先功德、赞颂鲁僖公政绩的诗歌，各章之间意义相连贯。新建成的宗庙閟宫，是列祖列宗所在地，也是国家重要的场所。

全诗分九章，前三章叙述了周朝的产生、发展和壮大以及鲁国的建立，赞美祖先的功德。主要突出两位受祭的祖先后稷和周公，并且说明祭祀他们的原因，至于诗中提到文王、武王只是陪衬。

后稷是周朝人的始祖，带些神化色彩，体现出后代的不同凡响。后稷发展农业是上天赐予的福气，和他接受的天命分不开。接下来叙述太王、文王、武王讨伐殷商，讨伐的路线清晰。周公在灭殷商中起了重要作用，虽然他是文王的儿子，却是武王的弟弟，只能为臣，不能与天子并提，所以诗人只能用隐晦的方法突出周公的政绩。

从第四章开始颂扬鲁僖公的政绩，赞颂鲁国的辉煌历史，叙述鲁国军队攻无不克，战无不胜的功绩。鲁国对淮夷用兵最多，功绩最大，所以诗人一再强调。从祭祀和武事两方面可以看出鲁国收复丢失的疆土，閟宫的祭祀是周王室对鲁国的特殊待遇，所以鲁国的辉煌战功都是受先祖在天之灵保佑。

末章写新庙落成的情况，颂扬鲁僖公能恢复周公创下的基业，永葆江山社稷。与开篇首句"閟宫有侐"相呼应，赞扬鲁僖公的行为顺应民心，以奚斯写这首赞颂的诗作为结束。

这首诗对于汉代的辞赋有很大的影响，诗人表达周公后裔对于鲁僖公光复周公创立的基业产生共鸣，并向往着再现过去的辉煌。由于诗人对鲁僖公的感情充沛又复杂，因此只有细致的描写和说得透彻才能尽情倾吐，所以篇幅很长。

商颂

《商颂》是殷商及周朝时期宋国的诗歌,产生地在殷商的发源地及建都地,还包括宋国的国都商丘。共五篇,《那》《烈祖》《玄鸟》的结构类似《周颂》,是祭祀殷商祖先的乐歌,不分章,产生的时间比周朝早。后两篇《长发》和《殷武》的结构类似《雅》,分章,晚于宋国国君宋襄公时期,歌颂宋襄公伐楚取得胜利。

那

【原文】

猗与那与①!置我鞉鼓②。奏鼓简简,衎③我烈祖。汤孙奏假④,绥我思成。鞉鼓渊渊,嘒嘒管声。既和且平,依我磬声。于赫汤孙!穆穆厥声。

庸鼓有斁⑤,万舞有奕。我有嘉客,亦不夷怿⑥。自古在昔,先民有作。温恭朝夕,执事有恪,顾予烝尝⑦,汤孙之将。

【注释】

①猗、那:形容乐队盛大美好的样子。
②鞉鼓:一种立鼓。
③衎:欢乐。
④奏假:享受祭祀。
⑤有斁:乐声盛大的样子。
⑥夷怿:喜悦。
⑦烝尝:冬祭是烝,秋祭是尝。

【译文】

多么美好多堂皇,拨浪鼓儿安堂上。鼓儿敲起咚咚响,烈祖成汤心欢畅。

汤孙奏乐来祭告，赐我太平大福祥。拨浪鼓儿响咚咚，箫管声声多清亮。音节调谐又和畅，玉磬配合更悠扬。啊，汤孙英名真显赫，歌声美妙绕屋梁。

敲钟击鼓响铿锵，文舞武舞好排场。我有嘉宾来助祭，无不欢乐喜洋洋。自从古代我先王，已把礼乐制妥当。早晚温和又恭敬，小心谨慎做事忙。冬祭秋祭神赏光，汤孙至诚奉酒浆。

【赏析】

　　这首诗写殷商子孙祭祀先祖时的盛大场面，他们奏乐迎先祖，气氛热烈，颂扬主祭者和助祭的宾客，对神灵的恭敬与虔诚。

　　这是首配合着乐舞的歌词，描写乐舞时的场景。作为祭祀仪式上的乐舞，先奏响鼓乐，再吹响管乐，然后击打磬节，钟鼓齐鸣，高声唱颂歌后跳起万舞，直到主祭者完成祭祀礼仪。

　　开篇连用两个嗟叹词语"猗与那与"，描绘乐声的叠词"简简""渊渊""嘒嘒""穆穆"，类似叠词的形容词"有斁""有奕""有恪"，充满乐感，有一气浑成的气势，具有很高的审美价值。

　　诗中出现鞉鼓、管、磬、庸四种乐器和舞蹈"万舞"，可以让人们领略到原始音乐的力度、节奏和音色。"奏鼓简简""鞉鼓渊渊"，两个摹声叠字词，前一个发的重音，后一个轻声读，通过强、弱的次序体现鼓声的力度。

烈　祖

【原文】

　　嗟嗟烈祖①！有秩斯祜。申锡无疆，及尔斯所。既载清酤②，赉③我思成。

　　亦有和羹，既戒既平。鬷假④无言，时靡有争。绥我眉寿，黄耇⑤无疆。

　　约軝错衡，八鸾鸧鸧。以假以飨，我受命溥将⑥。自天降康，丰年穰穰。

　　来假来飨，降福无疆。顾予烝尝，汤孙之将。

【注释】

①烈祖：功业显赫的祖先。
②清酤：清酒。
③赉：恩赐。
④鬷假：集合人们祈祷。

⑤黄耇：长寿。

⑥溥将：大而长的样子。

【译文】

啊，烈烈先祖神在上，不断降下大福祥。无穷无尽多赐赏，到达时君这地方。先祖神前设清酒，赐我太平福寿康。

还有五味红烧肉，陈设齐备又适当。默默向神来祭告，执事肃穆无争嚷。神灵赐我百年寿，满头黄发寿无疆。

车毂裹皮辕雕花，八个鸾铃响叮当。祭告神灵献祭品，我受天命广又长。太平幸福从天降，今年丰收多米粮。

神灵光临受祭飨，降下幸福无限量。冬祭秋祭神赏光，汤孙至诚奉酒浆。

【赏析】

这是首殷商后人祭祀祖先的诗歌，全诗不分章，二十二句，分四层描写祭祀祖先的盛况。

开头四句是第一层，点明祭祀的理由是祖先洪福齐天，可以给子孙更多的赏赐。叠声词"嗟嗟"表达诗人对功业显赫的祖先充满崇拜之情。

第五句到第十二句写祭祀的场面，主祭者献"清酤"和"和羹"，"鬷假无言"是为了赐予长寿。表现祭祀的气氛很隆重又肃穆，反映祭祀者恭敬又虔诚的心。

第十三句到第二十句写助祭的人来宗庙祭祀，坐着奢豪华丽的马车来，衬托出主祭者身份高贵，把祭祀的场面再次推向高潮。最后两句是祝词，点明祭祀者商汤的子孙，与第一句相呼应，形成一首结构完整的诗篇。

祭祀的诗讲究庄重典雅，难免有些刻板枯燥，这首诗押韵的句子很多，音调和谐，音节美胜于文字的美。诗的功利性很明显，希望通过祭祀祖先祈求"降福无疆"，是首典型的祭祀诗歌。

玄 鸟

【原文】

天命玄鸟①，降而生商，宅殷土芒芒。古帝命武汤，正域彼四方。

方命厥后②，奄有九有。商之先后，受命不殆，在武丁孙子。武丁孙子，武王靡不胜。

龙旂十乘，大糦③是承。邦畿④千里，维民所止。肇域彼四海，四海来假⑤，来假祁祁。

景员维河，殷受命咸宜，百禄是何⑥。

【注释】

①玄鸟：黑色的燕子。
②后：四方诸侯国的君主。
③糦：酒食。
④邦畿：疆土，边界。
⑤来假：前来朝贡。
⑥何：通"荷"，承受，承担。

【译文】

天命玄鸟降人间，简狄生契商祖先，住在殷地广又宽。当时天帝命成汤，征伐天下安四边。

昭告部落各首领，九州土地商占遍。商朝先王后继前，承受天命不怠慢，裔孙武丁最称贤。武丁确是好裔孙，成汤遗业能承担。

龙旗大车有十乘，贡献粮食常载满。国土疆域上千里，百姓居处得平安。

开拓疆域达四海，四夷小国来朝拜，车水马龙各争先。

景山外围黄河绕，殷受天命人称善，百样福禄都占全。

【赏析】

这是一首祭祀殷商祖先武丁的诗歌，叙述了殷商始祖契的降生。"天命玄鸟，降而生商"是关于商起源最早的文献资料，传说契的母亲吞食燕子的卵生了他，接受天命建立商朝，玄鸟是殷商的图腾。

商朝的君王盘庚迁都到殷，在那里整顿商朝的经济，改变当时不安定的局面，使衰落的商朝复兴起来，政局稳定，最终交到武丁的手上，使商朝发扬光大。

商朝在东北兴起，南下到黄河流域，然后控制诸侯，高宗武丁时期，各部落用车装载稻米进贡。"四海来假，来假祁祁"，不仅是中原的诸侯，还有四周的民族都来进贡朝见，可以看出武丁治理下的商朝非常强大，他的功业很显赫，得到后世的敬仰。

全诗运用了对比、叠字和顶针的修辞手法，结构严谨，脉络清晰，诗歌出自远古时代的商朝令人惊奇。

长　发

【原文】

濬哲维商，长发①其祥。洪水芒芒②，禹敷下土方。外大国是疆，幅陨③既长。有娀方将，帝立子生商。

玄王桓拨，受小国是达，受大国是达。率履④不越，遂视既发。相土烈烈，海外有截。

帝命不违，至于汤齐。汤降不迟，圣敬日跻。昭假迟迟，上帝是祗，帝命式于九围。

受小球大球，为下国缀旒。何天之休，不竞不絿，不刚不柔。敷政优优，百禄是遒。

受小共大共，为下国骏厖。何天之龙，敷奏其勇。不震不动，不戁⑤不竦，百禄是总。

武王载旆，有虔秉钺。如火烈烈，则莫我敢曷。苞有三蘖，莫遂莫达。九有有截，韦顾既伐，昆吾夏桀。

昔在中叶，有震且业。允也天子，降予卿士。实维阿衡⑥，实左右商王。

【注释】

①发：体现。
②芒芒：茫茫，水势浩大的样子。
③幅陨：指疆域。
④率履：遵循礼法。
⑤戁：恐惧。
⑥阿衡：成汤的辅佐大臣伊尹。

【译文】

英明睿智的商朝始祖，长久体现他的吉祥。上古时到处洪水茫茫，大禹治理走遍四方。与外面的大国定边疆，疆域既广阔又绵长。有娀氏族部落正在崛起时，禹王立有娀氏为妃生下契。

始祖玄王契威武又英明，授封小国他认真治理，授封大国他施行政令。遵循礼法没有失误，因此在民众中能得到响应。后继者相土也是极为英武，其他诸侯都纷纷归附于他。

正是因为我殷商不违天命，商才发展到汤这一代大兴。我祖汤王的诞生正应天时，他的圣明庄敬一天天提升。商汤光昭于上天久而不息，从来都是唯上天是尊是敬，上天授他管理九州的使命。

得授镇圭大圭等执政之宝，为天下诸侯树起伟大旗帜。多多承蒙上天的善意照拂，他既不竞争也不过于松弛，不过于刚硬也不过于柔和。施政理念始终是从容宽裕，因此无尽福禄降到他身躯。

得授小珙大珙等执政之璧，为天下诸侯当好领头骏马。多多承蒙上天的恩宠关爱，他奋马扬鞭上阵英勇冲杀。不为强敌所震也不被吓倒，因为他既不怯懦也不惧怕，无尽的福禄都往他身上加。

汤王扬着旌旗出征，手拿斧钺威风凛凛。就像燃烧的烈火，没有人敢来阻挡。一棵茂盛的树长出三株新枝，不再长其他枝叶。九州一起归顺殷商，韦国顾国已讨平，昆吾夏桀都归降。

从前那个世纪中叶，国力强大有威势。实在是我们天子圣明，把治国重任交给伊尹。伊尹确实配得上阿衡职位，确实起了辅佐商王的作用。

【赏析】

这是殷商后期的君王祭祀成汤及其他先祖的诗歌。诗人以殷商的史实为基础，吸取很多神话传说的素材，根据殷商统治阶级的功利意识，对神话传说的内容进行相应的改动。

全诗分七章，第一章追述商朝建立的历史背景。

第二章赞颂商朝的玄王契以及先祖开拓疆土建立商朝的功德。玄王指的是商朝的始祖契，商族曾经是黄河下游一个古老的部落，神话故事"玄鸟生商"，娀吃了玄鸟的卵生下商始祖契，他带领部落慢慢强大，当时并没有称王，后代建立商朝，追尊契为王，称为玄王。

第三章歌颂商朝的开国君王成汤继承和发扬先祖的功业，圣明的功德孝敬苍天，接受苍天的命令统治九州。

第四章歌颂成汤遵循上天的旨意，刚柔适中地处理事情，成为天下诸侯的榜样。

第五章赞颂成汤勇敢刚毅，可以保障天下的人们安宁，成为诸侯国的依靠。

第六章具体地写成汤讨伐韦国、顾国、昆吾和夏桀，取得成功。"如火烈烈，则莫我敢曷"，表现当时成汤讨伐四方时所向披靡的盛况，让人们感觉商朝平定天下是必然的结果。

末章赞颂成汤乃天帝之子，赐予他贤能的卿士，辅佐他治理国家，使商朝强大有威势。

殷　武

【原文】

挞①彼殷武②，奋伐荆楚。罙入其阻，裒③荆之旅。有截其所，汤孙之绪。

维女荆楚,居国南乡。昔有成汤,自彼氐羌,莫敢不来享,莫敢不来王。曰商是常。

天命多辟④,设都于禹之绩。岁事来辟,勿予祸适,稼穑匪解。

天命降监,下民有严。不僭⑤不滥,不敢怠遑。命于下国,封建厥福。

商邑翼翼,四方之极。赫赫厥声,濯濯厥灵。寿考且宁,以保我后生。

陟彼景山,松伯丸丸。是断是迁,方斫是虔。松桷有梴⑥,旅楹有闲,寝⑦成孔安。

【注释】

①挞:勇武的样子。

②殷武:殷商的高宗武丁,是一位中兴的君王。

③衰:俘获。

④多辟:众位诸侯国君。

⑤僭:超越本分。

⑥梴:修长的样子。

⑦寝:指为高宗武丁建的寝庙。古时候的寝庙分成两部分,前面祭祀的地方称"庙",后面摆放先祖牌位或遗物的地方称"寝"。

【译文】

殷商的君王武丁英武神勇,奋起讨伐荆楚。深入敌方险阻地带,俘获楚国众多楚兵。扫荡荆楚统治这块领土,成汤的子孙建立功业。

你这偏僻的荆楚之地,长久居住在中国的南面。从前成汤建立殷商,那些远方的民族氐和羌,没人敢不来进贡,没人敢不来朝拜。殷商王是天下的统领。

天帝命令诸侯注意,把都城建立在大禹治水的地方。诸侯每年按时来朝贡,不受责备不受鄙夷,好好去把农业管理。

上天命令殷商王监视世间,下面的百姓要严格遵从。不超越本分不滥用刑罚,人人不敢懈怠。君王把命令下到诸侯国,周围的诸侯国有福享受。

殷商的都城富丽堂皇,是四周国家的榜样。武丁有显赫的名声,他的威灵光辉闪耀。富贵长寿又安宁,可以保佑他的后代子孙。

登上景山的山巅,松树柏树条直挺拔。砍伐下来搬到别处,砍削树皮加工完善。长长的松树制成方椽,屋檐楹柱排列整齐,寝庙落成神灵很安逸。

【赏析】

这是宋国人在先祖殷商高宗武丁的寝庙落成时唱的诗歌,赞颂高宗继承成汤的事业，发扬光大，建立辉煌的功绩，追述高宗讨伐荆楚的中兴功劳。

全诗分六章，前五章写高宗武丁中兴殷商的经过，最后一章写高宗的寝庙落成情况。

第一章写高宗武丁讨伐荆楚的功劳，"深入其阻，裒荆之旅"写了讨伐的过程，同时指出有这么辉煌的成就因为他是成汤的后世子孙，"有截其所，汤孙之绪"。

第二章写武丁用成汤征服氐和羌的先例来训诫荆楚，从荆楚的地理位置指出他们应该俯首听命，称得上是"刚柔并济"。

第三章只有五句，写四周的诸侯前来朝拜，因为高宗武丁接受天命统治九州，所以诸侯要入朝拜见天子，在封地要恪尽职守忙于农事。

第四章进一步申述高宗武丁是接受天命的中兴之主，百姓只能安分守己地听命令。

第五章写殷商中兴时期的盛况，叠词"赫赫厥声，濯濯厥灵"渲染武丁决胜千里的功绩。

末章描写高宗寝庙建成的情景，"松伯丸丸"象征殷商中兴盛世长治久安，永远传续。